Dérapages

Du même auteur

Mauvaise graine, Éditions Jean-Claude Lattès, 1995
Le Sang du bourreau, Éditions Jean-Claude Lattès, 1996
La Petite Fille de Marie Gare, Éditions Laffont, 1997
La Guerre des nains, Éditions Belfond, 1998
Mises à mort, Éditions Robert Laffont, 1998
Et pire, si affinités..., Éditions Robert Laffont, 1999
Origine inconnue, Éditions Robert Laffont, 2001
Affaire classée, Éditions Robert Laffont, 2002
Le Festin des anges, Éditions Anne Carrière, 2005
L'Ombre des morts, Éditions Anne Carrière, 2008
J'irai cracher dans vos soupes, Éditions Jacob-Duvernet, 2011
Crimes de Seine, Éditions Payot & Rivages, 2011
Des clous dans le cœur, Éditions Fayard, 2012
Prix du Quai des Orfèvres 2013
Le Jour de gloire, Éditions Payot & Rivages, 2013
Échanges, Éditions Versilio, 2014
Dérapages, Éditions Versilio, 2015

Aux Éditions J'ai lu

Le festin des anges, n° 10771
Affaire classée, n° 10772
Échanges, n° 11005
Origine inconnue, n° 11056
L'ombre des morts, n° 11057

DANIELLE
THIÉRY

Dérapages

J'AI LU

À ma famille

Puisque l'ordre du monde est réglé par la mort,
peut-être vaut-il mieux pour Dieu
qu'on ne croie pas en lui et qu'on lutte
de toutes ses forces contre la mort,
sans lever les yeux vers ce ciel où il se tait.

Albert CAMUS, *La Peste.*

Je suis né il y a longtemps, en 1950 pour être précis, dans les steppes de Russie, au fond d'un vieux hangar au milieu de rien. Mon père s'appelait Dimitri. Dans la forêt, en lisière de la toundra, pullulaient les renards et les loups. Canis lupus albus *au pelage abondant et duveteux. Grâce à moi, ce loup fut sublimé, ses poils se densifièrent, pâlirent jusqu'à devenir blancs. Bien sûr, il n'était pas commode à domestiquer, contrairement au renard argenté – en réalité d'un bleu foncé brillant – qui n'était pas de cette couleur, à l'origine, mais roux, et cette évolution fait aussi partie de mon histoire. Les femmes européennes en raffolaient, elles en fabriquaient de longs manteaux, des pelisses, des manchons. Mais je possédais bien d'autres vertus, je peux vous l'assurer, et un secret extraordinaire que nous étions, mon père et moi, les seuls à connaître. Surtout lui. Forcément, c'était son ŒUVRE, l'œuvre de sa vie. Dimitri n'a pas été très correct avec les autorités de son pays, je ne sais pas pourquoi ni ce qu'il a fait exactement mais il a été puni, emprisonné et dépouillé de tous ses biens. À cette époque, la vie n'était pas facile en Sibérie. Pour me protéger, il n'a parlé de moi à personne. Il m'a gardé à l'abri des convoitises, dans un endroit que nul ne connaissait. Puis il est mort, à peine sorti du goulag, abîmé par les privations sans doute, bien que de cela je n'aie rien su, forcément.*

J'aurais pu rester enfermé à jamais, ne jamais réapparaître. J'aurais pu mourir aussi, bien sûr, parce que le climat est rude entre Novossibirsk et Akademgorodok. Pourtant, je suis là. Bien vivant. Et les secrets les mieux gardés finissent par sortir de l'ombre, j'en suis la preuve éclatante. Je suis en pleine forme, heureux de montrer de quoi je suis capable.

L'humanité m'attendait depuis toujours. Elle ne sera pas déçue.

1

Paris...

Juste avant le flash de 9 heures, Europe 1 communiqua un bulletin météo plutôt désolant. Pluie. Vent. Froid. Tout de suite après, les infos s'ouvrirent sur une grève des transports en commun qui s'annonçait dure.

Jennifer écoutait à peine, tendue sur la conduite de sa Renault qu'elle n'avait pas touchée depuis une éternité. S'embarquer pour Paris à cette heure relevait de l'inconscience, elle s'en rendait bien compte et, si la chose avait été possible à cet instant, elle aurait fait demi-tour. Elle quitta le boulevard périphérique à la porte de Bercy, pestant contre la pluie qui gorgeait la chaussée et les encombrements qui empiraient au fur et à mesure que le temps se gâtait. Plus que dix minutes avant l'heure du rendez-vous ! Jennifer se mit à râler tout haut, cette fois, en prenant la direction de Paris centre.

Europe 1 avait abandonné la politique pour énumérer quelques faits divers. Jennifer entendit qu'un enfant avait été découvert noyé sur une plage du nord de la France. En cette saison, ce ne pouvait être un accident de baignade, la police suspectait un acte criminel. Elle se demanda comment une chose pareille pouvait arriver, en même temps qu'une sensation étrange l'étreignait. D'un geste tremblant, elle changea de station.

Une radio commerciale diffusait un morceau à la mode d'une chanteuse anglaise. Progressivement, elle se détendit.

L'entrée dans Paris se révéla être un enfer, la traversée du pont d'Austerlitz une expédition à haut risque. À l'arrière dans le siège auto, son bébé, rendormi aussitôt que la voiture s'était mise à rouler, commençait à s'agiter. Ce n'étaient encore que de menus couinements mais, elle le savait, dans dix minutes, il hurlerait de faim. Il était 9 h 35 quand elle parvint en vue du Jardin des plantes. Le Dr Leroy tenait cabinet boulevard Saint-Marcel, à quatre ou cinq cents mètres de là, mais il lui fallait encore se garer et elle avait déjà vingt minutes de retard. Elle s'engagea dans le boulevard de l'Hôpital, complètement bouché. D'un coup d'œil elle avisa le couloir de bus dégagé et s'y engouffra, s'attirant quelques coups de klaxon réprobateurs. Cent mètres plus loin, elle se retrouvait au même point. Sur un soupir excédé, elle se retourna pour regarder Tom. Elle sourit en contemplant son petit ange, ses cheveux fins et pâles, ses minuscules poings serrés, sa bouche rose, ses petits yeux entrouverts sur le monde. Sa huitième merveille du monde, décréta-t-elle sans parvenir à s'apaiser vraiment.

C'est alors qu'un mouvement inquiétant attira son attention au-dehors. Un bolide noir, haut sur pattes, vitres opaques, déboulait à toute allure dans le couloir de bus, son pare-buffle chromé propulsé en avant telle la proue d'un char d'assaut. En un dixième de seconde, Jennifer comprit que le monstre allait percuter l'arrière de sa voiture et la pulvériser. D'elle et de Tom ne resteraient que des lambeaux sanguinolents massacrés par les tôles. Ce fut sa dernière pensée avant la collision.

2

Berck-Plage…

La mer charriait de gros moutons qui venaient mourir au bord de la plage en chapelets d'écume chargés de déchets. Sur l'horizon, d'imposants nuages blancs, scalpés au ras de l'eau par une déchirure lumineuse, n'annonçaient rien de bon, si l'on en croyait les quelques autochtones rassemblés à l'écart. Un début de printemps affligeant, comme l'avait été l'hiver et comme le serait la suite de la saison avant un été qu'on n'osait imaginer beau tant tout était détraqué maintenant. Le temps, un sujet sans risque pour ne pas aborder celui du jour qui, pourtant, brûlait toutes les lèvres.

— Ne communiquez pas entre vous, avait demandé le plus âgé des policiers de Berck, la PJ sera là d'un moment à l'autre et ils ne veulent pas que vous vous influenciez mutuellement.

La commissaire divisionnaire Edwige Marion embrassait le paysage, les mains dans les poches de sa parka noire imperméable. À côté d'elle, le lieutenant Jean-Charles Annoux serrait les dents et les fesses dans son costume citadin chic, insuffisant pour affronter le vent coupant comme une lame. Le commissaire Pierre Rebillard, de la direction interrégionale de la police judiciaire de Lille, désigna du doigt un point, trente mètres devant eux.

— Vous voyez le gros tronc d'arbre, là ?

Les deux flics parisiens acquiescèrent d'un hochement de tête. Il aurait été difficile de rater l'arbre couché, lavé par l'eau de mer, encore entouré d'une bande de rubalise qui l'enfermait symboliquement au cœur d'un carré de dix mètres sur dix mètres. Un groupe de mouettes stagnait à proximité, braillant leur dépit de leurs cris stridents aux deux hommes de faction qui ne cessaient de les refouler loin des déchets convoités.

— Elle était accrochée à la branche… par une manche de son manteau.

— Elle ?

Pierre Rebillard eut une mimique fatiguée. Il n'avait pas beaucoup dormi depuis la découverte de ce noyé auquel il avait finalement décidé de donner du « elle » sans être encore tout à fait sûr de son coup, même après le déshabillage du corps à la morgue de Lille. Il en avait rêvé toute la nuit, de cette enfant, comme d'une mauvaise farce. Une affaire-boulet qu'il traînerait longtemps, à moins qu'il ne parvienne à la refiler à Marion et à ses collègues de l'Office central pour la répression des violences aux personnes de Paris (OCRVP) que son patron bien inspiré avait décidé d'appeler sans attendre, persuadant le procureur de la République lillois que c'était la meilleure chose à faire. Des spécialistes rompus à ce type d'affaires, qui mettraient des moyens en œuvre et un temps qui manquait cruellement aux équipes locales.

Marion n'insista pas, elle était là pour s'imprégner de l'ambiance, elle s'imprégnait. Chaque chose en son temps.

La plage déserte s'étendait à perte de vue sans rien pour fixer le regard. Les cabines de plage peintes dans des tons pastel s'accroupissaient sur le sable beaucoup plus loin, à l'ouest. Rebillard suivit le regard de Marion :

— On les a examinées, ainsi que les quelques camping-cars qui stationnent là-haut. Les terrains de camping, la Guinguette, la Manche, Ami-Ami… tous les hôtels du front de mer… Si j'osais, mais il est encore trop tôt pour se prononcer, je dirais…

— Elle est arrivée par la mer, compléta Marion en forçant sa voix pour couvrir le feulement du vent.

— C'est ça, oui, mais pour l'instant…

La sonnerie de son téléphone portable interrompit à son tour le commissaire Rebillard. La conversation fut brève.

— On va laisser nos gars continuer à interroger les témoins, suggéra-t-il, on nous réclame à l'Institut médico-légal de Lille. Le légiste est prêt.

3

Paris, près du Jardin des plantes…

Jennifer sentit ses mâchoires grincer tandis que Tom proférait un son ténu. Puis le silence se posa, irréel, à peine troublé par le monde qui s'agitait à l'extérieur. Rien, il ne s'était rien passé, sinon une percussion sans gravité.

— Tout va bien, tout va bien, souffla-t-elle comme pour s'en convaincre, tout va bien…

Un rire nerveux la secoua. Alors qu'elle se retournait vers son bébé pour s'assurer qu'en effet il allait bien, elle vit s'ouvrir les deux portières du véhicule noir. Un homme apparut qui se laissa glisser sur le bitume d'un mouvement souple. Jennifer ne vit pas qui descendait côté passager, trop occupée par le type qui s'avançait dans sa direction. Il longea la Renault d'une démarche un rien mécanique. Elle remarqua ses cheveux d'un blond très pâle plaqués sur le crâne, son costume gris, ses gants de cuir. Elle aurait voulu intercepter son regard mais il n'ôta pas ses lunettes noires, il se contenta de cogner au carreau, doucement, avec une sorte d'indolence. Jennifer fit descendre la vitre mais cela ne sembla pas le satisfaire. Par gestes, il lui ordonna de sortir. Un coup d'œil à l'horloge de bord : 9 h 50. Si elle tardait encore, le rendez-vous serait définitivement fichu ! Sa tension regrimpa d'un coup quand elle comprit que l'autre ne la lâcherait pas.

En dépit de tous ses signaux intimes passés au rouge, elle obéit.

À cause de la pluie, les piétons se pressaient, recroquevillés sous leurs parapluies ballottés par le vent. Les automobilistes, eux, regardaient ailleurs. Un bus envoya un coup d'avertisseur impatient mais l'homme blond lui montra l'accident d'un geste empreint de froideur et le conducteur actionna son clignotant pour se glisser dans la file voisine. Jennifer, sans même songer à enfiler son imper, accompagna celui qui semblait tenir à ce qu'elle vînt elle-même constater les dégâts. De dos il lui parut encore plus grand, doté d'une musculature bosselant le tissu de sa veste qu'effleurait une longue natte fine arrêtée entre les omoplates par une pierre brillante. Le pare-buffle du 4 × 4 avait enfoncé le pare-chocs de la Renault en lui arrachant pas mal de chrome. Cela n'avait pas l'air très grave cependant et, à première vue, la petite voiture pouvait continuer à rouler.

L'homme toucha son bras. Elle frissonna, pas sûre de comprendre ce qu'il voulait.

— Vous voulez faire un constat ? cria-t-elle pour dominer le rugissement de la circulation et oublier l'eau qui lui coulait dans le cou.

Il fit de la tête un signe qui pouvait signifier « oui ».

L'image du mari de Jennifer s'interposa avec son air sévère de maître qui va gronder un mauvais élève...

— Ce n'est peut-être pas la peine, si ? hasarda-t-elle, votre voiture n'a rien...

Elle leva les yeux vers lui, plaquant sur ses lèvres un sourire enjôleur. Muré dans son silence, insensible au charme de Jennifer et à la pluie qui mouillait son costume, l'homme la saisit par le bras et l'entraîna vers son 4 × 4 qu'elle perçut tout à coup comme un animal malfaisant à l'affût. En alerte, elle eut l'idée de résister mais ne le put. Mal à l'aise, elle se retourna et aperçut une femme de l'autre côté de la voiture, près de la portière arrière. Une espèce de copie conforme de l'homme, en brune, vêtue d'un imperméable beige serré à la taille. Il se dégageait d'elle la même allure glaciale. Un détail fit grimper la tension de Jennifer : la femme tenait un enfant par la main. Un enfant bizarre, court sur pattes et pataud comme un jeune chiot. Dos tourné, la tête couverte d'un bonnet de laine, il paraissait amorphe, sur le point de s'effondrer sur le trottoir si la femme ne l'avait fermement cramponné par le col de son manteau.

L'homme tira Jennifer par la manche jusqu'au 4 × 4. Un automobiliste s'arrêta à leur hauteur, le blond lui fit de la main un geste qui signifiait : dégage ! avant d'ouvrir sa portière et de monter à bord. Le moteur puissant ronfla aussitôt. Suivit le bruit caractéristique de la boîte de vitesses maltraitée. Le monstre noir recula rapidement pour s'engouffrer dans la circulation à contre sens sans se préoccuper des coups de klaxon qui fusaient autour de lui. Jennifer songea vaguement à lui courir après. Mais ce que son cerveau imaginait, son corps le refusait. De plus, cela voulait dire laisser la voiture et le bébé dedans.

Et la pluie qui l'inondait.

À l'angle du boulevard Saint-Marcel, le 4 × 4 marqua un arrêt bref. De loin, Jennifer distingua la femme brune qui montait à bord, l'enfant bizarre dans les bras. Il tenait à peine sur ses jambes, voilà qu'il fallait le porter à présent. Et il y avait autre chose que, d'emblée, elle ne comprit pas. Une anomalie.

Elle aurait voulu hurler une injure, mais aucun son ne franchit ses lèvres.

Une vague d'angoisse l'étouffa.

4

Lille…

Le commissaire Rebillard s'arrêta à l'arrière du bâtiment de l'institut médico-légal de Lille, une construction moderne d'un étage située rue André-Verhaeghe, sur l'emprise du CHR de Lille, juste à côté du centre de soins des détenus enfermé entre des grillages infranchissables. Faute de place, il se gara à cheval sur le trottoir et s'extirpa de sa voiture de fonction, grise, semblable à toutes les bagnoles de flics, repérable à des kilomètres. Marion et Jean-Charles Annoux lui emboîtèrent le pas, fascinés par la vélocité du gars malgré l'embonpoint qui l'obligeait à écarter les bras, tenant éloignée de lui sa sacoche de cuir. Devant l'entrée de la morgue, abrité sous un auvent, un type d'une cinquantaine d'années, en costume-cravate, semblait les attendre. Il regarda sa montre ostensiblement avant d'accepter de leur serrer la main. Rebillard le présenta comme le commandant, chef du groupe d'enquête de la PJ de Lille en charge de l'affaire de « la » noyée de Berck-Plage. Marion ne put s'empêcher de penser que les flics d'aujourd'hui ne ressemblaient plus à ce qu'elle avait connu à ses débuts, vingt ans auparavant. Des représentants de commerce, des golden boys, des gravures de mode, voilà ce qu'ils étaient devenus à l'exception de quelques résistants dont elle faisait partie, farouchement arc-boutés sur leurs jean, leurs blousons douteux et leurs cheveux trop longs. Finalement, songea-t-elle en pénétrant dans la salle réfrigérée, chez les flics il n'y a que les bagnoles qui ne changent pas. Et les salles d'autopsie avec leurs tables encombrées de cadavres et leurs odeurs *charmantes*.

La morgue de Lille en comptait deux, une « single » et une à deux places.

— Ah ! vous voilà enfin ! émit derrière eux une voix qui perturba aussitôt Marion.

Elle resta un moment clouée, troublée par un souvenir qui venait de loin, de si loin qu'il en paraissait irréel. Des pas dans son dos. Ses trois acolytes s'étaient déjà approchés de la table d'autopsie qu'elle restait là, plus raide qu'une statue dans un jardin public.

Le médecin légiste la dépassa sans prendre garde à sa présence. Un flash la propulsa des années en arrière et elle suivit le médecin, dans un état second. Il salua d'un léger mouvement de la tête les hommes alignés devant le corps en attente mais demeura de leur côté sans offrir à Marion d'autre point de vue que son dos.

— Nous allons pouvoir commencer ? demanda-t-il impatiemment cependant que l'agent technique de police scientifique terminait le relevé des empreintes du cadavre crûment exposé aux flashs en rafales d'un officier de l'Identité judiciaire. Messieurs ?

— Oui, on a fini, dit Rebillard en adressant à ses hommes un signe autoritaire pour qu'ils cèdent la place, que pouvez-vous nous dire, docteur ?

Le légiste ne répondit pas, se contentant d'ajuster devant son visage un masque chirurgical, des lunettes en plexiglas et d'attraper de ses mains gantées de latex le bras du scialytique pour l'orienter ainsi qu'il le souhaitait.

— Le 6 avril... à 16 heures, début de l'autopsie de X... corps découvert le 4 courant à Berck-Plage, dit-il à l'intention de l'auditoire. Opération réalisée sous la direction du Dr Olivier Martin.

Marion vacilla dans l'indifférence générale. Et ce n'était pas à cause de l'ambiance ni du froid que son sang, soudain, se glaçait dans ses veines. Des corps, elle en avait vu et pas toujours des frais. Certaines mutilations lui provoquaient encore, des années après, des cauchemars qu'exacerbaient les réminiscences de sa mémoire olfactive. Sans compter qu'elle n'avait jamais réussi à s'habituer aux cadavres malmenés par des mains barbares.

Olivier Martin. Elle venait de prendre en pleine gueule le Dr Olivier Martin. Sa voix, sa silhouette. Voilà qu'une fois de plus le destin lui faisait une blague.

5

Paris…

Jennifer jaugea d'un coup d'œil les dégâts. Pas mal amochée, la voiture, au bout du compte. Son mari allait vraiment se mettre en colère. Elle avait enfreint les règles, son rendez-vous était à l'eau et maintenant, l'accident… Trempée, désemparée, elle invectiva en silence le sale type qui l'avait plantée au milieu du boulevard après l'avoir emboutie. Elle s'assit derrière son volant et tenta de se calmer.

Un bruit anormal provenant de l'arrière la figea sur place. Elle se retourna, glacée d'appréhension.

La stupéfaction et l'effroi brouillèrent sa vision.

À première vue, c'était une fillette. Trop grande pour entrer dans le siège auto sur lequel elle était juste posée. Jennifer ne prit pas la peine de la détailler, aveuglée par l'affolement :

— Tom ! cria-t-elle.

Elle se jeta par-dessus le siège dans l'espoir qu'il aurait glissé entre les banquettes. Elle eut beau se contorsionner, les joues en feu et le cerveau prêt à imploser, elle dut se rendre à l'évidence : son bébé avait disparu !

Les cris de Jennifer écorchaient ses propres oreilles, transperçaient les vitres de la Renault, faisant s'arrêter quelques passants. Elle s'apprêtait à hurler au secours, à l'aide, n'importe quoi, quand son regard croisa celui de l'enfant. Elle y lut une supplique qui n'avait rien d'humain et qui lui assécha la bouche tandis que des picotements de peur assaillaient le dessus de ses mains.

Son cerveau lui ordonnait de sortir de la voiture, de s'éloigner. Mais le regard de l'enfant la verrouillait à son siège, la poussant à faire le contraire.

Téléphoner ! À la police ! Elle devait appeler la police ! Pas de téléphone portable, avait décrété son mari, pour quoi faire ? Elle chercha des yeux son sac comme s'il pouvait la tirer de ce mauvais pas.

— Où est mon fils ? fit-elle d'une voix mourante à l'intention de l'être atone apparemment pas au mieux de sa forme.

Elle tressaillit quand une musique inconnue retentit dans l'habitacle. Le regard de Jennifer plongea sur l'autoradio éteint. Elle se demandait d'où sortait cet air quand un objet heurta son épaule. Elle sursauta et, lentement, tourna la tête vers l'arrière. L'enfant bizarre dardait toujours ses yeux sans couleur, aussi impavides que la surface d'un lac aux eaux mortes. Dans sa main, un petit téléphone gris lançait ses notes mécaniques tandis que l'écran clignotait. Un nouveau coup sur le triceps fit comprendre à Jennifer qu'elle devait répondre.

— Où est mon fils ? redit-elle un peu plus fort tandis que la voiture se mettait à tourner autour d'elle. Qu'est-ce que vous en avez fait ?

— Il va bien.

La voix, féminine, rauque, pourvue d'un accent prononcé, slave ou russe.

— Je vais appeler la police !

— Ça serait un très pire idée…

— Pardon ?

— Pas de police, dans intérêt de vous et de enfant. Jennifer s'emporta :

— Que voulez-vous ? Mon bébé n'a pas 4 mois ! Il a besoin de moi !

— Occupez-vous de fille et après nous rendons votre bébé. C'est compris ?

Il y eut une sorte de ricanement puis plus rien. Hébétée, Jennifer secoua l'appareil puis fixa l'écran. Le rire retentit encore et Jennifer comprit qu'il ne sortait pas du téléphone mais de la gorge de l'enfant. Tremblant de tous ses membres, elle démarra pour faire demi-tour.

6

Lille…

Le Dr Olivier Martin avait commencé par détacher du lobe de l'oreille gauche de la morte un ornement d'un genre peu répandu à première vue. Un cercle de métal blanc d'un demi-centimètre de diamètre dont le centre était composé d'un amalgame sombre qui avait distendu le lobe à cause de sa taille et de son poids. Le système d'attache se montra récalcitrant et le Dr Martin pesta : comme si c'était à lui de faire ça ! Le commandant de la PJ de Lille marmonna une excuse. Depuis le début, il gardait les yeux rivés sur le corps en attente, exprimant à sa manière ce que tous les autres ressentaient : qu'est-ce que c'était que cette créature ? Il adressa un signe à l'agent de la police technique et scientifique qui tendit un sachet de plastique entrouvert au praticien afin qu'il y glissât l'objet. L'homme ferma la pochette et s'éloigna pour rédiger la fiche de scellé. Jean-Charles Annoux nota sur son micro-ordinateur qu'une *seule* boucle d'oreille figurait à l'inventaire et que le lobe droit n'était même pas percé ni ne portait la trace d'un bijou quelconque. D'ailleurs, ce lobe se révélait de très petite taille, sans comparaison avec celui de l'autre oreille qu'un guerrier massaï n'aurait pas renié.

Le médecin légiste poursuivit son examen des éléments externes. Marion, dans un brouillard immobile, l'entendit décrire ce que tout le monde pouvait distinguer : personne apparemment de sexe féminin, taille 1,22 m, poids 35 kilos, périmètre crânien 56 cm. Âge : difficile à déterminer, pouvant se situer entre 50 et 60 ans. Ou plus. Ou moins. Impossible à dire.

— Comment ça ? demanda le commissaire Rebillard qui ouvrait des yeux comme des soucoupes.

Le légiste marqua une pause comme s'il cherchait une réponse satisfaisante. N'en trouvant pas, il préféra enchaîner :

— Des dysmorphies importantes dans la structure posturale font pencher pour un individu atteint de nanisme, nous verrons à l'examen interne si une anomalie hypophysaire détectable confirme cette hypothèse mais j'en doute...

Une naine maintenant, songea Marion en reluquant les pieds carrés, hauts comme des pieds bots.

— L'achondroplasie, dit Martin, le cas le plus fréquent de nanisme, est une anomalie génétique non héréditaire qui donne des membres courts par rapport à la taille du thorax et du crâne. Or là, qu'avons-nous ? Une croissance qui ne semble pas dystrophique, bien que les membres aient visiblement souffert en tentant de grandir, ce qui provoque ces courbures et excroissances inesthétiques.

— Un euphémisme ! commenta le commandant toujours un peu pâle en suivant le doigt du légiste qui montrait à la suite l'épaisseur des os courts et biscornus, l'hyperdéveloppement des articulations, la largeur des mains et des pieds.

— Dans le nanisme, poursuivit Martin, la croissance des os de la face est fortement perturbée mais ici on peut constater que ce n'est pas le cas. Le faciès est large et les traits grossiers mais aucune anomalie de croissance n'est décelable a priori. Je pencherais donc plutôt pour une insuffisance hypophysaire ou un déficit de production de l'hormone de croissance.

Il se mit en devoir de mesurer le crâne et le visage, annonça les résultats que son assistant – nommé depuis peu par décret *agent de chambre mortuaire* – s'empressa de comparer à des indications de référence figurant sur un tableau.

— C'est assez surprenant, commenta le Dr Martin après que l'autre lui eut fourni les données. Comme vous le savez sans doute le développement crânien est atteint chez tout individu après sa cinquième année mais le visage, lui, continue de croître. L'étalonnage laisse supposer que ce sujet n'a pas plus de 6 ou 7 ans. Sa boîte crânienne est à maturité mais pas son visage.

Marion fit un pas en avant et gratifia Jean-Charles Annoux d'un regard éloquent.

— Ce n'est pas simple à comprendre, émit le lieutenant décontenancé, vous pouvez nous expliquer ça, docteur ?

— Eh bien, pour l'instant, non, je ne peux pas...

Olivier Martin, armé d'une loupe, était à présent penché sur le corps qu'il examina lentement, de haut en bas :

— Je note la présence de zones d'érosion cutanée sur les joues et le front ainsi que d'ecchymoses sur les paupières. D'autres traces analogues sont remarquées sur les membres inférieurs, en particulier les genoux, chevilles, talons et le haut des cuisses. La victime était-elle vêtue lors de sa découverte ?

Le commandant de la PJ de Lille confirma d'un « partiellement » ponctué d'un hochement de tête.

— Bien... Les abrasions et multiples microplaies sont sans doute dues au contact avec le sable et divers objets charriés par la mer... À part cela, aucune blessure externe apparente, sinon une coupure de deux centimètres à la tempe droite, peu profonde. Ante mortem, la coagulation est opérée...

Il demanda une pince à épiler, écarta les lèvres de la blessure et en retira un fragment qu'il déposa sur une plaquette translucide.

— Un petit morceau de verre, d'un demi-millimètre... dit-il en poursuivant ses recherches.

Il se redressa, bredouille.

— Nous allons maintenant regarder ce qui se passe à l'intérieur...

Même en retrait, Marion ne perdit rien des manipulations suivantes. Le groupe de flics ne bronchait pas, attentif aux gestes du légiste et de son assistant-découpeur. Ils avaient bien saisi que ce cas invraisemblable posait quelques problèmes au médecin et ils retenaient leur souffle en attendant la suite.

L'examen des organes internes n'apporta pas de révélation fracassante sinon la certitude qu'en l'absence d'eau dans les poumons et l'estomac en quantité suffisante pour attester de la noyade on pouvait en conclure que celle-ci n'était pas la cause de la mort. Et ce, bien que le corps ait séjourné dans l'eau de mer pendant environ quarante-huit heures. De même, la dissection du cœur ne fit pas pencher pour un infarctus massif et brutal, et il ne fut relevé aucun hématome ni blessure visible ou cachée permettant d'établir la raison pour laquelle la « créature » exposée sur la table comme un morceau de boucherie avait échoué sur la plage de Berck. L'estomac était vide et rétréci, pas plus gros qu'une orange ce qui signifiait que l'enfant n'était pas nourrie correctement depuis un certain temps. La nécrose des tissus voisins, la coloration foncée du foie et l'état des viscères abdominaux – avec un colon blindé d'excréments ressemblant à des crottes de lapin – conforta le médecin dans son diagnostic : on était en présence d'un cas aberrant.

— Et le mot est faible ! intervint Rebillard. Vous avez déjà vu un truc semblable, commandant ?

— Non, jamais, et pourtant j'en ai vu…

Avait-on délibérément privé la victime de nourriture ? demanda le lieutenant Jean-Charles Annoux.

Le Dr Martin ne disposait d'aucune réponse satisfaisante. C'était possible car on observait quelques signes externes de dénutrition : cheveux clairsemés, ventre arrondi, peau terne et craquelée.

Mais pas flagrant. Et l'insuffisance alimentaire n'avait pas été violente, sans doute lente.

— Une forme d'anorexie comme on la rencontre chez les vieux, poursuivit Martin, qui en ont marre de vivre et finissent par ne plus s'alimenter, ou qui ne le peuvent plus.

Cette hypothèse se confortait des signes d'une constipation chronique.

— Vous êtes en train de nous dire que cette... enfant est morte de vieillesse ?

La consternation du commissaire Rebillard lui avait fait hausser le ton. Le reste du public sursauta, comme s'il avait laissé échapper une incongruité.

— Personne ne meurt de vieillesse, corrigea le légiste. La vieillesse n'est pas une maladie... Mais elle induit la dégradation des organes, l'affaiblissement, l'usure, la maladie. Alors, oui, la vieillesse sans doute... Encore que...

Il était à présent penché sur le bas-ventre de l'autopsiée. C'était bien un corps de sexe féminin. Avec un mont de Vénus effacé, une vulve dépourvue de poils, l'appareil génital d'une petite fille.

— Pas de caractères sexuels secondaires affirmés, souffla Martin. Pas de poils pubiens... Quant au développement des organes génitaux internes, il est insuffisant ou atrophié. L'utérus mesure 4 cm. Les ovaires n'ont pas plus d'un centimètre de large, 1,5 cm de long, 6 mm d'épaisseur, soit un volume ovarien de 3 ml au grand maximum... Je confirme, on a là l'équipement d'une fillette. Pas d'atteinte ni d'activité sexuelle, l'hymen est bien fermé, pas de lésions suspectes sur l'intérieur des cuisses, le pelvis ou le ventre...

Les flics échangèrent des regards atterrés. Rebillard loucha sur Marion qui écarta les bras en signe d'ignorance. Comment aurait-elle pu décrypter cet imbroglio physiologique ?

— Revenons à la tête ! ordonna le médecin à son assistant qui se précipita à la recherche d'une scie électrique.

Après le rabattement du scalp, le ronflement de la scie vrilla les tympans de l'assistance, l'odeur de corne brûlée agressa les narines. Le commissaire Rebillard et Jean-Charles Annoux se détournèrent. C'était, avec l'ouverture à la cisaille de la cage thoracique le moment le plus insoutenable d'une autopsie.

— Pesage ! ordonna Martin après avoir dégagé le cerveau. Poids normal, jaugea-t-il aussitôt que le découpeur lui eut donné la réponse. Pas d'anomalie structurelle a priori, mais nous devrons procéder à des biopsies de l'ensemble des organes, à mon avis, cela mérite d'être approfondi en anapath…

Il releva le lambeau de peau du visage et réexamina la face, les orifices du nez, la bouche.

— Jolies dents, estima-t-il.

— C'est-à-dire ? émit Marion d'une voix d'outre-tombe qui ne le fit même pas se retourner.

— Très fraîches, bien alignées, petites, propres, pas de carie ni de soins qui pourraient nous donner une indication… On dirait… Mais attendez… Michel !

L'agent de chambre mortuaire leva la tête.

— Fais voir les radios ! ordonna Martin, je voudrais vous montrer le summum de cet examen apocalyptique.

Le dénommé Michel se dirigea vers la cloison perpendiculaire à la table, suivi par les regards des policiers statufiés. Il manipula une télécommande et un grand tableau s'éclaira. Une dizaine de radiographies apparurent, révélées par le négatoscope.

Le Dr Martin s'en approcha après avoir relevé ses lunettes protectrices sur son front. Il saisit au passage une longue baguette qu'il pointa sur une série de clichés montrant le bas d'un visage, une bouche et deux rangées de dents. Face, profil, droit et gauche. En regardant de plus près, on voyait que cette bouche était un chantier incroyable, ce n'était pas deux rangées de dents mais...

— Quatre, dit le légiste. Une en bas, une en haut, jusqu'aux premières molaires. Les deux autres sont encore dans les gencives, invisibles autrement qu'à la radio.

— Mais qu'est-ce que ça veut dire... murmura Rebillard, de moins en moins fanfaron.

Le Dr Martin se voûta un peu plus en agitant devant ses yeux, à distance raisonnable, sa main libre encore gantée. Il fit le tour des assistants d'un coup d'œil rapide, sans s'attarder sur aucun :

— La victime que nous venons d'autopsier a encore ses dents de lait.

— Mais, quel âge elle a, alors ? proféra Jean-Charles, largué.

— C'est une question à combien ? tenta d'ironiser le Dr Martin qui perdait peu à peu de son assurance. Parce que là, je n'en sais foutre rien. À première vue, je dirais une bonne soixantaine d'années. Après coup, pas plus de 6 ou 7 ans. Alors, soit nous sommes en présence d'un vieux qui a partiellement et sexuellement oublié de grandir et de se développer jusqu'à garder ses dents de lait, soit d'un enfant qui a vieilli plus vite que les autres mais, là aussi, de façon anarchique.

Le nom de *progeria* fut évoqué. Le Dr Martin fit part de son scepticisme. L'enfant ne présentait aucune des caractéristiques de cette maladie génétique, rarissime de surcroît puisque, à sa connaissance, il n'en existait que quelques cas en France et pas plus d'une centaine dans le monde. Chez les sujets atteints de progeria, c'est l'ensemble du corps et des organes qui cavale dans le vieillissement, jusqu'à dix fois la vitesse normale. On était bien là en présence d'un spécimen encore jamais rencontré. Un de ces mystères de la science et de la médecine réunies qui contribuait à rendre un peu plus opaque le cas de cette créature vomie par la Manche.

— Voilà, messieurs, soupira le médecin légiste en retirant ses gants qu'il jeta dans un bac à déchets.

Et moi je sens le gaz, songea Marion sans prendre garde au fait qu'elle était restée délibérément dans le dos du Dr Martin.

— Ça va, patron ? s'enquit Jean-Charles Annoux, inquiet de la pâleur de la commissaire. Qu'est-ce que vous en pensez ?

Le médecin légiste venait de retirer son masque et ses lunettes et de les poser sur un chariot d'instruments poussé par son assistant qui se préparait à refermer le corps. Intrigué par le mouvement du lieutenant pour s'approcher de la divisionnaire, il tourna la tête vers elle et Marion reçut en pleine face l'éclat de ses yeux gris acier, toujours vif malgré l'infime voile de lassitude que pose le temps et ses foutus malheurs. À peine plus dégarni, son front intelligent présentait un hâle subtil, ses joues ombrées d'une barbe de deux jours semblaient un poil plus creusées. Par réflexe, Marion se posa la seule question valable à cet instant : que faisait ici, dans l'antre de la mort, le sémillant Dr Olivier Martin, spécialiste de biologie animale et plus spécifiquement des espèces ornithologiques éteintes ou en passe de l'être, qu'elle avait connu à l'occasion d'une affaire douloureuse et n'avait jamais recroisé depuis[1] ? Un homme dont elle était alors presque amoureuse, qui lui avait entrouvert la porte d'un avenir commun avant de la refermer brutalement et de disparaître. Contrairement à Marion, il ne manifesta ni trouble ni surprise, se fendant d'un léger sourire tandis que son regard l'enveloppait d'une sorte de tendresse nostalgique, l'espace d'une seconde. Le temps sembla s'arrêter pour la commissaire, raidie d'incompréhension. Pourquoi le Dr Martin ne réagissait-il pas à sa présence alors que, bien évidemment, il l'avait reconnue ? Et pourquoi elle-même ne lançait-elle pas un simple « bonjour, Olivier » qui aurait probablement rompu la glace ?

Sur un vague signe de tête, Martin commença à faire mouvement vers le fond de la pièce en énonçant d'un ton neutre qu'il remettrait son rapport dans la soirée. Elle le suivit des yeux, sidérée.

---

1. Affaire classée, Éditions Robert Laffont-Versilio ; J'ai lu. (N.d.A)

— Ça va, patron ? souffla encore une fois tout près de son oreille la voix amie de Jean-Charles Annoux, vous semblez perturbée…

— Qu'est-ce que tu penses de tout ça ? s'impatienta Rebillard qui s'attendait à des commentaires de cette collègue Marion dont il avait entendu vanter la perspicacité.

Il y avait également une nuance détachée dans sa voix, une manière d'énoncer que ce cas abracadabrant n'était plus entièrement son problème et qu'il n'était pas fâché de refiler ce dossier pourri aux Parisiens.

— Non, dit Marion après une longue secousse destinée à remettre son cerveau dans le droit chemin, ça ne va pas, je vais demander des examens complémentaires, d'autres avis plus… éminents que celui-ci. Le Pr Bailly, à Paris, me semble tout indiqué… Jean-Charles, appelle-le de ma part, je vais en aviser le procureur… Puisqu'on est saisis officiellement, on va faire expatrier ce corps…

Elle apostropha l'employé de morgue :

— Ne touchez plus à rien, prenez les mesures conservatoires nécessaires et placez le sang et les organes prélevés dans des récipients ! Vous avez bien compris ?

L'homme suspendit ses gestes, tourna la tête en direction du légiste qui se préparait à passer la porte. Le Dr Martin marqua un infime temps d'arrêt. Il se raidit et les officiers craignirent de le voir faire demi-tour, foncer sur Marion parce que, franchement, elle n'y allait pas avec le dos de la cuiller. Mettre en doute ouvertement ses compétences constituait une injure pure et simple.

Il y avait forcément une raison majeure, personne ne se serait risqué à une telle attaque, à deux pas d'un corps pas encore refermé. Quelque chose était arrivé entre ces deux-là qui les dépassait.

Rien de grave ne survint, cependant. Olivier Martin ne se retourna pas, il se contenta d'affirmer que Marion avait raison, deux avis valaient mieux qu'un. D'une phrase, il confirma à son aide qu'il devait faire ce qu'on lui demandait et qu'il en vérifierait personnellement l'exécution. Quand il disparut dans le couloir, Marion respira à fond pour chasser une pensée malséante et se convaincre qu'elle ne connaissait pas l'homme qui l'avait ignorée.

7

Saint-Denis...

La pluie tombait de plus en plus fort quand Jennifer parvint en vue de Saint-Denis. Le trajet avait été un calvaire et par deux fois le téléphone avait sonné. La femme à la voix rauque voulait s'assurer qu'elle n'allait pas flancher et commettre un acte irréfléchi. Ce n'est pas qu'elle n'y songeait pas, au contraire, Jennifer n'arrêtait pas de tourner et retourner dans sa tête les quelques possibilités qui s'offraient à elle. Mais la certitude qu'on la suivait l'avait dissuadée. À l'arrière, l'enfant haletait de plus en plus fort et l'instinct de Jennifer lui soufflait que l'impatience de ses interlocuteurs à la voir arriver rapidement à bon port avait un rapport avec son état.

« Mon Dieu, mon bébé, tu dois avoir faim ! » gémit Jennifer la gorge serrée par la détresse. Douloureux, ses seins ne cessaient de se répandre sur son chemisier, alors que Tom avait tant besoin de son lait ! Le plus important était d'exiger la preuve qu'il allait bien.

Sur sa gauche, le terrain vague sortit des brumes, projetant vers le ciel les contours de sa maison.

Il fallait déborder d'imagination pour appeler cet endroit « maison ». La friche industrielle occupait trois hectares au milieu de rien, dans un triangle délimité par les grands axes desservant les faubourgs nord de Paris. Des bâtiments à l'abandon, envahis de ronces, inhospitaliers.

Jennifer roula un moment dans une allée défoncée, projetant des gerbes d'eau sur son passage. Elle contourna un grand panneau qui annonçait la rénovation prochaine du site appelé l'Usine et où cohabiteraient des bobos ou des étrangers pleins aux as dans des lofts immenses et sinistres, comme le sien.

Un coup d'œil dans son rétroviseur fit décrocher son cœur : une berline suspecte venait d'apparaître derrière le panneau ! Jennifer roula quelques mètres au ralenti pour s'apercevoir que la voiture, au lieu de tourner à gauche comme elle, filait tout droit.

— Je deviens dingue ! articula-t-elle tout haut.

Elle eut à peine le temps de redémarrer que le téléphone sonnait pour la troisième fois en dix minutes. Elle répondit sans attendre que son interlocutrice s'exprime :

— Ça va ! dit-elle en colère, j'y suis !

— Vous va devoir porter l'enfant. Faible, vous comprendre ?

— Mais…

Le déclic lui coupa la parole.

Espèce de salope ! râla Jennifer en pénétrant dans le sous-sol – l'ancienne zone d'expédition des ateliers – qui lui servait à remiser sa voiture. *Sa* voiture qui était devenue celle de son mari depuis qu'elle n'avait plus le droit de la conduire.

Elle ne pouvait pas non plus sortir seule, même avec Tom et jusqu'ici, elle n'y avait rien trouvé à redire. Le cauchemar qu'elle était en train de vivre ne se serait pas produit, songea-t-elle sans pouvoir s'en défendre, si elle avait obéi à son mari. Un accès de culpabilité la saisit. Il la gardait pour lui parce qu'il l'aimait, pourquoi se poser d'inutiles questions ?

Quand elle ouvrit la portière arrière, l'enfant bizarre ne broncha pas. Ses yeux restaient fixes, sa bouche entrouverte et depuis le deuxième appel téléphonique, elle n'avait plus tenté de reprendre l'appareil à Jennifer. Comme si elle n'en avait plus la force. L'idée de l'abandonner là lui traversa l'esprit. Elle mourrait sûrement, assez vite si on en jugeait par son état. Et il valait mieux que ça se passe dans la cave plutôt que dans le loft. Une fois là-haut, elle appellerait Sasha. À présent, il devait être arrivé à New York puisque c'était là qu'il allait, lui avait-il expliqué de Londres où il donnait des conférences depuis bientôt une semaine.

C'est alors que Jennifer aperçut la girafe Sophie coincée entre le tapis de sol et les chaussures de la fillette. Elle eut l'impression de recevoir un violent coup sur la tête.

L'enfant émit un râle et Jennifer se dit qu'elle devait se décider rapidement.

Les dents serrées, les yeux détournés pour ne pas voir le regard éteint, elle jeta la bandoulière de son sac par-dessus son épaule et saisit l'enfant à bras-le-corps.

Le loft était glacial. Quand Jennifer claqua la porte derrière elle, le bruit lui parut celui d'une pierre tombale qui se referme. La lente ascension des trois niveaux dans le monte-charge antédiluvien s'était révélée une épreuve épouvantable. Le corps de la fillette ne pesait pas très lourd contrairement à l'impression mastoc qu'elle donnait. Sa chair paraissait sans consistance, ses os mous et, vue de près, sa peau était fendillée, grisâtre. Ses halètements s'étaient espacés et elle ne bougeait plus, comme si la vie allait quitter son corps d'un instant à l'autre. Pourtant, pendant l'interminable montée, son visage s'était retrouvé en contact avec le corsage de Jennifer dégoulinant de lait. L'enfant s'était mise à téter le tissu. Timidement d'abord, puis plus fort.

— Arrête ! avait crié la jeune mère avec répugnance, mais la fillette ne l'entendait pas ou ne la comprenait pas.

Sa main biscornue s'était levée avec peine pour agripper la soie du chemisier et renforcer le contact de ses lèvres avec le liquide miraculeux. Jennifer faisait tout pour l'écarter mais l'enfant avait continué jusqu'à ce qu'elle soit obligée de la poser à terre pour sortir ses clefs de son sac et ouvrir la porte.

Jennifer dut surmonter sa répulsion pour la porter à l'intérieur et une fois dans l'espace à moitié plongé dans l'obscurité, tout lui parut hostile, menaçant. Le loft n'avait pas de fenêtres. Les cloisons extérieures étaient pleines, composées d'armatures métalliques comblées par des matériaux divers mais essentiellement de la brique. La lumière venait de la verrière, à quatre mètres de hauteur. Les jours de grand beau, le plateau était lumineux au point qu'il fallait parfois chercher de l'ombre pour échapper aux rayons du soleil. Aujourd'hui, avec les nuages noirs accrochés aux carreaux dépolis et la pluie qui dévalait en rafales, Jennifer n'aurait su dire si on était le jour ou la nuit. Bien que le chauffage fonctionne, l'impression d'un froid permanent régnait ici. Jennifer chercha autour d'elle un endroit où poser son fardeau. Désemparée, elle mesura brutalement la vacuité des lieux.

Finalement, elle se résigna à la déposer sur son lit. L'enfant bizarre se retrouva allongée, presque inanimée, les lèvres sèches, le regard toujours fixement ouvert. Jennifer la contempla quelques secondes, recula de trois pas. Puis elle courut à travers le loft jusqu'au téléphone posé sur un des meubles sommaires de la cuisine.

Elle saisit l'appareil et appuya sur la touche qui la reliait directement au numéro de mobile de son mari. Elle attendit, des fourmis dans les jambes, la tête en feu, avant de constater qu'il n'y avait aucune tonalité. Elle se mit à secouer l'appareil. Elle vérifia le fil, intact, la prise, à sa place, et se laissa tomber sur une chaise. Forcément, cette panne de téléphone n'arrivait pas par hasard !

Alors que les larmes lui montaient aux yeux, une idée lui vint. Elle regarda autour d'elle à la recherche de son sac qu'elle avait abandonné près de la porte. Elle s'y précipita, le fouilla pour exhumer le mobile gris. Fébrilement, elle composa le numéro de Sasha. Un signal lancinant suivi d'une annonce dans une langue inconnue fut la seule réponse. Pas de réseau ? Était-ce ce que signifiaient les mots de la voix électronique ou bien autre chose qu'elle aurait été bien en peine de comprendre, elle qui ne parlait aucune langue étrangère ? Elle s'énerva un moment sur le téléphone jusqu'à ce que l'appareil émette de nouveau sa musique alerte.

— Je veux voir mon fils, cria-t-elle avant que l'autre n'ait eu le temps de parler. Vous m'entendez ? Je veux le voir ! Sinon je...

Instantanément, la sonnerie « occupé » retentit. Hébétée, Jennifer contempla l'appareil. Un moment immobile suivit dans le silence absolu du loft jusqu'à ce que le signal d'arrivée d'un message la fasse sursauter. Elle était incapable de lire les indications mais d'instinct elle ouvrit le MMS qui s'affichait. Tom ! En gros plan, calme et tranquille. Le contact dura dix secondes mais on voyait bien que l'enfant était vivant et en bonne santé.

— Mon amour, gémit Jennifer tandis qu'une main géante lui broyait la poitrine.

Quand l'image disparut, elle fondit en larmes. Les autres ne lui donnèrent pas le temps de se laisser aller davantage. Les premières notes de Chopin jaillirent du portable :

— Votre fils aller très bien, vous avoir vu, non ? Alors, maintenant, toi nourrir la fille !

— Comment ça, nourrir la fille ? Qu'est-ce que je dois lui donner ?

— Toi savoir très bien. Lait.

— Quel lait ?

— *Ton* lait. Compris ? Toi avoir cinq secondes. Si tu pas obéir, enfant Tom va mourir...

Tom va mourir. Toi obéir. L'injonction entra en elle, dispersa ses défenses. Elle risqua, sur le ton de la confidence :

— Vous me surveillez ?

— Toi, perdre précieuses secondes. Je compter. Cinq, quatre...

8

Lille…

Marion prit le volant entre la morgue et l'immeuble de sept étages qui hébergeait la PJ de Lille, au début du boulevard de la Liberté, à cent mètres du bois de Boulogne et de la Deûle. Se concentrer sur la conduite lui évitait de penser à autre chose. Assis près d'elle, Jean-Charles Annoux l'observait du coin de l'œil. Une question lui brûlait les lèvres mais il n'osait pas se lancer. Depuis qu'ils vivaient sous le même toit dans le 19e arrondissement de Paris, il avait appris à la connaître. Elle était tout, sauf facile. Son caractère trempé, indépendant – son sale carafon, disait Luc Abadie, amant et compagnon du jeune lieutenant –, le tenait à distance, lui, le petit officier à peine trentenaire, et lui imposait le respect.

— Je sais ce que tu vas me demander, dit-elle en accélérant brusquement dans une avenue dégagée. Tu veux que je te parle du Dr Martin…

Jean-Charles, pas exactement téméraire au volant, serra d'instinct les genoux en se cramponnant à la poignée de la portière.

— Plus tard, reprit-elle sans lui laisser le loisir d'en placer une, c'est une longue histoire… En attendant, je pense qu'on est partis pour passer la nuit ici…

— Ah ? Mais qu'est-ce qu'on va faire à Lille, cette nuit ?

Marion lui lança un coup d'œil de côté.

— Quand je dis ici, je veux dire, à Berck… Tu es d'une naïveté, toi, tu me stupéfies !

— Ah bon ?

C'était là tout le charme du jeune homme. Qui avait séduit le commandant Abadie et mettait de la joie dans leur quotidien, il en avait bien besoin. La colocation, chacun le sait, n'est pas un long fleuve tranquille. Marion était consciente, au fond d'elle-même, qu'elle ne durerait pas. Les premiers effets pervers s'étaient déjà manifestés avec des anicroches et même des engueulades sévères. Le premier des motifs concernait Marion et les problèmes que posaient les assauts irrépressibles de sa libido. Après quelques épisodes tumultueux, elle avait suivi les conseils d'un ami de recourir à des solutions palliatives puisque la médecine académique était impuissante à faire reculer cette conséquence fort dérangeante de sa blessure. Elle n'en avait rien dit au Dr Véronique Legendre, éminente neurologue de la Pitié-Salpêtrière. Elle n'aurait pas manqué d'en sourire avec cet air vaguement condescendant qui ne la quittait pour ainsi dire jamais. En quelques semaines, l'amélioration avait été considérable malgré quelques rechutes. L'imbrication permanente entre vie professionnelle et privée aggravait encore les choses. Abadie et Jean-Charles au 36, quai des Orfèvres, Valentine Cara à la police judiciaire des Hauts-de-Seine et elle...

Marion n'avait pas eu de véritable affectation pendant longtemps jusqu'à ce que, de façon imprévisible, l'administration de la police lui offrît de prendre la tête de l'un des offices de la direction centrale de la police judiciaire. Elle avait sauté sur l'occasion sans se poser de questions. Quelques semaines plus tard, Valentine demandait sa mutation pour la rejoindre. La PJ francilienne ne lui convenait pas, elle voulait retrouver l'ambiance complice du groupe qu'elle avait perdue après la blessure de Marion. Le transfert était en cours et la divisionnaire hésitait encore à s'en réjouir. Cara était un flic hors pair, mais aussi un fichu caractère. Elle revendiquait son homosexualité comme on brandit un étendard et personne n'ignorait que Marion, célibataire, un peu libertine, vivait sous le même toit qu'elle. Les raccourcis étaient tentants. Surtout avec un couple de garçons dans le voisinage immédiat. Eux, ce qu'ils avaient redouté leur était dégringolé sur le nez. Au 36, un geste de tendresse imprudent avait fait voler en éclats le secret de leur relation. Le patron de la Crim, le divisionnaire Jean Theuret, n'en avait pas été scandalisé mais, connaissant son monde, il avait demandé une séparation géographique du couple. Jean-Charles s'était sacrifié, et comme Marion avait un poste à pourvoir dans son service, elle l'avait récupéré. Il avait pris sur lui, c'était sa nature, mais il en avait gros sur le cœur. Que serait-il arrivé, demandait-il à tout bout de champ, si on avait découvert une idylle entre un homme et une femme, adultes, consentants et libres de tout engagement sentimental ? Sauf à l'imaginer sulfureuse et malsaine, l'histoire serait passée inaperçue. Dans toute entreprise mixte, les rencontres sont inévitables, on prétend même que la plupart des adultères ont pour décor le lieu de travail. Et des couples dits *normaux*, ce n'était pas ce qui manquait au 36 ainsi que dans la majorité des services, qu'ils soient de police ou pas. Marion apaisait le ressentiment du lieutenant, elle avait géré des situations analogues. Quel que soit le sexe des protagonistes, elle avait toujours trouvé plus sage de séparer les couples au travail.

Marion gara la voiture sur un des emplacements alignés en épi le long du boulevard devant l'immeuble de la PJ en adressant à Jean-Charles quelques mots de consolation. Il retrouva vite son sourire, pourtant, en courant sur le trottoir, collé à sa désormais patronne qu'il couvait comme une mère poule ses poussins.

Dès qu'ils eurent franchi le sas de sécurité, ils montèrent au premier étage. Au fond d'un couloir, juste avant une passerelle vitrée qui reliait ce bâtiment à la zone administrative, ils aperçurent le major Renan Métayer, le troisième larron de l'office parisien en mission à Berck-Plage, qui semblait les attendre, installé dans un fauteuil, près du distributeur de boissons.

— Pause café, se justifia le quadragénaire, je me suis tapé la lecture des PV, les...

— C'est bon, je n'ai rien dit... Un café ? proposa Marion à Jean-Charles qui s'empressa de se diriger vers la machine.

Sa précipitation arracha un sourire goguenard au major Métayer. Il était sur le point de lancer une pique, quand Jean-Charles se retourna :

— Tu en veux un autre, Renan ?

Le major ravala sa réflexion et son rictus. Marion se tança : *pourquoi j'ai amené ce con avec nous ?* mais se promit de régler le problème sans délai. Une mise au point s'imposait, elle devrait couper la tête aux vilains canards qui s'étaient mis à voler autour d'elle et de ses colocataires. Une situation inédite que bien peu de gens, en général et dans le milieu de la police en particulier, pouvaient comprendre.

— Non, merci, dit le major sur un ton neutre, j'en ai déjà bu deux et...

— Ça donne quoi, la procédure ? l'interrompit Marion en saisissant le gobelet brûlant. Vous avez relevé des détails intéressants ?

— Pas grand-chose, les constatations et les témoignages font penser que le corps a été rejeté par la mer...

— L'autopsie le laisse envisager également. Les vêtements ?

— Ils sèchent. Mais j'ai commencé à regarder. En fait...

Métayer allait commencer son rapport quand le commissaire Rebillard apparut :

— Ben, vous faites quoi, là, dans votre coin ?

— Ben, le singea Marion, on fait un tennis, ça se voit pas ?

Elle sourit pour effacer l'ombre de contrariété apparue sur la face épanouie du commissaire. Un sanguin, celui-là, observa-t-elle, aussi vite monté que du lait sur le feu.

— Le patron t'attend, dit-il sur un ton de reproche, tes gars peuvent rester ici.

— Non, mes gars viennent aussi, je veux qu'on entende tous la même chose.

— C'est à dire que...

— Une équipe, ça travaille en équipe.

Jean-Charles gloussa d'aise. Rebillard soupira, désabusé :

— Comme tu voudras.

À voir la tête de Métayer, Marion sut qu'elle venait de marquer un point.

À peine la réunion avec le directeur de la PJ de Lille terminée, Marion demanda à voir les vêtements de la « noyée » de Berck. Puisqu'on n'avait aucune idée de son identité et que personne ne s'était encore manifesté pour la réclamer, il fut décidé de lui donner un nom : Alida. Le nom de la sainte fêtée le jour où un promeneur l'avait trouvée accrochée à son tronc d'arbre sur une plage battue par le vent.

Marion comprit ce que le major Métayer avait suggéré quand il avait dit que l'accoutrement d'Alida était surprenant puisqu'il n'y avait, en tout et pour tout, qu'un vieux caban d'un bleu marine délavé, piqué de trous minuscules. En dessous, Alida était nue, à l'exception d'une culotte de coton aux élastiques lâches.

— Ça explique les érosions constatées par le légiste, remarqua Marion, cette enfant était à moitié à poil...

Bien évidemment, le caban ne portait aucune marque de fabrique. Quand Marion demanda à Métayer de chercher la petite bête dans le vêtement, le major fit la moue : l'eau de mer est un décapant puissant, on ne trouverait rien. Marion qui ne supportait pas les rebuffades du genre « à quoi ça sert, on va perdre son temps » le recadra tout aussi sèchement : si l'on s'en tenait à ce qu'avait dit le légiste, le corps n'avait séjourné que deux jours dans l'eau, pas assez pour ramener les objets à l'état de bois flotté. Le major acquiesça d'un « vous avez raison, on ne sait jamais » tout aussi inconvenant aux oreilles de Marion tant il exprimait de résignation. Lui commençait à se rendre compte que sa nouvelle patronne ne lâcherait rien et préféra ne pas persévérer dans la nonchalance.

— Tiens, lança le lieutenant Annoux en brandissant le sachet translucide récupéré à la morgue, ajoute ça à la liste des scellés à faire examiner par le labo.

— C'est quoi ?

— Une boucle, accrochée à l'oreille de la victime, mais c'est assez lourd, ça ressemble à un cône... Pas une boucle d'oreille ordinaire, tu vois ?

— Non.

Jean-Charles haussa les épaules et tendit le scellé à Métayer qui ouvrit la bouche pour poser une question mais n'en eut pas le temps : le téléphone de Marion leur imposa silence.

Elle aperçut le nom sur l'écran : Morel. Un autre major, celui-là, chef de la salle de commandement de la brigade des chemins de fer, son ancien service parisien. En prenant la communication, elle eut le sentiment obscur qu'une tuile tournoyait au-dessus d'elle et qu'elle allait la fracasser.

— Mes respects, pa-patron ! émit le major Morel en s'efforçant de surmonter le bégaiement qui revenait comme le ressac dès qu'il était troublé.

— Oui, Morel, bonjour... Qu'est-ce qui se passe ?

Elle espéra violemment qu'il ne s'agissait que d'un appel banal. La brigade la sonnait encore depuis qu'elle en était partie pour régler des affaires en suspens, administratives la plupart du temps. Mais jamais Morel. Lui gérait les patrouilles, coordonnait les opérations, orchestrait les partitions que les flics, CRS, contrôleurs de la SNCF, douaniers, gendarmes parfois, se retrouvaient à jouer ensemble sur les réseaux ferrés.

— Pardon de vous déranger, pa-patron, mais j'ai pensé que...

— Droit au but, Morel, s'il vous plaît...

— Eh bien, voilà, c'est au sujet de Ni-Ni-Nina...

Debout au milieu de cette pièce de séchage improvisée – un local humide enfoui dans un sous-sol – Marion sentit son corps se vider brutalement et se répandre sur le sol recouvert d'un carrelage jaunâtre. Elle chancela, dut se cramponner à la chaise sur laquelle le caban d'Alida séchait, s'attirant un regard réprobateur de Métayer. Ses pensées galopèrent, effrénées. Il était arrivé quelque chose à Nina ! La *petite* vivait à Londres, chez sa sœur aînée, depuis l'accident de Marion, elle...

— Elle est arrivée par l'Eurostar de 15 h 53, entendit-elle, loin. Merci, doux Jésus ! Si elle est arrivée, c'est que tout va bien.

— On a reçu un appel des contrôleurs du train, une demi-heure avant... Ils l'ont trouvée cachée dans les toilettes, elle n'avait pas de billet...

Le major laissa passer un temps, s'attendant à une réaction de Marion. Mais elle était encore perturbée, elle ne put que bafouiller :

— Pas de billet ?

Comment pouvait-on monter dans un Eurostar sans billet ? Surtout depuis Londres où les contrôles à l'embarquement étaient plus drastiques que partout ailleurs ?

Nina était venue à Paris deux mois plus tôt. Elle était alors en vacances du lycée français Charles-de-Gaulle de Londres. Elle avait passé toute une semaine à la Mouzaïa. Il n'était pas prévu qu'elle revienne avant les prochains congés, en juillet. Pourquoi, aujourd'hui ?

— On ne sait pas, pa-patron, comment elle a fait... Elle n'a pas voulu s'expliquer... Elle a juste dit qu'elle était votre fi-fille, c'est pour ça qu'ils nous ont appelés parce qu'elle n'avait pas votre numéro...

— Mais elle a un téléphone ! s'exclama Marion. Mon numéro est dedans !

— Ben non, justement !

— Quoi, non ? Mon numéro n'est pas dans son téléphone ?

— Non, patron, enfin si, peu-peut-être... Mais là, elle n'a rien, ni ba-bagages, ni téléphone, pas de papiers, pas un centime !

De nouveau, la stupeur ferma tous les accès sensoriels de Marion. En bon flic, la pensée lui vint que Nina avait été agressée dans l'Eurostar. Violée peut-être !

— J'en sais rien, se lamenta Morel, elle ne dit pas un mot, elle semble choquée...

— Elle a été agressée ?

— Je ne sai-sais pas, il ne semble pas mais elle n'est pas bien, ça c'est sûr. Elle ne répond à aucune question, elle vous réclame, c'est tout. Qu'est-ce que je fais, pa-patron ?

Marion réfléchit à toute allure. Il lui faudrait deux bonnes heures pour rentrer à Paris. D'ici là, il n'était pas question de laisser Nina dans cet état, à attendre à la brigade ferroviaire. Elle avait peut-être besoin d'un examen médical mais il n'était pas imaginable qu'il soit effectué dans le cadre médico-judiciaire. Marion ne savait que trop comment se déroulait la procédure. Elle était d'une lourdeur infinie et quand elle était lancée, il était impossible de l'arrêter. Il était prudent d'essayer de l'éviter, du moins le temps d'y voir un peu plus clair.

Elle prit une inspiration :

— Vous pouvez me la passer ?

— Une minute...

Suivirent des sons indistincts, une conversation étouffée.

— Elle est là, elle vous entend...

— Nina, c'est maman... Qu'est-ce qui se passe ? Qu'est-ce qui t'est arrivé ?

Silence, quelques bruits mouillés. Nina pleurait ou hoquetait. Mais Marion eut beau insister, elle fut incapable de lui tirer un mot. Morel revint en ligne après un moment de grande confusion :

— Dé-dé-désolé, mais on dirait qu'elle ne peut pas s'exprimer...

9

Saint-Denis

Le cœur au bord des lèvres, Jennifer pressa son sein déformé par l'accumulation de lait. Le liquide gicla sur le visage de l'enfant qui ne cilla pas. Ses grands yeux sans couleur restaient ouverts, fixés sur rien. Elle ne bougeait presque plus de nouveau et sa peau s'était encore détériorée. Elle se craquelait à vue d'œil et en la voyant ainsi, Jennifer avait pensé à ces enfants atteints d'une maladie génétique qui les faisait vieillir beaucoup plus vite que les autres. Pour autant, quelque chose lui disait que cet enfant vieux n'avait rien de commun avec les gens atteints de cette infirmité dont elle avait vu un reportage un jour à la télé. Ce que lui inspirait l'inconnue c'était qu'elle venait d'une autre planète et ne ressemblait à aucun être qu'elle avait croisé jusqu'ici, y compris dans ses pires cauchemars. Les coulées de lait glissaient sur ses joues, fuyaient sur son menton et Jennifer se demanda comment elle allait pouvoir l'allaiter. Elle prit le mamelon mauve entre deux doigts en relevant la tête de la créature non sans un hoquet de dégoût au contact des cheveux bizarrement clairsemés et rêches. Du lait gicla encore, fila à la commissure de ses lèvres striées de craquelures. La réaction fut instantanée et ce fut comme si elle avait été touchée par une baguette de fée. Sa bouche s'anima, ses mains disgracieuses se tendirent vers le sein. Ses lèvres happèrent le téton. D'abord Jennifer lutta contre l'aversion que lui inspiraient le faciès peu ragoûtant et le poids de ce corps mou contre elle. Puis, progressivement, sa répugnance fit place au soulagement. Son sein se vidait à une vitesse stupéfiante et jamais, au grand jamais Tom le goulu n'avait réussi un tel exploit en aussi peu de temps. Après quelques instants d'intense succion, la fillette tâtonna à la recherche de l'autre sein. Jennifer grimaça. Celui-là, le gauche avait toujours été le plus douloureux et quand il était à ce niveau de congestion, la souffrance irradiait jusqu'aux orteils. Elle poussa un petit cri quand les mains de la fille s'en saisirent et que la bouche se colla au mamelon. Très rapidement survint le même intense apaisement.

— Tu as fini ? demanda Jennifer.

Elle considéra un moment la chose posée sur sa poitrine. Elle lui avait enlevé son manteau sous lequel elle avait découvert une robe en laine, bleu foncé, sans fioriture, sans un nœud ou un ruban. Aucune fantaisie, pas le moindre indice qui aurait pu la faire prendre pour une petite fille, soignée et habillée par une maman aimante. Jennifer se demanda avec angoisse ce qu'elle allait devoir encore accomplir pour elle et pendant combien de temps. Avait-elle des couches à changer ? Allait-elle devoir la laver ? Elle n'eut pas le temps de se poser plus de questions. La fillette avait fermé les yeux et, manifestement, sombré dans le sommeil. Jennifer chercha un endroit où la déposer. Mais il n'y en avait pas, bien sûr, en dehors de son propre lit et de celui de Tom. Tom ! Sûrement qu'il pleurait, loin d'elle. Et comment le nourrissait-on, lui ? Dès que la femme appellerait – sans doute allait-elle s'inquiéter du résultat de l'allaitement –, Jennifer exigerait de savoir. En attendant, la fillette pesait sur ses bras. Il n'était pas question de la coucher dans son lit, ni de la laisser là, à même le sol de béton brut, plein d'aspérités. Après une ultime hésitation, Jennifer se décida, affligée de constater que quelques minutes de contact charnel avec cette... créature avait déjà créé entre elles un lien invisible mais irréversible. En douceur elle alla la déposer dans le lit de Tom.

Peu après la fin de l'allaitement, le portable gris s'était fait entendre. Jennifer avait lancé à la femme à l'accent étranger que l'enfant l'avait traite comme un petit veau mais l'autre n'avait pas semblé comprendre. Elle n'avait posé aucune question, juste expliqué, sur un ton autoritaire, qu'il faudrait recommencer l'opération toutes les trois heures.

— Toutes les trois heures ! Vous êtes folle !

Ce n'était pas négociable, le téléphone la rappellerait à l'ordre. Elle avait coupé la communication quand on lui avait affirmé, une fois de plus, qu'elle n'avait pas intérêt à tricher.

Jennifer resta un long moment prostrée, épuisée par ces événements qui la dépassaient. Pourquoi s'en prendre à Tom ? Et où était son père ? C'était pourtant son rôle à lui, de les protéger !

Il était souvent absent, elle se rendait maintenant à l'évidence.

Elle n'était pas une intellectuelle comme son mari. Elle ne savait pas trop pourquoi il l'avait choisie, elle, pour épouse, sinon pour sa jeunesse et sa fougue amoureuse. Elle avait tout de suite senti l'attirance de ce quinquagénaire élégant pour son physique, sa poitrine, si lourde, même avant la grossesse. Les choses étaient allées très vite entre eux après leur rencontre à la terrasse d'un café, un dîner et une nuit chez elle. Avec lui, d'emblée, elle s'était découvert d'une docilité à faire peur. Au premier matin, elle était conquise, toute volonté anéantie. Trois semaines de fiançailles et le mariage à l'église orthodoxe de la rue Daru à Paris. La cérémonie à la cathédrale Saint-Alexandre-Nevsky avait été simple et quasi confidentielle. Sasha n'avait pas de famille en France, puisque russe par son père et ukrainien par sa mère. Quant à Jennifer, elle avait coupé les ponts avec la sienne. Le prêtre avait consacré leur union en présence de quelques vieilles femmes endeuillées et du traditionnel photographe dont, par la suite, elle n'avait jamais vu un seul cliché. Il n'y avait pas eu de mariage civil, Sasha n'ayant prétendument pas pu obtenir en temps voulu les documents requis.

Plus d'un an était passé, pourtant, les papiers n'avaient toujours pas réussi à arriver jusqu'à Saint-Denis et cette pensée, ce soir, point d'orgue d'une journée cauchemardesque, ajoutait à la détresse de Jennifer. Pourquoi ne se manifestait-il pas ? Jennifer sursauta. Mais quelle idiote ! Le téléphone était coupé ! Ceux qui avaient enlevé

Tom l'avaient isolée de lui ! Mais bien sûr ! se rassura-t-elle la tête en feu.

Pour avoir soupçonné Sasha, une nouvelle poussée de culpabilité lui fit monter les larmes aux yeux.

Un peu rassérénée et, à vrai dire, affamée, elle se dirigea vers la cuisine, plus exactement l'espace qui deviendrait une vraie cuisine un jour ou l'autre. Pour l'heure ce n'était qu'un empilage d'appareils disparates. Elle ouvrit le réfrigérateur et la tristesse des étagères où s'alignaient de désolants produits « bio » fit monter en elle une vague de nostalgie. Où était le temps où elle achetait des sucreries, des glaces, ces produits proscrits par Sasha ? Elle ne sortait plus, ne faisait plus les courses et son mari n'apportait ici que des produits sans fantaisie. Elle resta un moment à contempler l'intérieur du frigo, attrapa à contrecœur deux yaourts nature qu'elle savait insipides. Elle compléta son repas de deux tranches de pain complet au goût de papier moisi et d'une pomme. Son *festin* terminé, l'image de son bébé la percuta. Accablée, elle fondit en larmes. Après un long apitoiement sur elle-même, elle marcha vers la porte du loft. Elle observa le large panneau de métal, tendit la main vers la poignée. Elle eut beau secouer de toutes ses forces, rien ne bougea. Pourtant, elle était sûre de n'avoir pas refermé à clef. La clef ! Son sac ! Elle en retourna le contenu à même le sol. Pas de clef. Elle fouilla alentour. Rien.

Elle était bel et bien abandonnée. Pire, elle était prisonnière, chez elle.

À trois mètres de là, la télé restée allumée commentait en sourdine les infos du jour. Elle entendit que la découverte macabre de la plage de Berck ne cessait de lever des interrogations. La police, incarnée par une femme d'une quarantaine d'années, qui ne s'exprimait pas mais qu'on voyait arpenter le sable d'un pas décidé, monter et descendre de voiture et que les commentateurs nommaient « commissaire Marion », avait décidé de diffuser un portrait reconstitué de la victime qui n'avait toujours pas d'identité. Jennifer se retourna à l'instant où le visage de la morte apparaissait à l'écran. Elle poussa un cri, s'approcha vivement du téléviseur avant que l'image ne s'enfuie. Ce visage, large et mou, ces traits indécis et cette peau grise, elle les connaissait. La taille correspondait, de même que l'appréciation que livrait le journaliste sur son âge : elle – puisqu'il s'agissait d'un corps de sexe féminin – était possiblement un enfant dont certaines caractéristiques laissaient à penser qu'il avait un âge avancé. L'incrédulité se lisait sur le visage du présentateur qui avait du mal à trouver ses mots pour expliquer ce phénomène. Le cœur de Jennifer battait comme un fou quand l'actualité dévia sur une manifestation d'écologistes. Elle resta un long moment à contempler des inconnus brandissant des banderoles sur le toit d'une centrale nucléaire. Un vieil enfant ou un jeune vieux qui avait gardé des traits d'enfance… Elle ne connaissait pas la morte de Berck mais son double dormait au fond du loft, dans le lit de son bébé.

10

Lille

Marion attendait à la gare de Lille-Flandres le TGV de 17 h 41 pour Paris. Une heure dix de trajet, c'était ce qu'elle avait trouvé de plus rapide. Pas question de revenir en voiture, Jean-Charles Annoux devait rester à Berck avec le major Métayer pour poursuivre les investigations. Ils avaient du pain sur la planche et sans doute auraient-ils besoin de renforts. Déjà, depuis Paris, une équipe s'était attelée à l'examen de la téléphonie, des échanges qui avaient transité par les relais de la région, fond de toile d'une affaire qui se présentait comme pour le moins extraordinaire. Des dizaines de milliers de données, de recoupements qu'un logiciel spécifique aiderait à trier. Un autre groupe, sous la houlette de la PJ lilloise, s'attaquait aux mouvements des bateaux. Ceux qui avaient quitté les ports de la zone, ceux qui avaient croisé dans les parages de Berck. Les embarcations privées, commerciales, de pêche, de tourisme. Sans oublier que, en période de fortes marées comme celle-ci, on pouvait imaginer plus simple : Alida avait pu être emmenée depuis la plage et abandonnée dans l'eau. Les forts courants enregistrés au cours des jours précédents auraient, dans ce cas, précipité son rejet sur la terre ferme. Tout cela devait être analysé, au millimètre. Et, à force de les solliciter en direct ou par médias interposés, des témoins finiraient bien par se manifester.

Marion, elle, rentrait à Paris pour s'occuper de Nina. Dans l'urgence, elle avait fait appel à Valentine qui avait réagi immédiatement. Pourtant, le groupe dont elle faisait partie à la PJ des Hauts-de-Seine était bousculé depuis quelques semaines par une série de braquages de bijouteries, des attaques éclair à l'aide de haches et des mises à sac brutales sous la menace de kalachnikovs. Des agresseurs jeunes, gonflés à bloc, qui arrivaient à pied et repartaient de même. Par bonheur, aujourd'hui, aucun VMA[1] n'était survenu et Cara avait pu foncer gare du Nord. Elle l'aurait fait, de toute façon, affirma-t-elle à Marion sans que celle-ci eût besoin de le lui suggérer, braqueurs ou pas.

Tendue et plus inquiète qu'elle ne l'aurait voulu, Marion attendait que le téléphone sonne pour avoir enfin des nouvelles de sa fille. Elle remonta le TGV jusqu'à la voiture-bar, n'ayant pu obtenir de place assise. Ce ne serait pas la première fois qu'elle ferait le trajet adossée au comptoir. Elle eut à peine le temps de monter à bord que le prénom de Valentine s'afficha sur l'écran de son iPhone.

— Ça y est, je l'ai ramenée à la maison, chuchota la capitaine.

1. « Vol à main armée », en jargon policier on peut aussi dire « Vama ». (N.d.A)

— Elle dort ?

— Non, pourquoi ?

— Tu parles si bas que je t'entends à peine... Alors ?

— Elle est dans un sale état.

L'angoisse de Marion regrimpa d'un coup.

— Comment ça ?

— Vous arrivez à quelle heure ? éluda Valentine qui ne pouvait pas s'exprimer à cause de Nina toute proche.

— Pas avant 19 h 30... Il faut l'emmener à l'hôpital pour un examen !

— J'y ai pensé mais... non ! Pas pour l'instant. Elle ne voudra pas. Elle vous réclame et n'accepte rien avant de vous avoir vue.

— À ton avis, elle a bu, elle est droguée ? C'est peut-être pour ça qu'elle ne parle pas... Elle est en danger, Valentine !

— Je ne crois pas qu'elle ait pris quoi que ce soit, son haleine est nette et elle n'est pas confuse, seulement choquée... terrifiée, j'ai l'impression. Je n'arrive même pas à l'approcher.

Marion observa une pause pour réfléchir. Qu'était-il arrivé à Nina ? Elle débarquait de Londres sans rien. Un départ dans la précipitation, irréfléchi. Pourquoi cette panique ? Si c'était une fuite, que fuyait-elle ?

Londres. La réponse était là-bas, probablement. Les mêmes questions valaient pour une agression à bord de l'Eurostar. Il fallait rappeler la brigade de la gare du Nord...

— J'ai parlé avec votre successeur, murmura Cara en écho, il va s'occuper de l'Eurostar, auditionner les contrôleurs et voir si quelqu'un a repéré un incident ou un suspect... Il va aussi demander à ses gars de lancer quelques vérifs informelles au terminal Saint Pancras à Londres.

— Oui, très bien, j'allais le faire, merci, Valentine, tu lis dans mes pensées...

— C'est le minimum... Elle n'a pas traversé les murs, ni les barrières de sécurité ! Pas dans cet état... Il y a forcément quelqu'un qui l'a aidée ou alors...

Elle n'acheva pas mais pensait comme Marion : Nina avait peut-être été attaquée dans le train. La brigade des chemins de fer devrait inspecter le convoi s'il n'était pas déjà trop tard. Et puis, Nina... elle seule était à même de dire ce qui était arrivé. Marion respira un grand coup pour déloger la pince qui lui enserrait la poitrine :

— Bon, écoute ! Je vais appeler Stéphane, il va venir la voir...

— Le psy de l'Office ?

— Oui, il est médecin aussi, je te rappelle... Il nous donnera un premier avis professionnel.

— D'accord, si vous le dites... Je fais quoi en attendant ?

— Tu as examiné ses vêtements ? Elle n'a vraiment rien sur elle ?

— Je viens de vous dire que...

— Elle ne se laisse pas approcher et ne cesse de me réclamer, je sais, termina Marion exaspérée par sa propre impuissance.

Elle s'obligea à rester calme, inspira, souffla.

— Essaie de la faire se reposer un peu, dit-elle après un silence, parle avec elle... Appelle Luc, à deux...

On est plus intelligents, oui, bien sûr...

Valentine coupa la communication sur un soupir résigné.

Le contrôleur s'était arrêté près de Marion, attendant patiemment qu'elle ait terminé sa conversation au milieu du bar bondé. Elle lui tendit sa carte de circulation sans quitter des yeux son téléphone. Pendant qu'elle parlait avec Valentine, un message était arrivé, de Lille. Le commissaire Rebillard confirmait que le Pr Étienne Bailly avait accepté de se charger de la contre-expertise médico-légale d'Alida à la demande du procureur lillois. Le Dr Olivier Martin en avait été informé et avait demandé le numéro de téléphone de Marion. Il avait, cela ne surprenait personne, besoin de lui parler. Le cœur de Marion battit un peu plus vite. Une petite bestiole coincée dans un coin de sa mémoire lui chuchota que « Dr Martin-le-Retour », ce n'était pas une bonne idée. Elle décida d'attendre qu'il l'appelle. S'il appelait car, de cet homme, elle n'attendait rien et s'attendait à tout. Et pour l'heure, elle avait des préoccupations autrement plus urgentes.

Elle trouva dans son répertoire le numéro d'Angèle, la sœur aînée de Nina, mariée à Londres avec un homme de presque trente ans plus âgé qu'elle, un scientifique spécialisé en biologie qu'elle n'avait jamais rencontré. Après son accident, aussitôt que son état le lui avait permis, Marion était allée voir comment Nina vivait en Angleterre et, à ce moment-là, il était en voyage. Selon Nina, les absences de celui qu'elle appelait « le professeur » étaient fréquentes. Le couple semblait solide malgré la différence d'âge, ne manquait pas d'argent. Nina se trouvait à l'aise dans la grande bâtisse victorienne située non loin du lycée français où le mari d'Angèle lui avait trouvé une place en deux temps, trois mouvements, car il avait de l'influence. Elle disposait d'un espace bien à elle dans la maison où elle n'était jamais seule, sa sœur menant une vie apparemment sage sans jamais sortir ou presque. Rassurée quant aux conditions de vie de sa fille, Marion n'avait pas renouvelé l'expérience et n'avait pas eu l'occasion de faire la connaissance du professeur. La fin de l'année scolaire ramènerait Nina à Paris, définitivement, et Marion n'avait pas de raison d'entretenir des relations avec des gens qui ne s'intéressaient pas à elle. Pas une fois, le savant n'avait tenté d'entrer en contact avec elle et quand Angèle le faisait, de loin en loin, c'était uniquement pour des questions matérielles.

Le téléphone sonna longuement dans la résidence d'Exhibition Road mais personne ne répondit, pas même une voix sur un répondeur.

11

Paris, la Mouzaïa

Nina sortit de sa léthargie au moment où Marion franchissait le seuil de la porte. Son instinct l'avait avertie, sans doute. La jeune fille se leva précipitamment et fonça sur sa mère qui n'eut que le temps d'ouvrir les bras. Chancela sous la charge. D'emblée, la trouva amaigrie. Serrée contre elle, la *petite* tremblait tandis que de menus sanglots semblables aux pépiements d'un oiseau effarouché s'échappaient de sa bouche plaquée au cou de Marion. Celle-ci, après lui avoir murmuré quelques mots rassurants, tenta de la décoller de sa peau que des larmes mouillaient à présent. Mais Nina était accrochée à sa mère comme un noyé à une bouée de sauvetage.

Dans le salon, Valentine discutait à voix basse avec Stéphane Ducros, un des trois psychocriminologues de l'Office. Il avait répondu à l'appel de Marion et elle lui en fut reconnaissante. L'état de Nina semblait alarmant. Connaissant sa fille adoptive et son caractère affirmé, son côté « peur de rien », ce qui lui était arrivé ne pouvait être que grave pour qu'elle semblât aussi dévastée.

— Nina, ma chérie ! chuchota Marion, raconte-moi ! Qu'est-ce qui s'est passé ?

Dans le col de sa parka qu'elle n'avait pas encore réussi à retirer, Nina bafouilla des mots incompréhensibles.

— Calme-toi ! Je ne comprends pas...

D'autres borborygmes suivirent dont Marion ne saisit rien de plus. Il lui sembla distinguer « Cambridge » mais elle n'en fut pas absolument certaine.

— De quoi parles-tu, Nina ? Pourquoi Cambridge ? C'est bien ce que tu as dit ?

Nina se serra un peu plus contre sa mère, en pleine convulsion. Marion l'entraîna :

— Allez, viens t'asseoir, tu vas me raconter, viens...

L'adolescente lâcha enfin sa mère et se laissa conduire jusqu'au tandem muet, planté au milieu de la pièce principale. Marion détailla avidement sa fille. Habillée comme les ados de son âge, Nina ressemblait à une fashion victime qu'on aurait oubliée quelques heures sous la pluie. Les beaux cheveux blonds qu'elle portait maintenant longs encadraient son museau impertinent, filasses et emmêlés. Ses boots noirs étaient maculés de boue, son court manteau satiné rouge vif présentait des coulures suspectes. Elle serrait contre elle les pans du vêtement et avait résisté énergiquement à toutes les tentatives de Valentine pour le lui faire enlever. Quand Marion se mit en tête de l'en débarrasser, Nina commença par refuser. Mais sa mère tint bon et elle finit par céder. En dessous, l'adolescente portait une minijupe du même tissu rouge que le manteau, sur des collants noirs, et son pull blanc à col montant était imbibé au niveau de la poitrine d'un liquide brunâtre qui n'était pas de l'eau souillée ni du café. Marion renifla l'odeur caractéristique. Nina, tête basse, yeux rasant le sol, respirait à petits coups comme un chiot maltraité. Les trois adultes échangèrent un regard entendu. Le sang maculait le vêtement. Il avait giclé sur les manches et à hauteur du col. Il y en avait aussi des traces dans les cheveux de Nina. Doucement, Marion poussa sa fille vers la pièce du fond pour la déshabiller. Au moment de passer le pull par-dessus sa tête, Nina gémit car le lainage s'était accroché à ses anneaux d'oreille. Elle repoussa sa mère qui tendait la main pour l'aider et c'est en prenant du recul que le regard de Marion plongea un peu plus bas. Nina arborait une poitrine gonflée, émergeant d'un soutien-gorge en dentelle rouge vermillon. Posée sur un corps de garçon manqué gracile, elle avait un côté inconvenant, déplacé, qui étourdit Marion.

Nina s'était endormie après l'intervention amicale mais ferme de Stéphane Ducros. Elle était terrorisée à sa vue, encore plus à l'idée qu'il pût l'approcher, la toucher, l'examiner. Mais il avait tenu bon et réussi à faire le plus gros : constater que Nina n'avait pas été atteinte physiquement par une arme ou un geste malveillant. Aucune blessure apparente, probablement pas de lésion cachée ou interne. Contrairement à ce que Marion avait un moment redouté, elle n'avait pas été violentée ni fait l'objet d'une agression, sexuelle ou autre.

— Le sang n'est pas le sien, avait affirmé Stéphane, il faudra s'en assurer mais j'en suis à peu près sûr.

— D'où il vient, alors ?

La question de Marion n'avait pas obtenu de réponse. Pas plus que ses appels répétés à la maison londonienne d'Angèle et de son mari. Marion n'avait aucun autre contact. Les numéros de portables du couple restaient bloqués dans la mémoire de Nina qui ne réagissait plus à rien. Le temps passait et la sœur de Nina ne se manifestait pas. À présent, on devait bien avoir constaté la « fugue » de l'adolescente, tout de même ! Angèle, son mari ou quelqu'un d'autre ! Marion vérifia l'heure, presque 21 heures. Le lycée français n'allait pas répondre. Au mieux elle tomberait sur un concierge. Et que ferait-il ? Il n'allait pas ameuter l'établissement parce que la famille d'une élève ne répondait pas au téléphone !

— Ils doivent être sortis, suggéra Abadie qui, lui, venait de rentrer et voulait se montrer rassurant parce qu'il voyait Marion dans tous ses états.

— Oui, sûrement, murmura Marion sans y croire.

Obscurément, elle sentait que des événements dramatiques s'étaient produits. Abadie, tout comme Valentine, s'efforçait de prendre les choses avec légèreté pour la tranquilliser mais n'obtenait d'autre résultat que de la stresser un peu plus.

— Si on mangeait un morceau en attendant ? suggéra Valentine.

« En attendant quoi ? » faillit demander Marion qui n'avait pas plus envie de manger que d'aller se faire pendre.

— Bonne idée ! lança Abadie en se dirigeant vers la cuisine.

Il se mit aussitôt en devoir de faire des pâtes, plat universel qu'il avait appris à cuisiner avec Jean-Charles. Ce soir elles seraient à la tomate et au parmesan et arrosées d'un vin de Bergerac puisqu'il fallait bien détendre l'atmosphère. Le psy attrapa la bouteille pour faire un sort au bouchon. Il emplit les verres et sortit de sa poche un paquet de tabac et une pipe qu'à gestes lents il entreprit de bourrer. En le surveillant du coin de l'œil, Valentine posa des assiettes et des verres sur la table. Elle interpella Marion, revenue d'une troisième visite à l'étage pour s'assurer que Nina dormait :

— Vous n'aviez pas un copain au BTP de Londres ?

Marion se laissa tomber sur une chaise en face du psychologue.

— Où ?

— Au British Transport Police...

— Ah !

Le BTP, l'équivalent anglais de la brigade nationale des chemins de fer français. Quand elle avait pris la tête de la brigade française, créée une vingtaine d'années plus tôt par une autre divisionnaire, Marion avait noué de nombreux contacts avec les flics anglais, qu'ils soient du BTP ou de Scotland Yard. Elle avait eu là-bas un guide qui était devenu un ami, Alstair Mac Queen.

— Si, dit-elle, mais je n'ai pas de nouvelles de lui depuis au moins deux ans, je ne sais même pas ce qu'il est devenu...

— Ça ne doit pas être compliqué de le savoir, objecta Abadie qui s'attira dans la foulée un regard noir de la patronne.

Il se rétracta aussitôt en lui proposant un autre verre de vin.

Elle avala une gorgée pour se donner le temps de réfléchir.

— On attend encore un peu, fit-elle en tournant le verre entre ses doigts.

Le repas fut morose, interrompu à plusieurs reprises par des appels qui n'étaient pas celui que Marion espérait. Nina dormait, enfouie sous les couvertures. À chaque visite de sa mère, elle remuait dans son sommeil et balbutiait des mots sans suite. L'un d'entre eux était revenu deux fois : Cambridge. Abadie s'était éclipsé quelques minutes chez lui, dans le cabanon au fond du jardin, pour appeler Jean-Charles qui le harcelait de SMS depuis un bon moment. Valentine faisait la maîtresse de maison sans grande conviction mais contrainte par la présence obstinée de Stéphane Ducros. Le psy refusait de partir, pressentant qu'on n'était qu'au tout début d'une histoire terrible et que Marion pourrait avoir besoin de lui.

À presque minuit, la maison Azonov d'Exhibition Road ne répondait toujours pas et Marion sentait ses craintes se confirmer. Abadie les avait rejoints, Valentine avait fait du café. La conversation languissait.

À minuit dix, Marion se dressa d'un bond, incapable d'en supporter davantage.

À l'étage, dans l'ancienne chambre de son éphémère compagnon Pierre Mohica, emporté moins d'un an plus tôt par une tumeur au cerveau, elle farfouilla dans le deuxième tiroir de sa commode. Elle en exhuma un tas d'agendas qu'elle conservait sans trop savoir pourquoi. À quand remontait son dernier échange avec Alstair Mac Queen ? Ils s'étaient parlé plusieurs fois après son dernier passage à Camden, au siège du British Transport Police, Alstair était même venu à Paris lorsqu'on avait remis à Marion la médaille d'honneur de la police. Il y avait bientôt trois ans de cela. La liste des invités à la cérémonie se trouvait encore dans l'agenda. Alstair Mac Queen y figurait, son numéro de portable aussi.

Une fois redescendue au rez-de-chaussée, elle hésita. Appeler quelqu'un dont on n'avait pas de nouvelles depuis si longtemps et au milieu de la nuit…

— C'est un ami ou pas ? intervint Valentine qui la voyait tergiverser. Et puis, c'est sérieux, c'est pas comme si vous l'appeliez pour lui demander quel temps il fait à Londres…

— Il pleut, murmura Abadie en reposant un verre de vin qu'il s'était resservi pour finir la bouteille, qu'est-ce que tu crois ?

— Il a sûrement changé de numéro, tenta encore Marion au grand désespoir de ses compagnons qui ne l'avaient encore jamais vue aussi peu entreprenante.

Le coup d'œil encourageant de Stéphane Ducros la décida à affronter ce que, à l'évidence, elle redoutait d'apprendre. Alstair répondit à la deuxième sonnerie.

— C'est incroyable, répéta-t-il trois ou quatre fois, j'avais tellement peur que tu ne me rappelles plus jamais !

Il parlait un français presque parfait, avec un fort accent écossais, of course.

— J'ai essayé de te joindre je ne sais combien de fois ! Tu avais disparu ou quoi ?

Il ne croyait pas si bien dire. Marion avait bien failli s'évanouir dans la nature pour de bon, et visiblement il n'en savait rien.

— J'ai eu quelques soucis avec...

— Des voyous, j'imagine ! s'esclaffa Mac Queen.

— Tu ne crois pas si bien dire mais je ne t'appelle pas pour ça, abrégea Marion qui remit à plus tard le soin de lui expliquer ses mésaventures.

Elle s'efforça de lui résumer la situation sans trop en rajouter. Du coup, Mac Queen avait un peu de mal à comprendre pourquoi Nina, qu'il avait croisée une ou deux fois à Paris, vivait à Londres depuis dix-huit mois mais il ne perdit pas de temps à se le faire expliquer :

— Tu as de la chance, je suis de permanence cette nuit, dit-il, je vais envoyer une patrouille chez ces gens, on va vérifier...

— Oh ! Merci, Alstair, souffla Marion qui ne songea pas un instant à s'étonner de ce que lui disait son ami.

— J'ai quitté le BTP, précisa-t-il bien qu'elle ne le lui demandât pas, je suis au Metro maintenant...

— Au Tube ?

— Non, à la Metropolitan Police de Londres... Mais on appelle ça le Metro...

— Tu t'es fait virer du BTP ?

Pour Marion, cela tombait sous le sens. Mac Queen était un pilier du BTP, il y avait franchi tous les grades. Aucune ligne, aucun train, aucune gare n'avait de secret pour lui.

— Enfin, bien sûr que non ! protesta Alstair. J'ai eu une promotion, je suis Chief Superintendant, je...

— Bravo ! Moi aussi, j'ai lâché les trains, tu sais ?

— Pas possible ! Bon, je m'occupe de ton affaire, je te rappelle.

Que l'Anglais soit un gradé important de la Metropolitan Police de Londres ne pouvait pas mieux tomber, commenta Valentine quand Marion expliqua à ses colocataires la nouvelle affectation d'Alstair Mac Queen. Abadie observa un silence prudent, si les Azonov n'étaient pas chez eux, que pourrait bien faire la police de Londres, à 1 heure du matin, devant une porte fermée ?

12

Saint-Denis…

La nuit était tombée depuis longtemps. La créature dormait dans le lit de Tom et Jennifer tournait en rond. Elle avait dû la réveiller pour lui donner le sein comme elle en avait reçu l'ordre mais l'opération n'avait pas été couronnée de succès. La peau de la fillette était redevenue grise et de grosses gouttes de sueur perlaient à son front, dégoulinant dans son cou pour se perdre dans la laine de la robe qui commençait à ne plus sentir très bon. Elle avait vomi et des relents de lait caillé flottaient dans le loft. Jennifer lui avait enlevé sa robe et ses collants sous lesquels elle était nue. Désemparée, la jeune mère avait contemplé les membres aux formes torturées, le ventre rebondi et le bas-ventre imberbe. Elle s'était dit que, peut-être, il fallait lui faire faire ses besoins et l'avait conduite aux toilettes. Portée, plutôt, car elle était bien incapable de marcher à présent, même soutenue. Elle se contentait de gémir chaque fois que Jennifer lui effleurait le ventre. Souffrait-elle ? C'était difficile à dire car son visage n'exprimait rien, il semblait si vieux, à bout de souffle et de résistance. Finalement, Jennifer l'avait enroulée dans un de ses pulls qu'elle mettait pour traîner dans le loft quand Sasha s'absentait et qu'elle n'avait pas besoin de lui plaire. Elle lui avait également emmailloté les fesses dans une serviette-éponge pour le cas où elle se serait laissée aller dans le lit de Tom. Tom ! Son petit bout d'homme ! Bien que terrassée par son absence, quelque chose lui disait qu'il était bien traité. C'était irrationnel, comme le reste.

La fillette s'était rendormie, elle ronflait fort, cherchant loin une respiration devenue sifflante depuis qu'elle s'était mise à régurgiter.

Désœuvrée, Jennifer fixait le mobile gris qui n'avait pas bronché depuis maintenant presque cinq heures. Elle avait peur de comprendre la raison de ce mutisme. Elle aurait juré qu'il y avait des micros et des caméras disséminés dans le loft mais elle avait beau s'esquinter les yeux, elle ne trouvait rien. À plusieurs reprises, elle avait essayé de s'adresser à ces observateurs invisibles. Ses tentatives n'avaient reçu aucun écho. Il était presque 22 heures à présent. Son mari ne s'était toujours pas manifesté et elle n'arrivait plus à lutter contre la panique. Plus que l'absence, le silence corrompt toute faculté de raisonner. Et si on lui avait fait du mal à lui aussi ?

Naturellement l'évocation de Sasha l'amena à celle des pilules – une rose, une bleue – qu'il lui imposait de prendre chaque soir. Elle ne savait pas trop pourquoi sinon qu'elles lui garantissaient une bonne nuit et le calme qui convenait à une jeune mère, primoparturiente de surcroît, stressée, comme elles l'étaient toutes, par la maternité et la responsabilité qui s'abattait sur elles. Jennifer se rendit dans la cuisine, avala les comprimés avec un verre d'eau. Un objet qu'elle n'avait pas encore remarqué, posé près de l'évier, attira son regard. Se penchant, Jennifer lut sur la boîte « Tire-lait électrique Philips ».

Elle avait déjà utilisé un de ces appareils barbares que Sasha avait apporté les jours qui avaient suivi les premières montées de lait. Comme toujours, il n'avait pas été plus disert sur le sujet. Elle tirait son lait, il l'emportait.

Persuadée que ses tortionnaires la voyaient, elle se planta au milieu de la cuisine :

— Je fais quoi maintenant, hein ? Qu'est-ce que vous voulez de moi, à la fin ? Mais répondez, bon Dieu, bande de... !

En d'autres temps, elle aurait lâché des injures, son répertoire d'avant Sasha était inépuisable.

Comme pour donner raison à son sentiment qu'on l'épiait, le téléphone gris se mit à jouer son air à présent connu.

Jennifer s'empara de l'engin.

— Calmez-vous ! ordonna la femme à la voix rauque, confirmant ainsi qu'elle n'avait rien raté des faits et gestes de la jeune femme, votre fils aller bien, j'enverrai vidéo tout à l'heure...

— Me calmer ? Rendez-moi mon fils !

— D'abord, soigner la fille avec lait, ensuite, à voir...

— Soigner la fille avec lait, la singea Jennifer, mais elle n'en veut pas de mon lait ! Elle ne fait que dégueuler !

— Vous utiliser tire-lait !

— Quoi ?

— Tire-lait. Toi connaître ?

— Pour quoi faire ? demanda-t-elle.

— Tirer lait.

C'était d'une logique imparable. Jennifer s'empourpra :

— Et ensuite ?

— Toi mettre récipients pleins au frigo. Pour bébé. Lui boire ton lait.

Jennifer vacilla d'émotion. Mais évidemment ! Pourquoi n'y avait-elle pas pensé plus tôt ? Sa voix se désunit :

— Jurez-moi qu'il va bien !

— Très bien, pas de souci.

Silence. L'autre en avait assez de ses pleurnicheries. La vidéo, elle avait promis… Jennifer se reprit :

— Et pour la fille, je fais quoi ?

— Attendre qu'elle se réveille et la nourrir, encore ! Compris ? Toi, pris pilules roses et bleues ?

— Mais… Comment vous savez… ?

— Pris ?

— Oui…

— C'est bien, toi boire beaucoup d'eau, tirer lait et dormir, d'accord ?

— Je veux voir Tom !

La communication fut coupée et Jennifer demeura un long moment abasourdie. Elle scruta l'espace autour d'elle, agitée de sentiments divers. Comme si des milliers d'yeux l'observaient dans l'ombre, épiant le moindre de ses gestes, son plus infime soupir.

À la fin, résignée, elle installa sur la table bancale l'appareil à traire les jeunes mères. Elle ferma les yeux en imaginant qu'elle avait son bébé contre elle, respirait son odeur évanescente et qu'ils ne faisaient qu'un, comme avant.

Le bruit de la pompe, lancinant, plus régulier qu'un métronome, l'endormit dans la minute qui suivit.

13

Paris…

Le petit matin trouva Marion éveillée, assise dans son lit, son ordinateur sur les genoux. Nina n'avait pas bougé, engluée dans un sommeil lourd parfois secoué de soubresauts dus à de probables cauchemars. Le léger sédatif administré par Stéphane Ducros s'était avéré efficace mais Marion se demandait comment Nina s'en sortirait ce matin et ce qu'elle devrait faire d'elle. Elle y avait réfléchi une partie de la nuit, incapable d'apaiser le tumulte qui bousculait son organisme. S'absenter de son service à peine deux mois après l'avoir intégré paraissait impossible. Les séquelles de sa blessure n'étaient pas toutes résorbées, elle-même était à des lieues d'en imaginer l'évolution. Un nouveau faux pas dans sa vie, même indépendant de sa volonté, ne passerait pas. On la remplacerait, à coup sûr, avant de la reléguer pour de bon au cimetière des éléphants ou de la réformer. Laisser Nina dans cet état n'était pas davantage envisageable. Marion avait beau se creuser la cervelle, elle ne voyait aucune solution acceptable dans l'instant.

Sur l'écran de son ordinateur, un homme au physique avantageux lui souriait. Sasha Azonov. La fiche disait qu'il avait 55 ans mais soit il était très bien conservé, soit la photo remontait à loin. En cliquant sur un onglet qui le montrait, quelques semaines plus tôt, à la tribune d'une salle de conférences, Marion constata qu'il ne faisait en effet pas son âge avec sa silhouette élancée et svelte, une élégance naturelle et une prestance embellie par son abondante chevelure à peine grisonnante, taillée court, et d'extraordinaires yeux à l'iris gris pâle entouré d'un cercle plus sombre. Incrédule, Marion lut dans les commentaires que l'homme était une authentique pointure dans sa spécialité : les recherches sur le génome humain. On s'arrachait ses interventions, on le réclamait partout dans le monde qu'il sillonnait en tous sens quand il ne travaillait pas dans un de ces laboratoires mis à sa disposition ici et là. Une autre page indiquait qu'il était d'origine russe, naturalisé français. Marion s'étonna de ce qu'elle lisait. Jamais, au grand jamais, elle n'aurait soupçonné qu'Angèle, devenue une très belle jeune femme, se serait déniché un homme tel que lui. Un Russe, naturalisé français, qui vivait en Grande-Bretagne et bénéficiait d'une aura exceptionnelle dans le monde scientifique. Riche, aussi, du moins très à l'aise. Mais que savait-elle d'Angèle, au juste ? Après les événements tragiques ayant entraîné la mort des parents de Nina[1] et Angèle, elle n'avait dû la voir qu'une demi-douzaine de fois, et plus du tout quand la jeune femme était partie

1. *Le Sang du bourreau*, Éditions Le Masque, 2013. (N.d.A.)

vivre en Angleterre. Elle n'avait plus donné signe de vie et si on n'avait pas eu besoin d'elle quand Marion était à l'hôpital, même Nina aurait fini par l'oublier. Angèle était toujours apparue comme une fille distante, sans véritable fibre familiale.

Marion remarqua que, nulle part, dans ce qu'elle lisait, il n'était question d'elle. Pas davantage sur les photos de réceptions où Azonov était à l'honneur. Comment servir de faire-valoir à un homme sans se montrer jamais ? Cette question avait un côté intrigant, du coup.

Il était 7 heures, Alstair Mac Queen n'avait pas rappelé.

Il n'a trouvé personne à la maison Azonov, en conclut provisoirement Marion.

Son téléphone vibrant contre sa cuisse la fit sursauter.

Les grands esprits se rencontrent, songea-t-elle en entendant la voix de l'Anglais.

— Je n'ai pas voulu te réveiller plus tôt, s'excusa-t-il d'emblée, la maison des Azonov était fermée, personne n'a répondu à la sonnette. C'est une belle baraque dans une rue chic, pas de voisins immédiats susceptibles de nous renseigner. Pas de voiture dans la cour ni aucune à l'extérieur de la propriété pouvant leur correspondre…

— Bon, ils n'étaient pas chez eux cette nuit… Et ce matin ?

— Même chose, rien n'a bougé. Mais j'ai pris l'initiative d'aller au lycée français…

Marion ne put réprimer un sourire. Alstair avait compris à demi-mot ce qu'elle lui avait dit hier soir.

— Je n'ai vu qu'un gardien que j'ai tiré du lit, d'ailleurs… C'est embêtant, Marion…

— Quoi ? émit-elle le souffle court, prête à entendre le pire.

— Eh bien, tout d'abord, le type qui m'a répondu ne trouvait pas de Nina Marion... Il a fallu que j'insiste pour qu'il cherche et trouve une Nina Azonov...

— Quoi ?

— C'est bien le nom que tu m'as donné hier soir ?

— Oui, mais...

— Bon, et plus embêtant encore, il m'affirme que Nina n'a pas mis les pieds au lycée depuis une semaine. Évidemment ce pauvre type ne sait rien de plus quant au motif de son absence. Il a juste lu, sur l'écran de son PC, que Nina était portée absente mais il n'y a pas de commentaire ni de conclusion...

— Mais comment ça, une semaine ? Tu es sûr ?

— Je répète ce que m'a dit ce...

— Mais enfin, Alstair, c'est insensé ! Et Angèle, qu'est-ce qu'elle a dit ? Ils ont dû la contacter quand même !

— Angèle ?

— Mme Azonov...

— Il ne sait pas si Mme Azonov a réagi, ni comment. Mme Azonov, c'est...

— La sœur de Nina... Azonov, c'est le nom de son mari, Sasha...

— Sasha Azonov, le scientifique ?

Il y avait une large part de doute, voire d'incrédulité, dans la voix de celui qu'elle appelait « l'Anglais » pour le taquiner.

— C'est ça, oui, à moins qu'il y en ait d'autres...

— Écoute, Marion, j'avoue que j'ai du mal à suivre... Nina, ta fille, vit avec sa sœur à Londres. Et avec le mari de celle-ci, un nom plus que célèbre dans notre pays, mais on dirait que tu n'en es pas tout à fait sûre, pitié...

Le soupir de Marion déchira l'air confiné de sa chambre. En quelques phrases, elle résuma la situation à son collègue londonien : sa blessure à la tête, son combat contre la mort et pour, ensuite, se remettre debout. L'obligation pour Luc Abadie et Valentine Cara de confier Nina à sa sœur, la seule personne adulte à être en mesure de s'en charger à ce moment-là. À l'exception de Luc et Valentine, bien entendu, mais eux, ils l'avaient déjà, elle, sur les bras...

— Et c'est maintenant que j'apprends ça ! rugit Mac Queen qui avait écouté l'histoire dans un silence consterné.

— Je sais, Al, c'est moche mais je pense que tu es le seul en Europe, parmi les flics du moins, à ne pas en avoir entendu parler... Et moi, je me souvenais à peine de mon nom... Même encore aujourd'hui, je me fais peur parfois. Je...

— Oh my god !

Il laissa passer un temps que Marion se garda bien d'abréger. Il devait digérer pour comprendre. Elle entendait nettement les rouages de son cerveau occupé à mouliner les informations, à mettre en perspective ce qu'elle venait de lui raconter avec les événements du jour.

— Je crois qu'il faut prendre ça au sérieux, Marion, dit-il enfin. Conserve tout ce que tu peux, vêtements, sous-vêtements, elle a sûrement subi une agression. Et fais examiner ta fille par un spécialiste, crois-moi...

— Elle finira peut-être par dire quelque chose, tenta de se convaincre Marion que les commentaires de l'Anglais et ses conseils semblables à des injonctions mettaient mal à l'aise. Et toi, tu...

— Je vais poursuivre les investigations de mon côté... Je retournerai au lycée français dès l'ouverture et réessaierai une visite à Exhibition Road. Il n'y a rien d'autre qui pourrait nous aider ?

— Non, je ne vois pas... souffla Marion, limite anéantie. Ah si ! fit-elle comme si elle se souvenait brusquement d'un détail sans importance. Elle a dit plusieurs fois « Cambridge » dans son sommeil...

— Uniquement dans son sommeil ?

— Non, elle a prononcé le nom alors qu'elle était bien éveillée mais je n'ai rien pu lui tirer de plus...

— Bon, je vais voir. Appelle-moi si elle lâche quelque chose d'intéressant et souhaite-moi bonne chance...

Il ne lui laissa pas le loisir de clore la conversation et raccrocha brusquement. Elle se souvint qu'il avait passé la nuit à la permanence et qu'à cause d'elle il n'était pas près de dormir. « Bonne chance », murmura-t-elle tandis que sa gorge se serrait inexplicablement.

Nina refusa tout net de se lever. Elle n'avait ni faim ni soif, ne voulait rien d'autre que continuer à dormir. Marion eut beau faire, elle ne put rien en obtenir. Ses questions, plus insistantes que la veille, se heurtèrent au même bloc de refus.

Sa chambre, la plus modeste de la maison mais contiguë à celle de sa mère, resta plongée dans l'ombre puisque l'adolescente ne voulait pas non plus de lumière. Avant de sortir, Marion ramassa les vêtements largués en vrac au pied du lit et, après avoir tiré la porte derrière elle, les descendit au rez-de-chaussée.

Valentine était seule dans la cuisine, occupée à faire chauffer de l'eau. Elle portait une tenue décontractée. On voyait bien qu'elle ne s'était pas préparée à partir travailler. Marion regarda autour d'elle, remarqua sur le canapé un oreiller et un plaid froissé, scories de la nuit d'un squatteur invisible.

— Stéphane prend une douche, si c'est lui que vous cherchez, dit Valentine sur un ton neutre. Il a dormi ici, pas moyen de le convaincre de partir…

Oui, à l'évidence. Qui d'autre aurait bien pu se plier en quatre sur un sofa aussi élégant qu'inconfortable ? Marion s'en approcha pour y déposer le tas de vêtements de Nina. Au passage, elle ramassa le plaid qu'elle plia avec soin. Puis elle examina les fringues de sa fille sans y détecter autre chose que ce qu'elle avait trouvé la veille. Elle demanda à Valentine de lui donner un sac-poubelle, s'attirant une interrogation muette de la capitaine.

— Je vais faire analyser tout ça, dit-elle en secouant le manteau de satin rouge.

Mais elle eut beau l'agiter, en retourner les poches, elle n'en tira pas davantage que des autres pièces vestimentaires. Nina avait quitté Londres dans le dénuement le plus total. Songeuse, Marion considéra intensément le soutien-gorge de dentelle rouge.

Valentine s'était approchée avec le sac.

— Qu'est-ce que c'est que ça ? s'enquit-elle en fixant la pièce de lingerie que Marion tournait et retournait entre ses doigts. Me dites pas que Nina portait un truc pareil ?

— Hélas, répondit la divisionnaire avec une moue. Ça me rassure d'autant moins qu'elle a pris une de ces poitrines…

Valentine saisit le soutif et le mit à l'envers pour regarder l'étiquette.

— Ah, oui… 90 C quand même ! Pour un petit gabarit comme elle, c'est spectaculaire…

Marion encaissa l'information. Valentine enfourna l'accessoire dans le sac-poubelle :

— Qu'est-ce que vous comptez faire ?

— C'est-à-dire ?

— Avec Nina.

Le bruit d'une porte qui se fermait interrompit la discussion en même temps qu'un effluve d'eau de Cologne traversait la pièce. Le psy capta les derniers mots en faisant quelques pas en direction du canapé où il avait dormi. Mal, si on en jugeait par l'air penché de sa carcasse et de ses mains qui massaient ses reins avec une insistance douloureuse.

— Si vous voulez, je peux rester avec elle, essayer de débloquer sa parole, proposa-t-il en s'asseyant.

Valentine afficha un air revêche :

— Pas sûr que ce soit une bonne idée, lança-t-elle à sa façon abrupte.

— Qu'est-ce qui te fait dire ça ? s'inquiéta Marion.

— J'ai l'impression qu'il lui fait peur.

— Une réticence, suggéra Stéphane, rien de plus. Elle a un compte à régler avec l'image masculine, je ne dirais pas paternelle parce que...

— Bon, ça va avec les trucologies ! s'insurgea la capitaine, ce qui tira un vague sourire au psy et fit carrément rire Marion. On a besoin d'une solution concrète pas d'une séance...

Ses deux compagnons admirent qu'elle avait raison. Marion fourra le reste des vêtements de Nina dans le sac-poubelle en réfléchissant. L'œil attentif de Stéphane suivait chacun de ses gestes.

— Je vais rester avec elle, dit Marion avec un soupir, je ne peux pas la laisser comme ça.

Valentine se dressa :

— Non, c'est moi qui vais m'en charger.

Elle avait son air de tutrice, celui qu'elle avait attrapé pendant que Marion naviguait entre coma et délires. Quand Valentine avait accompagné Nina à Londres, elle avait un peu forcé la main à Angèle, incapable de prendre une décision en l'absence d'Azonov. Les rides qui plissaient son front montraient qu'elle se sentait responsable de cette situation et qu'aujourd'hui elle en assumerait toutes les conséquences.

— Vous, ajouta-t-elle à l'adresse de Marion qui attendait la suite, vous êtes toujours en observation et ils sont nombreux à vous attendre au tournant...

— Et toi ! Personne ne te guette au coin du bois, peut-être ?

La capitaine haussa les épaules avec un sourire ambigu :

— Oh ! moi, j'ai l'habitude... Et puis, j'attends ma mutation d'un moment à l'autre, souvenez-vous… Je dois avoir une bonne année de jours de récup à prendre. Après tout je serais conne d'en faire cadeau à ces cons qui ne m'en font pas, eux !

— Tu n'exagères pas un peu, Cara ? se rebiffa Marion, sévère. Un sourire amer étira la bouche de la belle brune :

— Si vous saviez ce qu'ils disent dans mon dos… Une fille « qui prend pas de la bite », vous n'imaginez même pas…

Bien sûr qu'elle imaginait, facilement même, autant que Stéphane Ducros qui ne disait rien mais n'en pensait pas moins.

— Et vos braqueurs ? souffla Marion à court d'arguments.

— *Mes* braqueurs ? Ils se foutent de nous ! On les chope pour les relâcher dans la foulée ! Je sais que ce n'est pas une raison, vous nous l'avez assez dit… Fait chier, les braqueurs, et vous…

Elle se tut, les yeux dans le vague. Stéphane Ducros sourit dans sa barbe. Valentine Cara faisait partie de ceux que les adversaires de Marion appelaient sans se cacher les « marionnettes ». Il s'attendait à ce que Valentine exprime sa pensée jusqu'au bout : fait chier, les braqueurs et vous, je vous aime, mais elle n'en fit rien.

— Je ne peux pas accepter, Valentine…

— Bien sûr que si ! Et Nina me connaît bien, elle a confiance en moi.

— C'est vrai.

— Vous voyez ! Stéphane va m'aider, il doit pas être surchargé de boulot à l'Office, si ?

Stéphane rit carrément cette fois, un éclat qui détendit l'atmosphère et secoua les tensions de Marion.

— D'accord, émit celle-ci après un fou rire bienfaisant, tout ça pour m'obliger à accepter ton affectation dans mon service ! Il suffisait de me le demander gentiment...

En relevant la tête, Marion s'aperçut que Nina se tenait au pied de l'escalier. Elle ne riait pas, des larmes ruisselaient sur ses joues. Valentine se précipita à sa rencontre. Marion fut soulagée de constater que la petite se laissait aller contre la capitaine, acceptait qu'elle l'entoure de ses bras et lui murmure à l'oreille les paroles qui apaisent les enfants au sortir d'un cauchemar. Elle était sur le point de s'en mêler mais Stéphane Ducros l'arrêta d'un geste.

— Laissez-la faire ! souffla-t-il.

Marion obéit. Elle observait la scène en silence quand son téléphone se mit à sonner. L'écran afficha « Alstair » et un violent tremblement l'agita.

— J'ai du nouveau, fit l'Anglais d'une voix d'outre-tombe.

14

Saint-Denis

Jennifer regardait la fillette endormie, son visage à la peau fanée, sa bouche entrouverte laissant filer un peu de bave. La pensée lui vint qu'elle ressemblait à une chienne qu'elle avait eue dans le temps. Une petite bâtarde courte sur pattes, Zita, avec un corps mastoc et une gueule aplatie, la langue toujours dehors et des yeux d'une intelligence quasi humaine.

« Tu me fais penser à ma chienne Zita, je vais t'appeler comme elle, tiens, murmura Jennifer, puisque ces tarés ne veulent pas me dire ton nom. »

Le dernier coup de téléphone de la soirée l'avait trouvée engluée dans le sommeil artificiel des pilules. En dépit de tous ses efforts, elle n'avait pas pu donner le sein à la fille qui hoquetait sans discontinuer. De guerre lasse, Jennifer l'avait recouchée avant de s'écrouler sur son lit. Après, la femme à l'accent slave n'avait plus rappelé.

Le froid avait tiré Jennifer de sa torpeur au petit matin. Ses vêtements qu'elle n'avait pas enlevés étaient trempés par une montée de lait, même la literie était mouillée et elle allait devoir changer les draps. La faim la taraudait, une soif intense lui desséchait la bouche. En titubant, elle se dirigea vers la cuisine.

Elle aperçut le tire-lait posé sur la table, les récipients vides, lavés et séchés. Elle n'avait aucun souvenir d'avoir placé le lait dans le réfrigérateur, encore moins d'avoir lavé les bacs. Ni la veille au soir, ni plus tard dans la nuit. En s'efforçant péniblement de réunir deux idées cohérentes, elle ouvrit la porte du placard et attrapa un paquet de brioches aux pépites de chocolat qu'elle avala avidement. Dans le frigo, elle se saisit d'une canette de Coca qu'elle décapsula d'un geste vif. Une sensation délicieuse la fit frémir.

Du Coca ! Une boisson interdite par Sasha !

Qui en avait mis dans son frigo ?

Jennifer marcha jusqu'au réfrigérateur qu'elle ouvrit avec des gestes d'automate. Il y avait une pizza, du fromage, du pain de mie et des fruits exotiques, une mangue et un ananas !

Incrédule, elle examina son environnement. Sans rien remarquer de plus. Elle en était désormais certaine, ses agresseurs entraient dans le loft, allaient et venaient à son insu, réglaient sa vie à leur guise. Et, elle en était tout aussi sûre, il y avait d'autres anomalies, elle les avait sous le nez, ne les percevait pas encore. Machinalement, ainsi qu'elle le faisait chaque matin en prenant son café… Tiens justement, le café ! L'emplacement de la machine – Sasha l'avait installée parce qu'il était accro au breuvage – était vide.

Elle ouvrit une porte de placard à la volée : plus rien à l'intérieur. Le cœur de Jennifer battait de façon anarchique quand elle se redressa. Déroutée, elle refit un tour d'horizon, avisa la télécommande du téléviseur à la place de la machine à café et la dirigea vers le récepteur. Dans un état second, elle contempla le vide. Le bras métallique ne supportait plus que lui-même, le fil électrique pendait, orphelin.

— Bande de salauds ! cria-t-elle tête levée vers la verrière où la nuit restait collée comme pour lui annoncer d'autres désastres.

Elle attrapa le téléphone muet depuis la veille, leva la main pour le balancer contre le mur, aveuglée par le désespoir. Le visage de son fils s'inscrivit in extremis entre ses yeux et la cible. Cet objet était le dernier lien avec lui, son Tom, son bébé. Une voix insupportable lui serinait qu'elle ne le reverrait plus jamais, qu'elle ne se sortirait pas indemne ni même vivante de cet impensable drame. Pourtant, elle retint son geste, se contenta de serrer violemment le portable entre ses doigts avant de le jeter sur la table où il tournoya un moment sur lui-même.

C'est à ce moment que lui parvint du fond du loft un cri proche du rugissement d'un animal traqué par une meute de chiens. Sans réfléchir, Jennifer se précipita vers la chambre.

15

Paris, la Mouzaïa

Marion referma la porte de la maison avec une espèce de soulagement coupable. Elle laissait Nina en compagnie de Valentine et de Stéphane Ducros qui s'était arrangé avec les deux autres psycho-criminologues de l'Office pour pouvoir rester avec la petite. Il avait mis à son programme immédiat de décoincer les mots enfouis au plus profond de sa gorge et pour cela il avait besoin de temps et de sérénité. Pour tous, il paraissait urgent que Nina puisse s'exprimer, l'angoisse suscitée par le dernier coup de fil d'Alstair Mac Queen ayant atteint des sommets. Le flic anglais avait pris contact avec son homologue de Cambridge dans l'espoir d'en apprendre plus au sujet d'un événement qui se serait déroulé dans la ville. Un accident, une agression, un meurtre, pourquoi pas, auquel Nina aurait pu être mêlée d'une manière ou d'une autre. Mais il n'était rien survenu de tel au cours des dernières quarante-huit heures. Il fallait remonter une semaine en arrière pour tomber sur un double suicide de deux vieillards dans un hôtel du centre de la ville et un accident mortel à l'entrée de l'autoroute. Sans aucun rapport avec Nina, sa sœur Angèle ou Sasha Azonov. Au moment où il allait raccrocher, le correspondant de Mac Queen avait reçu une information. La direction administrative du centre Sanger, situé à Hinxton, à 9 miles au sud de Cambridge, s'était manifestée une heure auparavant au standard de la station centrale de la police pour demander de l'aide. Des événements troublants nécessitaient l'intervention d'une patrouille qui avait été dépêchée sur place. Son compte-rendu venait de tomber sur le bureau du collègue cambridgien d'Alstair Mac Queen.

— Voilà ce qu'il dit, en bref, avait-il expliqué. Le centre Sanger ou Wellcome Trust Institute est spécialisé dans l'étude du génome humain et il abrite quelques pointures dans la recherche de ce domaine, en particulier…

— Azonov, avait soufflé Marion, le cœur au bord des lèvres.

— Exact. Avant-hier, mercredi donc, le professeur devait donner un cours à 10 heures et avait convoqué une conférence de presse à 15 heures à l'intention d'une trentaine de chercheurs européens et de journalistes scientifiques dans un amphithéâtre du centre. Mais il n'est pas venu. Le matin, on l'a remplacé au pied levé, il avait pu avoir un problème et oublié de prévenir ou carrément avoir raté le rendez-vous.

— C'est son genre ?

— Non, au contraire, il passe pour quelqu'un d'assez rigoureux, voire psychorigide, en tout cas au boulot. Son entourage professionnel s'est inquiété mais personne n'a pu le joindre, pas plus que son assistante, une certaine Mary, introuvable aussi. Téléphone sur messagerie, bureau fermé à clef, pas de réponse non plus à son domicile mais ça, ça ne va pas t'étonner… L'après-midi, nouvelle absence, toujours inexpliquée. Le centre a dû annuler le colloque et ça a fait pas mal de remous car ce qu'il avait à annoncer semblait important. Cette fois, la direction a fait ouvrir le bureau du professeur. Son téléphone mobile était posé sur sa table de travail, à côté d'un ordinateur portable. La veste d'Azonov était accrochée au portemanteau. Connaissant le caractère un peu soupe au lait du chercheur, le directeur du centre a préféré attendre encore avant de déclencher les recherches. Mais, ce matin, toujours aucune nouvelle de lui. Ils ont pris la décision de fouiller le bureau plus avant. Dans la veste il y avait les papiers d'Azonov, de l'argent liquide, ses clefs de domicile à Londres et c'est à peu près tout. Pas de clefs de bureau ni celles du laboratoire où il travaille.

— Et dans ce labo, justement, personne ne l'a vu ?

— Non. Mais il y a une particularité importante… Comme tous les chercheurs d'un rang élevé, Azonov s'appuie sur un vaste laboratoire en plusieurs modules, des salles en sous-sol avec animalerie et beaucoup de personnel. Mais il dispose de ce qu'ils appellent une « pièce », un lieu à lui où personne d'autre ne met les pieds.

— Et on l'a découvert là !

Soupir contrarié de l'Anglais :

— Marion… Tu ne changeras jamais ! Laisse-moi finir, tu veux !

— Excuse-moi, Alstair… Mais on l'a récupéré ou pas ?

— Non, on ne l'a pas retrouvé dans cette pièce. Elle était fermée à clef et il a fallu l'intervention d'un serrurier… Bref. Pas d'Azonov à l'intérieur mais un grand désordre, des objets brisés et… du sang.

— Merde ! lâcha Marion en imaginant Nina au milieu de tout cela. Et alors ?

— Rien. Personne n'a rien vu ni rien entendu. D'après ce qu'on sait à l'heure qu'il est en tout cas. Les collègues de la police judiciaire sont sur le coup maintenant, ils prennent l'affaire au sérieux. Ils excluent le vol ou une intervention crapuleuse à cause du fric et du matériel retrouvé mais il n'y a aucune autre piste pour le moment.

Une question brûlait les lèvres de Marion mais, pour une fois, elle la retint, par une sorte de superstition. Alstair la connaissait décidément bien :

— Pas de trace de Nina non plus, soupira-t-il, tu penses bien que c'est la première question que j'ai fait poser. D'ailleurs personne ne la connaît à Hinxton pas plus qu'Angèle. Ils sont en train de chercher la collaboratrice d'Azonov qui semble… proche de lui, tu vois ?

Voir, oui, ce n'était pas bien difficile. Les amours de bureau, les cas d'adultère les plus fréquents. Un sur deux, dit-on.

— Allô ? Marion ? Tu es toujours là ?

Elle s'ébroua :

— Oui, pardon, Alstair… Tu as pensé à la vidéosurveillance ?

Le souffle de l'Anglais fracassa ses oreilles. « Incorrigible », l'entendit-elle murmurer. Et d'ajouter que, oui, les flics de Cambridge examinaient le réseau interne de l'établissement et les images des parkings proches. Aux questions suivantes :

Azonov travaillait-il sur des sujets sensibles ? Avait-il fait une découverte, trouvé le Graal, au point que quelqu'un veuille lui piquer le résultat de ses recherches ? Alstair n'en savait fichtre rien mais, dit-il, on n'a pas besoin de s'en prendre physiquement à un chercheur pour le dépouiller de son savoir, à moins bien sûr qu'il ait tout dans la tête et n'ait rien consigné nulle part. C'était peu probable. Et on spéculait dans le vide tant qu'on ne connaissait pas précisément le champ de ses recherches. Enfin, avait conclu l'Anglais, cela n'expliquait pas non plus la disparition d'Angèle ni l'arrivée à Paris de Nina, couverte de sang, passagère clandestine d'un Eurostar quelques heures après ces obscurs événements. À propos de Nina d'ailleurs, il s'interrogeait. Il n'avait pas passé quinze ans de sa vie au British Transport Police pour ignorer les dispositifs de contrôle à l'embarquement des Eurostar. C'était même lui qui les avait en partie conçus. En bon Anglo-Saxon à cheval sur les procédures, il n'imaginait pas une seconde qu'elle ait pu entrer dans la zone réservée et monter dans un wagon sans avoir reçu de l'aide. Il allait fouiller de son côté tandis que ses homologues français cherchaient du leur. Marion avait acquiescé, captant à demi-mot les arrière-pensées de son collègue british : les Anglais ne tarderaient pas à débarquer pour interroger Nina si on ne trouvait pas rapidement une explication.

Dans la rue de Mouzaïa, un camion poubelle barrait le passage. Marion attendit pour manœuvrer sa Peugeot que les derniers conteneurs fussent absorbés par la gueule du monstre. Tout en hauteur, le collecteur de verre avalait des quantités de bouteilles vides dans un fracas d'apocalypse. Deux grands Blacks actionnaient les manettes avec habileté malgré leurs gants de skieurs de fond.

— Vous pressez pas surtout, marmonna Marion en les observant s'activer sans se préoccuper des bagnoles coincées par leur faute, on a tout le temps…

Elle se pencha, régla la radio de bord sur le canal 4, vérifia que son portable n'avait pas enregistré d'appel et laissa son regard filer droit devant, par-delà la benne. Sous le ciel sombre, l'extrémité de la rue, entre la villa Alsace et la rue de la Liberté, était déserte. Encombrant le bateau d'un accès au garage d'une maison, un imposant véhicule sombre, l'arrière à moitié sur la chaussée, avait le capot levé. Un homme de haute taille était penché au-dessus du moteur. Un signal envoya à Marion qu'il ne s'agissait pas d'un mécanicien à cause de son costume gris.

Les collecteurs de verre ayant enfin laissé le champ libre, elle quitta son emplacement et s'engagea dans la rue. L'homme penché sur les entrailles de son 4 × 4 ne leva pas la tête à son passage. D'un coup d'œil elle nota qu'il portait des gants de cuir pour trifouiller dans son moteur, des lunettes noires alors que le ciel paraissait sur le point de dégringoler sur les toits et que ses cheveux d'un blond très pâle étaient nattés. Une longue tresse qui lui descendait jusqu'entre les omoplates. L'image furtive d'un deuxième individu assis à la place passager lança dans son organisme des milliards d'aiguillons. Car celui-là, à l'inverse de l'autre, la dévisagea quand elle passa près de lui. Œil froid, visage impassible, il – ou elle, le distinguo était impossible – envoyait aussi la sensation qu'elle avait à faire à un « gorille ». Un couple de gardes du corps, dans une rue semi-résidentielle de Paris habitée par des bobos ou de vieux parigots amoureux de ce quartier atypique… Si une personnalité avait vécu là, elle l'aurait su depuis longtemps, un tel voisinage est une source de contrariété, on ne peut pas passer à côté. Elle aborda le bout de la rue lentement. Le regard vissé au rétroviseur, elle aperçut le blond à la natte refermer le capot de sa voiture, sans se presser. Une montée de stress la fit flageoler. Anomalie, cria son subconscient, toujours prompt à se manifester.

Une fois tourné le coin de la rue, elle s'évertua à la raison : tu deviens parano, ma fille, il faut te calmer. Néanmoins, son intuition lui soufflait que la parano avait bon dos. Nina était tout près de là, dans un état indescriptible et cela n'était pas arrivé par une intervention divine. Non plus que le sang dans le laboratoire de Hinxton et l'évaporation des époux Azonov.

Elle braqua le volant, arrêta la voiture le long du trottoir sur un emplacement livraisons et composa le numéro du portable de Valentine.

— Faut pas psychoter ! la rassura la lieutenant.

Elle n'en pensait pas moins, pourtant. Marion avait beau ramer côté cerveau depuis que la balle l'avait endommagé, elle n'en demeurait pas moins redoutable. Rien ne lui échappait, elle décelait le plus infime changement d'expression, le voile qui troublait le regard d'un suspect même s'il avait les paupières baissées. L'arrivée intempestive de Nina, son état, son mutisme, les événements de Cambridge… Il n'y a pas de hasard, disait-elle aux fainéants qui comptaient là-dessus pour résoudre les affaires. Ce véhicule, ce matin, à cent mètres de la Mouzaïa, ne pouvait pas être tombé du ciel.

Valentine sortit dans le jardin, à l'arrière de la maison. De là, on ne pouvait pas la voir de la rue. Une fois passé le cabanon des garçons, elle longea l'allée qui conduisait à la grille. Enfouie sous une glycine en début de floraison, la barrière protégeait des regards. À l'angle, Valentine se hissa sur le muret. Penchée en avant juste assez pour laisser affleurer ses yeux, elle aperçut le 4 × 4 noir, immobile et inquiétant. Les occupants n'étaient pas visibles, et l'engin était trop éloigné.

— Vous avez vu la plaque ? demanda-t-elle à Marion, toujours en ligne, en redescendant de son perchoir pour ne pas attirer l'attention.

— Non.

— La marque ?

De l'autre côté du pâté de maisons, Marion ferma les yeux brièvement, le rythme cardiaque emballé.

— Tu vois que ça t'inquiète, toi aussi ! s'écria-t-elle.

— Mais non, mais vous m'appelez pour me parler de ça, je vais jusqu'au bout, qu'est-ce que vous allez chercher…

— OK, OK… Je n'ai pas fait attention mais c'est une de ces grosses américaines, celles qu'on voit dans les séries…

— Un Hummer ? Oui, c'est possible… Ou une Jeep Wrangler, j'en ai vu chez les « Z'y va », ça se ressemble…

— Un engin comme ça, admit Marion qui ne s'intéressait pas vraiment aux voitures.

Valentine avait envie de dire à sa patronne qu'elle devrait essayer d'utiliser son iPhone autrement que pour téléphoner, prendre une photo par exemple. Mais Marion était aussi réfractaire à la technologie qu'aux voitures.

— Je vais repasser devant eux ! lança la divisionnaire comme si elle avait entendu penser Valentine.

— Ça va les alerter.

— Je peux être allée chercher du pain…

— Ah oui, ça c'est très crédible… Il y en a peut-être d'autres qui surveillent le quartier. Alors, allez bosser, je m'occupe du reste.

— Ne laisse sortir Nina sous aucun prétexte ! Et que Stéphane ne se montre pas non plus !

— Et moi, je ne sors pas à poil dans la rue… Allez, patronne, vous stressez pas, tout ira bien.

Quand elle coupa la communication, Valentine n'était pas du tout sûre que tout irait bien. Mais dans l'instant, faute de savoir ce qui les menaçait précisément, il fallait raison garder tout en préservant leurs arrières. Avant de rentrer dans la maison, elle appela son groupe au SDPJ des Hauts-de-Seine. Appâtés par l'idée que leurs braqueurs insaisissables venaient d'être repérés dans une rue tranquille du 19e arrondissement de Paris, ses collègues rappliqueraient sans se poser de questions. Ils taperaient les deux individus aux papiers, vérifieraient la bagnole et on saurait si Marion avait eu raison de se mettre la rate au court-bouillon.

Elle évita le regard interrogateur de Stéphane Ducros et fit bonne figure pour affirmer qu'elle était juste sortie prendre l'air dans le jardin. Plus tard, elle trouverait le temps de lui expliquer ce qu'elles avaient décidé, Marion et elle : la maison devait paraître vide, rien ne bougerait, ni un rideau ni une fenêtre. Là, ce n'était pas le moment : sur le canapé, Nina fixait le mur de son regard absent.

16

Saint-Denis

Jennifer se laissa aller en arrière. Zita était repue. C'était de faim qu'elle criait tout à l'heure. À présent, elle reposait sur le dos, et ressemblait à un gros insecte au ventre gonflé qui aurait essayé de se remettre sur ses pattes. Sauf que Zita ne le tentait même pas. Jennifer, en l'examinant avec curiosité, ne put s'empêcher de songer que depuis leur arrivée au loft la fillette n'avait ni uriné ni déféqué. Elle lui toucha timidement l'abdomen, la peau tendue comme celle d'un tambour. Zita gémit.

— Ah ben bien sûr, ça te fait mal, déplora Jennifer qui, toute dégoûtée qu'elle était ne pouvait se défendre d'une forme d'apitoiement.

Elle observa encore un moment le visage ingrat où la peau rosissait vaguement alors qu'à son réveil elle s'apparentait à celle d'un reptile fossilisé depuis quelques millénaires. Puis, après avoir passé un chemisier propre, elle revint vers la cuisine ; attrapa le téléphone gris et le brandit en direction de la verrière, des murs, avec de grands mouvements de bras, tel un sémaphore dans la tempête.

— Vous allez m'appeler, ce matin, oui ? Parce que là je ne sais pas quoi faire avec elle ! Et je veux des nouvelles de Tom ! Là, maintenant ! Sinon…

Elle remua la main dans tous les sens sans que le téléphone sonne. Ils n'en avaient rien à faire de ses gesticulations, et pour cause, ils tenaient toutes les cartes en main. Elle était prisonnière chez elle et coupée du monde. La pensée de Sasha l'effleura. Elle gardait encore l'espoir que de lui viendrait le salut. Sasha ne pouvait pas l'avoir abandonnée. S'il n'était pas encore intervenu, ni n'avait débarqué bride abattue pour la délivrer et ramener Tom, c'est qu'il ne savait encore rien de ce qui se tramait ici.

Toute cette histoire avait un lien avec son lait et Jennifer fut frappée par un souvenir enfoui : Sasha fasciné par ses seins, à leur première rencontre.

La musique de Chopin, amplifiée par le volume de la pièce, la fit sursauter. Elle faillit lâcher le téléphone, saisie d'effroi comme si brusquement elle venait d'entrer dans une phase dramatique, plus encore que ce qu'elle avait vécu jusqu'ici.

— Toi nourri la fille, c'est bien…

La hargne brouilla la capacité d'écoute de Jennifer.

— Rendez-moi mon fils, maintenant ! beugla-t-elle avant de raccrocher.

Elle dut attendre de longues minutes, tourner en rond dans la cuisine hostile, rester sourde aux gémissements de Zita, de plus en plus forts, de plus en plus douloureux, avant que les notes désuètes éclatent de nouveau. La frimousse de

Tom s'inscrivit sur l'écran aussitôt qu'elle mit en route la vidéo. Quelques secondes avec lui, son sourire tranquille, sa petite bouche en cœur, ses petits yeux confiants. Étourdie de joie, elle balbutia quelques mots d'amour, la tête en feu, des larmes de bonheur jaillirent de ses yeux.

Et subitement, le vide. Assommée, Jennifer se laissa tomber sur une chaise. Il était là, avec elle, puis il n'y avait plus rien, que le néant.

Chopin.

Jennifer reprit le téléphone, encore fébrile mais déjà lasse.

— Qu'est-ce que vous voulez de moi, à la fin ? supplia-t-elle dans un souffle.

— Toi savoir. Nourrir la fille encore et tirer lait. Bien manger et boire pour faire donner lait.

— Je vous ai dit qu'elle ne chie pas ! cria une Jennifer dédoublée.

— Fille habituée à ça. Toi devoir enlever le bouchon.

— Quoi ? Quel bouchon ?

— Dans derrière. Bouchon empêche crotte sortir.

Jennifer avait cru mal comprendre mais elle avait bien compris.

— Et comment je fais ça ? expira-t-elle en s'attendant au pire.

Refuser. Elle devait refuser.

Un silence circonspect salua sa question. Elle entendit en arrière-plan une sorte de conciliabule dans une langue inconnue. Puis la femme revint :

— On apporter ce qu'il faut. Toi attendre. D'abord sortir bouchon et ensuite attendre.

Le clic de la coupure laissa Jennifer sidérée.

L'envie de tout planter la traversa. Ne rien faire, laisser Zita crever dans son coin. Ne plus s'en mêler. Tom mourrait. Il mourrait de toute façon et elle aussi, aveugle et sourde, incapable d'identifier ceux qui la torturaient ni de comprendre pourquoi. Et pourquoi, d'abord, après toute cette mise en scène, les laisseraient-ils en vie ?

Mais quand il s'agissait de survie, Jennifer était comme tout le monde. Elle retrouvait des gestes d'automate dictés par des réflexes primitifs. Elle se leva lentement et se dirigea vers la chambre. Sur le grand lit où elle était restée posée après la tétée, Zita se tortillait après avoir vomi une grande partie du précieux lait, inondant la literie déjà mise à mal. Jennifer souleva le pull et mit à nu le ventre de Zita. La peau était congestionnée, rouge foncé par plaques. Déformé par la douleur, son visage était plus hideux encore. Jennifer dut rameuter tout son amour pour son petit bonhomme au sourire si doux afin de se décider à se pencher sur le corps gonflé et lui écarter les jambes. Résolument, elle défit les boutons des poignets de son chemisier et remonta ses manches.

17

Nanterre

La pluie avait rattrapé Marion sur la route. Le périphérique était saturé mais ce n'était pas à cause de l'eau du ciel, c'était ainsi chaque matin. Chaque soir aussi, et à toute heure, sauf peut-être entre 3 et 4 heures, la nuit. Comme pratiquement tous les jours, après la traversée laborieuse de Neuilly, elle se résolut à brancher la sirène et à mettre le bleu sur le toit pour ne pas y passer la journée. À l'entrée du parking de l'annexe du ministère de l'Intérieur qui abritait, rue des Trois-Fontanot à Nanterre, de nombreux services opérationnels de police judiciaire, elle dut encore essuyer un embouteillage, à croire que tous les flics se donnaient le mot pour arriver en même temps au travail. Au deuxième sous-sol, elle salua de loin son homologue des Stups qui, lui, repartait déjà, et prit l'ascenseur à l'aide de son badge jusqu'au sixième étage. La porte de son bureau était grande ouverte, elle jeta son cartable et le sac contenant les vêtements de Nina sur un meuble bas à côté de l'inévitable machine à expresso qui la suivait depuis tant d'années.

Elle résista à l'envie de s'en faire un bien serré pour combattre les tensions qui lui embrouillaient la tête mais jugea plus pertinent de se rendre à la salle de permanence écouter le compte-rendu des affaires en cours.

Là aussi la porte était béante et l'unique fonctionnaire présent lui tournait le dos, rivé à l'écran accroché au mur au-dessus de quelques ordinateurs à l'abandon. Les images qui défilaient n'avaient rien à voir avec l'actualité que les policiers assurant la permanence à tour de rôle étaient supposés suivre en continu sur les chaînes spécialisées. BFMTV Bourse, annonçait le logo en surimpression. L'événement du jour consistait en un petit coup de pub pour l'entrée en Bourse d'une société filiale de Pharmcop, un groupe russe de produits pharmaceutiques lui-même membre d'un important consortium chimique. La porte-parole, une femme brune très belle, expliquait la naissance de leur branche spécialisée dans la pharmacopée de pointe, les médicaments d'avant-garde. Elle évoquait à mots couverts la révélation prochaine d'une découverte extraordinaire pour lequel son groupe avait déposé un brevet. Rien que ça. Au stade ultime de la recherche et très bientôt disponible, le médicament, qu'elle ne désignait pas encore, serait vendu dans le monde entier mais uniquement via Internet. Internet, la fin programmée du commerce direct, des relations humaines…

Marion décrocha en deux secondes. Elle ne s'intéressait ni à la finance ni à la Bourse, une matière hermétique à ses yeux. Elle avait une fois acheté des actions sous la pression d'un conseiller bancaire trop charmant et avait perdu le peu d'argent qu'elle y avait investi. Depuis, elle dépensait tout ce qu'elle gagnait. Elle gardait aussi en mémoire la mésaventure d'un flic qui s'était mis à spéculer et avait tout perdu, y compris sa femme.

Le lieutenant Paul Verdier n'en était pas là, ainsi qu'il l'expliqua à Marion quand il s'aperçut de sa présence. En changeant de chaîne, il dit sa passion pour la Bourse où, profitant d'une accalmie, il était allé faire un petit tour, juste pour voir...

— Je ne suis qu'un modeste boursicoteur, avoua-t-il penaud, je n'ai pas les moyens d'être autre chose...

Marion le rassura d'un geste – on a tous nos faiblesses – avant de lui demander un point sur les affaires. Le lieutenant allait commencer quand le commissaire Zénard fit son entrée. Il faisait partie du minuscule pourcentage de flics ayant pu accéder au grade de commissaire par la voie d'accès professionnelle qui permettait aux officiers âgés de plus de 50 ans de devenir « patron » après avoir satisfait aux tests de recrutement, hors concours externe ou interne. Un quart des commissaires embauchés chaque année provenaient de cette filière. Issu des brigades centrales du 36, quai des Orfèvres après une longue période en police technique et scientifique, Louis Zénard était un flic compétent, aguerri, malin qui faisait valoir son point de vue, solide et judicieux, sans jamais contredire Marion. Passionné d'armes à feu, de tir et de... police, Zénard avait fait vœu de célibat, il y avait bien longtemps. Pas de régulière, pas de mômes, pas d'emmerdes, affirmait-il avec sa tranquillité rassurante. Pour Marion, il était l'adjoint parfait.

— Salut, Louis, dit Marion en évaluant d'un coup d'œil sa tenue.

Une femme à la maison, ça peut avoir du bon, songea-t-elle avec indulgence en reniflant l'odeur de savon à la vanille dont l'homme raffolait. Sportif et propre, c'était déjà ça.

— 'Jour chef ! sourit Zénard découvrant des dents larges et solides, un peu jaunies par le tabac dont il avait du mal à se passer.

— Quoi de neuf ?

Louis Zénard fit son compte-rendu, une formalité car Marion savait déjà tout ce qu'il fallait qu'elle sût. Au fur et à mesure que les affaires avançaient, que les infos tombaient, le commissaire Zénard ou quelqu'un d'autre l'appelait ou venait la voir. À son tour, elle remontait l'information à la direction dès qu'elle l'estimait nécessaire. Et ainsi de suite jusqu'au plus haut niveau de la chaîne et du gouvernement de la République réunis. C'était un rite immuable, n'en déplaise à ceux qui prétendaient le contraire, s'agissant notamment d'affaires judiciaires. A fortiori, les plus sensibles ne pouvaient échapper à ce protocole. Zénard, responsable de l'activité opérationnelle des groupes, fit le point des dossiers en cours et termina par Alida. Marion se rappela qu'elle devait joindre le procureur de Lille pour le communiqué que la presse attendait. Le lieutenant Verdier confirma, le cas Alida intriguait beaucoup les médias. En témoignait la revue de presse qu'il avait établie ce matin de bonne heure. Il avait mis en exergue les points les plus importants, ainsi deux articles qui faisaient allusion à une affaire de manipulation génétique pour expliquer le « phénomène Alida ». Peu d'éléments pourtant avaient transpiré et Marion rendit un hommage silencieux aux équipes qui bossaient là-dessus. Le secret des enquêtes était devenu un rêve avec la prolifération des réseaux sociaux en même temps qu'un enjeu phénoménal à cause de la course aux infos et de la concurrence effrénée que se livraient ces mêmes réseaux.

Pressée d'en finir, elle entraîna Zénard dans son bureau. Elle lui désigna le sac-poubelle. Son expression ahurie l'amusa brièvement.

— Je ne suis pas tombée sur la tête ! le rassura-t-elle avant de lui conter les événements de la veille. J'ai besoin de faire examiner ces vêtements... Tu as une idée ?

Zénard fit la moue en tâtant son paquet de cigarettes à travers la poche de son pantalon, signe qu'il réfléchissait ou qu'il était embarrassé.

— Là, comme ça, non, admit-il. D'ailleurs à mon avis, si ta fille est mêlée à une affaire criminelle en Angleterre...

— Mêlée, mêlée ! On n'en sait rien encore !

— Précisément, on n'en sait rien ! Si c'est le cas, disais-je, les Anglais vont vouloir récupérer ces éléments qui deviendront des indices ou des preuves.

À la tête qu'elle faisait, le récent commissaire néanmoins un vieux de la vieille comprit qu'elle n'avait pas tout dit à son collègue Mac Queen.

— J'ignore ce qui s'est passé, se justifia-t-elle, je ne veux pas exposer ma fille inutilement.

— Tu veux savoir quoi, exactement ?

— Mais j'en sais rien, justement ! s'emporta-t-elle.

Avec mesure tout de même, elle arrivait maintenant à contrôler ses humeurs.

— Il y a du sang… murmura-t-elle.

Louis Zénard hocha la tête en s'emparant du sac-poubelle. Il n'avait pas encore appris à la connaître vraiment. Lui qui ne croyait en rien, ni Dieu ni diable, était intimidé par ce qu'il savait de son voyage en enfer. La trace en étoile à la lisière de ses cheveux à gauche et celle qui avait laissé un trou dans la chevelure au-dessus de la tempe droite étaient là pour le lui rappeler.

— Je vais voir ce que je peux faire, dit Zénard en se dirigeant vers la porte. Ah, au fait, je fais rentrer de Berck le lieutenant Annoux et le major Métayer ce soir, ils ramèneront les scellés d'Alida, je pourrai peut-être m'arranger pour faire d'une pierre deux coups avec le labo…

18

Saint-Denis

L'odeur dans le loft était épouvantable et Jennifer ne savait plus par quel bout attraper Zita. Les excréments avaient giclé sur le sol de la salle d'eau où elle avait eu la bonne idée d'emmener la fillette avant de « l'opérer ». Elle avait failli renoncer à plusieurs reprises car Zita poussait des râles affreux chaque fois qu'elle la touchait. Le souvenir de sa grand-mère Berthe racontant comment elle s'y prenait avec les vieux animaux de ferme l'avait aidée à venir à bout de l'obstacle.

Jennifer ouvrit les robinets de la douche. L'eau resta froide, obstinément. Même ouvert à fond le conduit d'eau chaude ne libéra qu'un liquide à peine tiède. Une calamité de plus de ces installations bricolées à la va-vite. Jennifer hésita à infliger ce nouveau supplice à Zita mais l'odeur était vraiment trop effrayante. Il était urgent de nettoyer tout ça.

Au contact de l'eau glacée, Zita fit une sorte de bond et tenta de se mettre debout. Elle glissa sur le sol et s'abattit sur le dos sans que Jennifer ait ni le temps ni la force de la rattraper. L'arrière de son crâne heurta le sol avec un bruit sourd. Elle émit un bref cri de douleur et, souffle coupé, devint inerte. Jennifer lui tapota les joues, sans succès, ouvrit le jet en grand. Après tout, il serait plus facile de la nettoyer inanimée et elle ne se plaindrait pas de l'eau froide. Zita semblait endormie, plus sûrement évanouie, et la jeune femme la lava longuement, utilisant son gel à la citronnelle et au miel jusqu'à la dernière goutte, lessiva ses cheveux clairsemés, sa peau de vieillarde puis la porta hors de la douche en l'enroulant dans le peignoir en éponge rouge grenat de Sasha. À respirer les senteurs d'eau de toilette de son mari disparu dans la nature, un élan de tendresse la fit vaciller.

« Où es-tu ? Pourquoi tu n'es pas avec moi ? » murmura-t-elle en portant Zita jusqu'à son lit.

Là, elle hésita. Pas question de lui faire réintégrer le lit de Tom ni de risquer qu'elle se répande encore une fois dans le sien. Elle la déposa à même le sol et Zita resta ainsi, avachie. Son oreille gauche était dégagée, Jennifer aperçut la boucle accrochée au lobe. Elle avait bien vu en la déshabillant hier ce drôle de bijou qui n'en était pas un. Trop grossier, trop lourd, il distendait la chair délicate. Aucun équivalent à droite, où il n'y avait même pas de trou. La jeune femme fit pivoter la tête de Zita car le regard blanc sous les paupières à demi baissées lui faisait peur. Un filet de sang coulait de son oreille et se perdait dans son cou.

« Putain ! » fit sourdement la jeune femme.

Elle alla chercher une serviette, essuya le liquide qui suintait du conduit auditif. Jennifer n'avait pas fait d'études au-delà d'un brevet des collèges qu'elle n'avait d'ailleurs pas décroché. Mais, à l'occasion d'un séjour en montagne avec son père, elle avait suivi un stage de secouriste. Elle se souvenait que le saignement d'oreille…

La musique de Chopin provenant du fond du loft interrompit ses spéculations médicales. Elle se précipita. La voix de son interlocutrice habituelle, sèche :

— Toi donner bonnes nouvelles ?

Une tempête enflamma le cortex de la jeune femme. À l'évidence, les kidnappeurs n'avaient pas tout vu de l'état de Zita. Avant de courir répondre au téléphone, elle avait eu le temps de rabattre la capuche du peignoir sur sa tête. Par chance, la couleur grenat dissimulait les traces sanglantes. Et puis, si ça se trouve, elle se trompait, Zita n'avait même pas de fracture du crâne, après tout elle n'était pas médecin ! L'espace d'une seconde, elle faillit tout avouer. Elle se reprit in extremis :

— Et vous, vous avez de bonnes nouvelles de mon fils ?

— Aller très bien, pas de souci… Toi pouvoir nourrir la fille encore !

— Elle dort.

— Nourrir, à midi, d'accord ?

Un soupir fit voler les cheveux de Jennifer. Nourrir la fille. Tirer son lait.

— Dites-moi combien de temps ça va durer… S'il vous plaît ! Combien de temps ?

— Pas…

Le silence soudain lui apporta la réponse. Ce n'était pas elle qui décidait, on le lui martèlerait jusqu'à la fin des temps. Elle pourrait protester autant qu'elle voudrait, elle n'était pas maîtresse de son sort. À bout de patience, elle posa le téléphone et demeura scotchée à l'écran. Vide, noir, éteint. Elle le reprit, chercha un moment comment le rallumer, trouva un bouton sur le côté et l'écran se réveilla. Et s'éteignit de nouveau. Batterie vide, évidemment, il fallait bien recharger de temps en temps.

Plus de téléphone, plus de télé ni de radio. Le néant. Elle aurait dû s'effondrer mais ce mot qu'elle prononça dans le désert de ce loft qu'à présent elle trouvait malsain la laissa de marbre. Néant, pire que rien.

Elle lorgna le frigo. La faim lui tordait le ventre. Elle saliva quand elle sortit la pizza de son carton et la posa sur une assiette pour la réchauffer au micro-ondes. Tomates, anchois, fromage, comment avaient-ils su que c'était sa préférée ? Pendant que l'engin ronronnait, elle décapsula une canette de Coca dont elle but une longue goulée, avidement. Quand elle s'attabla, elle oublia tout, la fille qui allait sûrement crever dans sa chambre, Sasha, son mari qui avait disparu, et jusqu'au sort de Tom, son petit homme.

19

Nanterre

L'appel de Valentine surprit Marion au milieu d'une réunion téléphonique avec son sous-directeur – en charge de la lutte contre le crime organisé et la grande délinquance financière – et des chefs de services extérieurs concernés par des affaires en cours à l'Office. Son sang se mit à brasser dans ses oreilles, occultant la conversation professionnelle. Une question de son patron, ponctuée d'une de ces grossièretés dont il raffolait, resta sans réponse. Puisqu'elle ne l'écoutait pas, il décida de mettre un terme à la discussion, demandant néanmoins à Marion de passer le voir dans l'après-midi, à l'étage au-dessus où il logeait avec son état-major. Elle fut tentée pourtant de l'envoyer paître mais se retint, se souvenant in extremis des mises en garde de Valentine. Le commissaire Zénard lui envoya un petit sourire contrit qui disait la même chose : fais gaffe. Il sortit de la pièce et elle se jeta sur son portable.

— Pas de bol, expliqua Valentine, le 4 × 4 était parti quand mes collègues du SDPJ sont arrivés. Il faut dire qu'ils ont un peu traîné, il paraît que c'est l'enfer pour rouler ce matin…

— Il pleut, marmonna Marion. Tu vois, j'aurais dû les taper aux papiers moi-même !

— Mais bien sûr ! Discrétion totale assurée !

— N'empêche qu'on les a ratés et...

— Si ces types sont là pour Nina, ils ne sont pas partis très loin. Ou bien ils vont se repointer. Mon chef de groupe m'a promis de laisser une *chandelle* dans le secteur...

Marion plongea sa main libre dans ses cheveux qu'elle avait encore raccourcis, tâta la dépression que la balle de 9 mm y avait laissée. Un geste qu'elle faisait souvent, sans y prendre garde. Trois centimètres carrés de masse osseuse envolée autour du plomb. Une fulgurance la plongea dans le noir, au fond d'un souterrain gorgé d'eau. Elle se mit à haleter, au bord de la syncope.

— Ça va ? la réveilla la voix inquiète de Valentine, qu'est-ce qui se passe ?

— Rien, maugréa Marion, rien du tout, je n'ai pas beaucoup dormi cette nuit...

— Des nouvelles de votre Anglais ? enchaîna Cara par association d'idées.

— Non, pas encore, je ne sais pas ce qu'il fout...

— Il dort peut-être ?

Cette seule évocation – bien sûr ironique – fit monter la tension de Marion. Il était pas loin de midi, comment pouvait-on imaginer Alstair roupiller alors qu'elle...

— Nina... commença Valentine et Marion retomba sur terre.

— Comment ça se passe ? Stéphane a réussi à l'approcher ?

— Bof... Il essaie.

Valentine et ses perpétuelles réticences à tout ce qui n'était pas purement terre à terre. Les psys avaient sa préférence. Pourtant elle, en tout premier lieu, aurait eu mille raisons d'en consulter un. Tout comme Marion, à qui elle ressemblait beaucoup, en fin de compte.

— Je reconnais qu'il est assez bon, nuança-t-elle, il m'épate.

Dans sa bouche, c'était plus qu'une reconnaissance, un hymne à la joie.

Mais est-ce que cela suffirait, un psy ? Marion ne cessait de songer depuis le matin à ce que Nina avait peut-être subi, un asticot pervers lui rongeait le cerveau quand l'image du 90 C de la petite lui revenait à intervalles réguliers comme un plat mal digéré. Elle se décida brusquement :

— Val, je vais appeler Rose Vergne !

— La légiste ?

Le ton de la capitaine indiquait qu'elle aussi avait pensé à cette solution. Faire examiner Nina avant que ne se diluent sous la douche d'éventuelles traces, que ne sombrent à jamais de précieuses indications sur ce qu'elle avait enduré ou pas. La faire examiner par une femme. Et une femme qui accepterait une consultation médico-judiciaire officieuse. Marion avait souvent surfé sur la marge mais là, c'était demander beaucoup. Le commissaire Zénard, ensuite une éminente médecin légiste...

— Vous croyez qu'elle va accepter ?

— Elle me doit un service...

Rose Vergne ne se fit pas trop prier et n'attendit pas que Marion lui rappelle un incident auquel elle avait été mêlée trois ans auparavant et qui aurait pu lui coûter sa place. À cette époque, il lui arrivait d'user de substances interdites mais largement tolérées partout, sauf pour les pointures de la police ou de la médecine légale. Marion l'avait interpellée un soir, dans la gare du Nord, au cours d'une opération de routine. Elle l'avait *décrochée* d'une sombre affaire de cocaïne et personne n'en avait jamais rien su.

— Il faut l'amener à Trousseau, objecta Rose Vergne, c'est là-bas qu'on examine les mineurs...

— Tu déconnes, là ? Si je t'appelle, toi, c'est justement que je ne peux pas aller là-bas.

Soupir embarrassé de la dépeceuse de chairs mortes qui choisit pourtant de ne pas tergiverser davantage.

— Je ne peux pas travailler à domicile, il faut me l'amener.

— C'est compliqué.

La légiste ne céda pas. Elle voulait bien se montrer coopérative mais ne pouvait trimballer son bureau et son cabinet d'examen derrière elle.

Marion finit par capituler tout en se demandant comment elle allait s'y prendre pour emmener Nina en douce.

À midi elle quitta l'immeuble du ministère. Parvenue en vue de la Mouzaïa, elle mit le gyrophare sur le toit et brancha le deux-tons. Son arrivée fracassante ne fit broncher que quelques corneilles hypertrophiées qui squattaient de plus en plus les jardins et terrasses de Paris. Elle gara la voiture au jugé et fonça dans la maison. Quelques secondes plus tard, une ambulance entrait dans la rue à son tour, sirène en action. Puis ce fut une camionnette de livraison – « Anny fleurs, Suresnes », un des soums de la PJ – qui se posa dix mètres derrière le véhicule sanitaire d'où venaient de descendre deux brancardiers. Ils se précipitèrent dans la maison et en ressortirent à peine cinq minutes plus tard. Sur la civière, Valentine se tordait de douleur, enfouie sous une couverture de survie. Attachée contre elle, collée à son corps de tout son long, Nina, invisible, ne bronchait pas. L'idée d'aller à l'hôpital pour un examen, présenté par Valentine comme une démarche anodine mais indispensable, n'avait pas été de son goût. Elle avait même violemment protesté au point que la capitaine avait eu un mal fou à la contrôler. Ses cris pouvaient être entendus de l'extérieur et Stéphane Ducros s'en était mêlé. Une injection surprise d'une petite dose de phénobarbital avait facilité son exfiltration de la villa. Les brancardiers enfournèrent Cara et son poisson-pilote en deux temps, trois mouvements à l'arrière de l'ambulance et démarrèrent avec la sirène. « Anny fleurs, Suresnes », resté au milieu de la chaussée pendant qu'un des occupants faisait mine de chercher l'adresse où livrer un bouquet, ferait le tampon pour empêcher toute velléité de poursuite.

Marion avait enquillé derrière l'ambulance, Stéphane Ducros à ses côtés. À eux deux, ils assureraient la sécurité périphérique du parcours.

Ils restèrent silencieux car le niveau sonore de l'avertisseur du véhicule sanitaire – un vrai-faux prêté par une compagnie d'ambulances – rendait aléatoires les échanges. Marion donnerait plus tard au psy les détails qui lui manquaient encore pour comprendre une partie de l'affaire. Car, selon Alstair Mac Queen, l'examen des enregistrements de vidéosurveillance du centre de Hinxton avait permis de repérer Nina quittant l'établissement, quelques heures avant qu'elle ne débarque à Paris gare du Nord. Filmée de dos sur une partie du parcours, puis de face juste avant qu'elle ne sorte du centre, elle semblait pressée mais pas affolée. Visage neutre et manteau rouge fermé, rien dans les mains, telle qu'elle était arrivée à Paris. Les images du centre étaient stockées sur un disque dur et conservées plusieurs semaines, ce qui avait permis aux flics de Cambridge de remonter le temps. Et de repérer Sasha Azonov à plusieurs reprises allant et venant dans les bâtiments au cours des jours précédents. Un détail faisait tiquer les enquêteurs anglais : pendant la période examinée, Azonov n'était jamais filmé entrant ou sortant de l'établissement. Or, il venait travailler en voiture et repartait de même. Les parkings s'étalaient sur un bon hectare au sud des constructions et il n'y avait aucune rupture de charge dans l'implantation des caméras entre l'intérieur et l'extérieur.

— Ça voudrait dire qu'Azonov n'aurait pas quitté le centre pendant combien de temps ? suggéra Stéphane Ducros une fois que, s'estimant hors de portée d'éventuels poursuivants, sur ordre de Marion, les ambulanciers eurent coupé leur sirène.

— A priori, cinq ou six jours. Ce que confirme la présence de sa bagnole, une Volvo, à sa place de parking. Les entrées et sorties sont bornées électroniquement. La sienne est enregistrée en entrée le jeudi après-midi, jeudi dernier, et n'est pas signalée en sortie.

— Il a pu utiliser les transports en commun...

— Ils cherchent de ce côté-là aussi. Mais ce n'est pas tout.

Le visage de Marion accusait une tension inhabituelle. La crispation de ses mains sur le volant faisait blanchir ses phalanges et son corps semblait souffrir tout entier. Arrêtée à un feu à l'entrée du boulevard Magenta, elle jeta un coup d'œil à son voisin qui attendait la suite.

— Nina n'est pas allée au lycée de toute cette semaine, pire, elle avait déjà séché les cours jeudi et vendredi dernier.

— Vous savez pourquoi ? demanda Stéphane qui voyait à la tête de Marion que ce point était crucial dans l'histoire.

— Elle était soi-disant malade... C'est Azonov qui a prévenu le lycée, jeudi dernier dans la journée.

— Ça vous contrarie, on dirait...

— Ben, plutôt, oui. D'abord ce n'était pas Azonov qui était supposé gérer Nina et, en prime, Angèle, sa sœur, n'était pas au courant de cette pseudo-maladie...

— Attendez, souffla Stéphane, je ne pige pas...

— Le lycée fait état d'un appel de sa part le vendredi en début d'après-midi.

La directrice du lycée avait été bien ennuyée, aux dires d'Alstair Mac Queen, quand Angèle lui avait demandé où se trouvait Nina. Visiblement, Mme Azonov ignorait la démarche de son mari, pire, au moment où elle appelait le lycée, elle ne savait pas où il était, non plus que Nina.

— Ils étaient ensemble ! émit Stéphane Ducros en tassant sa grande carcasse dans son siège.

Marion redémarra, collée au cul de l'ambulance, le malaise induit par la suggestion du psy suintant par tous les pores de sa peau. Évidemment qu'elle devinait une sale histoire sous les belles apparences de la vie insouciante d'Exhibition Road, elle y avait pensé tout de suite.

— Je ne sais pas, fit-elle dans un murmure, je ne sais pas quoi penser. Mais hélas, c'est la première chose qui saute aux yeux. Azonov est parti je ne sais où il y a une semaine, avec Nina, et Angèle n'était pas au courant. Franchement, Stéphane, c'est l'horreur…

— Rappelez-vous qu'Azonov a été vu au centre pendant tous ces jours, et pas qu'une fois, tempéra le psy. Qu'aurait-il fait de Nina pendant ce temps ?

Personne n'était en mesure de répondre à cette question. Ni aux autres. Il fallait impérativement que Nina s'exprime. Stéphane hocha la tête. Toutes ses tentatives depuis le matin s'étaient heurtées au même refus. Il avait testé plusieurs approches mais, à présent qu'on en parlait, il était sûr d'une chose : Nina était épouvantée et sa sœur avait à voir avec cette immense panique.

— Chaque fois que j'ai prononcé son nom, elle a perdu les pédales.

Il se remémora ses essais pour entrer en contact avec elle. Elle ne semblait pas hostile au dialogue, mais ne pouvait pas parler, ni ordonner ses souvenirs. Avec l'éclairage qu'apportait Marion, il commençait à regarder le comportement de Nina d'une autre façon. Une sale histoire entre un scientifique plus tout jeune et une jeune fille à peine pubère ?

— Si Nina avait été contrainte par Azonov, proposa-t-il, elle aurait réagi bien avant, elle a du caractère…

— Vous suggérez que si elle n'a rien dit, c'est qu'elle était consentante ?

— Je n'ai rien exprimé de tel ! se récria le psy, j'essaie de me placer de ce point de vue pour interpréter son état !

Marion porta ses doigts à sa bouche, se mit à se ronger furieusement les ongles. Un scooter déboula sur la gauche, frôla la voiture, cogna le rétroviseur. Coup de klaxon. Le conducteur leva le majeur droit dans leur direction. Un braillement du deux-tons le ramena à la raison, il disparut sans demander son reste.

Se calmer. Respirer.

— Vous ne savez pas le pire, murmura-t-elle si bas que Stéphane Ducros ne saisit pas le sens de ses mots.

— Pardon ? Je n'ai pas compris…

— Je disais, le pire est encore à venir…

Le psy se tourna vers elle. Son angoisse était palpable, il s'en rendit compte et s'en inquiéta. Marion était encore fragile, les séquelles des dégâts à son cerveau stagneraient longtemps et ressurgiraient périodiquement sous une forme ou une autre. Il l'encouragea à poursuivre d'un mot apaisant.

— Nina est inscrite au lycée français de Londres sous le nom d'Azonov.

Ah oui, quand même, songea Ducros. Il réfléchit à toute allure.

— Elle s'appelle Marion, martela la divisionnaire, je l'ai adoptée, c'est ma fille, elle porte mon nom !

— Oui, oui, je comprends... Mais peut-être que c'était plus facile pour lui de l'inscrire sous le sien...

Marion n'eut pas le temps de relever cette propension du psy à toujours trouver réponse à tout. Ils entraient, à la suite de l'ambulance, dans la cour de l'Hôtel-Dieu, place du Parvis-Notre-Dame. En ombre chinoise contre les pierres noircies de pollution, en haut des marches des urgences médico-judiciaires, une silhouette menue se tenait, droite, les pans de sa blouse blanche serrés contre sa poitrine. Rose Vergne les attendait.

Assise à côté de Stéphane Ducros qui faisait de son mieux pour la rassurer, Marion ne cessait de ressasser ce qui lui apparaissait maintenant comme une évidence après le coup de fil d'Alstair Mac Queen aux environs de 11 heures. Nina avait été abusée – ou pas, mais le résultat était le même – par son vieux beau-frère, elle était enceinte, c'était une certitude qu'elle allait prendre en pleine figure de façon imminente. Angèle avait découvert le pot aux roses, elle avait réglé son compte à son mari, sa sœur affolée s'était enfuie...

— Il y a une bizarrerie, émit soudain Ducros d'une voix sourde, Nina est choquée, désorientée, complètement muette et incohérente, je me demande comment elle a fait pour se rendre à la gare à Londres, prendre l'Eurostar, toute seule, sans se faire remarquer. Il y a des formalités et...

— Vous avez raison, admit Marion. Pour l'instant, ça reste un mystère. Les collègues de la gare du Nord n'ont rien trouvé dans le train. Ils ont examiné jusqu'aux poubelles et interrogé le personnel de bord. Côté anglais, pareil, aucune anomalie à signaler à Saint Pancras. Mac Queen s'occupe de récupérer les listings de réservation mais pour l'instant on n'a pas de réponse. J'ai la trouille, Stéphane !

— Attendons de savoir ce que dira le médecin, fit-il pour se montrer apaisant.

Attendre. Marion se rongeait les ongles dans ce couloir défraîchi, balisé de bancs de bois qui avaient vu défiler tant de cas aussi dramatiques que celui de Nina, des familles détruites par une affaire abominable, des détenus dont on avait peine à imaginer les crimes qu'ils avaient commis, des flics perdus, blessés, ou juste à bout.

Marion faillit crier quand la porte s'entrouvrit et qu'elle aperçut le visage de Valentine. « Parano », susurrait la voix que Marion n'entendait plus maintenant tant les battements de son cœur abolissaient le monde autour d'elle.

En entrant dans le cabinet d'examen, elle vit Rose Vergne qui enlevait ses gants, passait sur son visage ses mains fines et déliées dont on avait peine à imaginer qu'elles tripotassent des chairs dévastées sans frémir, sans montrer répulsion ni réticence. Belle. La femme dans toute sa splendeur, incarnée par un médecin qui se complaisait en compagnie de morts assassinés ou de vivants abîmés, des épaves, à jamais. Valentine, subjuguée, la regardait resserrer la ceinture de sa blouse qui étranglait une taille si fine que...

— Alors ? s'impatienta Marion pour rompre le charme.

— Alors...

Rose Vergne planta son beau regard mordoré dans celui de Marion en contournant son bureau encombré de paperasses. Elle se laissa happer par une chaise anonyme au milieu d'un décor qui l'était tout autant.

— Plusieurs constats, dit-elle sur un ton qu'elle choisit de garder neutre. D'abord, je ne peux pas établir de rapport officiel, tu t'en doutes. Mais je mettrai ça noir sur blanc quand même, que tu gardes une trace…

— D'accord… Mais, Nina ?

— Elle est sous l'effet de substances…

— Le psy lui a fait une piquouse, lança Valentine, juste avant de venir…

— Oui, mais il y a autre chose, on saura quoi plus tard, je lui ai fait une prise de sang… Elle porte des traces de piqûres.

Marion fronça les sourcils. C'était la première chose qu'elle avait regardée, pourtant. Le creux des bras, le dessus des mains, les pieds, les aisselles, sous la langue aussi et même l'intérieur des paupières quand toutes les veines sont devenues impraticables. Tous les endroits du corps où les toxicos se piquent.

— Sur les fesses et les cuisses, compléta la légiste. Intramusculaires. Une idée ?

La divisionnaire fit non de la tête. Comment aurait-elle pu savoir ?

— Est-ce que… hasarda-t-elle.

— Elle n'a pas subi de violences physiques, si c'est ta question. Je n'ai rien noté, ni hématomes, ni rien à la radio. Elle n'est pas enceinte et n'a pas saigné de l'utérus.

Dieu du ciel ! songea Marion dont la tête se mit à tourner.

— Mais elle n'est pas vierge, asséna l'autre et le manège amplifia son rythme. Pas de traces de violence à ce niveau-là non plus. J'ai fait un prélèvement pendant qu'elle était encore dans les vapes mais je ne crois pas qu'il y ait eu de rapport récent.

Le salopard ! ragea Marion qui, à cet instant, n'imaginait rien d'autre qu'une relation avec Azonov. Forcée ou pas.

— Pour ses seins, tu as une explication ?

— Non, elle est en pleine puberté... Elle est belle, ta fille, biaisa-t-elle comme si ce constat suffisait à expliquer ce qui se passait. Une vraie petite femme...

Marion, sur les dents, scruta la légiste pour débusquer une trace d'ironie ; mais elle était sérieuse, son expression sincère.

— Tu aimes les femmes, toi ? fit-elle avec agressivité.

— Oui, admit Rose, mais j'aime aussi les hommes et Nina n'est pas mon genre. Je préfère les filles plus... mûres.

Elle regardait droit devant elle, la porte, où il ne se passait rien. Valentine retenait son souffle. La légiste secoua le début de rêverie dans lequel elle avait glissé :

— Bon, ce que je veux dire à propos de ta fille, c'est qu'elle a subi quelque chose. Je sais, c'est un pléonasme. Mon idée est qu'elle a été soumise à un traitement. Sa poitrine... le bassin plus épanoui qu'il ne devrait...

— Hormones ? suggéra Valentine.

— C'est une piste, oui. Il faut creuser de ce côté.

— Mais pourquoi ? s'insurgea Marion.

Le Dr Vergne haussa ses épaules dont la blouse dissimulait mal la ronde harmonie.

— Il est vraisemblable que celui ou ceux qui s'en sont occupés n'avaient pas intérêt à te demander ton avis.

Azonov. Qui d'autre ?

20

Saint-Denis

Jennifer avait terminé son festin depuis longtemps. Elle avait fini de nettoyer la douche pour faire disparaître une petite coulure de sang sur le mur où Zita s'était cognée. Puis elle s'était lavée sous l'eau glacée, frottant sa peau avec une énergie qui ressemblait à la désespérance. Elle avait abondamment rincé ses cheveux roux, longs, épais, emmêlés, jusqu'à ce qu'elle grelotte dans ce loft que le soleil continuait à fuir, aujourd'hui, obstinément.

Elle s'était enroulée dans une serviette qui sentait le moisi comme tout ou presque ici. Les fibres se putréfiaient lentement au contact de l'air vicié, jamais renouvelé. Debout au milieu de l'espèce de chambre à coucher de cinquante mètres carrés qui communiquait avec le reste de l'espace à peine délimité par un empilement de cartons, Jennifer regarda autour d'elle. Pour la première fois, la vérité lui sauta au visage, elle vivait dans une prison. Un pseudo-loft, une fausse maison. Sans ouvertures, sans une fenêtre qu'elle aurait pu ouvrir pour respirer l'air du dehors, même pollué, même gâté par les miasmes de l'humanité qu'elle savait toute proche sans la voir jamais. Elle en devinait le grouillement alors qu'elle crevait de solitude, faisant semblant d'être heureuse. Sasha l'avait enfermée dans ce lieu sans issue et l'angoisse que suscitait le pourquoi de cet internement lui soulevait le cœur.

Devant le téléphone éteint elle songea que c'était peut-être sa seule chance. Pour rester en contact, les inconnus devraient venir charger la batterie ou remplacer l'appareil. Elle pourrait les guetter et les surprendre. En s'y prenant bien. Sortir de là et courir. Elle se cacherait dans la friche. Elle parviendrait à les semer. Oui, elle leur échapperait.

Rassérénée par son projet, oublieuse du sort qu'elle réserverait ainsi à Tom car il arrive un moment où chaque individu finit par se préférer lui-même quand il est en danger, elle revint sans se presser vers la chambre.

Zita gisait toujours par terre emmaillotée dans le peignoir rouge de Sasha. Jennifer devait la remettre dans le lit de Tom, changer ses propres draps qui empestaient dans l'air emprisonné. Elle attrapa la fille inerte à bras-le-corps, avec précaution et une douceur inattendue. La tête de Zita bascula en arrière. Un mauvais pressentiment assaillit Jennifer. Elle la déposa dans le petit lit, arrangea le peignoir autour de son corps flasque et de ses jambes raides. Elle n'avait pas besoin de poser ses doigts le long de la carotide pour y déceler un quelconque battement. Zita avait presque cessé de respirer. Si personne ne faisait rien, elle mourrait, dans un jour, une heure ou une minute. Et elle, Jennifer, comment allait-elle s'en sortir maintenant ? Si elle alertait ses bourreaux, ils la rendraient responsable de ce qui était arrivé à la fillette. Ils tueraient Tom et la tueraient, elle. Il valait peut-être mieux les laisser ignorer l'état de Zita en feignant de continuer comme avant. Ils ne seraient sûrement pas dupes longtemps.

Assise à la table de la cuisine, Jennifer se concentra sur le choix qu'elle devait faire en simulant la somnolence, tête posée sur ses bras repliés.

Aucune idée ne lui vint, à croire que son cerveau marchait au ralenti, qu'aucune impulsion, même infime, ne pouvait l'animer. La seule pensée qui tournait à la manière d'un disque sans fin était que, maintenant, Jennifer Loume, épouse Azonov ainsi que Sasha l'avait décrété, était en danger de mort.

21

Paris

Titi, Loulou et Zav perdaient patience dans le break Peugeot banalisé de la PJ des Hauts-de-Seine. Ils planquaient depuis le matin à la demande de la capitaine Cara et ne savaient pas trop pourquoi. Les trois flics enfumaient la bagnole à tour de rôle avec leurs clopes et, vers midi, Xavier, le plus jeune, un gardien de la paix, était allé acheter des kebabs et trois bières à la lucarne d'un petit grec à l'angle de la rue de la Liberté. Les gilets pare-balles Spectra qu'on les obligeait à porter dans ces circonstances commençaient sérieusement à les gêner et ils transpiraient comme des bouts de lard oubliés au soleil.

16 h 50. Le Hummer, ou sa copie, ne s'était pas manifesté et ils se demandaient si Valentine Cara n'avait pas rêvé.

— Qu'est-ce qu'ils auraient bien pu foutre là, ces tocards ? râlait José Alberti, dit Titi, toujours enclin à la ramener. Dans ce quartier plutôt bourge...

Certes pas très éloigné des zones périphériques les moins reluisantes de Paris, les cités Curiel et

Riquet du 19e arrondissement. En même temps, continua Alberti, un Hummer bien repérable, c'était aussi dans le style de ces baltringues qui les narguaient et avaient sûrement déjà claqué dans des conneries de ce genre le fric issu de la fourgue des seize braquages perpétrés au cours des trois derniers mois. Jamais de grosses sommes, rien qui leur permettrait de mener la grande vie, juste de quoi s'acheter un gros engin pour frimer.

Les trois flics étaient restés là parce qu'ils n'avaient pas de quoi pavoiser avec les maigres éléments à leur disposition depuis le début de la série de braquages. Leur patron devenait nerveux, la plaisanterie durait maintenant depuis douze semaines.

— Deux des VMA se sont déroulés dans ce secteur, avait rappelé Loup Ferger, le chef du groupe improvisé pour le coup. Loin des Hauts-de-Seine, certes, mais selon une méthode similaire.

— Putain, ronchonna une fois de plus Titi, il est 17 heures, qu'est-ce qu'on fout là ?

Il songeait à ces heures perdues, à sa fille qui était en vacances et qu'il avait dû laisser chez une voisine pour cette planque débile.

Aux environs de midi, entre le kebab et la bière, ils avaient décelé une agitation dans la rue de Mouzaïa. Une ambulance et une voiture de police avaient brièvement détourné leur attention. Par précaution, ils avaient appelé Cara. Elle leur avait ordonné de ne pas bouger. Le calme était revenu très vite. À plusieurs reprises, dans l'après-midi, ils avaient recontacté la capitaine qui leur avait demandé de persévérer. À aucun moment, ils n'avaient décelé l'ombre d'un Hummer.

À 17 h 15, ils dressèrent la tête tout en se tassant sur leurs sièges : un énorme 4 × 4 noir aux vitres teintées venait de pointer ses chromes au ralenti. Les flics distinguèrent deux silhouettes à l'intérieur. À première vue, un homme au volant et une femme à la place passager, sans certitude. Ce n'était pas un Hummer contrairement à celui qui jaillit dans leur dos. Le premier tout-terrain – qui n'avait sûrement jamais vu que du bitume urbain – s'était arrêté à l'entrée de la rue de Mouzaïa. L'autre le rejoignit, se collant quasiment à son flanc. Ils ressemblèrent alors à deux bêtes préhistoriques sur le point d'en découdre, tête-bêche. Les vitres s'abaissèrent et probablement que les occupants invisibles échangèrent quelques mots, ce qui laissa largement le temps à Zav de lancer sur les ondes leurs immatriculations pour les identifier. Puis, comme dans un ballet bien au point, le Cayenne et le Hummer démarrèrent, chacun à l'opposé de l'autre. Le scénario le plus redoutable qui soit quand on ne dispose que d'un véhicule de filature.

— Qu'est-ce qu'on fait ? lança José Alberti.

Il avait déjà mis le moteur en marche, passé la première.

Choisir, c'est renoncer, déplorait toujours le lieutenant Loup Ferger, dit Loulou. Alors que le Hummer avait disparu depuis une bonne minute et sous la pression de ses deux équipiers qui le sommaient de se décider, il opta pour le Porsche Cayenne dont il apercevait encore les feux arrière allumés. Alberti enquilla dans la circulation encore fluide sans demander son reste. Par chance, le Cayenne ne semblait pas les avoir repérés et avançait sans précipitation. Il rejoignit les boulevards des Maréchaux, le break Peugeot de la PJ à trois véhicules derrière. Puis bifurqua pour s'engager sur le périphérique en direction du nord. Le trafic y était plus dense mais la filature ne posa aucun problème jusqu'à ce que la sortie porte de la Chapelle s'annonce. Direction l'autoroute du Nord.

Loup Ferger avait déjà signalé à sa base qu'ils se trouvaient derrière une cible. On lui avait donné pour consigne de la suivre tant que l'opération ne présenterait pas de risque. Aucune intervention sans renforts, ordre formel. Plusieurs équipes s'étaient déjà mises en branle pour les rejoindre tandis que le Hummer, dûment signalé, était recherché dans les rues du 19e arrondissement. La réponse du fichier des immatriculations venait de tomber, les deux véhicules appartenaient à une société de location spécialisée dans les voitures de luxe dont le siège était à Genève. Si cette nouvelle ne réjouit pas les trois flics, elle les surprit tout de même un peu. Le niveau de leurs braqueurs ne collait pas avec ce détail.

— À croire que tous les codes changent, déplora Alberti.

Mais c'était pour dire quelque chose car lui-même ne croyait guère à ce qu'il affirmait et un pressentiment lui soufflait que ceux qu'ils poursuivaient n'avaient rien de commun avec des *nains* de banlieue. L'heure n'était de toute façon pas à l'étude sociologique des bandes, le Porsche Cayenne venait d'entrer sans avertir dans la bretelle conduisant à Saint-Denis. Alberti avait prévu le coup, il prit la suite en souplesse. La pluie se remit à tomber avec force au moment où ils finissaient de longer une avenue triste aux maisons délabrées qui les amena à une patte d'oie. Au milieu de rien, un ensemble industriel à l'abandon semblait posé là tel un décor de film émergeant d'une brume poisseuse. Un no man's land escaladé par des ronces gigantesques vers lequel le 4 × 4 se dirigea sans hésiter.

— Qu'est-ce qu'on fait ? demanda une fois de plus José Alberti avec une pointe d'angoisse.

— Attends ! ils doivent avoir leur planque dans ce bordel, laisse les prendre du mou…

La voix de Loup Ferger était aussi coincée que s'il avait avalé un paquet de ouate. Il n'avait pas beaucoup d'ancienneté dans le métier mais suffisamment pour deviner que ce qui se passait sentait mauvais. Alberti engagea prudemment le véhicule de service dans la rue défoncée qui menait à des bâtiments en apparence désertés. Un immense panneau surplombait des taillis d'un mètre de haut, projetant sur eux l'ombre d'un projet que l'on avait baptisé l'Usine et auquel aucun des trois flics ne prêta attention tant l'idée d'un complexe immobilier paraissait incohérente dans ce désert de brique et de ferraille. Ils avaient donné leur position par radio et les renforts annoncés étaient encore loin.

— Fais demi-tour ! ordonna le lieutenant Loup Ferger. On va se zoner à l'extérieur, j'ai pas envie qu'ils nous tombent dessus ici. Si ça se trouve y en a d'autres…

— Comme tu veux, grommela Alberti qui, lui, brûlait d'envie d'en découdre avec ces bâtards, là, maintenant.

Il terminait sa manœuvre quand le Cayenne, très silencieux, leur déboula dessus. La Peugeot banalisée en travers du chemin obligea le 4 × 4 à s'arrêter. Loulou sentit au fond de ses tripes qu'ils se trouvaient au milieu d'un plan pourri. Les deux autres se tendirent, Alberti interrompant sa manœuvre pour observer ce qui se passait du côté du Cayenne. Les mains des flics attrapèrent les crosses des Sig Sauer, les boutons d'étui sautèrent à l'unisson. Un coup de klaxon du Cayenne les fit sursauter, une main gantée émergeant de la portière passager leur fit signe de dégager. Des gants de cuir noir. Ça ne collait plus du tout avec le profil de leurs braqueurs, des petits rigolos qui n'en portaient même pas pour dévaliser les bijouteries au risque de laisser leurs paluches partout.

— Qu'est-ce qu'on fait ? grinça Alberti qui manquait décidément d'imagination et de vocabulaire.

— Prends ton temps, chuchota Ferger comme si les autres avaient pu l'entendre, les collègues seront là dans deux minutes. On va les serrer.

Alberti s'exécuta, fit celui qui s'escrimait sur un démarreur récalcitrant tandis que ses collègues scrutaient le moindre mouvement de leurs adversaires.

— Impossible de distinguer leurs gueules, déplora Xavier qui tenait son calibre sur ses genoux, le pouls trop rapide.

Toujours pas de renforts en vue, la radio était muette depuis deux minutes au moins.

— Zulu 1 de Zulu 2, on est sur l'avenue Fabre, sur vous dans une minute, confirmez votre position !

— Zulu 2 de Zulu 1, bondit Loup Ferger surpris par l'explosion de l'annonce dans l'habitacle, on est au bout de l'avenue Fabre, à droite, la patte d'oie et l'entrée du terrain avec les usines en ruine. Magnez-vous, on est détronchés…

— Qu'est-ce que vous avez maquillé ?

— Magne-toi, j'te dis !

Ferger coupa la radio car la vitre du Cayenne côté passager venait de s'ouvrir. Une arme longue, de celles qui vous mettent d'emblée la pression, apparut.

— Individu armé ! hurla le lieutenant tandis que ses deux camarades se baissaient vivement en ouvrant leurs portières, chacun de leur côté.

Xavier se laissa rouler au sol, dans le mouvement il braqua son flingue. Une détonation fracassa le pare-brise de la Peugeot. Les trois flics ripostèrent sans se poser de question. Deux autres déflagrations pulvérisèrent l'avant de la voiture de la PJ dont les occupants, à plat ventre dans les bosquets, canardaient à qui mieux mieux. Un projectile frappa Alberti au plexus, il bascula en arrière et son dos heurta violemment un objet dur. À moitié sonné, il entendit les coups de feu, secs, réguliers de ses collègues en se disant qu'il était bien ainsi, à l'abri du lierre et des orties. Tenté de se laisser aller, il ferma les yeux.

Un appel de Xavier tout proche le fit émerger et se dresser à moitié. Il avait le cul du Cayenne dans sa ligne de mire. Il tendit le bras et, sans viser, vida son chargeur jusqu'au bond en arrière de la culasse. Bouton poussoir, éjection du chargeur vide, à tâtons trouver le remplaçant, l'enfiler dans la crosse, armer. Canarder.

Après une longue salve, aucun tir de réplique ne vint plus contrarier ce qui ressembla vite à un exercice au stand. Les balles fusaient des Sig, s'enfonçaient dans les tôles du véhicule de luxe. En face, plus rien ne bougeait. Les deux-tons des véhicules de renfort s'imposèrent un bref instant juste avant l'explosion d'un impact balancé par Alberti et suivi aussitôt de l'embrasement de l'arrière du Cayenne. Les occupants n'eurent pas le temps de broncher – ou bien ils ne le pouvaient déjà plus – que le 4 × 4 s'enflammait comme une torche. Les flics reculèrent à l'abri de la Peugeot puis s'aplatirent dans les ronces. La voiture de police, trop proche de l'autre pour s'en tirer sans dommage, disparut à moitié dans le nuage de fumée noire.

Les renforts se déployèrent. Quelqu'un appela les secours. Quand ils arrivèrent, un quart d'heure plus tard, les pompiers ne purent rien faire pour sauver les deux voitures ni les occupants du Porsche Cayenne. Les trois flics, indemnes, n'en revenaient pas. Foudroyé par l'émotion, Titi se laissa tomber à genoux pour chialer comme un gamin en psalmodiant le prénom de sa fille.

22

Nanterre

Marion avait fini par revenir à l'Office, pressée par l'insistance de son sous-directeur pour la voir avant la fin de la journée – et celle de ses troupes qui attendaient des instructions. Elle avait donc laissé Nina, à contrecœur, aux bons soins de Valentine et de Stéphane Ducros. Ils veilleraient sur elle depuis l'antichambre du bureau de Rose Vergne qui avait bien voulu garder la petite sous surveillance dans son minuscule cabinet de visite. Quelques heures, une nuit, le temps d'aviser. Ensuite, il faudrait trouver autre chose.

En chemin, un appel d'Angleterre avait fait remonter la tension de la divisionnaire qui n'en avait pourtant pas besoin. Cette fois ce n'était pas Alstair Mac Queen mais un superintendant de la police judiciaire de Londres. Une femme, Kathy Bush, ainsi qu'elle se présenta. Assez sèche mais qui parlait français, une bonne nouvelle pour Marion dont la maîtrise de l'anglais restait difficile. Prudente, Marion avait attendu qu'elle explique l'objet de son coup de fil. Kathy Bush, après avoir annoncé que la PJ anglaise était maintenant officiellement en charge du dossier Azonov, indiqua à Marion qu'en approfondissant la situation du couple dont on était toujours sans nouvelles elle avait découvert l'existence de Nina. Alstair Mac Queen lui avait appris que la jeune fille se trouvait en ce moment à Paris mais sans lui livrer tous les détails. Bush se posait des questions sur le rôle que Nina avait pu jouer dans l'affaire.

— Comment ça ? se hérissa Marion, quel rôle voulez-vous qu'elle ait joué ?

L'autre avait éludé. Elle voulait savoir quand et comment Nina était arrivée à Paris. Et pourquoi. Qu'avait-elle prétexté étant donné que l'année scolaire n'était pas finie, que le lycée français... Marion avait détourné la conversation, prêchant le faux pour savoir le vrai, taisant l'état de Nina. L'adolescente se trouvait bien à Paris, avec sa mère. Et alors ? La superintendante, qui savait à qui elle avait affaire, avait fini par lâcher un peu de lest. Indiqué que les vidéos enregistrées à Hinxton montraient Nina quittant l'établissement la veille, ce qui n'était pas un scoop. Il n'y avait pas que cela. Marion tentait de rester concentrée sur la conduite de sa voiture de service, comprenant qu'elle allait encore plonger un peu plus loin dans la consternation. Le premier jour de cette semaine rocambolesque où Azonov avait été filmé à Hinxton, expliqua Kathy Bush, on le voyait arriver dans le hall du centre, au milieu de l'après-midi. En compagnie d'un jeune homme dont il entourait les épaules de son bras. Ce compagnon ne semblait pas contraint. En réalité, une autre série de clichés pris par une caméra depuis l'arrière de l'accueil permettait de voir son visage de plus près. Il s'agissait de Nina, ses camarades de classe et quelques enseignants l'avaient confirmé. Ses longs cheveux étaient emprisonnés sous une casquette de laine, elle portait un genre de blouson de couleur foncée, un jean et des bottes. Rien d'autre. C'était le jour où elle avait quitté le lycée français pour n'y plus revenir. Pire, dans la Volvo d'Azonov retrouvée sur le parking du centre, il y avait son sac d'écolière. Aphasique, Marion essayait de rassembler ses esprits. Kathy Bush, aucunement déstabilisée par son silence, poussa plus loin son exposé. On avait à présent la certitude qu'Azonov avait séjourné dans le centre pendant presque toute cette semaine en compagnie... de Nina.

— Mais où ? s'était exclamée Marion d'une voix cassée.

— Dans une sorte de studio qui jouxte son laboratoire privatif. En examinant les plans de la zone, nous avons découvert cette pièce dont personne dans l'entourage du scientifique ne connaissait l'existence. On a retrouvé des vêtements appartenant à Nina.

— Ils étaient ensemble ? avait émis Marion d'une voix blanche.

— Impossible à dire, il y a un lit mais aussi un divan qui semble avoir servi.

— Qu'est-ce qu'ils faisaient là, tous les deux ?

Kathy Bush l'ignorait mais brûlait d'envie de le savoir. Et pour cela, il n'y avait qu'une solution.

— Pouvez-vous nous amener votre fille, madame le commissaire ?

Divisionnaire fut tentée d'ajouter Marion persuadée que l'autre le faisait exprès pour la déstabiliser. Elle réprima l'envie de lui raccrocher au nez sans autre formalité.

— Où devrais-je l'emmener ?

— À Cambridge, ou à Londres si cela vous arrange.

— C'est-à-dire que…

— Ou bien dois-je me procurer les documents nécessaires pour venir la chercher à Paris ? Cela prendra un peu de temps, donc nous en fera perdre beaucoup…

Le ton restait neutre mais la menace à peine voilée. Étant donné qu'elle arrivait à Nanterre, Marion avait proposé de rappeler plus tard, prétextant une urgence professionnelle. Elle connaissait les délais de mise en œuvre d'une procédure de demande d'entraide pénale. La lenteur des rouages lui laisserait des semaines de répit. Mais en cas de nécessité, les Anglais pouvaient se montrer d'une redoutable efficacité. Et débarquer, dans la minute, avec ou sans document officiel.

Dans son bureau elle trouva un message. Le Dr Olivier Martin. Marion tritura longuement le bout de papier, sans savoir quelle décision prendre. Le rappeler ? Ou pas.

L'avalanche de corvées qui l'attendaient l'incita à surseoir. Elle s'y lança tête baissée, se rendit chez son supérieur, se fit engueuler parce que le sous-directeur ne savait pas s'exprimer autrement. Redescendit écouter les comptes-rendus des affaires en cours et d'une nouvelle histoire de pédophilie sur Internet dont Zénard se demandait s'il allait s'en saisir ou pas. Noyés, dit-il, les groupes sont noyés sous cette déferlante.

Au moment où elle lui disait qu'il était indispensable de prendre ce dossier pour se montrer cohérent dans la démarche initiée à l'encontre de ces réseaux semblables à l'Hydre de Lerne, elle lorgna son téléphone mobile qui indiquait 18 heures et l'arrivée d'un message.

Luc Abadie.

D'un geste, elle demanda à Louis Zénard de la laisser seule. Voix d'outre-tombe du commandant Abadie :

— Je viens de rentrer à la maison. Il n'y a personne. Rappelez-moi, ça urge !

Le ton sec, pas normal. Elle s'y reprit à deux fois pour appuyer sur les bonnes touches. Ses doigts, son cerveau montraient des signes évidents d'incapacité à coordonner tout mouvement. Elle connaissait par cœur son ami Luc. C'était un Méditerranéen, appliqué à dédramatiser les situations les plus tendues en les affrontant avec sérénité et le ton qu'il employait, là, ne lui ressemblait pas. Marion se mordit les lèvres en se souvenant que personne n'avait eu l'idée de le tenir au courant des péripéties de la journée.

« Merde, murmura-t-elle, pas surprenant qu'il s'étonne de ne trouver âme qui vive en rentrant et s'en inquiète. Un peu de mauvaise humeur, du coup. » Cette tentative d'autopersuasion fut balayée sans ménagement par Abadie :

— Où est-ce que vous êtes ? lança-t-il brutalement à peine eut-il décroché. Et Nina, et Valentine ?

— En sécurité, toutes les deux avec Stéphane, pourquoi ? souffla-t-elle.

— La porte était grande ouverte quand je suis arrivé, la maison est sens dessus dessous.

— Nom de Dieu !

— Ouais, et si c'est un cambriolage, ils n'ont pas fait les choses à moitié. Une idée, patron ?

— Mais comment voulez-vous que ?...

— J'appelle le commissariat ?

Un cambriolage. Aujourd'hui. À la Mouzaïa. Les casses de villas n'étaient pas rares, le quartier était plutôt bien coté. On y avait même enregistré quelques affaires de home-jacking, selon ce qui se disait. Mais chez eux, ce soir...

— Pas une chance sur un million, marmonna Marion qui commençait à perdre pied. Ceux qui ont fait ça cherchaient Nina.

C'était bien ce qu'elle avait craint le matin à la vue du 4 × 4 noir.

Abadie s'impatientait.

Marion se décida brusquement.

— N'appelez personne ! Attendez-moi, j'arrive !

23

Saint-Denis

Jennifer avait commencé à perdre la notion du temps après s'être finalement endormie sur le coin de la table. Quand elle émergea, la pluie ruisselait toujours sur les vitres de la verrière. Le ciel était sombre mais il l'avait été toute la journée et il pouvait aussi bien être 17 heures que 21 heures ou davantage. Mécontente d'elle-même pour avoir sombré dans le sommeil au mépris de ses bonnes résolutions, elle tourna un moment dans le loft, cherchant à repérer d'éventuels signes de visite. Mais il n'y avait rien. Le tabouret qu'elle avait posé en équilibre instable derrière la porte était à sa place. L'écran du téléphone gris était toujours inactif. Jennifer n'osait aller voir Zita mais, en dépit de sa répulsion à présent plus forte à l'idée qu'elle soit morte, elle partit vers la chambre d'un pas chancelant. Dans le lit, l'enfant-vieillard était amorphe mais son corps tiède prouvait qu'elle vivait toujours. Jennifer la prit et la serra contre elle. En luttant contre une insidieuse nausée due autant à la sensation d'une Zita moribonde qu'à ce qu'elle avait mangé, elle mima les gestes de l'allaitement en pressant ses seins. Le liquide coulait sur les joues grisâtres de Zita, glissait dans son cou, vite absorbé par le peignoir rouge de Sasha dont elle était toujours emmaillotée. Jennifer était sûre que ceux qui l'espionnaient ne pouvaient pas se rendre compte qu'elle trichait. Pour faire plus vrai, elle se mit à parler à la fille, l'encourageant à téter et manifestant son soulagement à coup de mimiques explicites. Aucune réaction, ni de Zita ni des kidnappeurs.

Le sentiment que plus personne ne se souciait d'elle la saisit. Pourquoi se livrer à cette mascarade dans ce cas ?

Allons, se corrigea-t-elle, *continue, pense à Tom !*

Les rafales de vent trempées de pluie laissèrent place à des claquements secs et rapprochés. Plusieurs fois, comme dans un film d'action, des détonations retentirent, du moins c'est l'interprétation qu'en fit Jennifer car l'épaisseur des murs modifiait la propagation des sons. Les possibles tirs semblaient tout près, du côté de l'entrée de l'Usine. Des gamins qui lançaient des pétards ? Sous une pluie battante ? De plus, le site était interdit au public et personne, y compris parmi les plus téméraires des petites frappes du département, ne s'y aventurait. Jennifer avait vu qu'on avait posé par-ci par-là des panneaux indiquant des risques d'effondrement, des zones encore insalubres, bourrées d'amiante, de déchets industriels dangereux. Sasha lui avait expliqué – un jour qu'elle s'alarmait qu'il la fît vivre dans un tel cloaque – qu'il ne s'agissait que de prévention. Il n'y avait rien de tout cela mais mieux valait frapper fort et par anticipation que de gérer des problèmes après coup. Alors quoi ?

Le calme revenu après quelques salves nourries, Jennifer se prit à espérer que quelqu'un viendrait jusqu'à elle. L'écho lointain de sirènes de police, de pompiers ou d'ambulances lui donna un regain d'espoir. Si elle entendait les bruits extérieurs, c'est qu'ils venaient de tout près. Et si elle les entendait, qui dit qu'on ne pourrait pas l'entendre ? Elle reposa vivement Zita et se dressa en direction du remue-ménage de la friche, hurlant, criant, frappant les murs. Elle se risqua même à lancer en l'air des objets lourds vers la verrière mais aucun n'atteignit sa cible, les carreaux dépolis étaient bien trop haut. Puis une idée lui vint, fulgurante. S'il s'était passé quelque chose de grave en bas, la police viendrait fouiller le secteur. Les flics allaient rappliquer, elle crierait, ils l'entendraient à travers la porte ! Ils la sauveraient. Pour la première fois depuis bien longtemps, ses neurones bouillaient, son organisme lui envoyait des stimulations qui lui donnaient une lucidité incroyable, une combativité inédite chez elle, tellement passive, amorphe même, depuis Sasha. Elle se souvint que son mari, un jour, lui avait reproché de trop dépenser pour les charges domestiques ! Eau, électricité. Il avait montré le loft éclairé tel un sapin de Noël – un truc que Jennifer utilisait pour tromper sa solitude – prétendant qu'on voyait la lumière de la verrière avant même d'entrer dans le terrain vague ! Jennifer l'avait cru sur parole. Et, ce soir, à cet instant, elle aurait admis n'importe quoi pourvu que cela lui apporte une solution pour sortir d'ici.

Le sort de Tom, une fois de plus, avait reculé dans l'ombre.

Elle se précipita vers les interrupteurs de la chambre, là où le toit de verre était le plus vaste. Elle eut beau s'escrimer dessus, rien ne se passa. Elle essaya les autres boutons, les lampes. Rien. Il n'y avait plus de courant. Les kidnappeurs avaient pensé à tout. Elle courut jusqu'à la porte d'entrée et se mit à cogner dessus avec les poings, puis avec tout ce qui lui tombait sous la main, gamelles, couverts, hurlant qu'on vienne la secourir. Après quelques minutes à ce rythme, ses doigts étaient en sang, et sa voix éraillée.

Dehors, rien ne bougeait plus. Plus aucun bruit ne filtrait.

24

La Mouzaïa

Marion contemplait le désastre. Les placards de la cuisine avaient été vidés. Les nouilles, la farine, le sucre, le café jonchaient le sol. Le réfrigérateur aussi avait subi une fouille en règle, jusqu'à la partie congélation, le premier endroit où il faut chercher dans une cuisine quand on est cambrioleur. Là où le citoyen à cours d'imagination planque l'argent liquide, les bijoux. Après de nombreux déboires, les casseurs avaient fini par comprendre que le réservoir de la chasse d'eau et la trappe de visite de la baignoire étaient démodés, le dessous du matelas et les piles de draps tout autant. Dans le salon, le canapé avait été délesté de ses coussins, une bibliothèque dépouillée de ses livres. Puis plus rien.

— Je croyais qu'ils en avaient après Nina, maugréa Abadie dont le visage accusait la fatigue à cause d'une affaire criminelle sur laquelle il stagnait depuis plusieurs semaines.

— Moi aussi, contra Marion un ton au-dessus.

— Et ils ont ouvert les paquets de nouille et éventré deux kilos de sucre pour voir si, des fois, elle n'aurait pas été cachée dedans ?

— C'est vrai, concéda la divisionnaire irritée autant par la tournure des événements que par la façon dont son ami et néanmoins colocataire s'adressait à elle. Donc, ils ne voulaient pas que Nina ! Alors quoi ?

Comme rien ne sortait de leur réflexion, Abadie en profita pour se rendre au cabanon et Marion à l'étage, au cas où de nouvelles découvertes auraient récusé leur première conclusion.

Sauf à être démentis ultérieurement, ils avaient pu constater que les intrus n'avaient pas exploré l'étage ni la maison des garçons.

— Ils cherchaient quelque chose qu'elle avait sur elle ! suggéra Marion quand ils se rejoignirent un quart d'heure plus tard.

— Vous avez dit qu'elle n'avait rien sur elle...

— Je n'ai rien trouvé, c'est différent...

— Ou vous avez mal fouillé Nina...

— Tout de même, j'ai quelques heures de vol dans ce domaine ! se braqua Marion. Une fois, après des coups de rasoir échangés dans une boîte de nuit, j'ai fourragé dans l'intimité de cent cinquante nanas...

— Oui, mais aucune d'elle n'était votre fille ! Si ça se trouve, l'émotion vous a brouillé le jugement...

Force était de l'admettre. Abadie observa son front plissé, décida de changer de disque mais campa sur le même mode acerbe.

— Vous êtes sûre que vous ne voulez pas appeler le commissariat ?

— Ils n'ont rien volé, rien cassé...

— Juste la porte, ça ne va nous coûter que quelques centaines d'euros, à part ça...

— Je paierai la réparation si c'est ce qui vous dérange.

Marion s'exprimait avec brusquerie parce que l'attitude fermée d'Abadie lui tapait sur les nerfs. Il affecta d'être offusqué :

— J'espère bien !

— Qu'est-ce que vous pouvez être radin !

Abadie sourit, enfin. Il se laissa tomber entre les bras d'un fauteuil, desserra sa cravate. Bleu roi, ornée d'un écusson mystérieux qui suscitait les moqueries des deux femmes de la Mouzaïa mais qu'il ne quittait plus depuis son affectation au 36. Il était devenu un seigneur et assumait cette condition.

— J'ai l'impression qu'on est dans une drôle de galère, soupira-t-il après un long silence.

Marion se contenta de hocher la tête. Il avait dit « on ». Comme avant, au bon vieux temps.

25

Lille, autoroute

Jean-Charles Annoux ne supportait pas la musique agressive – métal, hard rock ou heavy –, les pulsions des basses, les distorsions amplifiées des guitares. Le major Métayer en raffolait. Il lança à fond son groupe préféré au moment où ils allaient s'engager sur la bretelle de l'autoroute, direction Paris. Motörhead, Lemmy Kilmister et sa voix écorchée explosèrent dans l'habitacle. Jean-Charles grimaça, s'empressant de coller dans ses oreilles les écouteurs de son MP3. Il jeta un coup d'œil plein de rancune à son voisin qui ne lui demandait pas son avis quant au choix de la musique qui les escorterait jusqu'à Paris. Il constata que le rouquin n'avait pas bouclé sa ceinture de sécurité, une fois de plus. Comme si elle n'en pouvait plus de rappeler à l'ordre les insoumis, la bagnole du service ne dénonçait même plus l'anomalie ou bien quelqu'un avait débranché le signal. Métayer n'était pas le seul flic à clamer que « la ceinture et les feux rouges, c'était pas pour les keufs ». Une désinvolture qui s'apparentait à une stupide prise de risque et Annoux se promit d'en parler à Marion. Il se ferait traiter de « marionnette » mais tant pis.

Dans le déchaînement du hard rock, le major n'entendit pas le « mets ta ceinture, Renan ! » de son compagnon de route qui, de guerre lasse, lança sur son lecteur l'« Été » des *Quatre Saisons* de Vivaldi. Ironie du sort, certains prétendaient que le compositeur italien avait influencé quelques-uns de ces groupes qui fascinaient tant Métayer. Jean-Charles ferma les yeux. Dans deux heures et demie ou trois heures, si tout allait bien, il serait à la Mouzaïa. Ils boiraient un verre entre colocs, parleraient boulot, se raconteraient les derniers ragots, *what else* ? Quoique, avec cette arrivée impromptue de Nina, brièvement évoquée entre lui et Luc hier soir au téléphone…

Le numéro deux du service, le commissaire Zenard, avait pris le commandement opérationnel dans l'affaire Alida et c'est avec lui que Jean-Charles avait négocié leur retour à Paris ce soir. Une équipe renforcée était arrivée dans la matinée à Berck pour reprendre par le menu la recherche de témoins, analyser le lieu de la découverte du corps, examiner la plage, millimètre par millimètre. Comprendre pourquoi cette drôle de fillette avait échu là. Métayer et lui ramenaient les scellés à Paris pour les confier au laboratoire de la préfecture de Police, décision prise en cohérence avec le rapatriement du corps d'Alida à la capitale prévu pour demain dans la journée.

Métayer négocia un virage un peu trop vite et le coup de volant qu'il donna pour redresser la Citroën fit sursauter Jean-Charles qui rouvrit les yeux. Le rouquin continuait de se balancer en rythme. Le jeune lieutenant vérifia l'écran de son portable – avec le vacarme, impossible d'entendre la sonnerie – et d'un coup d'œil machinal fixa le rétroviseur extérieur. Il se crispa quand il aperçut le mufle d'un véhicule à deux mètres de leur pare-chocs. Noir, imposant et menaçant. Il était sur le point d'alerter Métayer qui ne surveillait pas plus ses arrières qu'il ne bouclait sa ceinture quand la bagnole suiveuse déboîta sèchement pour les dépasser malgré l'interdiction et l'étroitesse de la voie de circulation.

— Il est taré, ce con ! cria Métayer qui, surpris par la manœuvre, fit un écart pour se serrer à droite.

— Fais gaffe, Renan ! protesta Jean-Charles le plus fort qu'il put, tu conduis, là, t'es pas à Woodstock !

La remarque de l'officier décrispa l'atmosphère brusquement grimpée au zénith. Jean-Charles attrapa la poignée au-dessus de la portière pour s'y cramponner. Lemmy entama « Going down » de l'album *Kiss of the Death*. Métayer n'y vit aucune allusion prémonitoire.

— Attention ! gueula Jean-Charles qui venait d'apercevoir les feux stop du monstre noir s'éclairer juste devant leur nez.

— Bordel, ce connard de merde ! brailla le major en braquant son volant pour éviter la collision, juste à la sortie de la bretelle.

Le trafic était lâche, la chaussée luisante à cause d'une pluie tenace. À 90 km/heure, Métayer dépassa le 4 × 4. L'œil rivé dessus, Jean-Charles le vit se rapprocher si vite et si près qu'il ne put proférer le moindre son avant celui de la collision. Assez forte pour envoyer la Citroën contre les derniers mètres de glissière. Puissamment projeté dans l'autre sens par le contact avec le métal, le véhicule de police retraversa la voie de circulation et s'encastra dans la partie opposée de la barrière. Sous le choc, les airbags explosèrent, la portière côté conducteur s'ouvrit, soufflée de l'intérieur. Métayer fut propulsé dehors. La respiration coupée par la ceinture de sécurité et l'airbag, Jean-Charles perdit conscience brièvement. Il perçut, malgré tout, quelques crissements de pneus, entendit un peu plus tard s'ouvrir le coffre de la Citroën, avant qu'il ne soit refermé sans précaution. Le lieutenant voulut s'exprimer, appeler Métayer mais sa voix aussi avait disparu. Il eut la certitude que le major n'était plus à ses côtés mais il était dans l'incapacité de tourner la tête. Tout ce qu'il put faire fut d'écarquiller les yeux pour apercevoir le 4 × 4 devant lui, à quelques mètres et à l'arrêt. Des sons lui parvinrent, des voix qui s'interpellaient dehors et, déjà, une sirène de police, encore vague. Loin de se sentir concerné, le bolide démarra en souplesse et quitta son stationnement sans se presser. Personne ne s'interposa, sans doute parce que personne n'avait rien vu ni pris la mesure de l'enchaînement des événements. Jean-Charles ne distinguait rien dans la bruine, même pas la marque du 4 × 4. Il ne pouvait pas parler, sa portière était bloquée et chacun de ses os pesait des tonnes.

Crossing over rivers, over moutains, over seas, coming to rock your world… continuait de bramer Lemmy Kilmister indifférent au drame.

Impuissant, Jean-Charles s'évanouit.

Sur le bitume, à dix mètres du point d'impact, le major Métayer agonisait.

26

La Mouzaïa

Au milieu de la nuit, un bruit provenant du rez-de-chaussée mit Marion en alerte. Elle était seule dans la maison, assise dans son lit, les yeux écarquillés dans le noir, elle attendit, le cœur en déroute. Elle avait refermé et barricadé la porte d'entrée tant bien que mal après le départ d'Abadie pour Lille, en catastrophe. Tous ses muscles tendus, elle se demanda qui elle allait devoir affronter. Mais tout était calme de nouveau. Marion souffla doucement. Avait-elle rêvé ? Ou subi une hallucination comme en souffraient les victimes de home-jacking qui ne vivaient plus que de courtes phases de sommeil entrecoupées de faux bruits, de perceptions erronées.

L'appel de la permanence de l'Office les avait surpris, Abadie et elle, en plein brainstorming devant une demi-baguette de pain rassis et un pot de rillettes de canard. Avant de tout remettre en ordre, il fallait reprendre des forces. L'accident à la sortie de Lille, la mort du major Métayer, Jean-Charles à l'hôpital, très choqué, pas trop cassé, pronostic vital non engagé. Personne ne savait ce qui s'était passé. Le commissaire Zénard avait dit à Marion qu'il se rendait sur place immédiatement avec une équipe. Elle avait eu beau insister, il avait refusé qu'elle refasse le trajet cette nuit jusqu'à Lille. Une deuxième nuit blanche aurait été suicidaire, il gérerait la situation dans l'urgence et lui enverrait un chauffeur vers 8 heures si elle tenait vraiment à se rendre sur place. *Non,* pensait Marion, *je n'y tiens pas, je suis crevée, j'en ai ma claque de tout ce bordel.* Elle s'était contentée de dire que c'était sa place, Jean-Charles était plus qu'un collaborateur, elle tenait à le réconforter. Abadie s'était habillé. S'agissant de son compagnon, il n'y avait pas de négociation possible. Il avait sauté dans sa voiture, laissant à Marion le soin de gérer quelques aspects pratiques de cette succession d'emmerdements et d'appeler Valentine pour la prévenir.

« Décidément, c'est la série », avait commenté la capitaine avec sa sobriété habituelle. Elle était toujours en faction à l'Hôtel-Dieu, se relayant avec Stéphane auprès de Nina. Marion avait appris de sa bouche l'info que tous les médias passaient en boucle depuis 18 heures mais qu'elle avait ratée : une fusillade à Saint-Denis, dans une zone inhabitée. Cara avait précisé que les policiers attaqués étaient ceux à qui elle avait fait appel le matin pour planquer à la Mouzaïa. Marion l'avait écoutée, muette de stupeur, lui raconter la suite. Les deux 4 × 4, la filature du Cayenne jusqu'aux anciens ateliers métallurgiques de Saint-Denis…

— Ils ont laissé filer le Hummer mais il vient d'être repéré, abandonné dans une rue du

20e arrondissement. Il y a une équipe dessus, c'est une bagnole de location.

— Ça va aller pour toi ? s'était inquiétée Marion.

— J'en sais rien. Je compte un peu sur votre soutien parce que mon patron est furax. Il paraît qu'il a piqué une de ces crises ! Surtout que, dans l'histoire, il a une caisse foutue...

— Ou pour manifester son soulagement de ne pas avoir perdu un ou deux gars, non ?

— Ouais, je blaguais... En tout cas, c'est moi qui ai mis les collègues sur ce coup, il va falloir que je la joue fine.

— C'était qui, en face ? ne put s'empêcher de demander Marion qui venait d'allumer la télé et suivait d'un œil lointain des informations sans rapport avec l'affaire.

— On n'en sait rien encore. Mais je ne vous surprendrai pas en vous disant que ça ne ressemble ni de près ni de loin à nos bouffons de braqueurs. Un homme au volant, une femme à côté. Ils ont cramé avec le Cayenne, il faut attendre que l'identité judiciaire ait inventorié l'épave pour en savoir plus. Véhicule loué aussi, d'après ce que je sais, par une société qui utilise une flotte de prestige assez régulièrement. Ça n'a pas l'air très net.

— C'est-à-dire ?

— Ça vient d'arriver ! s'enflamma Valentine. Ce serait une boîte étrangère qui loue les bagnoles, c'est tout ce que je sais !

— Et l'endroit où ça s'est passé ?

— Ratissage en règle. Aucun signe de vie, ni d'occupation des lieux. Ce sont des bâtiments désaffectés. Il y a juste une sorte de local censé servir de bureau de vente dans le cadre d'un projet de rénovation mais il est vide et fermé. Les gars ont trouvé une voiture dans un sous-sol, pas très loin de l'entrée du site. Une Renault, elle a été volée probablement et abandonnée là. C'est tout ce que j'ai pour l'instant.

Elles avaient coupé là-dessus car Marion avait un double appel. Jean-Charles Annoux s'était réveillé, Louis Zénard était près de lui. Il venait d'entendre sa première version de l'accident. C'était bref. Il pleuvait, un véhicule les avait collés puis avait manœuvré d'étrange manière jusqu'au choc. Un 4 × 4 noir qui fait tout pour vous envoyer dans le décor, dont les occupants viennent jusqu'à votre voiture, ouvrent le coffre et disparaissent sans se préoccuper de savoir s'il y a des blessés... Marion avait eu un mauvais pressentiment en demandant si on avait une idée de la raison de ce comportement.

— L'équipe que j'ai laissée sur les lieux de l'accident m'a rappelé il y a cinq minutes. La procédure et les scellés de l'affaire Alida sont introuvables.

— Ils ont giclé au moment du crash ?

— Non, les effets personnels des deux collègues sont encore dans le coffre et le haillon n'était pas ouvert de toute façon...

— Tu veux dire...

— Quelqu'un les a piqués !

En bas, un léger heurt, comme celui d'une porte qu'on ferme avec précaution. Marion se dressa, repoussa la couette. Le réveil indiquait 4 h 12.

Elle tâtonna dans le noir pour trouver son arme de service glissée sous le matelas. S'aperçut avec agacement qu'elle tremblait en enlevant la sécurité et actionnant la culasse pour amener une cartouche dans le canon. Le claquement lui parut surdimensionné et elle dut attendre un moment que son rythme cardiaque s'apaise. Dans la maison le silence régnait une fois de plus, inquiétant. Alors, tel un chat, elle glissa vers la porte.

Deux mètres de couloir et elle se trouvait près de la rambarde qui surplombait le salon. Il y avait de la lumière en bas, juste dans la cuisine. De son poste, Marion ne voyait rien. Mais se rendait compte que si la ou les personnes prenaient des précautions, elles ne semblaient pas pour autant se cacher. Elle s'engagea dans l'escalier, l'arme au bout de son bras à demi tendu. L'intrus lui tournait le dos, la tête rejetée en arrière et les lèvres collées au goulot d'une bouteille d'eau minérale dont il vidait le contenu. De longs cheveux blonds caressaient sa taille. C'était une femme et elle était nue.

Rose Vergne fit volte-face, s'étrangla à moitié avec la dernière goulée de Vittel.

— Tu m'as foutu une de ces trouilles ! gronda la divisionnaire sans même se poser la question cruciale : que fichait le Dr Rose Vergne à poil dans son salon au milieu de la nuit ?

Pas besoin de se mettre la tête à l'envers pour autant car la réponse allait de soi. Marion avait d'emblée repéré la façon dont Valentine avait été aimantée par la légiste qui, à présent, attendait la suite en silence et sans se décomposer.

— Vous vous emmerdez pas, toutes les deux ! s'insurgea la divisionnaire. Votre partie de baise, ça ne pouvait pas attendre ?

— Non, fit simplement la légiste avec une ébauche de sourire un peu triste, ça ne pouvait pas. Qu'est-ce que tu veux que je te dise ?

Prise de court par la franchise de Rose Vergne, Marion ne trouva rien à rétorquer. La légiste contourna le comptoir en direction de la chambre de Valentine :

— Je vais me mettre un truc sur le dos, je reviens...

Elle avait plus sûrement besoin de prévenir Cara que leur scénario amoureux était éventé. Marion saisit la bouteille d'eau et but à son tour au goulot avant d'aller se laisser tomber dans un fauteuil, sans éclairer. Quand Rose revint, enroulée dans le kimono de soie verte de Valentine, elle alluma une lampe en forme de sphère posée sur la table basse.

— En fait, attaqua Marion qui était outrée mais ne l'aurait admis pour rien au monde, vous avez laissé Nina toute seule pour venir vous envoyer en l'air ici, chez moi !

— Ce n'est pas ainsi que Valentine voit cette maison, rectifia Rose. Elle dit que c'est aussi chez elle et que vos pratiques sur la fréquentation de vos chambres respectives font l'objet d'un accord formel. Liberté totale dans la limite de la décence. Pas de partouze, en gros, si tu vois ce que je veux dire...

— Encore heureux ! Mais...

— Quant à Nina, elle n'est pas seule, Stéphane est avec elle. Il est pire qu'un chien de garde, celui-là, et pour lui passer sur le corps, il faudrait vraiment y mettre du sien...

Marion saisit l'ironie du propos en dépit du sérieux dramatique avec lequel la légiste s'exprimait. Elle étouffa un sourire. L'autre poursuivit, imperturbable :

— Il y a aussi pas mal de flics qui rôdent là-bas, tu ne l'ignores pas. On les a enfermés à clef... Nina et Stéphane, pas les flics...

— Bon, ça va, ça va.

Elle ne pouvait se défendre d'envier Valentine. Trouver sur son chemin une femme comme Rose Vergne était un don du ciel malgré quelques démons encore en maraude derrière ce front si lisse. Elle songea par association d'idées à Olivier Martin et ne put retenir une grimace. Deux légistes en même temps à la Mouzaïa, cela ferait beaucoup, peut-être...

— Qu'est-ce qui te fait rire ? s'enquit Rose qui se détendait peu à peu.

— Rien, une pensée farfelue.

Demain, elle appellerait Olivier Martin.

— Rien, redit-elle, je suis contente pour toi et pour Valentine.

Rose Vergne se maintint dans un silence circonspect. Une reddition aussi rapide n'était pas dans le style de Marion. Mais pour la comprendre, il aurait fallu que la légiste ait connu son histoire – ou sa non-histoire – avec le Dr Martin. Un épisode douloureux de sa vie qui n'en manquait pas. Qu'elle ait su comment Valentine avait perdu un grand amour[1], la blessure consécutive pas

1. *Crimes de Seine*, Éditions Rivages. (N.d.A.)

encore refermée, si tant est qu'elle pût l'être jamais.

— À propos de Nina, lança subitement la légiste, il y a un détail que j'ai omis de te signaler.

Elle avait retrouvé son aplomb de toubib, une aisance naturelle dès qu'elle se retrouvait sur le terrain professionnel. Marion la fixa, le souffle court.

— Nina a une oreille percée.

Marion faillit éclater de rire.

— Tu déconnes ?

— Non.

— Rose, Nina a les *deux* oreilles percées, c'est moi qui...

— Je ne parle pas de ce qu'on inflige aux enfants pour je ne sais quelle stupide coquetterie et qui flatte surtout les mères... mais de son oreille droite.

Larguée, Marion tenta de rembobiner le film. Elle revit sa fille, ses longs cheveux salis pendant devant son visage. Quand elle avait enlevé son pull, le col s'était pris dans...

— Ben vas-y, explique ! lui enjoignit-elle en s'attendant au pire.

— Elle a un trou dans l'oreille qui doit faire un petit centimètre de diamètre. Tu sais, comme ces Africains...

Oui, Marion voyait très bien. Elle en avait croisé dans les réserves tanzaniennes des guerriers massaï aux lobes distendus. Et, elle en était sûre, Nina n'avait pas ce truc dans l'oreille aux dernières vacances.

Une fulgurance la propulsa à la morgue de Lille, le Dr Martin bougonnant face à l'oreille de la mystérieuse Alida. Elle souffla :

— Et tu en penses quoi ?

— Il devait y avoir quelque chose dedans... Un objet, un cercle, un cylindre...

— Un genre de clou d'un centimètre de long, dit une voix derrière elles, et d'un demi-centimètre de diamètre au plus large...

Les deux femmes sursautèrent et tournèrent la tête en même temps. En boxer et débardeur blancs, Valentine Cara se tenait accoudée au comptoir de la cuisine. Le visage détendu et une douce langueur dans ses yeux vert d'eau :

— Je l'ai vu à l'oreille de Nina, hier matin.

Elle le décrivit encore une fois avec précision : collerette de métal blanc, intérieur noir ressemblant à du plastique mat. Elle avait pensé à une lubie d'adolescente. Marion, consternée, admit qu'elle n'avait rien remarqué mais qu'un objet identique, ou pas loin, avait transpercé et alourdi le lobe d'Alida, l'enfant vieux de Berck-Plage. Elle résuma brièvement l'affaire aux deux femmes, interdites.

— Nina n'avait pas cet ornement quand vous me l'avez amenée, affirma Rose Vergne une fois qu'elle eut assimilé. Je l'aurais forcément vu.

Elle fit face à Valentine :

— Mais non, se récria la capitaine qui rosissait sous le regard incandescent de la belle légiste, je n'ai pas touché à ce truc ! Si quelqu'un l'a enlevé, ça ne peut être que Nina.

Les trois femmes s'ingénièrent durant une bonne heure à chercher où cette fichue babiole avait bien pu passer. Dans les plis des draps où Nina avait dormi, dans la bonde du lavabo, et même dans l'évacuation des toilettes...

— Nada ! souffla Valentine pour résumer l'ensemble des résultats.

Marion en arriva vite à la conclusion qui s'imposait. La maison avait été visitée, à l'arrache et incomplètement. Ce que les visiteurs cherchaient, ils l'avaient trouvé là, au milieu du salon. S'ils avaient voulu embarquer Nina, ils auraient fouillé toute la baraque. À l'évidence ce n'était pas elle qu'ils voulaient. Mais plus sûrement cette boucle d'oreille qui n'en était pas une.

27

Saint-Denis

Peu avant 6 heures du matin, Valentine Cara rejoignit les équipes qui avaient investi la friche industrielle de Saint-Denis que tous appelaient désormais « l'Usine ». Valentine allait à Saint-Denis parce que Marion en avait décidé ainsi. Après avoir longuement évalué la situation, Marion, Rose et Valentine en étaient arrivées à une commune appréciation : Nina n'était pas en danger. N'était *plus* en danger aurait été plus juste, maintenant que ses poursuivants avaient probablement récupéré son étrange boucle d'oreille. Elles avaient trituré les faits dans tous les sens, rien ne permettait de rapprocher la découverte du corps d'Alida et le cas de Nina. Sinon cet objet qu'elles avaient en commun bien qu'aucune des trois femmes n'ait vu les deux ornements ensemble. Marion, pourtant, ne se résignait pas à croire à une coïncidence.

Cara ne pouvait pas se dérober, les esprits s'échauffaient à la PJ des Hauts-de-Seine à propos de son « tuyau » qui avait conduit l'équipe en planque à la fusillade. Il était urgent qu'elle aille s'en expliquer.

Rose Vergne et Stéphane Ducros maintiendraient leur permanence auprès de Nina. Marion partirait pour Lille à 7 heures pour revenir dans la journée rencontrer la famille de Métayer – une épouse et des jumeaux de 16 ans –, affronter les syndicats qui devaient déjà fourbir leurs arguments pour dénoncer, dans l'ordre, l'ineptie de l'administration, l'incompétence du chef de service, les heures supplémentaires, les chauffards et la météo pourrie. Puis elle rédigerait une demi-douzaine de rapports, comme il se devait. Elle n'aurait plus qu'à trouver quelques minutes pour appeler la policière anglaise. La faire attendre, celle-là, le prétexte de l'accident de Lille tombait à pic.

Puis Olivier Martin…

Non, finalement, pas lui. À la lumière du jour, les défenses de Marion s'étaient reconstituées. S'il se passait quelque chose avec lui, ce ne serait pas à son initiative. Et puis, se laisser toucher par un légiste l'avait toujours rebutée. Les découpeurs traînaient peut-être derrière eux l'odeur de toutes les chairs mortes qu'ils avaient mises en pièces. Elle en était sûre, ils ne pouvaient regarder un corps vivant sans apercevoir par transparence ce qu'il y avait sous la peau. C'était ce qu'elle avait susurré à l'oreille de Valentine pendant que Rose Vergne était sous la douche. La capitaine avait tourné le dos sans réagir, preuve qu'elle était déjà sous le charme de la légiste et peut-être pire. Un quart d'heure plus tard, sans un mot de commentaire ni d'au revoir à sa nouvelle amante, Valentine filait à Saint-Denis après avoir prévenu son groupe de son arrivée.

Les équipes étaient déjà en place pour procéder à une fouille du site. Quelques patrouilleurs l'avaient sillonné pendant la nuit afin de garder les lieux intacts. Ils étaient lourdement armés, les assaillants ayant montré qu'ils ne plaisantaient pas, mais n'avaient pas eu à faire usage de leur artillerie puisque personne ne s'était manifesté.

Dans la soirée, le propriétaire avait été identifié. Il n'avait formulé aucune objection à ce que la police visite les quelques hectares de friche, d'autant moins que, selon lui, il n'y avait rien à voir ni à découvrir. Il n'avait pas encore lancé de travaux et s'il se trouvait des éléments illégaux dans le secteur, ils ne pourraient pas lui être imputés. Valentine ne tiqua pas lorsque le lieutenant Ferger lui fit savoir que ledit propriétaire était un groupe russe, un consortium chimique du nom de Vazovchim dont le siège était à Omsk en Sibérie et qui voulait transformer les ateliers de Saint-Denis en un site de recherches pharmaceutiques sous le nom de Pharmcop. Rien à voir avec une réhabilitation à usage d'habitations de luxe, donc. Pas sûr, avait objecté Loup Ferger, les deux programmes n'étant pas incompatibles. Selon ses sources, les travaux, pour l'un ou l'autre des projets, ne commenceraient pas de sitôt, le site était bourré de métaux lourds et il y avait d'énormes préalables à lever en termes d'urbanisme avant de modifier quoi que ce soit.

— Sont pas couchés, marmonna Titi qui connaissait les lenteurs de l'administration.

— Si un jour ils les obtiennent, leurs autorisations, renchérit Zav.

— A priori, ça n'a pas l'air de les tracasser, s'en mêla Loulou.

— Ouais… Bizarre quand même de mettre autant de pognon dans une telle décharge…

— Bon, on commence ? lança Valentine qui ne put éviter de croiser les regards des trois policiers et d'y lire des messages ambigus.

Elle prit les devants sur le mode mordant :

— Quoi ? C'est ma faute, ce qui est arrivé hier ? Allez-y ! C'est ce que vous vous dites ?

— Ben, c'est-à-dire que, là, on est un peu dans le trauma, tu vois ?

— T'as qu'à aller voir le psy ! rétorqua Valentine à Titi qui venait de s'exprimer au nom des autres parce qu'il avait pris une balle de gros calibre dans le Spectra et avait du mal à chasser de son esprit qu'à quelques centimètres près, le bout de plomb aurait pu lui arracher la tête. Tu pourras t'épancher sur ton *trauma*… Vous êtes quoi, au juste ? Des flics ou des fonctionnaires ? Si une misérable bastos vous met dans cet état, faut aller bosser à la Sécu, les gars !

Les hommes reculèrent, piqués. Loup Ferger leva les mains pour montrer qu'il était d'accord avec elle sur le fond mais, tout de même pas complètement :

— Écoute, Val…

— Je n'écoute rien ! Et maintenant on y va ! Ceux qui veulent rentrer pleurer chez bobonne, ne vous gênez pas ! Mais je vous préviens, je bosse pas avec des mecs qui chialent comme des gonzesses !

Elle se lança en avant, la tête dans les épaules comme pour se préparer à une contre-attaque massive. Elle courut presque à la rencontre des équipes techniques qui attendaient son bon vouloir. Il lui sembla entendre dans son dos un « mal baisée » qui la fit sourire car pour le coup… Bref. Sa nuque la cuisait à cause des regards hostiles braqués dessus. Au contact des techniciens de scène de crime, elle n'y tint plus, se retourna.

Elle soupira de soulagement en constatant qu'ils étaient tous là, derrière elle, comme un seul homme.

Ils passèrent du temps au sous-sol du premier bâtiment érigé à l'ouest de la friche, quelques dizaines de mètres après l'accès au site. Un dédale de caves qui avaient servi d'entrepôts aux produits fabriqués dans ces locaux. Des rails en sortaient qui se perdaient dans le fouillis de ronces et d'arbustes sauvages, inextricable. Quelques wagonnets chargés de déchets, alignés contre la cloison de ferraille et de briques, attendaient qu'on les fît de nouveau rouler. Rangée à côté, anachronique, une petite voiture de marque Renault et de couleur vert bouteille. Elle avait été repérée la veille dans la soirée, juste après la fusillade. Passée au fichier des immatriculations, elle était identifiée comme étant la propriété d'une femme : Jennifer Loume, domiciliée rue des Pyrénées, à Paris 20e. La carte grise avait été établie cinq ans auparavant, transférée du département de la Seine-et-Marne (77). Une deuxième ou troisième main ainsi qu'en attestait l'état moyen du véhicule. Il présentait aussi plusieurs éraflures et traces de choc, minimes, sauf une à l'arrière avec un pare-chocs complètement déglingué. Les techniciens prélevèrent sur cet impact quelques traînées de métal brillant. L'un d'entre eux observa que l'accrochage devait être récent, pas plus d'un ou deux jours. Le moteur était froid mais des résidus de combustion à l'orifice du pot d'échappement étaient encore humides ainsi que le dessous du châssis, ce qui prouvait que l'engin avait roulé récemment sous la pluie. La météo s'étant dégradée quarante-huit heures plus tôt, les estimations de date concordaient.

Xavier revint en courant d'une mission importante : s'enquérir de la propriétaire puisque la voiture n'était pas signalée volée. Jennifer Loume n'habitait plus la rue des Pyrénées depuis deux ans. Personne n'avait connaissance de sa nouvelle adresse.

— Escroquerie à l'assurance ? suggéra Alberti qui s'entendit répondre que c'était peu probable compte tenu de l'âge de la bagnole et de sa valeur marchande ridicule.

— Et dans ce cas, elle serait également signalée volée.

La réflexion venait du lieutenant Ferger. Alberti, boudeur, s'en fut examiner l'intérieur de l'habitacle. Il avisa le siège enfant fixé à la banquette arrière et la girafe Sophie posée dessus. Sa fille avait eu la même et ce souvenir le rendit nostalgique. Il tourna et retourna le jouet entre ses doigts malhabiles au mépris des précautions d'usage avant de le poser sur une murette afin de continuer son travail.

Les portières n'étant pas verrouillées, il lui fut aisé de relever une collection d'empreintes, un tas de poussières et quelques détritus parmi lesquels un bout de papier avec un nom et une adresse. Dr Leroy, 134, boulevard Saint-Marcel, Paris 5e. Xavier reçut pour nouvelle mission de prendre contact avec le praticien.

À partir de la Renault, Valentine et ses troupes entamèrent une prospection en cercles concentriques. Sur le sol poussiéreux, des traces de pas avaient été repérées. Elles ne conduisaient pas à la sortie en pente ainsi qu'il aurait été logique de l'imaginer si des voleurs ou escrocs à l'assurance étaient venus planquer cette vieillerie ici, mais à l'intérieur de la construction. Elles n'étaient pas nombreuses ni chevauchées, ce qui indiquait un usage modéré, voire unique, de ce passage. En revanche elles manquaient de netteté, toutes étaient inexploitables comme si la personne avait traîné les pieds. Les pas s'arrêtaient à ce qui semblait être une porte de garage en métal rouillé, large et aveugle.

— Un monte-charge, décida un technicien après avoir repéré une manette.

Il l'actionna, sans effet. Il n'y avait pas de courant électrique, l'appareil pouvait difficilement fonctionner.

— Il doit y avoir un escalier, suggéra Valentine.

Sur la droite, à quelques mètres, un mur de parpaings en condamnait l'accès. L'escalier avait existé mais il était planqué derrière. La construction de ce mur n'était pas récente et, de toute façon, aucune trace de pas n'était constatée dans ce secteur. Il fut conclu provisoirement que le ou les utilisateurs de la Renault avaient testé le monte-charge et l'avaient abandonné faute de pouvoir le faire marcher. Ils étaient repartis à pied, abandonnant la voiture. À leur tour les flics lâchèrent l'affaire pour aller explorer d'autres sphères du site plus susceptibles de leur apprendre quelque chose.

28

Saint-Denis

Trois étages plus haut, Jennifer endormie ignorait tout de ces déploiements des forces de police. Si près et si loin. Elle avait passé la soirée dans le noir et l'angoisse. Le ciel était d'encre, pas un rayon de lune n'était venu lui donner l'impression qu'il y avait encore de la vie dehors. Elle avait pensé à ces faits divers auxquels elle ne prêtait qu'une attention distraite, vite effacée par l'insouciance qui l'avait dirigée jusqu'à ce qu'elle rencontre Sasha. Des mineurs enterrés vivants au fond d'un puits de mine, des spéléologues perdus dans un dédale de ruisseaux et lacs souterrains, des enfants emmurés sous les décombres de maisons après un tremblement de terre… Ils perdaient rapidement la notion du temps et c'était ce qui lui arrivait.

La nuit l'enserrait tel un fourreau étouffant. Elle était venue dans la chambre à plusieurs reprises. Deux ans entre ces murs lui avaient permis de se familiariser avec le moindre élément de décor, la plus infime imperfection du sol. La dernière fois qu'elle s'était penchée sur Zita, celle-ci ne respirait plus mais elle n'avait pas eu le courage de la toucher pour s'en assurer.

Plus personne ne l'observait, elle en était convaincue. Les coups de feu au-dehors n'avaient sans doute aucun rapport avec elle mais ils avaient été sa dernière chance. Plus personne ne viendrait la délivrer.

Un vent de panique souffla sur le loft. Non seulement elle était enfermée, seule et abandonnée, mais en prime, avec un cadavre.

Assise au bord du lit, elle avait tâté ses seins avec précaution, se disant qu'ils allaient exploser si elle ne faisait rien. Le souvenir d'une de ses collègues de travail, obligée d'interrompre l'allaitement de son bébé pour reprendre son poste, lui revint brusquement. La copine se bandait les seins.

Jennifer avait déniché deux grandes écharpes qu'elle avait entrepris d'enrouler autour de sa poitrine. Le lait l'avait inondée très vite, provoquant une sensation de froid sur sa peau. Le chauffage fonctionnant aussi à l'électricité, dans quelques heures elle grelotterait dans cette glacière. Puis elle avait titubé, saoule de douleur et de l'effort accompli, vers la cuisine.

Elle avait avalé un grand verre de jus de fruits. Croqué dans un morceau de pizza froid. Bu un Coca. Puis, sans réfléchir plus loin, avalé la pilule rose et la bleue du soir. Elle s'était endormie en pensant à ceux qu'elle aurait pu appeler si elle avait disposé de ce qu'il fallait pour cela : sa mère, ses anciennes copines de travail, un flic du 20e arrondissement qu'elle avait connu un jour qu'on lui avait piqué son sac dans la rue, en bas de chez elle. Le policier l'avait aidée de son mieux mais ne s'était pas privé de la sauter ensuite, comme si elle lui était redevable de quelque chose. Il l'avait laissée en plan aussi vite, elle l'avait appelé pour lui annoncer qu'elle se mariait, histoire de l'écraser de remords.

Tous ces gens ne la connaissaient plus. Elle avait coupé les ponts avec tout le monde, par amour pour Sasha, justement… Plus personne ne se souciait d'elle ni ne s'inquiéterait de n'avoir plus de nouvelles puisqu'elle n'en donnait jamais à quiconque.

Au petit matin – elle en jugea ainsi d'après la lumière grisâtre qui frôlait la verrière – elle ouvrit les yeux. Elle crut entendre des bruits et de vagues, très vagues et très lointains sons qui ressemblaient à des voix. Les réminiscences de la veille se frayèrent un chemin laborieux jusqu'à son cerveau. Une intuition lui souffla que c'était son ultime chance, qu'elle devait se mettre debout et retourner à la porte. Essayer, encore, de se faire entendre afin de ne pas mourir ici avec Zita pour compagne de sort tragique. Mais elle était trop engluée dans les vapeurs des pilules. Elle se laissa retomber, harassée, et se rendormit.

29

Saint-Denis

La fouille méthodique des ateliers ne permit aucune découverte à l'exception de la Renault appartenant à Jennifer Loume qu'au milieu de la matinée on n'avait toujours pas située. Pour être juste, les flics y allaient mollo, elle n'était pas leur priorité. Au commissariat du 20e, Xavier avait identifié un lieutenant qui connaissait cette jeune femme. Bien, même, avait précisé le jeune gardien qui répondait à la place de l'autre absent pour cause de congé et avait décelé une intimité entre son collègue et la propriétaire officielle de la voiture.

— Sans suite, sûrement un petit coup de tringle en passant, précisa Zav avec délicatesse à Titi qui l'écoutait distraitement.

A priori, elle avait disparu de son horizon et de l'arrondissement. Fin de l'histoire.

Quant au Dr Leroy, un pédiatre, il n'avait jamais vu la nommée Jennifer Loume qui avait pris un rendez-vous sous ce nom pour son enfant, ne s'était pas présentée le jour dit et n'avait pas appelé pour s'excuser. Il ne savait rien de plus et son assistante n'avait noté aucun numéro de téléphone.

— Perdons pas de temps avec ça, on verra plus tard, avait tranché la capitaine Cara, revenue de ses explorations stériles.

Ils avaient insisté sur le pseudo-bureau de vente, le seul endroit où la main de l'homme semblait s'être posée depuis la fermeture des ateliers métallurgiques, plusieurs décennies en arrière, à en juger par l'état des lieux. Dans cette construction plus récente que le reste, c'était le grand désert. Hormis une table et une chaise, rien ne permettait d'orienter les recherches vers une activité quelconque. Un téléphone d'un modèle plutôt dépassé trônait sur une étagère, il n'était pas relié au réseau. L'électricité ne fonctionnait pas mais un compteur électrique qui paraissait plus récent que le bâtiment intrigua Valentine. L'identité judiciaire avait relevé quelques empreintes, sur la porte en bois et les deux meubles. Deux points avaient retenu la policière plus longtemps qu'il n'était raisonnable. D'abord, l'absence de poussière et de ces menus désagréments qui signent l'abandon. Comme si quelqu'un s'obstinait à faire le ménage malgré la vacuité des lieux. Ensuite, le double cloisonnage. Sur la quasi-totalité du bâtiment de forme hexagonale, exception faite de la porte et d'un mètre de part et d'autre, une deuxième couche de vitrage avait été posée.

Ce local faisait partie de l'aile située au centre du complexe. Il ne reposait pas sur un sous-sol, contrairement aux autres.

À 9 heures, alors que les techniciens attaquaient l'examen plus approfondi du bureau de vente, un couple dépêché par le propriétaire des lieux était arrivé. Le magistrat instructeur avait été formel : plus aucune recherche ne serait poursuivie sans leur présence, l'avocat – un parmi l'armada qui conseillait le groupe Vazovchim-Pharmcop – ayant agité le chiffon rouge. Le proprio se montrait compréhensif mais exigeait la légalité des opérations. Valentine ne fut pas dupe. Le couple était un leurre qui masquait une organisation importante. C'était aussi une façon de lui faire savoir que l'affaire avait assez duré. Il n'y avait pas trace de braqueurs ici, il n'y en avait jamais eu. La fusillade était survenue fortuitement sur le site parce que des gens armés s'y étaient égarés et elle devait se grouiller d'aller traîner ses pieds ailleurs.

Son impression fut confortée par le compte-rendu provisoire de l'équipe qui avait commencé à dépecer le 4 × 4 atomisé par Loup Ferger et son groupe. Complètement brûlé ainsi que les deux corps transportés au garage de la police à bord du véhicule dont ils étaient indissociables. Indépendamment d'une carcasse de AK-12, le dernier cri des kalachnikovs tirant du 7.62 – un modèle encore inconnu de la voyoucratie de Paris et de sa banlieue –, deux éléments se détachaient de la foule de constatations qui nécessiteraient plusieurs jours ou semaines d'observations pointues et d'analyses. D'abord, un téléphone portable sous les pieds de la femme. Détruit par le feu mais envoyé en urgence à la police technique et scientifique de Lyon qui faisait des miracles dans ce domaine. Disques durs éparpillés, ordinateurs calcinés, téléphones explosés, tout pouvait encore être exploité par l'équipe spécialisée d'Écully. L'autre découverte notoire était un bijou encastré dans le siège du conducteur. Un diamant de deux carats au moins, enchâssé dans un métal blanc.

À part cela on n'avait rien trouvé sur eux. Le peu qu'on aurait espéré trouver avait cramé, vêtements, papiers. L'analyse approfondie des restes et des corps apporterait peut-être quelque lumière sur ce couple dont on ne connaissait pas l'identité. Mais que Valentine était sûre d'avoir aperçu, le matin, rue de Mouzaïa, juste après Marion.

Songeuse, Cara contemplait les pièces à conviction. Dans l'attente de l'autopsie des deux calcinés, une question lui venait : comment des gens aussi puissamment armés s'étaient-ils laissé piéger par des flics, certes expérimentés et compétents, mais largement inférieurs pour ce qui était des véhicules et de l'armement ? À la vue du break Peugeot banalisé et de ses occupants, des braqueurs du secteur auraient immédiatement pensé à des flics. Ils n'auraient pas perdu de temps à se poser des questions. Il s'agissait donc plus sûrement d'étrangers ou d'individus agissant loin de leurs bases ou de leur zone de confort.

Quels qu'ils fussent, que venaient faire ces individus dans ce territoire à l'abandon ? Un endroit où on ne pouvait sûrement pas entrer par inadvertance.

30

Ivry-sur-Seine

Marion dut faire appel à l'ultime réserve de sang-froid dont elle disposait encore pour affronter l'épouse du major Renan Métayer. La quarantaine usée, mère au foyer de deux grands enfants, elle offrait un spectacle plutôt déroutant mettant en cause le métier de son mari comme source de tous ses malheurs.

Mme Métayer poursuivit sa litanie dans la voiture malgré les efforts du chauffeur pour lui faire valoir que Marion n'était pas arrivée depuis longtemps dans le service et qu'il était injuste de lui faire porter le chapeau. Marion, elle, ne disait rien. Elle avait affirmé à l'épouse offusquée qu'elle s'emploierait à lui venir en aide. L'autre ne voulant rien entendre, elle avait fini par fabriquer une petite muraille entre elles et laissait dériver ses pensées.

Marion avait parlé avec Stéphane Ducros qui, malgré son optimisme à toute épreuve, commençait à trouver inquiétant le mutisme de Nina, sa résistance à toute forme de dialogue, jusqu'à son refus de s'alimenter. Il l'avait lancée sur différentes pistes, proposant des sujets sans rapport avec l'affaire. Par des circonvolutions, il avait tenté de lui faire dire ce qu'était l'objet détaché de son oreille. Qui le lui avait installé ? L'avait-elle retiré elle-même et pourquoi ? Elle n'avait pas cédé, à peine s'était-elle vaguement animée – une lueur dans le regard difficile à interpréter, entre peur, défi, fierté – lorsqu'il en avait été question.

Jean-Charles Annoux avait émis une idée s'agissant de celui d'Alida qu'il avait eu le temps de voir de près. Ça lui était venu dans l'ambulance qui l'emmenait à l'hôpital dans cet état de pseudo-conscience qu'il avait décrit à Marion et qu'elle avait reconnu. Une bizarrerie du cerveau qui vous prive de tout mouvement volontaire mais vous inonde d'images, de fulgurances perceptives et sensorielles. Jean-Charles s'était retrouvé propulsé dans un stage effectué à l'office central de la PJ en charge des technologies de l'information et de la communication. Il avait travaillé alors sur une affaire de marquage électronique, des puces que l'on installait pour le suivi des marchandises et des biens. Une technologie connue que l'on pouvait facilement dévoyer.

— Une puce ? avait demandé Marion avec une sensation désagréable.

Des puces qui contiendraient des données précieuses au point que ceux qui les avaient installées ne reculaient devant rien pour les récupérer. Probablement aussi contenaient-elles un système de traçage permettant de les localiser à la seconde où elles émettaient le signal. Cela expliquait pourquoi Nina avait été repérée aussitôt arrivée à Paris. Même chose pour les scellés d'Alida. Mais ce n'était qu'une hypothèse puisque les objets avaient disparu et que peu d'éléments autorisaient encore à établir un rapprochement certain entre Nina et Alida.

Marion se contractait au souvenir de Stéphane Ducros répétant que Nina simulait, que sa panique, dès qu'on essayait de la pousser dans ses retranchements, était feinte. Pour Marion, c'était tout simplement impossible.

— Elle a grandi, avait objecté Stéphane, elle s'est détachée de vous, au sens littéral. Il y a des gens maintenant dans sa vie qui comptent autant que vous, à qui elle doit énormément, qu'elle admire sans doute…

Qui Nina protège-t-elle ? avait envie de crier Marion tandis que Mme Métayer continuait de se répandre, pas arrêtée par le silence de la divisionnaire ni par la réprobation manifeste du chauffeur.

Azonov ? Sa sœur ? Les deux ?

— Écoutez, madame, dit soudain Marion en haussant le ton, arrêtez de vous lamenter et de vous en prendre à moi ! Votre mari a eu un accident. Il roulait trop vite et n'avait pas mis sa ceinture de sécurité. Il avait picolé en douce comme il en avait l'habitude, semble-t-il. Son équipier ne s'en est pas aperçu sinon il ne l'aurait pas laissé prendre le volant. Je peux vous dire que, comme c'est parti, l'administration va le lâcher et vous avec… Alors si quelqu'un peut encore vous aider, c'est moi. C'est clair ?

D'un coup d'œil, Marion vit le conducteur hocher la tête, un sourire furtif sur les lèvres.

Marion n'apprécia pas beaucoup la corvée de la morgue en compagnie de la veuve qui ne disait plus rien mais la criblait de regards inquiets. Elle avait peur, ça se voyait, que son coureur de mari lui ait fait une dernière mauvaise blague : mourir sans rien lui laisser que des souvenirs pourris. Peut-être quelques bâtards qui viendraient un jour sonner à sa porte. Et comment ferait-elle si on lui refusait la prime décès et la pension ?

La présentation du corps se fit derrière une vitre. Le visage du major était déformé par un contact brutal avec l'asphalte. L'œil gauche fermé et la mâchoire éclatée n'aidaient pas à le trouver beau dans la mort, chose qui arrive parfois avec les cadavres dont les traits se lissent, la peau se détend et qui acquièrent une sérénité inaccessible aux vivants. Sa femme n'eut aucune réaction émotive. Elle marmonna quelques mots. Marion ne les entendit pas distinctement car son portable vibrait dans sa poche. Elle fila vers l'extrémité du couloir balisé de néons bleutés qui accentuaient l'atmosphère désespérante.

L'appel venait de Londres. Alstair Mac Queen. Il n'était pas content et le dit à son amie. La superintendante Kathy Bush s'en prenait à lui maintenant qu'elle avait récupéré l'enquête sur la disparition inquiétante des époux Azonov et entendait boucler ce dossier rapidement. Elle avait d'autres affaires autrement plus intéressantes qu'une vulgaire fugue d'un vieux beau avec une énième jeunette et trouvait déconsidérant qu'on lui fasse perdre son temps avec ça. D'ailleurs, s'il ne s'était agi d'un éminent chercheur, personne ne lui aurait accordé une minute de ce temps si précieux. Pour autant, elle s'était penchée sur les travaux d'Azonov et n'y avait rien trouvé de sensationnel, en tout cas, rien qui...

— Nina n'est pas en état de voyager, abrégea Marion.

— OK, OK, acquiesça l'Anglais. Je voulais te prévenir, c'est tout. Tu ne crois pas que Nina sait où il est, le vieux beau, comme dit Bush ?

Marion perçut l'arrière-pensée de son ami qui la renvoyait aux impressions de Stéphane Ducros. Nina et Azonov. Nina qui simulait l'amnésie pour protéger Azonov.

— Pourquoi ? Tu as des infos à ce sujet ?

Elle s'efforçait de rester impassible mais son sang bouillait.

Si tu sais quelque chose, dis-le, intima-t-elle en pensée à Alstair.

— Non, mais d'après Bush, c'est un scénario crédible. Ils étaient ensemble à Hinxton et...

— Je suis au courant. Qu'est-ce que tu as appris d'autre ?

L'Anglais soupira. Marion refusait de regarder les choses en face, la vérité l'effrayait. Quelle mère normalement constituée aurait réagi différemment ?

— Enfin, le contra-t-elle, je ne suis pas idiote ! Bien sûr que je pense à ça, je ne rêve que de lui casser la gueule, mais en attendant, je t'en prie, Alstair...

— Bush et les flics de Cambridge ont découvert plusieurs trousseaux de clefs dans la pièce privée d'Azonov. Il semblerait qu'il avait plusieurs... foyers, du moins c'est ce que ces trouvailles laissent supposer. L'analyse de son trafic téléphonique va dans le même sens. Il y a pas mal d'appels vers la Russie, les États-Unis et la France, entre autres. Surtout, un numéro revient souvent en France.

— Où, en France ?

— À Paris. Un numéro fixe. Une ou deux fois par jour, en moyenne. Bush apprécierait que…

— Je l'identifie… Ça lui ferait gagner du temps, forcément. Pourquoi elle ne me le demande pas directement ?

— Marion !

— Bon, vas-y…

Elle nota le numéro à la volée, à même la couverture d'un magazine posé sur une table en verre dans l'antichambre des morts. Alstair enchaîna avec quelques considérations secondaires, elle l'interrompit pour lui soumettre l'idée que défendait Stéphane Ducros : Nina n'avait pas pris le train seule à Saint Pancras.

— On a vérifié, objecta Mac Queen, rien ne correspond ni à ta fille, ni aux noms qu'on a répertoriés…

— Je sais, Alstair, mais je ne te parle pas de ça !

L'Anglais observa un silence décontenancé. Marion s'exaspéra :

— Enfin ! Tu as bossé assez longtemps au BTP pour savoir comment ça marche ! Retrouve l'équipe qui a procédé aux contrôles à l'embarquement de cet Eurostar ! Nina est une jolie fille, elle portait un manteau rouge ultracourt, y a forcément un mec qui l'a remarquée ! Et qui se souviendra d'elle, qui pourra dire avec qui elle était…

— Tu rêves, Marion, je…

— Et pendant que vous y êtes, ta Kathy Bush en tête, pourquoi vous ne lancez pas un appel à témoins, à destination des équipes de l'Eurostar, à Londres ? Moi, je me charge de le faire relayer à Paris…

— Tu sais, soupira encore Mac Queen, ce serait tellement plus facile si Nina disait ce qui s'est passé…

Marion l'expédia d'un « laisse tomber ! » à peine audible. Au moment où elle allait raccrocher, une idée la traversa. Stéphane Ducros avait dit que Nina dissimulait, qu'elle protégeait aussi bien Azonov que...

— Qu'est-ce que tu as utilisé comme nom pour interroger les listings de réservation ?

— Azonov et Marion, je viens de te le dire, pourquoi ?

— Essaie Joual ! C'est le nom de jeune fille de la sœur de Nina et c'était le sien avant que je ne l'adopte.

Mac Queen marqua une pause rancunière avant de se faire épeler le nom.

— Tu n'as rien d'autre à sortir de ton chapeau par hasard ?

— Excuse-moi, Alstair, je suis perturbée... Mais essaie d'interroger aussi les bases clients de l'Eurostar ou suggère à Bush de le faire...

Elle raccrocha sur un bref « merci, à plus tard ! » avant de déchirer nerveusement la couverture du catalogue d'articles funéraires où elle avait noté le numéro de téléphone.

Un froissement dans son dos la fit se retourner. Mme Métayer la contemplait, bouche bée. Marion fourra le papier dans la poche de sa parka, grogna un vague salut. La femme, décontenancée, bredouilla quelques mots dont Marion retint, pour l'essentiel, qu'elle la suppliait de l'excuser et de l'aider, elle ne pensait pas tout ce qu'elle avait dit. Irritée, la commissaire fit demi-tour quand les premières larmes mouillèrent les joues rebondies de la veuve.

Une fois sur le parvis du quai de la Rapée, Marion ordonna à son chauffeur d'aller quérir

Mme Métayer et de la reconduire chez elle. Elle-même prendrait le métro, ou le bus, marcher lui ferait du bien et elle voulait passer voir Nina à l'Hôtel-Dieu. L'homme s'exécuta sans un mot, il avait l'habitude des fantaisies de ses patrons, Marion était le quatrième qu'il servait à l'Office et elle n'était pas le pire.

Elle fit quelques pas sur le pont d'Austerlitz où un vent mauvais jouait à faire voler des papiers sales échappés des cabanes de carton qui continuaient de proliférer à chaque extrémité, abritant des SDF transis, jeunes, vieux, mélange consternant de la détresse ambiante. Le souffle coupé, les larmes aux yeux autant à cause de la bourrasque que d'un subit accès de mélancolie, Marion appela le permanent de son service et lui transmit ses consignes.

— C'est tout, patron ? demanda le lieutenant Paul Verdier qui la sentait hésiter.

— Non... Cherchez tout ce qui traîne à propos d'un type...

— Oui ? Son nom ?

— Azonov.

— Prénom ?

— Sasha.

— Rien d'autre ?

— Non. Mais vous trouverez aisément ce qui vous manque.

La réponse lui parvint au moment où elle sortait du métro à la station Cité. L'abonné parisien qu'Azonov appelait plusieurs fois par jour sur un fixe s'appelait Jennifer Loume. Un nom qui ne lui disait strictement rien.

31

Saint-Denis

Jennifer émergea à une heure qu'elle n'aurait su déterminer puisqu'il n'y avait plus dans le loft aucun appareil pour la lui indiquer. Il faisait à peine clair sur la verrière et un vent hargneux faisait gicler des gerbes d'eau dont quelques filets commençaient à s'infiltrer par d'invisibles interstices. Deux gouttes s'écrasèrent devant ses pieds nus. Aussitôt debout, aussitôt rassise brutalement sur le lit qui ressemblait maintenant à une bauge malodorante et ravagée. Prise de vertige, la jeune femme considéra le désastre. Tâta les écharpes dégoulinantes autour de sa poitrine avec l'impression que, là-dessous, ses chairs étaient à vif. Elle défit les nœuds et, dents serrées, entreprit de libérer le bandage. Quand elle posa les yeux sur ses seins, elle eut un hoquet horrifié. L'effet du froid fut celui d'un violent coup de fouet, la reprise de la circulation sanguine lui arracha un cri de douleur. Secouée de frissons à cause de la fièvre qui avait investi son corps, elle songea qu'elle allait mourir à l'instant. Cette pensée lui permit de reprendre conscience de ce qui l'entourait et du lit de Tom tout proche. Des odeurs de plus en plus infectes en émanaient. Fouettée par l'idée de mourir comme un vieux oublié dans un mouroir, elle se mit debout péniblement, marcha – chaque pas était une souffrance qui lui brûlait la peau – jusqu'à la cuisine.

« Il faut manger », murmura-t-elle, se souvenant que sa mère faisait de s'alimenter le préalable à tout. Manger pour vivre, le reste n'était qu'accessoire. Elle ouvrit le réfrigérateur, prit la bouteille de lait maternel qu'elle vida jusqu'à la dernière goutte. Un rapide inventaire lui apprit qu'il ne restait qu'une canette de Coca, deux yaourts et l'ananas auquel elle n'avait pas encore touché. Elle en consomma la moitié, arrosé de soda. Mais c'était trop à la fois. Arc-boutée au-dessus de l'évier, Jennifer vomit tout ce qu'elle avait avalé. Puis, éreintée, cassée en deux par la fièvre et la douleur, elle se traîna jusqu'à son lit où elle s'allongea précautionneusement.

Les yeux clos, elle se laissa dériver, une méditation spontanée pour inventorier ceux qui ne pourraient pas la secourir. Inévitablement, sa pseudo-rêverie l'amena à sa mère. Se souciait-elle encore d'elle ? Il y avait peu de chance. Peut-être songeait-elle à Jennifer encore, ici et là, mais comme on se remémore parfois une histoire ancienne parce qu'on ne fait pas toujours ce que l'on veut avec ses souvenirs. Elles avaient coupé les ponts et, dans l'esprit de Léna Loume, probablement pour de bon. Jennifer l'avait traitée de « pute », lui avait craché son mépris en énumérant les hommes qui s'étaient trémoussés sur son corps, jeté au visage la mort de son père qui n'était pas arrivée par hasard. Elle l'avait d'autant plus laminée qu'à ce moment-là elle avait dégotté Sasha et qu'un homme tel que lui, c'était tout ce que sa mère n'avait jamais eu. Une bouffée de regret et de honte incendia les joues de la jeune femme qui sursauta au seuil du sommeil, refit surface avec toujours ce mal effrayant qui lui faisait monter une nouvelle nausée. Les pleurs suivirent. Puis la colère prit le dessus, la hargne de cet état d'impuissance.

Tout était la faute de Sasha, finalement. Elle prit peur à oser proférer une accusation aussi directe contre son mari vénéré. Mais c'était un fait : elle en arrivait à la conclusion qu'il n'était ni un bon mari, ni un bon père, qu'il était infidèle, elle le sentait depuis longtemps. Ses absences, ses cachotteries, sa façon de ne pas répondre aux questions sous prétexte qu'il était un grand scientifique et elle, une pauvre idiote juste bonne à procréer et à se laisser dominer par lui, contrôler dans les actes les plus insignifiants de sa vie. Comment cela avait-il été possible ? C'était pour lui plaire et par obéissance qu'elle avait eu cet enfant et voilà tout ce qui lui restait : son bébé disparu et cette vieillarde impubère qui se décomposait à ses côtés.

— La fille est morte ! hurla-t-elle en tournant la tête dans tous les sens comme s'il y avait encore quelqu'un quelque part pour s'intéresser à ce qu'elle faisait. Crevée, elle est crevée ! Ne me laissez pas avec elle ! Vous m'entendez ? Vous m'entendez ?

Aucun écho à ses cris, aucune réaction, le contraire eût été miraculeux. Aveuglée par la rage,

Jennifer repartit d'une démarche incertaine vers la cuisine. Elle ouvrit tous les tiroirs, balançant leur contenu au hasard. Finit par mettre la main sur un petit tournevis. Elle se rua sur la porte, s'escrima sur la serrure, tenta de dévisser les énormes écrous des charnières. Mais autant essayer de vider la mer avec une petite cuiller. Dix minutes et elle était en nage.

Dans le silence approximatif, il lui sembla percevoir un frôlement de l'autre côté de la porte. Plus tendue qu'une corde de piano, elle retint sa respiration, pesta contre le sang qui battait à ses tympans. Le glissement reprit, ainsi qu'un léger choc qui se répercuta dans l'entrepôt vide.

— Par pitié ! Si vous m'entendez ! Ouvrez cette porte ! Par pitié ! Au secours !

Le cliquètement, de nouveau, le glissement ou le feulement d'un animal invisible. Le vent ? Un courant d'air ?

« Il n'y a personne, pauvre conne », gémit Jennifer après une éternité de cris et d'appels inutiles.

À bout de nerfs, elle revint vers la cuisine. Sur la table, les plaquettes de pilules semblaient lui adresser un signe. Elle s'en saisit et les contempla, les retournant lentement entre ses doigts. Les dernières. Elle hésita.

Si elle prenait tout, que se passerait-il ? Le visage de Tom s'interposa, le temps de le dire. Flou, effacé, loin, si loin. Avait-il seulement existé ? Elle avait peut-être rêvé toute cette folie. Si elle s'endormait pour de bon, une autre vie viendrait prendre la place de celle-ci, comme dans un bon vieux cauchemar. Est-ce que cinq pilules suffiraient ?

Elle avala un premier cachet. À sec. Pas question de retourner vers l'évier empli de son vomi. Puis elle délivra le deuxième et le posa sur sa langue. Le troisième suivit sans une hésitation. Elle goba les deux comprimés bleus presque sans y penser.

Elle n'eut pas le temps d'arriver jusqu'à son lit. Elle tomba comme une masse juste avant, contre le lit de Tom où Zita répandait ses humeurs.

32

OCRVP, Nanterre

Le lieutenant Verdier travaillait depuis le matin à une série de requêtes qu'il soumettait aux différentes bases de données. Il avait répondu à Marion à propos d'un numéro de téléphone qu'elle voulait identifier. Elle n'avait rien demandé de plus et, normalement, il aurait dû s'arrêter là. Il ne la connaissait pas encore très bien mais avait eu l'occasion de deviner quelques traits de son caractère plusieurs mois avant son affectation à l'Office, à la faveur d'une ténébreuse affaire[1]. Elle n'engageait rien au hasard et ne se répandait pas beaucoup sur ce qu'elle cherchait. Il fallait débusquer parfois le fond de sa pensée et la plupart des gars de l'Office, Louis Zénard en tête, ne s'y risquaient pas. Ils préféraient attendre qu'elle formule clairement ses idées et donne les consignes en conséquence. Paul Verdier, lui, n'était pas fait de ce bois. Curieux et impatient, il prospectait la moindre piste aussitôt qu'il l'avait reniflée, au risque de partir de travers et de perdre son temps. Ce soir, il avait déblayé

1. *Échanges*, Éditions Versilio. (N.d.A.)

une grande partie de ses tâches et il avait encore deux bonnes heures devant lui avant de rentrer à la maison.

Il entra sa carte magnétique dans le lecteur qui lui donnerait accès aux fichiers de police et pianota sa requête.

Jennifer Loume. Pas de date de naissance mais un nom et un prénom pas trop répandus.

Victime d'un vol avec violence, trois ans auparavant. Plainte déposée au ciat du 20e arrondissement. Son instinct lui soufflait que c'était la bonne personne, il avait maintenant une date de naissance, une adresse. Il calcula qu'elle avait 28 ans et, sans l'ombre d'un scrupule, appela le flic, un lieutenant dont le nom figurait sur le dépôt de plainte. L'homme n'était pas là mais celui qui prit l'appel à sa place s'exclama : encore cette fille !

Un autre service avait contacté le ciat du 20e dans la matinée à propos de cette jeune femme. Le flicard lui raconta ce qu'il savait mais insista lourdement : celui qui en connaissait le plus sur Jennifer Loume, c'était le collègue absent. Le lieutenant Verdier laissa son numéro et nota celui de la capitaine du SDPJ des Hauts-de-Seine qui s'intéressait à Jennifer Loume. Il rumina un long moment. Nul n'ignorait que Valentine Cara vivait sous le même toit que Marion et que, bientôt, la capitaine rejoindrait l'Office. Étaient-elles en concurrence sur le même dossier ? Ou s'agissait-il d'une affaire commune dont il ignorait tout ?

Dans l'immédiat, il mit l'affaire de côté et passa à la suite.

Sasha Azonov. Des dizaines de pages s'affichèrent à peine le nom entré dans les bécanes.

Un scientifique, russe de naissance en effet, une épée dans le monde de la science. Le génome humain. Le séquençage, la génétique. Des travaux plutôt très secrets si on en croyait certains forums mais surtout abscons pour un profane. Rien de sulfureux pour autant. Paul Verdier poursuivit son balayage, stimula quelques bases par l'adjonction d'autres mots clefs. Toujours la même rengaine, des photos, des conférences, des publications. Toujours en anglais et mal traduites quand elles apparaissaient en français. Le flic nota l'essentiel de ce qu'il trouvait, releva les adresses des sites les plus intéressants. Puis, subitement, son organisme lui envoya des signes avant-coureurs qu'il connaissait bien. Il cliqua sur l'icône qui venait de s'éclairer, celle donnant accès à un site d'informations boursières. Bourse on line répertoriait tout ce qui se faisait dans le domaine, évaluait les mouvements, prévoyait et donnait des pistes et des conseils aux boursicoteurs.

Paul Verdier y lut une information qui ne le surprit pas, il l'avait déjà vue passer à l'état de projet. Le groupe russe Pharmcop annonçait l'entrée en bourse de sa filiale Juvas. Le nom du P-DG de Juvas était Azonov.

33

Paris

La pluie avait cessé de tomber mais l'air piquant avait fait fuir les consommateurs de la terrasse du café des *Bords de Seine*, à l'angle du quai de la Mégisserie et de la place du Châtelet. Marion, Rose Vergne et Valentine s'étaient réfugiées comme tout le monde dans la salle bondée à l'heure de l'apéro. Les deux amies avaient laissé Nina en compagnie de Stéphane Ducros qui était prêt à sacrifier une troisième nuit auprès de la jeune fille dont l'état ne s'était pas amélioré. Marion avait passé plus d'une heure avec elle, à tenter de lui soutirer le précieux renseignement qui aurait tout changé. Douceur, compassion, menace, rien n'y faisait. Excédée, elle avait haussé le ton.

— Ce n'est pas comme ça que vous y arriverez, lui avait reproché Stéphane accouru au premier éclat de voix.

De quoi je me mêle ? avait eu envie de hurler Marion avant de s'arrêter juste à temps. Elle avait préféré battre en retraite et laisser sa fille face à ses contradictions avec l'impression détestable que, contrairement à ce qu'elle avait analysé la veille, Nina était toujours en danger.

— On ne peut pas laisser Stéphane là-bas, cette nuit, proféra enfin Valentine. Il faut qu'il aille roupiller dans un vrai lit.

— Bien sûr ! renchérit Marion, c'est moi qui vais rester avec elle.

— Non, moi ! lancèrent en chœur Rose et Valentine qui éclatèrent de rire après avoir échangé un bref regard.

Torride, observa Marion qui en profita pour objecter, crispée :

— Pas ensemble, alors !

Valentine dressa sa taille svelte. Le mouvement fit pointer sa poitrine sous son pull kaki à épaulettes. Rose détourna aussitôt les yeux, entre gêne et trouble.

— Qu'est-ce que je disais ! s'exclama Marion, c'est l'une ou l'autre, ou c'est moi, mais pas...

— Oh, ça va ! contrèrent-elles encore une fois en parfaite synchronisation.

— D'ailleurs, intervint Rose Vergne, il va falloir envisager autre chose... Pour Nina, je veux dire. Je ne vais pas pouvoir la garder plus longtemps dans ce cagibi, j'ai déjà eu des questions à ce propos aujourd'hui. J'ai inventé une fable mais à force...

— On va la ramener à la maison, affirma Marion qui eut un sursaut involontaire en se souvenant que la porte n'avait pas été réparée puisque personne n'avait pris le temps de s'en occuper.

Abadie reviendrait sans doute le lendemain après avoir organisé le rapatriement de Jean-Charles à Paris. La porte, elle...

— Ça peut attendre jusqu'à demain ? s'enquit-elle plus oppressée qu'elle ne l'aurait voulu.

— Bien sûr…

Marion n'eut pas le loisir d'enchaîner. Elle lut sur l'écran de son portable : « Permanence Office », fronça les sourcils en marmonnant un « quoi encore ? » angoissé. Décrocha après avoir inspiré un grand coup.

— Oui, lieutenant Verdier ? dit-elle d'une voix assourdie mais encore trop forte qui fit se retourner les consommateurs de la table voisine.

Rose et Valentine profitèrent de ce qu'elle était occupée pour oser s'affronter. Cara effleura les doigts de sa voisine, presque sans y penser. Rose retira sa main. Marion s'était dressée :

— Azonov ? Allez-y !

Elle écouta, sourcils froncés, ce que le permanent avait à lui dire.

— Son prénom, à ce P-DG, c'est… ? Vérifiez, nom d'un chien ! Azonov, si ça se trouve en Russie, c'est comme Dupont ou Martin… J'attends !

Elle piocha une poignée de cacahuètes dans la soucoupe devant elle, siffla le fond de son verre, l'agita pour en avoir un autre sous l'œil vaguement réprobateur de Valentine qui savait tout des dégâts de l'excès d'alcool sur sa patronne.

— Vania ? s'exclama la divisionnaire avant même que son troisième kir n'atterrisse devant elle. Franchement, Verdier ! Oui, je comprends, la coïncidence… Bon, écoutez… Oui, oui, cherchez encore si vous voulez, creusez cette piste… OK, on en reparle dès que vous avez mieux à me proposer !

Elle reposa son téléphone en secouant ses boucles courtes dans lesquelles elle enfonça ses doigts. Se massa longuement le crâne. Un nouvel assaut de son téléphone lui arracha un mouvement agacé.

— Encore vous, Verdier ? Oui ? Ah, pardon... Oui, je vous écoute...

Elle expectora quelques onomatopées, remercia, raccrocha. Releva les yeux sur Rose Vergne :

— Tu connais Bailly, toi ?

— Le professeur de médecine légale ?

— Oui.

— Tout le monde connaît Bailly, pourquoi ?

— Il a appelé l'Office, il a un problème avec Alida...

Elle se leva brusquement, s'éloigna du côté de la terrasse où quelques téméraires s'étaient assis, massés sous un chauffage autour duquel la vapeur d'eau formait un halo. Quand elle revint, les deux jeunes femmes avaient repris leur examen mutuel détaillé, les yeux dans les yeux.

— La merde continue, lâcha Marion en se laissant tomber sur sa chaise...

— Ah ? proférèrent Rose et Valentine unanimement.

— Bailly est furieux... Il attendait le corps d'Alida en fin d'après-midi... Il n'est pas arrivé, l'ambulance est introuvable, personne n'est fichu de dire ce qui s'est passé.

Valentine savait que, quand elle était dans cet état, il valait mieux laisser Marion tranquille, surtout, ne pas poser de question précise. Comme : que comptait donc faire de ce corps le Pr Étienne Bailly, célébrissime pointure de la médecine légale française ? Alida, si elle avait bien retenu l'histoire que Marion leur avait racontée, était cette petite morte bizarre à la boucle d'oreille...

Agitée, la divisionnaire marmonnait à présent des imprécations inaudibles à l'encontre d'un Olivier Martin, qu'elle rendait responsable de ce ratage.

Après un moment de grand n'importe quoi, Marion demanda à Valentine pourquoi elle affichait cet air idiot. C'était fini, la crise était passée.

Une petite voix désagréable serinait à Marion qu'elle se gourait. Il y avait une « patate » ainsi que l'avait transmis Louis Zénard via le permanent de l'Office. On ne savait pas encore laquelle mais se défouler sur le Dr Martin lui avait fait un bien fou.

— Quel tocard ! s'exclama-t-elle en repoussant son siège.

Circonspectes, les deux femmes la virent attraper sa parka, faire signe au serveur qui saisit quelques billets froissés au vol et la regarda s'éloigner d'un pas rapide.

— On s'occupe de Nina ! cria Valentine mais seuls les consommateurs proches l'entendirent.

34

La Mouzaïa

Ce n'est que tôt le lendemain matin, quand Valentine réapparut à la Mouzaïa, les yeux cernés et le teint gris, que Marion prit conscience de la gravité de la situation. Elle était retournée à Nanterre en quittant le bar *Les Bords de Seine*. Une fois au sixième étage, le chauffeur qui l'attendait pour rentrer chez lui l'avait alertée : il n'était pas tombé de la dernière pluie et avait repéré une bagnole à ses trousses quand il avait quitté l'IML en compagnie de Mme Métayer. Un Porsche Cayenne noir dont il avait relevé le numéro, deux personnes à bord. La société de location propriétaire était installée en Suisse, il n'avait pas pu en savoir plus car les Helvètes faisaient des manières, comme d'habitude, pour lâcher les informations. À croire, en avait déduit Marion, que cette bande – mais quelle bande ? – avait loué l'ensemble de la flotte de véhicules de luxe de cette entreprise. Ceux qui avaient pris son chauffeur en filature l'avaient escorté jusqu'à Ivry-sur-Seine.

— À mon avis, ils ont pris Mme Métayer pour vous...

— Je vous remercie ! avait grimacé Marion.

— Désolé, ce n'est pas ce que je voulais dire...

Marion l'avait calmé d'un geste, ce n'était pas le sujet. Car les individus avaient ensuite accompagné la voiture de police à Nanterre, à peine discrets. Du coup, en rentrant à la Mouzaïa, elle avait fait attention et repéré le même Porsche Cayenne à quelques encablures. Ses suiveurs l'avaient filée jusqu'à la Mouzaïa avant de faire demi-tour et de s'en aller. Des amateurs qu'on reniflait à des kilomètres.

— Ils croient que je vais les conduire à Nina, conclut-elle en accompagnant des yeux Valentine qui faisait du café.

— C'est bien ce qu'on pensait... marmonna la capitaine qui portait toujours ses vêtements de la veille et ne songeait pas à aller se changer.

— On ?

— Rose et moi. C'est à cette conclusion qu'on en est arrivées, cette nuit.

— Cette nuit ?

Valentine eut un mouvement des épaules en percevant la suspicion à travers les répétitions maladroites de Marion :

— Oui, cette nuit... Je vous rassure, Stéphane était avec nous... Il y a eu un incident, vers 3 heures...

L'air manqua soudain à Marion. Elle entendit Valentine lui expliquer que deux types avaient été surpris à se balader dans les couloirs de l'Hôtel-Dieu. Des sortes de caricatures d'agents secrets de l'Est, d'avant la chute du Mur. Par chance, un groupe de la BRI accompagnait un détenu qui avait réussi à se taillader les veines avec une petite agrafeuse. Les pseudo-barbouzes avaient reflué en vitesse quand ils avaient trouvé les hommes de l'antigang sur leur chemin. Les flics n'avaient pas réussi à les intercepter mais l'un d'eux avait eu la présence d'esprit de les photographier avec son téléphone. Valentine, alertée par le vacarme, était venue aux nouvelles. Prétextant qu'elle était là pour une visite médico-légale urgente dans le cadre de son affaire de fusillade à Saint-Denis, elle avait obtenu le transfert du cliché sur son téléphone.

— Fais-voir ! demanda Marion.

La photo était de piètre qualité à cause de l'éclairage mais on distinguait quand même assez bien les allures et les carrures athlétiques. Le plus petit des deux types portait une casquette sombre avec trois lettres blanches. « BGS ».

— Les collègues de la BRI ont d'abord cru qu'ils venaient pour arracher leur gars, ou un truc dans le genre, pour faire plus vrai j'ai dit que ça pouvait aussi être pour le mien... Mais, en fait...

— Tu penses qu'ils étaient là pour Nina !

Valentine fit oui de la tête.

— Et c'est maintenant que tu m'annonces ça !

Marion était de nouveau hors d'elle. À ce rythme elle n'allait pas tarder à tomber, d'un infarctus ou d'un AVC. Elle se campa face à Valentine, puis sortit son téléphone et composa un numéro à toute vitesse.

— Vous faites quoi, là ? s'interposa la capitaine.

— Je vais faire mettre ma fille sous protection, une *vraie* protection !

— Non ! Attendez !

— Quoi ? Que ces connards qui sortent d'on ne sait où viennent enlever Nina, ou la buter ? Tu préviens Rose, je vais la chercher !

— Ça va pas être possible...

Valentine avait son air résolu, celui des grandes tempêtes. Marion fut saisie de vertige.

— J'ai mal entendu ? souffla-t-elle.

Au moins, elle ne criait plus. Valentine n'avait pas reculé d'un pas. Les bras croisés, elle affrontait Marion.

— Venez, dit-elle à voix haute, j'ai un truc à vous montrer dans le jardin.

— Et c'est moi qui suis parano ! s'exclama Marion une fois qu'elles furent dehors.

Il ne pleuvait plus, une bonne nouvelle pour ce jour mal commencé. Valentine prit le bras de Marion et l'entraîna vers le cabanon des garçons.

— Ces types qui sont venus cambrioler la maison, dit-elle à voix basse, on a l'impression que ce sont des rigolos mais à mon avis, on fait fausse route.

— Sans blague ? Et tu penses qu'ils ont collé des micros un peu partout dans la baraque ?

— Pourquoi pas ? Cette nuit, ils ne sont pas venus par hasard à l'Hôtel-Dieu. Ils savaient où était Nina !

— Ils m'ont suivie, ils ont collé le train à mon chauffeur...

— Justement. Et ils se planquent à peine alors qu'ils savent qu'on est flics. Ils ont perdu deux membres de leur équipe, ils ont l'air de s'en foutre et il en sort toujours des nouveaux... On a à faire à une grosse équipe. Qui a un avantage sur nous. Un énorme avantage.

— Ils savent ce qu'ils cherchent et nous, pas.

— Voilà. Et ils savent qui nous sommes et nous, pas.

Marion frissonna dans l'air du petit matin. Elle ne portait qu'un pull léger, des chaussons aux pieds.

— Il faut agir comme s'ils étaient *vraiment* dangereux, reprit Valentine. C'est pour ça que cette nuit, je ne vous ai pas appelée. On ne sait pas s'ils ont les moyens de nous écouter, téléphones, micros, ou même de nous voir…

Valentine avait raison et Marion reconnut sans l'avouer qu'elle avait jusqu'ici sous-estimé l'ampleur de cette affaire dont les morceaux émergeaient par bribes, telles les résurgences d'un iceberg dont la masse reste invisible. Elle respira à fond, scruta la capitaine comme si elle voulait lui transpercer le cerveau :

— Et donc, pour Nina ? C'est quoi, le plan ?

— Rose et Stéphane sont avec elle, ils sont partis cette nuit en ambulance. Pas de panique, on a fait les choses comme il faut. Personne n'a rien reniflé…

— Putain, Valentine, tu me fais peur ! Ils sont partis où ?

— Je ne veux pas le savoir et vous ne le saurez pas non plus, comme ça on sera sûres, vous et moi, de ne jamais se trahir.

35

Nanterre

Elles se rejoignirent à Nanterre, à l'OCRVP où elles arrivèrent séparément. Marion eut beau se dévisser le cou, elle ne repéra aucun véhicule suiveur. Soit leurs adversaires étaient incohérents – un coup ils filochaient, un coup non –, soit ils avaient lâché l'affaire. La première hypothèse n'était guère sérieuse sauf si mise en œuvre en connaissance de cause. Cela s'apparenterait alors au harcèlement, une façon de déstabiliser l'adversaire, de le pousser à la faute. D'une certaine manière, ils avaient réussi puisque leur tactique avait abouti à l'exfiltration de Nina de l'Hôtel-Dieu. Restait à savoir si la manœuvre avait fonctionné.

On ne le saura que trop tard, se dit Marion qui ne parvenait pas à avaler l'initiative des filles bien qu'elle reconnût que c'était pas mal raisonné. Qu'il n'y ait plus de 4 × 4 noir derrière son pare-chocs ne la rassurait pas pour autant. Cela pouvait cacher deux possibilités : les suiveurs avaient conscience de s'être fait repérer et se montraient plus prudents ou bien ils avaient trouvé ce qu'ils voulaient. Nina. Marion bouillait de sa propre impuissance. Elle s'était fâchée contre Cara, avait exigé de savoir où le tandem Rose-Stéphane avait emmené Nina.

— Je savais que ça se passerait comme ça ! s'était butée la capitaine, c'est Stéphane qui en a eu l'idée, d'ailleurs. Je ne sais rien d'autre.

À partir de là, Marion avait bien été obligée de faire avec. Elles avaient bâti le plan de bataille en vitesse et en grelottant dans le jardin. Ne rien changer en apparence, garder les téléphones actifs mais en utiliser d'autres, neutres, dès lors que Rose ou Stéphane auraient signalé leur arrivée à bon port. Et la traçabilité des appels ? Et des mails ? Et des cartes bancaires ?

— Je connais la musique, objectait Cara. Tout passera par moi. Je vous transmettrai les infos, il faudra vous en contenter.

— Bien, admettons, marmonnait Marion, mais en attendant, on ne peut pas continuer à avancer dans le noir.

D'où l'idée de se retrouver à Nanterre, un lieu où leurs adversaires auraient plus de mal à les pister et à écouter leurs conversations.

Au sixième étage, Marion entendit la voix de Louis Zénard en passant devant son bureau. Il était question d'Alida, d'un témoin qui avait vu un bateau longer la côte, tous feux éteints, vingt-quatre heures avant la découverte du corps. Elle attendit derrière la porte qu'il ait terminé sa conversation téléphonique.

— Encore un tuyau percé, j'en ai peur, soupira-t-il quand Marion entra après un coup bref contre la porte. Les gens voient tout et son contraire dans ces cas-là, je ne t'apprends rien…

— Autre chose ? demanda-t-elle.

Il fit une moue explicite. Des rumeurs, des centaines d'informations sans lien entre elles, des appels téléphoniques qui ne menaient nulle part.

— La PJ de Lille écume le secteur de Berck, dit-il toutefois, ils s'intéressent à un établissement thermal fermé, nos gars sont sur le coup aussi, on va voir ce que ça donne...

L'accident de Métayer, sa mort, le traumatisme de Jean-Charles Annoux n'étaient pas près d'obtenir réparation. La disparition des scellés d'Alida n'arrangeait rien.

Celle de son corps, encore moins. Maintenant, on savait comment c'était arrivé. L'ambulance qui la transportait avait été *serrée* par un 4 × 4 noir juste avant de s'engager sur l'autoroute du Nord à la sortie de Lille. C'était, à peu de choses près, le scénario de l'accident des deux flics de l'Office. Sauf que là, le conducteur du véhicule sanitaire était seul et qu'il ne roulait pas à tombeau ouvert. Il avait obtempéré à l'injonction de s'arrêter et avait laissé un des deux voleurs de cadavre prendre le volant de l'ambulance avant de disparaître avec. L'autre voyou avait suivi à bord du 4 × 4 et, lui, mortifié, avait marché jusqu'à la station-service la plus proche. Il n'avait dégainé son portable que trente minutes après, comme il en avait reçu l'ordre. Après tout, il n'était pas payé pour jouer les héros. Il avait donné de ses agresseurs un signalement qui n'étonna personne, un homme et une femme, jeunes, lui grand et costaud, elle glaciale, avec un accent de l'Est à couper au couteau. Il avait remarqué un détail, pourtant : le gars arborait une longue tresse fine jusqu'au milieu du dos.

— Ça sent la mafia ! grogna Zénard.

Le véhicule ayant transporté Alida avait été retrouvé quelques heures plus tard, à une trentaine de kilomètres, en train de cramer dans une carrière de sable. Louis Zénard était dépité.

— Attends, objecta Marion, on n'a peut-être pas tout perdu...

Et de lui expliquer que, tard dans la soirée, elle avait reçu un appel de Lille. Elle ne jugea pas utile de préciser que ce coup de téléphone venait du Dr Olivier Martin et qu'il avait dû la sonner deux fois, laisser des messages insistant sur le caractère professionnel et urgent de sa démarche pour qu'elle consente à lui parler. Réticente, elle l'avait écouté lui avouer, embarrassé, qu'il avait appris le vol du corps d'Alida mais qu'il avait, dans son malheur, une bonne nouvelle.

— Les prélèvements, dit Marion alors que Zénard, en bon chien de chasse, dressait l'oreille. Après l'autopsie, une dizaine de récipients avec les biopsies des organes d'Alida dans le formol...

— Oui, et... ?

— Son assistant a oublié de les joindre à l'envoi du corps !

Le commissaire Zénard, abattu l'instant d'avant, bondit de sa chaise. Il joignit les mains comme s'il allait prier, leva les yeux au ciel.

— Y a un bon Dieu pour les abrutis, tu vois ! admit Marion.

Il avait déjà saisi son téléphone. Elle l'arrêta d'un geste. Il s'étonna. Il fallait bien les faire rapatrier, ces bocaux, tout de même ! Elle se fendit d'un petit sourire ambigu qu'il interpréta au quart de tour.

— C'est déjà fait ? Mais comment... ?

— Tu penses bien que j'allais pas attendre que ces enfoirés s'aperçoivent qu'il manquait des morceaux de leur protégée... Annoux est rentré à Paris en ambulance avec Abadie, cette nuit. Ils ont ramené le chargement...

— Génial !

Elle tempéra son enthousiasme :

— Attention, Louis, pas un mot ! Ni au patron là-haut, ni aux gars. Ces types sont dangereux et je ne veux pas qu'il arrive des bricoles au Pr Bailly. Il est déjà en train de bosser...

— Génial, répéta Zénard un ton en dessous parce qu'on lui avait enseigné que les murs aussi ont des oreilles.

— À propos de ces types, je t'attends en bas, salle de réunion, dans cinq minutes !

Avant de rejoindre Zénard et Valentine, elle passa par son bureau, consulta ses mails. Un message du lieutenant Paul Verdier résumait ce qu'il avait appris à propos de Sasha Azonov et qu'elle connaissait déjà en partie. Il indiquait à la fin que, si elle avait un moment dans la journée, il pourrait lui en dire plus sur le clan Azonov. Clan ? Voilà qui était intrigant. Elle allait appeler l'officier quand son téléphone la devança. L'affichage indiquait un numéro dans le Nord. Elle se souvint qu'elle avait promis à Olivier Martin de le rappeler...

— Ils sont arrivés à bon port, dit-elle très vite. J'attendais un appel, au moins...

Sa voix contenait plus de tristesse que de reproche.

— J'ai eu une soirée compliquée, tenta-t-elle.

Une pauvre excuse mais elle devait admettre qu'elle avait pensé à le sonner et ne l'avait pas fait. Peut-être parce qu'elle voulait éviter la question qui suivit.

— Et nous deux, Marion ?

Hier soir, il n'avait pas osé. Il avait essayé de lui parler de lui, de la raison pour laquelle il avait fait comme s'il ne la connaissait pas. Une réaction de défense parce que la voir, là, sans être prévenu, l'avait vitrifié. Elle avait coupé court, sèchement.

Ce matin était un autre jour et, à sa décharge, en ne le rappelant pas elle-même elle lui avait fourni un prétexte pour qu'il tente sa chance.

— Plus tard, Olivier, on verra.

Cela ne voulait rien dire. Ni oui ni non. Ni va te faire foutre, ni merde. Une fois le téléphone muet, elle se passa un savon. Qu'est-ce qu'il allait en conclure ? Que c'était oui, évidemment.

Première mise au point : ce qui se dirait dans la pièce resterait le secret de ses trois détenteurs. Marion n'était pas dupe. Un secret partagé n'en est plus un. Mais il n'y avait pas d'autre issue, provisoirement en tout cas. Même Abadie ne saurait pas tout et encore moins Jean-Charles Annoux qui ne voyait le mal nulle part et pouvait se trahir à tout moment. Zénard avait ouvert le feu en demandant des nouvelles de Nina. Valentine, tout hostile qu'elle fût à mettre un tiers dans la confidence, s'était pliée au verdict de Marion. Quand elle lui eut exposé la situation, il comprit mieux le choix de cette salle de réunion anonyme et la demande expresse de Marion pour qu'il laisse son téléphone mobile dans son bureau. Il avait envie de dire : n'est-ce pas un peu too much ? Mais, en bon soldat, il s'était plié à ses exigences.

— Je vais déclarer officiellement la disparition de Nina, dit Marion et il saisit à cet instant la portée de l'affaire.

Cela lui avait paru évident au moment où elle quittait la Mouzaïa et Valentine avait acquiescé sans discuter dès qu'elle le lui avait annoncé dans le parking du ministère. Les types qui coursaient Nina devaient impérativement lâcher prise. Cacher la petite pouvait fonctionner sur le court terme. Mais ils allaient vite comprendre qu'elle n'était plus à l'Hôtel-Dieu ni à la Mouzaïa et, s'ils étaient vraiment aussi déterminés qu'ils semblaient l'être, ils ne tarderaient pas à la retrouver, en dépit des affirmations de Cara quant à sa capacité à brouiller les pistes.

— Je ne sais pas combien de temps ça peut durer, je ne sais pas ce qui nous menace, je n'ai pas le choix.

Louis Zénard tritura son paquet de cigarettes au fond de sa poche, considéra tour à tour les deux femmes.

— D'accord, dit-il après un silence. Je te suis. Mais il faut qu'on mette tout à plat.

Une bonne heure fut nécessaire pour déblayer un chantier qui paraissait compliqué de prime abord.

Nina était arrivée de Londres comme un zombie, couverte d'un sang dont Zénard avait pu, grâce à ses relations de l'époque où il travaillait à la police scientifique et technique, faire extraire l'ADN. Deux ADN, en réalité. Aucun n'appartenait à Nina ni n'avaient d'allèles communs avec le sien, ce qui excluait donc une appartenance à sa sœur, Angèle. Pour éliminer l'hypothèse que l'un des deux fût celui d'Azonov, des effets lui appartenant étaient nécessaires. Marion s'en chargerait en sollicitant Alstair Mac Queen ou Kathy Bush.

Les premiers éléments de l'enquête en Angleterre amenaient à Sasha Azonov, scientifique chercheur établi à Cambridge, voyageant dans le monde entier et marié à Angèle Joual. Azonov avait disparu brutalement ainsi qu'Angèle. Nina qui avait certainement assisté aux événements en rapport avec ces disparitions n'ouvrait pas la bouche et les suspicions qui pesaient sur ses rapports avec Azonov pouvaient expliquer ce mutisme. En même temps, quelques indices laissaient à penser qu'elle avait subi un traitement ou qu'on lui avait administré des produits, voire installé un dispositif de marquage sous forme de boucle d'oreille.

C'est là qu'intervenait le lien possible avec la créature découverte sur la plage de Berck, baptisée Alida et toujours pas identifiée.

— Pour l'instant, c'est une supposition, avait tiqué Zénard, on n'a que des témoignages visuels puisque les deux objets ont disparu...

Dans des circonstances quand même extrêmement troublantes, tragiques même s'agissant de l'accident qui avait coûté la vie au major Métayer et n'en finissait pas de bouleverser l'Office et toute la PJ française. En prime, le corps d'Alida subtilisé en cours de transfert. Les méthodes, cambriolage, accident provoqué, vol d'ambulance et recel de cadavre se ressemblaient furieusement.

— Objection retenue, décréta Marion néanmoins, mettons ça de côté tant qu'on ne peut pas établir de lien formel…

La suite était plus aisée à résumer. Les 4 × 4 pullulaient dans cette affaire. Celui qui avait surveillé la Mouzaïa dès l'arrivée de Nina avait fini dans une friche industrielle de Saint-Denis, l'autre, un Hummer, avait été retrouvé abandonné dans une rue de Paris sans livrer la moindre information susceptible de faire progresser l'identification des individus qui les utilisaient. Un point cependant devait être souligné : les équipes à bord des 4 × 4 étaient toujours mixtes, un homme et une femme. Pas banal sinon inédit dans le monde des voyous où les femmes montaient rarement en première ligne.

Valentine indiqua qu'elle se chargerait de remonter la piste du loueur suisse, son service ayant hérité d'une commission rogatoire après la fusillade.

— Qu'est-ce que ça donne, Saint-Denis, à propos ? demanda Marion, en dehors de la fusillade et des deux carbonisés mystères ?

Valentine résuma ce qu'elle savait. On n'avait aucune idée de ce qui avait amené le couple dans ce désert de ferraille. Un désert, propriété d'un groupe d'industrie chimique russe qui n'avait pas fait part de ses projets quant au devenir du site. À l'abandon et infréquentable mais relié au réseau électrique.

— Au fait ! s'exclama Cara, bougez pas…

Elle tâta ses poches à la recherche de son portable. Marion, qui l'avait obligée à le laisser en haut, lui montra le poste fixe. Valentine se frappa le front : ce qu'on était devenus, tout de même, à ne plus pouvoir respirer sans un engin électronique ! La difficulté suivante fut de se souvenir du numéro de son propre service. Un comble.

— L'abonnement est au nom du groupe acquéreur, dit-elle après un conciliabule avec le lieutenant Loup Ferger, depuis deux ans. Fournisseur EDF Suez...

Marion dressa l'oreille quand Valentine donna le nom de ce propriétaire. Le groupe Pharmcop, une pointure de l'industrie pharmaceutique européenne. Elle avait déjà entendu ce nom.

— Le plus étrange, précisa Valentine l'air songeur, c'est que, pour autant que j'aie pu voir, il n'y a aucune activité là-bas, sinon un minable bureau vide.

— Et alors ? demanda Zénard qui commençait à s'impatienter car, privé de son téléphone, il se sentait lui aussi amputé, coupé de la terre entière.

— D'après le relevé de conso, c'est énorme... Je veux dire, pour un bureau inoccupé, tu vois ?

— Piratage de ligne ? Ça pourrait se concevoir dans ce quartier...

— Non, impossible, c'est vraiment la pampa, il n'y a pas une maison, aucun immeuble à proximité, la voie ferrée d'un côté, l'autoroute de l'autre... Et tu crois que le proprio paierait des factures astronomiques sans rien dire ? Juste pour faire son philanthrope ?

— Quoi d'autre ? les fit accélérer Marion toujours agacée par un souvenir qui ne voulait pas se laisser attraper.

Valentine compléta son compte-rendu avec la découverte dans le sous-sol d'un des bâtiments d'une vieille bagnole à bout de souffle, non signalée volée. Propriété d'une certaine Jennifer Loume.

Marion sursauta. Ce nom aussi, elle l'avait entendu. Elle se dressa, fouilla les poches de son jean, le même qu'elle avait porté la veille à la morgue. En tira la première page du magazine *Résonance funéraire* qu'elle déplia devant elle sous le regard médusé de ses acolytes. Elle lut le numéro de téléphone communiqué par Mac Queen pour faire gagner du temps à Kathy Bush et le nom de l'abonné, à côté.

— Ça y est, je l'ai !

— Quoi ? firent en chœur les deux flics.

— Le lien !

Éberlués, ils attendirent qu'elle fût à même de leur donner la raison de cette soudaine agitation qui la jeta sur le téléphone fixe à son tour.

— Lieutenant Verdier ? Descendez tout de suite ! Salle 512.

Zénard ouvrit la bouche pour s'étonner. Valentine protesta. Marion les calma : Paul Verdier ne saurait rien de ce qu'ils venaient de se dire. Mais il avait à leur communiquer des informations à propos de Jennifer Loume. Une femme que Sasha Azonov appelait plusieurs fois par jour, où qu'il se trouvât dans le monde. Et qui avait laissé sa bagnole dans une des caves de l'Usine.

À Zénard qui n'y comprenait plus rien, elle précisa que Sasha Azonov semblait s'apparenter aux marins qui auraient une femme dans chaque port. Une forte houle la mit en transe tout aussitôt à la pensée que Nina faisait peut-être partie du lot.

36

Saint-Denis

Jennifer roulait sur une autoroute, assise à l'avant d'une voiture conduite par Sasha. Une merveilleuse voiture silencieuse et confortable, odeur de cuir, tableau de bord de Boeing, toit ouvert sur une nuit noire que trouaient leurs feux de croisement. Devant eux, les éclairages arrière de nombreuses automobiles rougissaient l'horizon. Ils doublèrent un véhicule, une berline grise et subitement tout s'éteignit. Les lumières de la voiture à côté d'eux, les leurs, celles de devant. Un noir intégral, dense, les avala. Et leur voiture qui fonçait dans le néant, aveugle…

Le premier choc lui arracha un soubresaut. La sensation d'avoir reçu un seau d'eau glacée lui fit ouvrir les yeux. Elle chercha ses repères, la carcasse de la voiture qui venait de la broyer, le sang de Sasha qui l'inondait. Un reflet pâle au-dessus de sa tête, une lueur indécise d'où émergèrent progressivement des lignes métalliques, le silence sidéral, l'impression qu'elle avait chaud et froid en même temps. La mort, fut le premier mot qui transperça l'épais coton dans son crâne.

Je suis morte.

Pas de porte majestueuse en vue, aucun ange à l'horizon, ni de saint Pierre bienveillant. Ce qu'elle voyait ressemblait furieusement à ce qu'elle avait quitté, le plafond de ce loft pourri d'où elle avait voulu fuir, pour de bon.

Complètement raté, lui serina une voix détestable tandis qu'elle consentait un effort surhumain pour bouger la tête. Petit à petit le sang se remit à circuler dans ses membres engourdis, la verrière se colora à peine du rose hésitant d'une aube ou d'un crépuscule. Quelques bruits ténus jaillirent sur son flanc gauche. Le floc-floc d'un robinet mal fermé qui se répand sur une surface métallique. Ou le gémissement de cette architecture déliquescente qui avait fini par l'engloutir pour de bon.

Elle toucha sa cuisse, du tissu mouillé et la réalité la frappa de plein fouet. Elle n'était pas morte, non, cela aurait été trop beau ! Trois pilules plus deux ! Qu'est-ce qu'elle s'était imaginé ? Que cela suffirait à faire cesser son calvaire ? Au contraire, songea-t-elle au désespoir, non seulement elle avait survécu, mais dans des conditions encore pires qu'avant le plongeon dans le néant.

Elle tenta de relever le buste et poussa un cri. Sa poitrine infectée lui interdisait tout mouvement. La souffrance était telle que de la sueur jaillit de son front, de son corps tout entier. Elle prit conscience de l'odeur infâme qui l'entourait. Le souvenir brutal de sa compagne de malheur la terrassa. Zita !

Un sanglot la fit trembler, la rage revenait au galop. Avait-elle mérité un tel enfer ?

Sasha l'avait trahie, abandonnée, des inconnus lui avaient pris Tom. Qu'avait-elle donc à expier ?

Après un moment d'apitoiement, elle tenta une reptation pour changer de position. Elle ne se laisserait pas faire. Elle avait voulu mourir, elle mourrait, elle trouverait bien un moyen. Un couteau, un tournevis, un de ces rasoirs jetables que Sasha utilisait, un bout de verre brisé. N'importe quoi ferait l'affaire.

Sa manœuvre pour se relever échoua mais elle réussit néanmoins à gagner quelques centimètres en serrant les dents.

Elle entendit de nouveau le floc-floc et renifla un effluve surprenant. Un mélange de linge propre, d'air expiré par une bouche bien vivante, de peau entretenue. Une fulgurance de sa pensée lui présenta Sasha. Une vague de chaleur l'enveloppa. Sasha était revenu ! Elle l'avait mal jugé. S'était empressée de le rendre responsable, coupable et pire encore. Elle l'avait traité de salaud, sans savoir, sans chercher à savoir. Quelle pauvre conne, quelle ingrate ! Lui qui lui avait tant donné ! Jusqu'à cet enfant…

Elle susurra son prénom dans son délire. Mais si elle parlait aussi bas, comment pouvait-il l'entendre ? Elle répéta son nom, plus fort. Toujours aucune réponse. Son odorat lui souffla qu'il se tenait de l'autre côté du lit, près du berceau de Tom.

« Sasha ! » répéta-t-elle un ton au-dessus.

Au prix de difficultés sans nom, elle parvint à se remettre sur le dos, puis à se tourner vaguement de l'autre côté. Elle ouvrit les yeux, aperçut le lit de Tom. La flaque laissée par Zita était toujours là. Elle appela encore « Sasha » mais ne l'aperçut pas. Avait-il eu le temps de s'éloigner, de quitter la chambre ?

Le bruit, encore. Cette fois, elle pouvait mieux en déterminer la provenance. Le lit de Tom.

Dégoûtée, Jennifer rejeta sa tête sur l'oreiller. Elle ne pouvait pas apercevoir Zita mais il était évident que ce son de robinet aux joints fatigués sortait de son corps. Et pas de Sasha en vue. Elle avait rêvé. Elle était l'objet d'hallucinations, tout était à refaire. Mourir, voilà tout.

Alors, elle entendit Tom lui parler. Dans son langage à lui, forcément, ses gazouillis. Il se mit même à faire avec sa bouche ces bulles qui la faisaient tant rire. Puis un cri, celui qu'il poussait quand il avait faim. Une grande gifle percuta le cortex de Jennifer qui écarquilla les yeux sur la verrière à présent illuminée par le soleil, miraculeux comme un signe du destin. Elle tourna la tête vers le lit d'enfant et faillit défaillir.

Je suis folle, pensa-t-elle sans chercher d'autre explication. Un poing minuscule s'inscrivit dans son champ de vision.

Ce n'était pas assez pour qu'elle distinguât l'occupant du lit mais elle voyait bien maintenant deux petites mains émergeant d'un lainage blanc qu'elle ne reconnaissait pas. À bout de résistance et de souffle, elle finit par s'asseoir au bord du lit. Épuisée par l'effort, elle osa ouvrir les yeux. Le loft se mit à tourner comme un manège hors de contrôle, tandis qu'elle poussait un interminable cri. De quoi, elle n'aurait su dire. Stupéfaction, souffrance, amour, joie… À la place de Zita, Tom, son petit homme, lui souriait, ses petits bras tendus vers le ciel.

37

Nanterre

Marion se rendit au septième étage – le septième ciel, ricanaient les imbéciles qui n'aimaient pas le sous-directeur et ils étaient nombreux – en compagnie de Louis Zénard. Elle frappa à la porte et une voix rugueuse leur cria aussitôt d'entrer. Il faut dire qu'elle avait prévenu Marconi de sa visite, faute de quoi, il n'aurait même pas réagi.

— Qu'est-ce que vous venez encore me casser les couilles ? gronda Pascal Marconi, quand je veux te voir t'es pas là et quand...

— Ma fille a disparu, lâcha Marion, j'ai besoin de ton aide.

Le sous-directeur ravala la grossièreté qu'il se préparait à balancer. Une de plus, déplorait Marion qui, sans être un modèle de vertu dans ce domaine, considérait qu'il y allait souvent un peu fort. Il ne fut pas longtemps déstabilisé :

— Tu fais chier... C'est au commissariat de ton domicile que tu dois aller, tu le sais, non ? Elle a quel âge, ta gueuse ?

— 15 ans et trois mois. Et ce n'est pas une gueuse, mais une adolescente en danger.

— Nom de Dieu, Marion, me la fais pas à l'envers, tu veux ? C'est l'âge où les gamines commencent à avoir le feu au cul, elle a fugué, c'est tout.

Marion se cabra, prête à lui sauter à la gorge. Louis Zénard posa sur son avant-bras une main apaisante. Il connaissait Marconi depuis bien avant elle, il n'ignorait rien de ses écarts de langage. Ce n'était qu'une façade pour tenir les autres à distance, pour se protéger. C'était du moins ce que Zénard, un brave type, voulait croire. D'autres que lui prétendaient que Marconi n'était pas un brave type, lui, loin de là. Qu'il traînait quelques cadavres dans ses placards bourrés à craquer de mystérieux dossiers et plusieurs rémoras – ces poissons qui se ventousent aux requins – dont il ne pouvait se passer, des âmes damnées en quelque sorte, prêtes à se faire dépecer pour lui et sûrement pas gratuitement.

Marion inspira un bon coup, se dégagea de la prise de son adjoint, s'avança tout contre le bureau où elle s'appuya, fixant son patron avec dureté et une évidente insolence.

— Ma fille n'a pas fugué, elle a été enlevée. Par des types dangereux et tu ferais bien de m'écouter. Tu ne m'impressionnes pas à gueuler comme ça !

Marconi esquissa un sourire de biais, se renversa en arrière dans son fauteuil de cuir en grattant sa barbe de trois jours qu'il cultivait amoureusement pour accentuer sa ressemblance avec un acteur américain. La dernière fille qu'il avait culbutée le lui avait dit, il avait cette faiblesse de toujours croire les jolies filles pas trop résistantes. Marion le fixait et c'était plus fort que lui, ce regard lui foutait la trouille. Il n'aimait pas trop travailler avec les femmes, il ne savait jamais comment s'y prendre avec elles. Son langage trivial, ses manières brutales les rebutaient, mais elle, Marion, n'en avait rien à cirer. Et puis, on la disait imprévisible depuis son accident et il craignait les gens qui sortaient du cadre. Il n'avait pas plaidé pour son recrutement dans son service, cela allait sans dire. La vérité, c'était que le directeur général de la police nationale l'avait imposée sur demande du préfet de police parce qu'elle avait retrouvé vivant un enfant que tout le monde croyait mort[1]. Revenir et faire revenir d'entre les morts était une de ses manies, personne n'aurait osé prétendre le contraire. Et il la savait comme lui : jusqu'au-boutiste.

Il fit une moue de capitulation :

— Explique-moi ça !

Elle avait par-dessus tout redouté de ne pas se montrer assez convaincante. Jouer la comédie n'était pas dans ses gênes et elle vouait une admiration sans bornes à ces acteurs capables de se glisser dans la peau d'un personnage, elle qui avait de tout temps haï le mensonge, la duplicité. Narrer le pseudo-enlèvement de Nina sans sourciller, sans excès de panique mais sans affaiblir l'événement par un exposé trop fade avait représenté un exercice de haute voltige.

— C'est le premier pas qui coûte, dit-elle à Valentine une fois redescendue. Maintenant, je sais où sont nos points faibles...

Marconi avait bien entendu posé les bonnes questions. Il avait beau abuser de son côté

1. *Échanges*, Éditions Versilio. (N.d.A.)

goujat, il abandonnait toutes ses fanfaronnades dès qu'on lui collait un bel os sous le nez.

Comment ? Où ? Qui ? Marion avait improvisé. Nina était restée seule à la Mouzaïa quelques minutes. Les types qui guettaient dehors en avaient profité. Sans aucun témoin, bien entendu. S'il n'était pas question de mettre Rose Vergne ni Stéphane Ducros – officiellement en congés – dans le coup, en revanche il avait fallu donner au sous-directeur quelques clefs indispensables. Il ignorait tout des conditions dans lesquelles Nina était arrivée à Paris et reprocha à Marion, à sa manière courtoise, de ne lui avoir rien dit :

— On aurait pu éviter ça, bordel ! Qu'est-ce que t'as dans la tronche ? Fais chier !

Elle avait fait profil bas. Il devait l'aider et elle ferait tout pour cela.

— Qu'est-ce que tu suggères ? avait-il marmonné une fois qu'elle avait exposé les grandes lignes de l'affaire en insistant sur ce que la PJ anglaise se préparait à faire.

L'hypothèse d'un débarquement en force des « rosbifs » avait arraché à Marconi un beuglement outragé.

— Je veux m'occuper moi-même de retrouver ma fille et enquêter sur ces baltringues, avait enchaîné Marion s'engouffrant dans la brèche.

— C'est une mauvaise idée, la pire connerie que j'aie entendue aujourd'hui…

— Mais non… Réfléchis…

Réfléchir… Les miroirs réfléchissent, les patrons de PJ foncent tête baissée. En tout cas Marconi, car la plupart des autres se montraient nettement moins « va-t-en-guerre ». Pour le coup, il avait fait accomplir trois tours à son fauteuil articulé, recraché un bout de papier mâchouillé, posé ses coudes sur le bureau, la tête dans les épaules. Le cycle de sa méthode personnelle de concentration achevé, il avait éructé en avançant les lèvres à la façon d'un babouin se préparant à la bataille.

— OK, on garde l'affaire ! Je m'occupe du proc. Toi, tu vas lancer la diffusion de la disparition de ta fille. Mais attention, n'en fais pas des caisses !

— C'est-à-dire ?

— Reste pro. Pas de larmes, pas d'appels aux ravisseurs…

— Pour qui tu me prends ? Mais je veux que la presse en parle, ces types doivent savoir qu'on est sur leur dos.

— Tu ne sais pas à qui tu as affaire, alors mollo, bordel ! S'ils paniquent et l'embarquent je ne sais où, imagine au fin fond de la Russie ou de la Chine, t'auras l'air de quoi ?

L'embarquer. Marion avait ri sous cape. Il faudrait pour cela qu'ils la trouvent. Mais il avait raison cependant, il fallait rester dans les clous. Avoir l'air crédible et sincère.

— Donc, pas de lézard, tu retrouves ces guignols et tu me les amènes par la peau des…

Le téléphone l'avait interrompu. Il avait indiqué la sortie d'un geste autoritaire en bramant un chapelet de mots tendres à l'intention de son interlocuteur.

— … Des couilles, marmonna Marion en rejoignant la salle de réunion.

Le lieutenant Verdier l'y avait précédée en compagnie de Valentine cependant que Louis Zénard restait au sixième pour lancer la recherche de Nina, officiellement. Marion scruta la capitaine avec intensité. Un regard qui demandait des nouvelles. Cara fit non de la tête. C'était trop tôt. Et quand bien même, ce n'était pas devant un inconnu, fût-il flic, qu'elle livrerait la moindre information sur Nina, Rose et le psy.

Le lieutenant Verdier attendait. Marion lui fit signe de commencer. Il ouvrit un MacBook Air flambant neuf qui ne faisait pas à l'évidence partie de l'attribution administrative. Il arborait un air impavide mais Marion le sentait jubiler.

— Par quoi je commence ?

Valentine, occupée à tracer des cercles sur la feuille blanche posée au-dessus de la pile sur laquelle elle comptait prendre des notes, n'ayant toujours pas récupéré son portable, leva la tête.

Marion haussa les épaules, surprise.

— Vous vouliez me parler d'Azonov, non ? lança-t-elle grincheuse, alors allons-y et accélérez !

— Très bien, patron…

Le lieutenant s'activa, tourna l'écran de son ordinateur dans sa direction. Un graphique apparut. Marion se pencha. Elle vit un râteau, de ceux dont l'administration raffole, organigramme complexe avec tout en haut, en gras, « Vazovchim ».

— Un groupe pétrochimique créé dans les années 1960, en Russie, implanté près de Omsk, en Sibérie, comme la majorité des industries russes de ce type. Il s'est d'abord appelé Petrochim à cause du pétrole et a changé de nom dans les années 1980. Comme vous le voyez, il a essaimé en plusieurs filiales, celle qui nous intéresse s'appelle Pharmcop. Elle est devenue très active sur le marché de la santé après avoir commencé dans les produits d'entretien, cosmétiques, etc.

Valentine avait cessé de gribouiller. Elle s'était demandée pourquoi Marion avait voulu qu'elle reste à écouter l'exposé de ce lieutenant à la tête de premier de la classe. Indépendamment du fait que la patronne voulait que, dorénavant, elles se disent tout sur tout. Maintenant elle commençait à piger.

— Pharmcop a créé plusieurs sous-branches dont une très récemment qui entre en Bourse dans quelques jours sous le patronyme de Juvas. Un gros buzz est annoncé à cette occasion et...

— J'entends bien, lieutenant, le coupa Marion, vous m'avez déjà parlé de cela à demi-mots, et de votre passion pour la Bourse...

— Pardon, patron, je sais, je suis lent mais je vous ai dit hier soir que j'avais trouvé un homonyme à votre gars et que précisément...

— C'est le patron de cette filiale Juvas...

— Oui, le P-DG, il s'appelle Vania Azonov. D'ailleurs, l'acronyme « Vazovchim » semble largement inspiré de lui : V pour « Vania » et « Azov » pour « Azonov »... En tout cas, cet homme a racheté Pharmcop en 2001, il en est l'actionnaire ultra-majoritaire, il a fait l'objet d'enquêtes dans plusieurs pays à propos de l'origine des fonds investis mais chez lui, en Russie, il passe pour quelqu'un d'intouchable. Il n'apparaît jamais en public et sa fortune est, semble-t-il, colossale. Une grande partie de ses activités des dernières années est inconnue. Alors qu'il est sur un marché porteur et innovant. Là, il semble vouloir sortir de l'ombre.

— OK et il s'appelle Azonov...

— Oui, il a toujours été présenté, dans ses biographies, comme fils unique d'un type mort au milieu des années 1960... Or, j'ai trouvé un démenti à cela...

Valentine s'était levée et Marion en avait fait autant. D'un même mouvement, elles se penchèrent vers l'écran. Une photo floue montrait un homme portant un long manteau gris, une chapka, et tenant la main de deux enfants. L'homme était maigre et pâle, voûté, l'air maladif. Les garçons devaient avoir 3 ou 4 ans, l'un plus petit que l'autre, engoncés dans des manteaux de fourrure et des bonnets à poil. Très différents l'un de l'autre. Le plus petit avec une gueule d'ange, des yeux clairs de glacier éclaboussé de soleil, le plus grand avec la bouille rougeaude et de petits yeux enfoncés dans les orbites, pommettes hautes, l'air d'un petit Asiate grassouillet. Autour d'eux, une flopée d'animaux, des renards et des loups, certains assis, d'autres en mouvement, tranquilles. Personne n'avait peur, manifestement, ni les bêtes ni les humains. Les commentaires étaient en caractères cyrilliques, les deux femmes retinrent leur souffle.

— C'est du russe, confirma le lieutenant Verdier après les avoir laissées contempler l'image.

— Ne me dis pas que tu lis aussi le russe ? se cabra Valentine titillée par l'étendue des qualités de ce collègue qu'elle aurait bientôt pour concurrent direct à l'Office.

Paul Verdier se laissa aller à un rire discret, conforme à son personnage, qui irrita un peu plus la capitaine.

— Je le baragouine un peu, ainsi que l'anglais, l'espagnol, le chi...

— Oh, oh, ça va, on a compris ! On se demande ce que tu fous ici, finalement...

Dans le dos du jeune lieutenant, Marion fit signe à Valentine de se calmer. Elle encouragea Verdier à continuer.

— J'ai fait traduire la légende, dit-il en grossissant le texte. Il est écrit : « Le Pr Dimitri Azonov vient visiter un élevage. Des loups et des renards. »

Valentine s'exclama :

— Un élevage ? De loups ?

— Et de renards, oui... On le voit ici en compagnie de ses fils, Vania et Sasha.

— Ben voilà... souffla Marion.

— Ben voilà quoi ? la ramena Valentine décidément belliqueuse.

Paul Verdier remit l'écran droit en tirant l'ordinateur vers lui comme s'il craignait qu'on ne le lui pique.

— Je ne sais pas encore où cela mène, dit-il en regardant Marion. Mais il y a forcément quelque chose. Entre ces deux frères, je veux dire.

— Comme quoi ?

— Aucune idée... Voulez-vous que j'approfondisse ?

Valentine fit une horrible grimace. Est-ce qu'on avait le temps de creuser cette histoire de famille ?

— Oui, dit Marion qui, elle, voyait toujours quelque chose à gratter dans les fratries.

Sasha Azonov, en Angleterre. Vania Azonov, quelque part en Sibérie mais aussi à Saint-Denis, en France, via Pharmcop. Dans cette friche industrielle où étaient allés mourir deux assassins qui pistaient Nina... Et où on avait trouvé une voiture appartenant à une femme en relation avec Sasha Azonov. Une telle série de coïncidences était impensable.

— Je pense qu'il faut approfondir cette histoire familiale, ajouta-t-elle, on verra bien où ça mène...

— D'accord, patron. J'ai autre chose... Je ne sais pas si c'est judicieux, mais...

Il semblait embarrassé tout à coup. Valentine avait commencé à rassembler ses affaires et à se mouvoir en direction de la sortie. Elle ralentit imperceptiblement tandis que Marion cherchait l'heure, quelque part.

— Hier vous m'avez demandé d'identifier un numéro de téléphone...

— Oui, je vous remercie...

— Oui, mais j'ai aussi cherché qui était cette femme...

Valentine s'était arrêtée la main sur la poignée de la porte. Marion encouragea le lieutenant d'un petit signe de tête.

— Jennifer Loume...

— Eh bien ? Accouchez, bon sang, Verdier !

— Jennifer Loume ! s'exclama Valentine. Mais c'est...

Elle se tut en faisant demi-tour, tout ouïe.

— Elle avait une adresse dans le 20e, rue des Pyrénées, j'ai... enfin, je n'aurais pas dû peut-être mais... j'ai appelé le ciat de l'arrondissement ! Elle a déménagé il y a deux ans environ... On n'a pas d'adresse nouvelle mais auprès de l'opérateur de téléphone, j'ai pu avoir une info...

— Mais comment t'as fait ? Sans procédure ?

Paul Verdier lança à Valentine un coup d'œil qui n'avait rien de revanchard, plutôt amical. Il ne jugea pas utile pourtant d'expliquer à cette fille qu'il sentait vaguement hostile à la gent masculine que lui aussi avait des copines, un peu partout. Notamment chez Orange.

— L'abonné n'a pas changé l'adresse initiale, je ne sais pas pourquoi. Mais l'adresse de facturation est à Hinxton, en Angleterre. Au nom d'Azonov Sasha.

Marion ressentit les manifestations d'une excitation bouillonnante tout en se demandant comment on pouvait faire facturer son téléphone à l'étranger. Le lieutenant Verdier ne semblant pas consterné par cette question, elle lui intima de continuer.

— Mon... correspondant a trouvé trace d'une intervention chez l'abonné, il y a deux ans, ce qui correspond à la période où Jennifer Loume aurait quitté la rue des Pyrénées...

— Quel genre d'intervention ?

— Technique. Un raccordement au réseau filaire.

— À quelle adresse ? demanda Marion vaguement oppressée.

— À Saint-Denis, 1222, rue Frossat. Ça m'a intrigué parce que la facture était salée, comme si l'opération avait été compliquée. Je... enfin j'ai cru bon de...

— Vous êtes allé voir...

— Oui, il m'a semblé que...

— Oh par pitié, grogna Valentine, balance ! On va pas y passer la journée !

— Eh bien, l'adresse ne correspond à rien. C'est un ensemble de bâtiments en ruine, une ancienne usine, énorme.

— Une friche industrielle ?

— Oui, d'anciens ateliers métallurgiques... Abandonnés depuis une bonne quinzaine d'années.

Les deux femmes échangèrent un regard hésitant entre allégresse et découragement. Trop de chemins conduisaient à cette friche. Et Valentine avait bien remarqué qu'il y avait un téléphone dans le petit bureau, non activé. Mais quel rapport avec cette Jennifer Loume ? Une vieille bagnole dans une cave. Elle ne vivait pas là, tout de même ! Surtout si elle avait un bébé, comme le laissait supposer le rendez-vous qu'elle avait pris avec le Dr Leroy.

Que pouvait-il bien se passer dans ce désert qui apparaissait comme un leurre et rien d'autre ?

— Je suis désolé, murmura Paul Verdier.

— Essayez de trouver ce technicien, lui dit Marion pour le rasséréner.

Elle faillit ajouter « on ne sait jamais » mais se mordit violemment la langue. Elle n'en était pas encore là, Dieu merci.

L'avis de recherche concernant Nina, lancé dès la fin de la matinée, n'eut pas le retentissement escompté car occulté par l'annonce officielle de la disparition de Sasha Azonov. La plupart des médias audiovisuels en firent état, dans la planète entière, du moins pour sa partie occidentale. Marion put mesurer l'importance de cet homme aux yeux du monde, notamment parce qu'il avait su, à travers ses multiples interventions publiques, rendre accessible un sujet rébarbatif, compréhensibles des enjeux liés à l'évolution humaine en général, génétique en particulier. On voyait bien qu'il était connu et suivi par les médias au point que l'évaporation concomitante de sa femme, Angèle, ne fut même pas évoquée.

Marion profita de l'occasion qui lui était donnée pour appeler Kathy Bush à Londres. Sans préambule, elle lui annonça que Nina était dans la nature, elle aussi, et qu'elle aurait apprécié qu'on lui parle de l'avis de disparition d'Azonov avant de le balancer sur les ondes.

La superintendante Bush encaissa la nouvelle en rappelant à son tour que lancer un appel à témoins et une déclaration officielle de recherche du chercheur était l'idée de Marion. Elle compatit mécaniquement, ainsi que les Anglo-Saxons savent le faire, avec des formules toutes faites. Elle ne manifesta aucune émotion et Marion entendit en filigrane qu'elle était circonspecte quant à la disparition de sa fille. Aussi décida-t-elle de jouer la partie ainsi que l'autre l'y engageait. Si elle voulait garder les coudées franches, elle devait aller dans le même sens que Bush : admettre que Nina avait pu fuguer, rejoindre Azonov, quelque part.

— Je ne sais pas, avoua-t-elle avec un soupir, je ne sais pas que penser. Nina semblait perturbée mais pas au point de... Je suis sûre qu'elle n'a eu aucun contact avec lui mais d'un autre côté...

— Alors vous pensez la même chose que moi ! Vous auriez dû nous amener Nina quand je vous l'ai demandé !

— Je ne crois pas, elle ne sait rien... et il est trop tard à présent. Je vous demande de m'aider, si vous voulez bien.

Un long silence pour toute réponse. Marion perçut des échanges en arrière-plan, en anglais. Un bruit sourd, comme une porte qui claque. Bush revint en ligne.

— Excusez-moi, je n'étais pas seule. Je suis encore à Cambridge... Nous n'avançons pas beaucoup... Je comptais sur la téléphonie pour pister ces gens mais cela n'est pas aussi parlant que je l'espérais. Nous avons le téléphone d'Azonov heureusement, mais celui d'Angèle n'a pas pu être localisé – je ne sais même pas si elle en a un –, et celui de votre fille non plus. À propos pour Nina, que proposez-vous ?

— Je m'occupe d'elle, j'ai quelques moyens ici, vous vous en doutez. Mais j'aurais besoin d'un objet appartenant à Azonov.

— ADN ?

— Oui.

— Pourquoi ?

Pas commode, la superintendante. Les Anglais avaient mis du temps à recruter des femmes dans leurs hauts rangs mais ils ne s'étaient pas trompés dans le casting. Celle-ci s'avérait redoutable.

— Je veux savoir s'il a couché avec ma fille, lança Marion sans aménité.

— Vous l'avez fait examiner, donc ?

— Quand j'ai compris que cela pouvait s'être passé comme ça, oui. Vous vous rendez compte de ce que...

— Puis-je vous demander de me communiquer les résultats des examens ?

— Je ne les ai pas encore. Tout ce que je puis dire, c'est que j'ai des doutes sur ce qui a pu se passer avec Azonov...

Un temps mort suivit pendant lequel Marion entendit en filigrane divers messages et questions. Bush n'insista pas.

— Je comprends, soupira-t-elle, je n'ai que des garçons mais je comprends.

— Il arrive que les vieux dégueulasses comme lui s'en prennent aussi aux garçons.

Pas habituée à la brusquerie cavalière de Marion, Kathy Bush s'octroya un dixième de seconde pour digérer. Elle biaisa :

— Je ne crois pas que les garçons l'intéressent, mais les femmes, c'est une certitude. Grâce à son téléphone et à ses agendas, nous avons identifié plusieurs femmes avec lesquelles il a des relations suivies. À Paris, à Londres, à Cambridge avec son assistante qui, entre parenthèses, est introuvable elle aussi, une aux États-Unis, une à...

— Épargnez-moi l'étalage de ses turpitudes, je vous en prie !

— Jeunes, insista néanmoins Bush. À propos, une question que je voulais vous poser... Celle de Paris, Jennifer Loume... en passant, merci pour le coup de main d'avant-hier... savez-vous si elle a un enfant ?

Marion rejeta la tête en arrière. Qu'avait dit Paul Verdier ? Il avait parlé de mariage. Valentine d'un pédiatre. Raide comme elle paraissait, il y avait fort à craindre que Bush n'apprécie pas les investigations parallèles de Marion et de ses troupes.

— Suis-je supposée le savoir ? Vous ne m'avez pas demandé de me renseigner sur cette femme... Pourquoi ces questions ?

— Les femmes de la nébuleuse Azonov ont toutes un enfant ou sont enceintes.

Le stress de Marion grimpa dans le rouge. Et si Rose s'était trompée en affirmant que Nina n'était pas enceinte ? Est-ce qu'un légiste est qualifié pour examiner les vivants ?

— Comment vous savez cela ?

— D'après les échanges entre le professeur et ces femmes, plus quelques vérifications… Mais je l'avoue, pour l'instant nous n'avons pas pu contacter une seule de ces femmes… Est-ce que la sœur de Nina, Angèle ?…

— Quoi, Angèle ?

— Elle n'a pas d'enfant.

Il était difficile de déterminer s'il s'agissait d'une question ou d'un constat. Pour ce que Marion en savait, Angèle n'avait pas d'enfant, en effet. Nina n'y avait jamais fait allusion et quand elle était allée à Londres, Marion n'en avait détecté aucune présence. Elle allait rétorquer à Bush qu'elle ne voyait pas l'intérêt de poursuivre sur ce sujet qui la ramenait sans cesse à Nina et à une relation avec Sasha Azonov quand la flic anglaise bifurqua :

— J'ai une info pour vous, lâcha-t-elle de façon imprévisible. Nos recherches dans les bases de données d'Eurostar… Grâce à votre ami Mac Queen qui m'a communiqué le nom de Joual que nous n'avions pas encore enregistré…

Elle avait appuyé sur le « votre ami » avec une pointe d'ironie. Marion se mordit la langue pour retenir une réplique bien sentie.

— Nous avons découvert un dossier au nom d'Azonov, reprit la flic anglaise, cela n'a rien de surprenant… Il effectue en moyenne un aller-retour par semaine Paris-Londres, parfois deux. Il prend l'avion aussi de temps à autre…

— Et sa femme, donc, Angèle Joual ?

— Elle n'a pas de dossier, mais elle a voyagé, de Londres à Paris, le même jour que Nina.

— Avec Nina, vous voulez dire ?

— Oui. Du moins, elle avait pris deux billets au nom de Joual.

— Quand ?

— Le matin même. Depuis la gare de Cambridge.

— Une décision à l'arrache ?

— Pardon ?

— Elle s'est décidée brusquement ?

— C'est une éventualité. Et vous aviez raison, votre fille a été remarquée à l'embarquement à Saint Pancras.

— Ouais, marmonna Marion, j'en étais sûre, je connais les mecs… Train, avion, les salles d'embarquement sont un terrain de chasse inépuisable, j'avais des spécialistes dans mon service…

— Sauf que là, c'est une femme qui l'a repérée… Vous voyez !

Pour voir, elle voyait très bien, il n'y avait pas que des dragueurs, il y avait aussi des dragueuses. Ce qu'elle avisait surtout, c'était une nouvelle perspective. Angèle avait emmené Nina pour la soustraire à son vieux pervers de mari. Trompée, trahie par son compagnon, elle avait fui avec sa petite sœur qu'elle estimait en danger. Elle voulait la ramener à Paris, chez sa mère. Et ensuite, que s'était-il passé ? Nina n'était pas d'accord. Les deux frangines s'étaient battues dans le train. Ce n'était pas le sang d'Angèle sur le pull de Nina, Zénard était formel. Et puis, elles se seraient écharpées dans un Eurostar sans que personne se rende compte de rien ? Impossible. Elles avaient embarqué ensemble et Nina semblait consentante à ce moment-là. Dans l'Eurostar, elles s'étaient séparées. Pourquoi ? Marion se rendit compte qu'elle était en train de massacrer un crayon qui ne lui avait rien fait.

— Vous êtes toujours là ? s'inquiéta la voix de Kathy Bush.

— Oui... je pensais à ce que vous venez de déclarer, je me disais que les femmes ont toujours été plus observatrices, plus perspicaces...

Soupir à l'opposé. Le combat était rude. Kathy Bush affecta un ton détaché derrière lequel Marion entendit une gravité sans égal pour demander :

— Vous n'avez pas une idée de l'endroit où Angèle Joual a pu aller, à Paris, après avoir exfiltré sa sœur d'Angleterre ?

38

Gare du Nord, zone Eurostar

Plus que trois minutes avant l'arrivée de l'Eurostar qui avait du retard pour une raison, comme toujours, mystérieuse. Marion écoutait le major Morel bafouiller quelques phrases que couvraient les annonces incessantes et le brouhaha des voyageurs, les avertisseurs des convois de *catering* et les aboiements de chiens anti-explosifs qui travaillaient dans le secteur après la découverte de trois colis suspects.

— Ça ne vous manque pas, pa-patron, cette ambiance ?

Elle faillit lui dire « non » sans fioriture parce que c'était en partie vrai. Sa blessure lui avait ôté un large pan de souvenirs en plus d'une capacité émotionnelle qui lui permettait de dire, plus souvent qu'autrefois, « je m'en fous ». Mais elle était consciente qu'il ne méritait pas cela après ce qu'il avait fait pour elle et pour la police. Comme la plupart de ses collègues de la brigade des chemins de fer, il se dévouait, bien au-delà de ce que son seul métier imposait.

— Bien sûr, affirma-t-elle, tous les jours ça me manque, la brigade, vous tous...

Non pas tous, il faut être sérieux. Parmi ce millier d'hommes et de femmes il devait bien y avoir un gros tiers de bras cassés, et de jean-foutre. L'air heureux du major l'empêcha d'aller plus loin. Elle lui dit qu'il fallait savoir tourner les pages et aussi changer d'air pour éviter la sclérose. On sait à quoi mènent les habitudes et la routine. Il renchérit, entama le récit de quelques incidents récents et elle se maudit d'être passée à la brigade, d'avoir accepté qu'il vienne avec elle sur la « plateforme » comme au bon vieux temps, respirer les odeurs de la gare et peut-être faire un petit flag. Tout ça parce que cette fichue Kathy Bush avait consenti à lui faire parvenir des objets intimes de Sasha Azonov.

— Je vous les mets dans un Eurostar, vous les aurez ce soir.

Elle avait rappelé au milieu de l'après-midi pour indiquer le convoi, son heure d'arrivée. Elle avait posé une condition non négociable : Marion devrait aller récupérer le colis en personne. Foutus rosbifs, aurait dit Marconi à sa manière délicieuse.

— Rendez-vous au bout du quai. Le convoyeur vous reconnaîtra.

« Que de mystères, ronchonnait Marion, pour une brosse à dents ou un peigne crasseux... »

Le train, enfin, fut annoncé sur la voie 2.

— C'est embêtant quand même pour Nina... reprit Morel.

— Quoi donc ?

Elle vit la stupeur vriller le regard du major. Merde ! Si elle ne faisait pas plus attention, le scénario de Valentine ne tiendrait pas le coup longtemps. Elle affecta un air douloureux, s'approcha de Morel et lui souffla :

— Il n'est pas exclu qu'elle ait fugué, major...

— Ah, les ados, c'est pa-pas simple... Moi, j'en ai trois et...

Le reste de sa phrase se perdit dans le fracas du train et de ses freins martyrisés. Au grand soulagement de Marion, le Motorola de Morel grésilla et il dut s'écarter pour répondre.

Le troupeau des voyageurs s'écoulait lentement, Marion gardait l'œil sur son portable, car elle n'avait aucune idée de l'identité de son correspondant. Elle aperçut deux pieds, immenses, chaussés de noir, un bas de pantalon gris à revers comme on n'en faisait plus depuis des décennies. *Des fringues anglaises*, se dit-elle, inimitables, pire, des sapes de fonctionnaire. En remontant au-delà des pans d'un imperméable verdâtre, elle entrevit la main aux phalanges agrémentées de poils roux et la grosse chevalière en or. Son cœur bondit.

— Alstair !

39

Saint-Denis

Jennifer tenait contre elle son petit ange et pendant une demi-heure sa seule présence avait tout effacé. La verrière avait retrouvé la lumière, le froid du loft s'était enfui, sa douleur s'était liquéfiée dans l'étourdissement d'un bonheur pur, absolu. De toutes ses forces, en berçant son petit garçon, elle se convainquit qu'un horrible cauchemar l'avait propulsée dans une terrifiante aventure mais qu'à présent tout était fini, la vie allait reprendre comme avant.

Si seulement elle n'avait pas eu aussi peur, aussi mal. Et cette tache sous le lit de l'enfant qu'elle essayait d'oublier mais qui attirait son regard, sans cesse, tel le rappel d'heures infectes.

Et maintenant Tom commençait à s'agiter. Les mouvements de ses poings et de ses jambes robustes martyrisaient sa poitrine. Il ne souriait plus et sa bouche se tordait, la peau de ses joues rougissait. Jennifer cessa de déblatérer ses litanies puériles. Elle retomba sur terre, hélas, elle n'avait pas fantasmé cette épouvante. Tout revint, en bloc.

Elle entreprit alors d'examiner son bébé. Elle ne reconnaissait pas ses vêtements. Ses kidnappeurs l'avaient changé, il sentait le propre, c'était cet effluve qui lui avait rappelé l'odeur de Sasha. Avec précaution, elle le décolla d'elle, l'écarta pour le regarder d'un peu plus loin en grimaçant de douleur. Pour ne rien arranger, Tom gigotait et se mettait à pleurnicher. Elle devait changer sa couche, le nettoyer. Pour l'heure, elle ne pensait à rien d'autre. Ni à ce qu'on avait pu lui faire, ni comment, pendant le temps, impossible à évaluer, de son inconscience, il avait pu se retrouver dans son lit, ici, dans le loft, à la place de Zita.

À gestes lents, elle se mit debout. La chambre vacilla et elle n'eut que le temps de poser Tom sur le lit avant de s'écrouler à genoux. Tom, apeuré, se mit à hurler à son tour. Jennifer le berça jusqu'à ce qu'il se calme.

Au prix d'efforts insensés, elle reprit sa reptation pour se relever, se diriger, Tom dans les bras, vers la commode où elle rangeait ses couches et ses vêtements. Un bon quart d'heure fut nécessaire pour le déshabiller, enlever le linge souillé, laver les fesses qui commençaient à s'enflammer, mettre de la pommade et une couche propre. Tom avait cessé de pleurer, il gazouillait en suivant les gestes de sa mère. Quand elle le souleva pour lui remettre sa chemise, la bouche de Tom se retrouva collée à sa poitrine et aussitôt il cessa de babiller. Ses poings s'animèrent tandis qu'il cherchait le sein maternel.

La douleur propulsait des ondes électriques dans tout son corps mais Tom avait faim, elle allait l'allaiter et tout irait mieux. Mais Tom, après avoir vaguement léché le lait, tourna la tête, la secouant dans tous les sens. Il ne voulait pas de ce sein, aussi envisagea-t-elle de lui proposer l'autre, le droit, un peu moins turgescent. Goulûment, Tom se mit à téter. Loin de lui procurer l'apaisement espéré, il rejeta la tête en arrière. Il recracha un filet de liquide qui semblait épais et trouble et ferma les yeux. Le voyant sur le point de s'endormir, Jennifer alla le poser dans son lit et resta un moment à le contempler, en larmes.

40

Restaurant Le Petit Joueur, *Paris 20e*

Alstair Mac Queen attendait, en sirotant une bière brune, que Marion revienne à la table et lui explique les raisons de tous ces mystères. Dans la voiture, entre la gare du Nord et Nanterre, elle s'était cantonnée à des banalités à cause du chauffeur qui n'avait pas besoin d'entendre ce qu'ils avaient à se dire.

— Tu n'as pas changé ! lui avait-elle affirmé après les effusions sur le quai.

C'était vrai. Excepté son embonpoint – la bière – l'Anglais restait égal à lui-même avec sa haute taille si droite que les mauvais esprits le surnommaient « manche à balai », sa couronne de cheveux roux foncé et la mèche historique qui surmontait son œuf crânien.

— Tu ne te décideras jamais à le couper, ce plumeau, le raillait Marion après avoir fait ses adieux au major Morel.

— J'aurais l'impression d'être nu sans lui… et je mourrais de froid.

Son rire avait fait se retourner l'équipe de Vigipirate – flics et militaires – qui déambulait avec l'air de ne pas trop savoir pourquoi ils étaient là.

Dans la voiture il lui avait remis le paquet soigneusement emballé. Brosse à dents et rasoir, dit-il sans s'étendre.

— J'avais trop envie de te voir, avait-il ajouté en lisant dans ses yeux les questions multiples que soulevait son arrivée.

Elle lui avait adressé une forme de grimace qui signifiait « ne me prends pas pour une idiote ». Les Anglais avaient trouvé le moyen de débarquer, dirait Marconi à qui elle décida de ne rien confier pour l'instant. Ce sanguin prendrait sûrement l'affaire de travers.

Mais sachant que Kathy Bush avait probablement eu l'idée d'envoyer Mac Queen au contact de Marion au nom de leur *amitié* pour gagner du temps sur la procédure d'entraide pénale, elle avait tenu à faire une mise au point. Il ne pouvait pas lui mentir : sa visite était une visite d'éclaireur. Il avait pris la main de Marion et la chaleur de cette grande paluche l'avait bizarrement plus inquiétée que réconfortée.

Elle avait fait un crochet par Nanterre où Zénard l'attendait. Il avait pris le colis des Anglais sans rien dire. Il avait franchi un cap en acceptant de jouer le jeu de Marion et plus rien ne le faisait broncher.

— D'après mes contacts à Londres, lui dit-elle sans évoquer expressément Mac Queen, le sang trouvé dans le labo de Hinxton ne correspond pas à celui d'Azonov.

« C'est un ADN inconnu à la bataille », avait précisé Alstair.

« Au bataillon », avait rectifié Marion, amusée par les efforts de l'Anglais pour la tranquilliser.

— Mais ça peut être le sien sur le pull de Nina... Si des gens se sont battus, il a pu y avoir des écoulements sanguins d'au moins deux individus.

— Ou bien ce sang sur Nina n'a rien à voir avec ce qui s'est passé dans le labo de Hinxton.

L'adjoint avait admis que tout était possible en effet. Le sang avait pu être ramassé sur le trajet entre Cambridge et Londres, dans l'Eurostar...

Zénard avait ajouté que Marconi avait exigé qu'elle monte le voir. Il voulait savoir quelles diligences avaient été lancées pour localiser Nina. Bien que la presse persiste à ne pas s'enflammer, il y aurait forcément des retombées dans la soirée et demain. Marion avait évacué le sujet d'un geste de la main.

— Va le voir, toi, dis-lui que je suis en train de vérifier des tuyaux. Ici et en Angleterre... À la gare du Nord, à Roissy, au terminal de bus de la porte de la Chapelle. Que j'ai envoyé des équipes un peu partout, chez ses anciennes copines de classe notamment. Que j'ai fait imprimer des affiches, etc, etc. Et pour la presse, il n'a qu'à s'en charger, il fait ça tellement bien !

Dans le restaurant, une vaste salle avec beaucoup de monde et une musique assourdissante, il fallait hausser le ton pour s'entendre. Elle s'assit en face d'Alstair et il observa qu'elle était plus détendue qu'à leur arrivée. Elle but son kir d'un trait, un bon signe. Marion posa son portable devant elle et ostensiblement l'éteignit.

— À toi ! dit-elle à Alstair qui fit mine de ne pas comprendre avant de s'exécuter avec un soupir ulcéré.

— La confiance règne, marmonna-t-il avant de lamper la moitié de sa bière.

— Ça n'a rien à voir avec toi. Je me méfie des téléphones, en général, et en ce moment plus encore.

Dans un coin à l'écart, près des toilettes, elle avait appelé Valentine d'un téléphone non répertorié et réservé aux enquêtes sensibles. Et si elle affichait plus de sérénité, c'était grâce aux nouvelles que la capitaine venait de lui donner. Selon Rose Vergne, tout se passait au mieux. Nina était toujours léthargique et imperméable mais ne posait aucune question. Elle semblait avoir admis le tandem de garde-chiourmes et ne réclamait pas sa mère. Ce point chagrina Marion. Nina résignée, pas normal, songeait-elle en écoutant la capitaine lui affirmer que Rose avait pris toutes les précautions pour ne pas être repérée. Elle se déplaçait de plusieurs kilomètres, appelait de son portable et ensuite regagnait la base après avoir retiré la batterie.

— Bon... j'espère aussi qu'ils surveillent Nina de près, avait-elle menacé s'attirant une protestation de Cara.

— Vous tracassez pas, ils savent ce qu'ils font !

— Elle n'a toujours rien dit ?

— C'est par là que j'aurais commencé...

— Bon... Je te retrouve à la maison, je dîne en ville...

— Seule ?

Marion avait raccroché.

— Il y a des choses que tu ne me dis pas ? s'informa Mac Queen.

— Écoute, Al, je sais que tu n'as pas tout raconté à Bush et je t'en remercie mais je veux être sûre que tu ne joueras pas contre moi...

— Je pourrais me vexer, tu sais... Je suis venu pour te voir et aussi faire l'agent de liaison, c'est vrai... Nos procédures sont si lourdes... Mais ni elle ni moi n'avons intérêt à ce que cela se sache, on nous virerait sur le champ. Si tu n'as pas confiance, je repars après le dîner...

Il ne se départait pas de son flegme, de cette attitude immuable que Marion enviait. Elle l'avait vu dans des situations aussi disparates que possible, interroger un criminel récidiviste – une dangereuse montagne de muscles qui le narguait –, se battre contre des ivrognes à Soho – un soir qu'il avait lui-même trop bu –, baiser la main de la reine Elisabeth II qu'il escortait sur un quai de gare désert, lui tenir le coude pour l'aider à grimper dans son train royal... et toujours avec cette expression rare de maîtrise courtoise.

— Après le dîner, il n'y aura plus de train et tu seras trop saoul... soupira-t-elle pour détendre l'ambiance.

Quand elle eut terminé son exposé, il se contenta d'émettre un sifflement discret. Rien dans sa gestuelle n'avait trahi la moindre émotion mais son visage avait pris ce teint de brique trop cuite qu'elle identifiait comme un signe de grande perturbation.

— Ces types ne plaisantent pas, Marion, dit-il en attaquant une énorme assiette d'osso buco, tu en es consciente ?

— À ton avis ? C'est pour ça que je voulais tenir Nina à l'écart.

— Tu ne crois pas qu'ils l'ont enlevée tout de même ?

Elle entreprit de se ronger les ongles, hésita à lui balancer la vérité, renonça. Un secret à trois, c'est déjà trop, au-delà cela n'a plus de sens. Elle biaisa :

— Qu'est-ce que tu en penses, toi ?

— Des méthodes mafieuses, des types sans scrupule, il y a certainement un gros enjeu derrière. Pas seulement un obsédé sexuel qui veut protéger son harem.

— L'un n'empêche pas l'autre, grommela Marion. Nina est concernée, de toute façon. Elle a vu ou entendu des choses qui la rendent menaçante pour eux.

Mac Queen dévisagea longuement son amie. Père de famille, il avait du mal à comprendre cette espèce de détachement... Non, le mot était trop fort. Elle semblait sincèrement inquiète mais pas affolée ainsi qu'il l'aurait été, tout flic aguerri qu'il était, dans des circonstances analogues. Il n'exprima pas son sentiment de crainte de la braquer.

— Je subodore, dit-il, que ça peut avoir un rapport avec les travaux d'Azonov et les activités du groupe Pharmcop. Mais lequel ?

Marion réfléchissait en dépeçant sa pièce de bœuf de la pointe de son couteau sans y toucher. Elle n'avait presque rien avalé sinon du vin malgré les remontrances de l'Anglais qui, lui, buvait beaucoup mais mangeait tout autant.

— Tu as entendu parler de Juvas ? demanda-t-elle soudain sans bien comprendre elle-même pourquoi leur discussion l'amenait là.

— Non, ça ne me dit rien...

— C'est une nouvelle branche de Pharmcop que dirige Vania Azonov, le frère de Sasha.

— Et alors ?

— Alors, rien... Je pense à ça, c'est tout.

— Elle fait quoi, cette filiale ?

— Un produit miracle, d'après ce que j'ai cru comprendre mais pour quel but, ça... Soigner une maladie orpheline, un dérèglement génétique, je suppose, enfin je ne suis pas sûre...

— C'est intéressant...

Dit ainsi, sans aucune conviction, ça signifiait que l'Anglais n'accrochait pas. Pragmatisme et tradition en toutes choses. Dans les affaires de police, les voyous trafiquaient de la drogue, des armes, des médocs, certes, mais des frelatés ou des placebos sans principe actif, vendus à des gens naïfs au prix de l'or en barre. Mais ça se passait en Afrique ou en Chine, pas aux portes de Paris. Une branche de l'industrie pharmaceutique qui s'appuyait sur un réseau mafieux, pourquoi pas, mais encore fallait-il lui apporter du grain à moudre. Et Marion n'en avait pas. Elle se souvint des recherches de Paul Verdier. La famille Azonov était sûrement une des clefs. Il faudrait qu'elle lui file un coup d'accélérateur, à ce jeune lieutenant prometteur.

Mac Queen l'observa. Les yeux au plafond, elle semblait poursuivre une idée. Le serveur qui venait s'enquérir du dessert la ramena dans la salle.

— Tiens, fit Mac Queen en fouillant une poche de son imperméable échoué sur le dossier de la chaise, de la part de Kathy Bush.

Il posa devant lui un iPad mini et le mit en route.

— Le cheptel d'Azonov, dit-il en tournant l'écran vers Marion, c'est bien comme ça que vous dites, en français ?

— Oui, pour les animaux, grimaça Marion en se renfrognant.

Elle redoutait ce sujet plus que tout. Alstair fit défiler des photos. Les commentaires étaient en anglais mais elle en déchiffra l'essentiel.

— Allison Ferguson, 22 ans, adresse dans le Queens à New York, près de l'aéroport JFK, une de ses étudiantes apparemment. Angèle Joual, 24 ans, adresse à Londres, Exhibition Road. Mary Aberdeen, 27 ans, assistante du savant, adresse à Cambridge. Jennifer Loume, 28 ans, adresse à Paris...

Les femmes étaient jolies, elles avaient en commun d'être jeunes, sauf une, précisa Alstair en faisant apparaître une autre photo. Une beauté brune aux yeux dorés. Marion avait déjà vu cette femme quelque part.

— C'est une Russe, expliqua l'Anglais, contrairement aux autres elle a 40 ans et n'est pas mariée avec lui.

— Co-comment ça ? Tu veux dire que ?...

— Oui, confirma Mac Queen, d'après ce qu'on sait il les a toutes épousées, pas civilement, bien sûr, mais religieusement. Il est orthodoxe... Sauf la Russe. Elle s'appelle Anastasia et...

— Je sais où je l'ai vue ! cria Marion. C'est elle qui annonçait la mise en Bourse de Juvas à la télé !

Mac Queen resta le doigt en l'air, ses épais sourcils d'un roux qui commençait à blanchir se froncèrent.

— Ce n'est peut-être pas qu'un vieux baiseur qui se prend pour un chef de harem, alors, fit-il songeur.

— Je suis d'accord, affirma Marion tout excitée. Mais quand même, qu'est-ce qu'il fabrique avec toutes ces femmes ? J'ai connu des mecs à la pelle qui avaient des doubles vies mais là, bon sang, il carbure à quoi ?

— Il y a de quoi s'interroger en effet... Selon ce qu'on a appris à Londres, ces femmes vivent dans une sorte de bulle, elles ont rompu leurs relations familiales, amicales, ne travaillent pas... Comme si leur statut matrimonial les maintenait en état de dépendance et hors du temps...

— Vous avez pu les contacter quand même ?

— Non, justement ! Bush a lancé des requêtes, personne n'a réussi à leur mettre la main dessus. Angèle Joual, on sait qu'elle se trouve peut-être à Paris, Jennifer Loume aussi mais on ignore où, Mary l'assistante s'est volatilisée en même temps qu'Azonov, l'Américaine, c'est encore pire, on ne sait même pas si elle existe vraiment.

Ils en étaient à ce point de spéculation quand Marion distingua une silhouette familière traversant la salle dans leur direction. Elle esquissa un vague sourire tandis que Valentine se laissait glisser à côté d'elle sur la banquette. La capitaine salua l'Anglais d'un signe de tête, chipa un bout de pain dans la corbeille, se mit à le mastiquer en attrapant le verre de la divisionnaire.

— Quoi ? fit-elle en louchant sur Marion après avoir bu d'un trait, vous venez toujours dans ce resto depuis qu'on habite le quartier, vous êtes monomaniaque, il était pas bien difficile à situer, votre dîner en ville... Monsieur Mac Queen, je suppose ?

Alstair, d'abord estomaqué – mais sans le montrer – par le culot de la jeune et belle brune qui venait d'entrer comme un ouragan, éclata de rire.

— Valentine, je suppose ! rugit-il de façon à ce que tout le restaurant l'entende. Je ne me trompe pas ?

— Qu'est-ce qui t'amène ? demanda Marion sans se démonter.

— Demain matin, autopsie des deux cramés, dit-elle. Et vous venez aussi, patron, le Pr Bailly veut vous voir par la même occasion.

Elle agita le verre vide sous le nez de l'Anglais :

— Alstair, une dernière petite bière pour la route ?

41

Quai de la Rapée

On ne les voyait pas mais il y en avait partout. Dans le square qui jouxtait l'entrée officielle de l'Institut médico-légal, le long de la voie rapide et de l'autre côté, par où entraient les véhicules transportant les cadavres. Même la brigade fluviale avait été sollicitée et patrouillait sur la Seine, à quelques dizaines de mètres. Le fourgon spécial de la BRI et des motards planquaient dans les rues voisines. Mais à proximité on ne voyait rien, c'était tout l'art de ce qui, ce matin, s'apparentait à une guerre.

Valentine Cara n'avait pas eu trop de mal à convaincre le commissaire Précy, de déployer les grands moyens pour sécuriser les environs de la morgue une fois que le lien avait été opéré entre les différents incidents mettant en cause des 4 × 4 noirs. Les résultats des réquisitions envoyées en Suisse avaient été déterminants. La société helvétique GT Prestige, installée à Genève et disposant de succursales à Paris, Londres, Francfort, Berlin et Bruxelles, disposait d'une importante flotte de véhicules de luxe et avait accueilli avec philosophie la nouvelle qu'un de ses engins avait été détruit par le feu tandis qu'un autre était entre les mains de la police française. À vrai dire, la réaction tout en mesure du directeur montrait que la nouvelle était déjà arrivée jusqu'au siège. Le client était une société basée en Belgique, appellé BodyGuardServices, en toute simplicité. Le responsable de GT Prestige ne savait rien de précis quant à ses activités, sinon que les voitures étaient destinées à transporter des « personnalités voyageant en Europe ». Dix véhicules avaient été mis à leur disposition à Paris pour une opération spéciale et quatre à Londres mais BGS recourait très régulièrement, voire en continu, aux services de GT Prestige depuis plusieurs années. À 600 euros par jour et par véhicule, l'affaire était rentable, avait expliqué Valentine à Marion alors qu'elles rentraient à la Mouzaïa, une fois Alstair collé dans un taxi pour l'hôtel qu'il avait réservé près de la gare du Nord.

— C'est tout ce qu'on a sur ces branques, avait déploré Valentine, le loueur suisse n'est pas regardant quant aux conducteurs, visiblement. On s'est fait envoyer les scans des permis de conduire, c'est bidon et compagnie. Mes gars se sont renseignés, Body-GardServices est aussi belge que moi bonne sœur, il n'y a aucune société enregistrée sous ce vocable et... bref, ça sent mauvais.

— BGS, avait demandé Marion songeuse, ça ne te rappelle rien ?

— Si, le type de la photo, à l'Hôtel-Dieu, ce sigle était inscrit sur sa casquette. À propos, on a bien examiné les clichés, ce type-là est une femme.

Dans la soirée, une réunion au sommet entre les services avait permis d'accorder les violons. Chacun restait maître de ses dossiers, Louis Zénard et Valentine Cara serviraient de courroies de transmission. La stratégie sortie d'une quinzaine de cerveaux reposait sur les échanges entre les services et aussi sur une hypothèse : si la bande des 4 × 4 avait mis autant d'énergie et pris autant de risques pour entraver l'enquête sur Alida, ce n'était pas sans une raison majeure. Valentine avait été obligée de reconnaître une erreur d'appréciation pour avoir envoyé une équipe sur de supposés braqueurs mais comme personne ne faisait encore le rapprochement avec Nina, elle avait maintenu le cap malgré la suspicion de Précy.

— Il faudra que vous m'expliquiez ça, ne cessait-il de la bassiner, s'il s'agit de la même équipe, je trouve la coïncidence bien énorme.

— C'est comme ça, patron, désolée. Le hasard, ça existe, que vous le vouliez ou non.

Il avait voulu parler à Marion mais Valentine avait prétendu qu'elle s'occupait de chercher sa fille et que, pour ce faire, elle était en compagnie d'un collègue étranger. Gilles Précy avait lâché l'affaire vers 22 heures, admettant que s'il y avait une chance de mettre la main sur ces types qui les narguaient, cela se passerait à l'Institut médico-légal. Le couple, même mort, qui avait failli buter trois de ses gars, avait peut-être encore des choses à cacher et récupérer leurs corps pourrait être primordial pour ce qui restait de la bande. Les deux cramés n'arriveraient au quai de la Rapée qu'au dernier moment. Procédure inhabituelle qui protégeait des curiosités. Le convoyage serait effectué avec des précautions exceptionnelles et la morgue, aussi surveillée que la Banque de France.

Marconi avait poussé sa beuglante, pour la forme, forcé de reconnaître qu'il y avait déjà beaucoup trop de morts dans cette histoire. En prime il soupçonnait Marion de lui dissimuler des éléments et cette idée lui était insupportable.

Marion admira la performance en débarquant à l'IML avec Louis Zénard. Elle n'avait croisé qu'un jardinier et un ramasseur de papiers sales. Les autres étaient invisibles.

Valentine venait d'arriver avec son équipe cinq minutes plus tôt et ils se retrouvèrent dans le hall, près du distributeur de boissons. Marion avait encore la tête embrouillée après une nuit troublée par des rêves comme elle en faisait souvent. Des images de sang, de plaies et de bosses, un combat incessant qui l'épuisait.

— Vous avez encore fighté toute la nuit ? lui murmura Valentine à l'oreille.

Marion dit oui en râlant après cette transparence qu'elle avait aux yeux de son ancienne tutrice. Elle accepta le gobelet qu'elle lui tendait mais n'eut pas le temps d'attendre que le café refroidisse. Un homme en blouse blanche venait d'apparaître à l'angle du couloir et leur faisait signe de le rejoindre.

Marion ne l'avait jamais rencontré mais elle aurait pu le reconnaître n'importe où. Le Pr Étienne Bailly était une célébrité, il écrivait des livres et se montrait parfois à la télévision. Il passait pour un atypique, aux antipodes de l'image que les scénaristes de séries policières véhiculent la plupart du temps sur les médecins légistes. Grand et svelte, cheveux longs et gris, savamment négligés, gueule de sportif burinée. Ce matin il portait un jean noir, des chaussures de sport et un tee-shirt blanc sur lequel subsistaient quelques traces d'humidité. Il broya la main de Marion avec une grimace d'excuse :

— Désolé de vous bousculer, commissaire, mais j'ai un timing de ministre aujourd'hui ! Je suis venu en footing et n'ai même pas eu le temps de me doucher. Salut, Louis !

Il asséna à Zénard une bonne claque dans le dos et Marion se souvint que les deux hommes se connaissaient. À sa période Identité judiciaire, Louis Zénard passait la moitié de sa vie sur les scènes de crime et l'autre moitié dans les salles d'autopsie. Bailly n'était encore qu'un découpeur parmi d'autres et ils avaient cheminé quelques années côte à côte.

Elle marmonna une formule toute faite tandis qu'il les invitait à le suivre dans une des salles aux tables vides. Elle aperçut sur une paillasse des récipients en plastique de taille variable. Du pot de nourriture pour bébé au seau de fromage blanc d'un kilo. Des tubes de prélèvements sanguins étiquetés étaient posés à côté, sur un portoir. Tous étaient fermés.

— Rassurez-vous, dit le professeur qui avait surpris son inquiétude, j'ai jeté un coup d'œil mais j'ai remballé tout le bazar… C'est très étrange, cette histoire.

En langage Bailly, cela signifiait qu'il n'avait pas vraiment de réponse à ses questions.

Avec le corps, j'aurais été plus efficace...

Elle le gratifia d'un regard ambigu. Évidemment, avec le corps ! Si c'était pour lui dire ça, autant...

— Mais fort heureusement j'avais les radios et le rapport du Dr Martin ! Et je lui ai longuement parlé...

Luc Abadie l'avait informée, hier soir, à la Mouzaïa où il était venu dormir après deux nuits passées à l'hôpital auprès de Jean-Charles, que l'assistant du Dr Martin avait laissé partir le corps d'Alida non seulement sans les prélèvements, mais aussi en oubliant de joindre les documents annexes. Un vrai baltringue, avait résumé Abadie, mais pour le coup, on lui aurait presque donné une médaille.

— Il a d'ailleurs bien travaillé, ce garçon lillois, reprit le légiste sans préciser de qui il parlait, de Martin ou de son collaborateur. Je vous fais un résumé ?

— Nous sommes tout ouïe, professeur, rétorqua Marion.

Il alluma l'écran d'un négatoscope, y apposa plusieurs clichés. Les dents, elle avait déjà compris mais Bailly recommença l'explication pour Louis Zénard. Il passa à une autre série de radiographies, les os, le bassin, les membres inférieurs.

— Cette personne, vous l'appelez Alida, il me semble ?

Marion acquiesça. Alida. Il y avait des chances pour qu'elle garde ce pseudo longtemps. Personne n'avait réagi à la diffusion des photos prises à la morgue de Lille. Rien n'était sorti des investigations multiples engagées tous azimuts. Les disparitions enregistrées depuis plusieurs mois avaient été étudiées une à une, Interpol s'était emparé du dossier, avait lancé des requêtes auprès de plusieurs pays, en Angleterre et en Belgique en premier lieu en raison de la proximité de leurs mers réciproques avec le lieu de découverte du corps. Marion avait même évoqué le cas d'Alida avec Alstair Mac Queen, la veille au soir. Les Anglais cherchaient de leur côté.

— Cette... inconnue, donc, reprit Bailly, avait de l'ostéoporose. Voyez ici, la densité osseuse est moindre, et là, au niveau des hanches et de la colonne vertébrale, elle a créé des affaissements et distorsions. Cela peut expliquer son apparence... disgracieuse.

— C'est un syndrome de vieux, non ? avança Zénard.

— La forme primaire, en effet, mais il existe une forme secondaire qui peut atteindre des sujets jeunes. Parfois liée à l'anorexie, ce qui pourrait être le cas d'Alida, mais plus sûrement due à un traitement médical ou à un dérèglement hormonal sévère. Je pencherais pour la première option mais la combinaison des deux est toujours possible.

— Une maladie ?

— Non, du moins pas une maladie naturelle comme un syndrome de Cockayne ou de Werner, plutôt un... accident. Quand je dis « accident », j'évoque une affection brutale ou une maladie auto-immune, ou en réaction à une agression de l'organisme par un facteur indésirable. J'ai observé que tous les organes ne sont pas atteints de la même façon par cette... sénilité galopante. Le cœur par exemple présente des signes de vieillissement biologique alors que, en termes de chronologie, il est aussi jeune que cette denture. Sa taille et son volume en témoignent.

Il marqua une pause, se pencha sur l'ordinateur ouvert et posé à proximité d'un sac à dos d'où dépassait le manche d'une raquette de tennis. Il releva la tête :

— Comment était son apparence ? Avait-elle des rides sur le visage, des cheveux clairsemés ?

— Oui, je crois, fit Marion après s'être concentrée sur le souvenir des images du scalp d'Alida, de son faciès, mais le Dr Martin disait que c'était à cause de la dénutrition...

— C'est bien vu mais je n'en suis pas sûr, à cause de ce cœur... Cela ressemble à une endocardite infectieuse. Vous savez ce que je crois ?

Marion secoua la tête en signe d'ignorance, Zénard suggéra que la victime avait été maltraitée, enfermée peut-être, privée de soins, de nourriture. Bailly hocha la tête :

— Je pencherais pour une attaque virale... J'ai vu un cas dans le temps... Mais pour en être sûr il faut des examens anatomopathologiques sérieux et...

Un laboratoire qui examinerait au microscope électronique chaque parcelle de ces prélèvements et le sang cadavérique. Bailly continuait de réfléchir.

— J'en enverrais bien aussi ailleurs, quelque chose me chiffonne chez cette petite...

— Où ? demandèrent en chœur les deux flics.

— Pasteur. L'Institut. Je peux m'en charger, je veux dire, transport et tout le tralala... Il faut juste me signer les papiers adéquats.

Marion s'empressa de dire que Zénard allait s'y coller, la paperasse et elle n'avaient jamais fait bon ménage.

Et pour tout dire, elle n'avait aucune nouvelle de ce qui se passait à côté et brûlait d'impatience. Elle se dirigea vers la porte et une fois là, hésita. Était-il opportun de signaler à Bailly tout ce qui entourait cette affaire ? Il n'avait pas posé de questions sur les conditions de la découverte d'Alida sans doute parce que le Dr Martin lui en avait fait le compte-rendu ou parce qu'il regardait la télé. Elle se retourna et croisa le regard de Louis Zénard. D'un geste son adjoint lui fit comprendre qu'il allait affranchir le professeur. Et lui demander de surveiller ses arrières, le temps que les choses se décantent. Bailly se marrerait, il n'était pas homme à trembler devant qui que ce soit. Elle s'esquiva comme une voleuse.

Ils avaient commencé par l'homme et l'opération était quasiment terminée. L'odeur de chairs calcinées mêlée aux émanations de formol et de viscères plus très fraîches était effrayante. Valentine entraîna Marion à l'écart.

— Ça se complique, dit-elle. Vous avez vu le mort ?

La divisionnaire jeta un coup d'œil en direction du corps noirci auquel la combustion avait fait perdre une partie de sa stature par évaporation des fluides. S'agissant d'une combustion par inflammation qui n'avait pas duré très longtemps de surcroît, les organes internes avaient été préservés ainsi que le squelette. Il avait encore le ventre ouvert et le légiste achevait l'examen de son crâne. Valentine rectifia :

— Je voulais dire, vous l'avez vu, d'assez près même… Il était comment ?

Marion scruta le visage de la capitaine. L'homme qu'elle avait aperçu le matin de la fusillade, penché sur son moteur dans la rue de Mouzaïa, était grand, il n'avait pas plus de 25 ans, 30 à tout casser. Mais Cara l'avait aperçu aussi, pourquoi cette question ?

— Je ne comprends pas…

— Il était jeune, grand et costaud…

— Tu es bien sûre que c'est le même ? Je te rappelle que l'un des gars qui a piqué le corps d'Alida en est la copie conforme et…

Valentine désigna du pouce le consumé au ventre béant :

— Je vous rappelle que celui-là était déjà mort quand l'ambulance a été attaquée…

— Exact. Admettons qu'on ait là celui de la Mouzaïa… Donc ?…

— D'après le légiste, le gars était mort quand il a brûlé…

— Une balle ?

— Même pas…

La capitaine semblait le regretter. Ses collègues étaient de bien piètres tireurs, disait sa moue désappointée.

— Son cœur a lâché.

— Infarctus ? Il a eu la trouille ? Je le crois pas !

— C'est pas ce que pense le toubib car il n'y a pas de caillot indiquant un infarctus massif. Il dit que le cœur présentait des signes de sénescence avancée, ainsi d'ailleurs que le bloc poumon, mais là il est moins sûr à cause de l'état des voies respiratoires abîmées par les fumées et la combustion des plastiques. Il a eu le temps de respirer avant de clamser mais il était sûrement déjà inconscient quand son cœur s'est arrêté. En gros, ce type a une trentaine d'années en apparence et une bonne soixantaine, voire davantage si on en juge par l'état de ses organes internes et notamment de son palpitant.

Marion tenta de mesurer les implications de ce diagnostic sans pouvoir s'empêcher de penser aux restes d'Alida décortiqués par le Pr Bailly.

— C'est quand même dément, tu ne trouves pas ? chuchota-t-elle à l'oreille de Valentine pour ne pas troubler le travail de l'équipe qui s'activait maintenant sur le cadavre grillé de la femme. D'un côté on a une fille de 6 ans qui en paraît 70, de l'autre un mec de 60 qui en paraît 30... Une qui serait atteinte d'un syndrome ressemblant à la progeria, l'autre du syndrome inverse...

Valentine n'eut pas le temps de répondre : le légiste, un petit homme ventripotent, la demandait auprès du second corps en cours de dissection. La morte ne présentait pas les mêmes caractéristiques que son compagnon d'infortune. Elle avait reçu une balle dans le cou qui lui avait explosé la veine jugulaire. Elle aussi avait brûlé post mortem. Les empreintes du couple avaient pu, malgré la disparition de l'épiderme, être partiellement récupérées dans la couche dermique de la pulpe des phalanges. Elles étaient inconnues des fichiers et avaient été transmises à Interpol. Ces deux-là n'avaient toujours pas d'identité, avait dit Valentine qui n'avait plus rien à se mettre sous la dent que l'arme carbonisée et un portable dans lequel les as de la police technique et scientifique avaient récupéré quelques données, notamment de rares appels à un autre portable inconnu, des MMS et une vidéo qui montrait un bébé de quelques mois. L'enfant de la femme, avait supposé la capitaine en déplorant que la récolte fût si maigre.

Intriguée par le cas du gorille aux cheveux tressés et les nouvelles questions qu'il soulevait, Marion reflua en vitesse dans la pièce d'à côté où, fort heureusement, Louis Zénard et le Pr Bailly se trouvaient encore. Elle exposa au légiste une requête qui lui tira une grimace de protestation. Il était surbooké aujourd'hui, il l'avait bien précisé d'emblée. Elle lui envoya son sourire le plus éblouissant. Il céda : avant de retourner à ses multiples tâches, il passerait une tête dans la salle voisine.

Marion attendit la fin de la seconde autopsie qui laissa Valentine sur sa faim : la femme ne présentait aucun des signes observés sur son complice.

— Queue de rat et Cruella, résuma Cara qui avait baptisé ses « clients » ainsi faute de pouvoir les nommer, n'ont rien en commun. Lui, c'est un cas, elle, elle est parfaitement banale. La quarantaine, en bonne santé apparente, l'âge de ses artères ou le contraire. En plus je me suis gourée : bassin et utérus d'une femme qui n'a pas procréé. Donc le bébé sur son téléphone, c'est pas le sien. Sauf si elle l'a adopté ou qu'elle a fait appel à une mère porteuse mais là...

Encore une histoire de môme, songeait Marion en se remémorant la discussion de la veille avec

Alstair. Il l'avait appelée, tout à l'heure, pour l'inviter à déjeuner. Elle avait refusé, elle n'avait pas le temps. Il avait insisté et elle avait compris qu'il était vraiment venu pour bosser. Ce qu'il voulait savoir en urgence concernait la femme parisienne d'Azonov, Jennifer Loume.

Mariage. Enfant. Adresse.

— Là, mon gars, avait-elle dit un rien exaspérée, tu me fais rire ! Je n'ai pas de boule de cristal.

Elle avait néanmoins donné les consignes à Louis Zénard avant qu'il ne rentre à l'Office.

« Cherche un mariage orthodoxe à Paris, il y a deux ans environ. Azonov Sasha pour le marié. L'heureuse élue serait Jennifer Loume, ramasse tout ce que tu peux à son sujet. Cherche aussi une naissance d'un enfant Azonov ou Loume mais là, c'est plus compliqué, je n'ai pas de date. »

Elles sortirent sur le parvis de l'institut médico-légal et allèrent au contact du responsable du dispositif extérieur. Un capitaine à la réputation de pitbull gratifia Marion d'un salut militaire et serra la main de Valentine Cara. RAS. Le compte-rendu se résumait à cela. Pendant la durée des autopsies, les flics en observation avaient repéré une bonne centaine de 4 × 4 pouvant correspondre au descriptif de la flotte suisse. Aucun ne s'était approché de « l'entrée des artistes » ainsi nommée la rampe d'accès réservée aux corps à découper. Plusieurs immatriculations avaient été relevées : ceux qui avaient deux personnes à bord, ceux qui ralentissaient un peu trop ouvertement devant le bâtiment de briques rouges, un qui s'était arrêté pour téléphoner. Rien ne s'apparentait à GT Prestige ni à un autre propriétaire digne d'intérêt.

— Un coup d'épée dans l'eau, ragea Valentine.

Dommage, renchérit Marion, c'était l'occasion ou jamais. Le dispositif serait levé dès que les corps seraient en sécurité. Il n'y avait plus grand-chose à craindre cependant. Ce qui devait être trouvé l'avait été. Pas de surplus. Ni puce de traçage, ni boucle d'oreille étrange, pas même un signe qu'il eût pu y en avoir une.

Marion repartait vers sa voiture et son chauffeur qui l'attendait en haut de l'avenue Ledru-Rollin quand son téléphone vibra.

Germain Dupuch, le patron des Stups de Paris.

Elle l'avait croisé plusieurs fois au cours des mois qu'elle avait passés au 36, quai des Orfèvres. C'était un garçon brillant, sérieux, un pur produit de la PJ parisienne.

— Tu viens prendre de mes nouvelles ? demanda-t-elle vaguement contractée. Je suis contente de t'entendre...

— Moi aussi... J'ai de tes nouvelles par le commandant Abadie, je sais que tu te remets bien... Et j'ai appris pour ta fille. Ça va ? Tu tiens le choc ?

— Oui, ça va. Tu ne m'appelles pas pour t'enquérir de ma santé, rassure-moi ?

— Non, j'ai quelque chose qui va peut-être t'intéresser.

— Je suis à la Rapée, j'arrive dans cinq minutes !

42

36, quai des Orfèvres, brigade des Stups

Le divisionnaire Dupuch n'en avait pas dit plus. Elle redouta un moment qu'il ne l'ait appelée au sujet de Nina. Il n'aurait plus manqué que ses collègues lui mettent la main dessus ! Une éventualité qu'elle repoussait de toutes ses forces en grimpant les escaliers de la Tour pointue.

Germain Dupuch l'attendait en haut des marches et il la fit entrer dans son bureau, à l'égal des autres, un réduit poussiéreux et sombre où, bien qu'il fût pas loin de midi, les lampes étaient allumées.

— On a serré un type hier dans une affaire de trafic de coke, dit-il une fois assis. Pas une grosse pointure, plutôt le genre petit commerçant qui gagne l'équivalent de nos deux salaires mensuels réunis chaque semaine.

Suivit un rapide calcul pour obtenir une somme rondelette et Marion se demanda où il voulait en venir.

— Ça se passe où ? s'enquit-elle pour avoir l'air de s'intéresser et garder un semblant de désinvolture.

— Dans le 93. À Saint-Denis.

Saint-Denis. Ce nom fit vibrer des ondes profondes en elle. Dupuch ne semblait pas pressé d'enchaîner.

— Et donc ? le relança-t-elle

— Il nous intéresse moyennement mais lui, il cherche désespérément quelque chose à négocier pour s'arracher. Il a déjà fait un peu de ballon, il voudrait bien ne pas y retourner...

— On peut comprendre...

— Alors, voilà. Il y a un endroit où il allait rôder de temps en temps, vers Saint-Denis... Il cherchait un coin tranquille pour poser ses bases à l'abri de la concurrence...

— Une friche industrielle ? suggéra Marion.

— Comment tu sais ?

Il ne semblait pas surpris. Marion, oui : comment était-il arrivé à elle par cette friche ? Elle éluda sa question, lança dans les airs un geste qui disait « allez, vas-y, enchaîne ». Dupuch s'exécuta : Il a vu l'avis de recherche de...

Le cœur de la divisionnaire sauta dans sa poitrine. Elle souffla :

— Ma fille ?

— Non, de ce type, là, le savant de Cambridge... Un étourdissement lui fit tourner la tête.

— Azonov ? s'exclama-t-elle. C'est un intello, ton gus, ou quoi ?

— Pas vraiment, non, mais il regarde la télé, tu sais les petits commerçants comme lui sont un peu bourgeois parfois, contrairement à ce qu'on pense. Lui, par exemple, il vit chez papa-maman et pas dans une cité pourrie, dans un joli pavillon près d'une forêt et...

— Bon, OK… Je suppose aussi qu'il a entendu parler de la fusillade ?

— Forcément, c'est pas le genre d'événement qui passe inaperçu là-bas. Ça attire beaucoup trop de keufs, ils n'aiment pas ça.

— Et alors ?

— Je vais le chercher ? Il te racontera lui-même…

Marion l'observa pendant qu'il téléphonait pour faire monter le dealer. Avec ses lunettes rondes et ses cheveux bien peignés, son costume gris bien coupé, sa chemise monogrammée, Dupuch ressemblait davantage à un jeune chef d'entreprise, genre start up poussée trop vite, égaré dans un monde de brutes à l'image des quelques spécimens qu'elle avait croisés dans les couloirs en arrivant. Il passait pour être issu d'une famille riche et de vivre une vraie passion pour son métier, ce qui faisait de lui une sorte de bête curieuse.

— Pourquoi m'avoir appelée, moi ? s'enquit-elle en attendant l'arrivée du dealer.

— J'ai d'abord appelé le SDPJ des Hauts-de-Seine qui est saisi de la fusillade de Saint-Denis… On m'a dit qu'Azonov, c'était toi…

Elle comprit pourquoi les Stups avaient affublé le dealer du surnom baroque de Black Snake. La boule à zéro, le garçon blond aux yeux bleus arborait un inquiétant serpent vert et noir qui s'enroulait autour de son crâne, la tête dessinée sur le front étirant sa langue fourchue jusqu'au dessus du nez. La queue, elle, se perdait dans le col de sa veste de treillis militaire. S'il comptait passer inaperçu, c'était raté. Pratique pour les signalements, appels à témoins et autres portraits-robots, songea Marion en détaillant le tableau.

— Une erreur de jeunesse, ce tatouage, dit le garçon qui avait suivi le regard de la divisionnaire. Je m'appelle Kevin, ajouta-t-il en lui tendant la main.

Les codes avaient décidément bien changé. Le dealer n'avait guère plus de 20 ans, il s'exprimait bien et avait de bonnes manières. Sans ce gadget qui le stigmatisait à jamais, il aurait pu faire carrière n'importe où, dans une entreprise, dans l'armée ou la police, même.

— Qu'est-ce que vous avez à me dire, Kevin ? demanda Marion une fois les politesses accomplies.

Il la reluqua avec intérêt et un vague soupçon. Le vouvoiement le déstabilisa un instant mais il se reprit vite.

— Montre la photo, Germain, s'te plaît !

Le patron des Stups s'exécuta sans se formaliser de la familiarité de Black Snake. Marion se dit qu'elle avait vieilli, pour de bon. Elle vouvoyait un voyou qui tutoyait le chef des Stups ! Quel monde !

Dupuch tourna vers eux l'écran d'un iPad dernier cri. Sasha Azonov, à son avantage et dans la lumière d'un plateau de télévision, leur souriait.

— Tu connais ce type ? demanda-t-elle un peu sceptique en dévisageant le garçon sur le mode : me la fais pas à l'envers.

— Non, je le connais pas. Je l'ai vu, c'est pas la même chose !

— Où ça ?

— Je veux négocier d'abord.

Le combat cessa aussitôt. Marion se leva pour quitter la pièce, elle n'avait rien à donner en échange d'un renseignement encore flou et peut-être bidon. Kevin s'en remit à Dupuch qui haussa les épaules : ce n'était pas son problème.

— Bon, d'accord ! attendez !

— Je n'ai pas de temps à perdre, Kevin, dit Marion.

— OK, j'ai pigé… Mais moi, je suis un homme d'affaires, c'est donnant-donnant.

— Alors tu donnes d'abord, ça marche comme ça avec moi. Ou je m'en vais.

Kevin l'évalua longuement, chercha l'approbation de Dupuch qui ne moufta pas. Il se jeta à l'eau, finalement. Perdre ou gagner, on ne pouvait pas savoir tant qu'on n'avait pas joué.

— C'était un soir, il était en voiture…

— Attends un peu… Commence par le commencement. Tu étais où ?

— Je croyais que vous le saviez ! C'était à l'Usine… Oui, ça s'appelle comme ça, y a des gens qui veulent rénover cet endroit… Tu parles ! C'est bidon, tout ça !

— Pourquoi, bidon ?

— Parce que… J'en sais rien, moi, pourquoi je le saurais ? Alors, Zazov, ça vous branche ou pas ?

— Azonov. Il s'appelle Azonov. Donc, tu étais là-bas, pour faire quoi ?

Nouveau coup d'œil au patron de la brigade des Stups :

— Germain, tu le sais, toi… Je cherchais un zonage. Un coin tranquille… Personne n'ose y aller, dans ce terrain, c'est trop glauque mais moi, je m'en fous, du moment qu'on vient pas me casser les... Bref... J'explorais une des caves quand ce type est arrivé, en voiture. Je me suis planqué et je l'ai vu se garer. Il est descendu de bagnole et...

— Quelle bagnole ?

— Une Renault, une antiquité... Immat en 75.

— Couleur ?

— Foncée, je dirais, je suis daltonien, tout est de la même couleur pour moi : marron.

— Il était seul ?

Kevin rejeta la tête en arrière, fronça les sourcils, ce qui fit rétrécir le museau du serpent. Il émit un petit soupir, prit son temps pour bien montrer qu'il n'était pas disposé à se faire avoir. Marion croisa les bras en faisant un pas vers lui.

— Non, souffla le dealer, il était avec une meuf. Une rouquine avec des cheveux frisés.

— Quel âge ?

— Ben, je l'ai pas trop détaillée, vous voyez ? Mais elle était beaucoup plus jeune que lui.

— Qu'est-ce qu'ils faisaient là ?

Rire de Kevin.

— J'en sais rien, moi ! Ils sont partis vers le fond de la cave et je ne les ai plus vus. J'ai pas attendu, je suis ressorti par la rampe et je me suis tiré.

— Qu'est-ce que tu en penses, comme ça, au premier abord ?

— Je me suis dit qu'ils venaient tirer un coup, ça arrive souvent dans les terrains vagues ou les lieux isolés. Les types ramassent des putes et... Bon, tu vois, quoi... Là, franchement j'en sais rien et j'ai pas cherché à savoir.

— C'est tout ?

— Ben, c'est déjà pas mal, non ? Ah si ! un petit détail : la meuf était en cloque.

En cloque ! Depuis quand n'employait-on plus cette expression ?

— Très en cloque, appuya Black Snake.

— Ça remonte à quand ?

— Décembre, je m'en souviens parce que c'était pas longtemps avant Noël...

Marion ne savait que penser. Le dealer paraissait convaincu de ce qu'il avançait, cela semblait presque trop beau.

— Comment tu peux être aussi sûr de toi ?

— D'abord, il a une gueule qu'on n'oublie pas. Il est assez... beau, non ?

Amateur de beaux mecs sur le retour, Kevin ? Il confirma ses préférences sexuelles sans détour mais ce n'était pas la seule raison qui le rendait aussi formel.

— Je l'ai revu, un autre jour, un soir plutôt...

— Au même endroit ?

— Non, enfin oui et non. Je suis revenu une ou deux fois dans la cave mais y avait toujours la vieille bagnole et j'ai pas insisté.

Alors... Mais bon, là Germain, il faut que tu m'aides, je veux un deal...

Marion laissa tomber ses bras avec un soupir. Ce deal ne pouvait pas la concerner. Germain l'interrogea du regard. Le dealer était-il crédible ? Ses infos valaient-elles la peine de s'y arrêter ? Elle lui renvoya un imperceptible signe de tête et battit des paupières. À l'affût, Kevin se rengorgea.

— Je vais chercher un café, dit Marion en quittant la pièce.

Elle entendit Dupuch dire à Black Snake qu'il le *décrocherait* du trafic et ne retiendrait que la détention de cocaïne. Kevin protesta et le commissaire l'avertit : trois kilos de coke pure serait difficile à faire passer pour un stock de consommation personnelle. « Je consomme beaucoup », dit le dealer et Germain Dupuch marmonna quelques mots qu'elle ne saisit pas.

Quand elle revint, Kevin semblait serein.

— Ton gars, dit-il à Marion comme à un vieux copain de classe, je l'ai revu dans une autre partie de l'Usine, à l'opposé même, environ quinze jours après, vers mi-janvier...

— Où, exactement ?

— Tu peux pas te tromper, y a une sorte de bureau. Je me disais que ce serait pas mal pour moi vu qu'il y a jamais un rat là-dedans, c'est assez clean et sécure...

— OK, OK... Azonov ?

— Il était dans une bagnole, une Mercedes...

— Immatriculée à Paris ?

Une expression rusée apparut sur le visage de l'ange exterminateur. Ce type n'arrêtait pas de tester son monde. Il esquissa un sourire vaguement complice :

— Non, immat en Suisse, canton de Genève... Eh oui, je connais... Y avait même l'écusson, jaune et rouge avec...

— C'est bon ! Je te crois sur parole... Qu'est-ce qu'il foutait dans cette caisse ?

— Il baisait une meuf.

Les battements s'amplifièrent dans la poitrine de Marion.

— La rouquine ? souffla-t-elle.

— Tu parles ! Une bombasse, oui ! Une grande brune avec des yeux incroyables.

— Comment ça ? Tu étais où pendant qu'ils… ?

— Juste à côté de la portière, à l'arrière, je voulais pas rater ça ! Elle avait l'air de s'en foutre complètement de ce qu'il lui faisait, mais je l'ai bien vue… Je me suis planqué dans les herbes parce que, après la baise, ils sont sortis de la caisse… Ils parlaient…

— Ils disaient quoi ?

— J'en sais rien, c'était pas du français, je dirais du russe… Zazov est parti à pied du côté de la cave où je l'avais vu la première fois. Elle s'est rhabillée…

— Elle était à poil ? Au mois de janvier, en plein air ?

— Pas complètement, juste le bas… Elle est remontée dans la voiture, à l'arrière…

— Il y avait quelqu'un à l'avant ?

— Oui, un chauffeur.

— Dis-moi que tu l'as vu !

— Bien sûr que je l'ai vu ! Il était sorti pour fumer pendant qu'ils baisaient… Un type blond avec une grande natte dans le dos. Je suis pédé, mais moi, j'aime pas les mecs qui se coiffent comme des meufs…

43

Terminus Nord

Alstair Mac Queen était attablé devant une grande bouteille d'eau gazeuse. D'infimes striures rouges en réseau serré sur les ailes de son nez et le haut de ses pommettes signaient son amour immodéré pour la bière. Marion l'avait souvent accompagné dans les pubs à l'époque où les horaires d'ouverture codifiés poussaient les buveurs à se gorger d'alcool en quelques heures. Heureusement, tous les services de police disposaient de leurs bars clandestins qui, eux, ne fermaient jamais. Alstair et ses compères du BTP, comme ceux de Scotland Yard, avaient tendance à en abuser parfois.

— L'âge… soupira Mac Queen, je ne peux plus boire deux jours de suite maintenant, je dois faire des pauses… Et toi ?

— Moi, je devrais arrêter carrément… Je cauchemarde toute la nuit quand je picole…

— On a été raisonnables pourtant, hier soir… Une façon de voir les choses.

— Quoi de neuf ? demanda l'Anglais.

Marion lui fit un résumé de la matinée à la morgue puis de son rendez-vous impromptu aux

Stups. Alstair buvait ses paroles avec autant d'avidité que l'eau à bulles dont il avait quasiment liquidé la bouteille.

— À propos de cette Jennifer Loume, si c'est bien elle qui se trouvait en compagnie d'Azonov dans la cave de l'Usine, elle aurait pu accoucher aux environs de Noël dernier. Mon équipe se renseigne dans les cliniques et hôpitaux et on va voir aussi du côté de la Sécu...

Marion dut expliquer à l'Anglais de quoi il retournait. Notre Sécu n'avait pas d'équivalent outre-Manche et les Anglais tantôt nous l'enviaient, tantôt nous la moquaient comme un vieux machin d'un temps révolu. Elle lui confirma qu'il y avait bien eu une union religieuse entre Sasha Azonov et Jennifer Loume à la cathédrale Saint-Alexandre-Nevsky de Paris, deux ans auparavant, au printemps. Le renseignement n'avait pas été facile à obtenir et à la question de savoir si l'église orthodoxe, dans son acception la plus internationale, croisait les registres des cérémonies, la réponse était non. D'où la multiplication des unions pour ce salopard d'Azonov. Marion bouillait d'indignation et même la délicieuse cuisse de poulet aux morilles ne vint pas à bout de sa contrariété. Pour l'adresse de cette jeune femme, c'était néant.

— Tu crois qu'Azonov pourrait être planqué chez elle ! devina-t-elle en observant l'insistance de Mac Queen à sonder cette question.

— Oui, dans la mesure où c'est la seule qu'on n'a pas encore débusquée.

— Tu oublies l'Américaine, Angèle et Anastasia.

Alstair garda un instant sa fourchette levée, prit le temps d'avaler une bouchée de volaille.

— Angèle n'est *pas* avec Azonov, dit-il en appuyant sur la négation. Elle est partie avec Nina pour Paris et à mon avis, elle est pas loin d'ici.

— Pour l'instant ce n'est que *ta* supposition… Et Anastasia ?

— Tu peux enlever Anastasia de la liste. Kathy Bush l'a identifiée et localisée, elle me l'a annoncé tout à l'heure. Cette femme se trouve en Russie, Bush a même pu lui parler.

— Qui est-elle ? interrogea Marion subitement.

— Tu ne devineras jamais…

Ils achevaient leur deuxième café et Marion était encore sous le choc. Anastasia Azonov, la femme de Vania, frère de Sasha ! Voilà pourquoi elle s'exprimait en lieu et place de son mari concernant Juvas. Sûrement parce qu'elle était plus décorative que lui, plus susceptible de charmer l'opinion que ce mari fantôme…

— Au fait, dit Marion frappée par une question subite, on sait à quoi il ressemble Vania Azonov ?

Elle n'avait vu qu'une vieille photo floue sur laquelle il avait 3 ou 4 ans. Alstair n'en avait pas la moindre idée non plus, tout ce qu'il retenait, c'était que Sasha avait *aussi* une liaison avec sa belle-sœur. Un sacré baiseur, conclut-il avec un sourire ambigu qui n'amusa pas Marion.

— Il n'empêche que cette histoire est bien complexe, dit-il pour revenir à des considérations moins épineuses. Moi, je ne suis pas comme toi, je n'ai pas tout dans la tête... J'ai fait un tableau. Tu viendrais jusqu'à ma chambre ?

Elle sursauta comme si un insecte l'avait piquée.

— Non, mais Marion, ce n'est pas ce que tu crois, enfin ! Depuis le temps qu'on se connaît, toi et moi...

— C'est pas ça, Alstair, je viens de piger un truc !

Ils entrèrent dans l'hôtel *Terminus Nord* et, à peine la porte de la chambre refermée, Alstair demanda :

— Au fait comment va Nina ?

Marion, la respiration bloquée, crut avoir mal entendu. Elle s'apprêtait à ouvrir la bouche quand l'Anglais leva la main pour l'arrêter. Il inclina la tête de côté, esquissant un sourire malheureux :

— Pas à moi, Marion ! Je te connais, tu sais... Je regrette seulement que tu ne m'aies pas fait plus confiance...

— Ça n'a rien à voir avec la confiance. C'est comme quand je te dis d'éteindre ton portable ou de faire gaffe à tes affaires, ton ordinateur, ton iPad...

— Je les ai toujours avec moi et il n'y a rien d'important dedans.

— Que tu crois ! Ces types sont des tueurs, Alstair. Ils ont cambriolé ma maison, ils cherchaient Nina, je ne sais pas ce qu'ils veulent ni ce qu'ils sont capables de faire...

Elle avait baissé le ton, d'instinct. Mac Queen se figea. Sans le vouloir, il se mit à chuchoter aussi.

— Tu aurais dû me parler de ça, Marion !

— En tout cas, ce n'est pas ici qu'on va en discuter ! Prends ton tableau et tout ce que tu veux ou dont tu as besoin, on va à mon service, à Nanterre.

Il retrouva son flegme une fois installé dans la voiture mais il ne cessait de lancer à Marion des regards de reproche. À cause du chauffeur, ils ne firent qu'évoquer des sujets sans intérêt. Cependant, à mi-chemin, l'Anglais n'y tint plus :

— À quoi tu as fait allusion tout à l'heure à propos d'Azonov ? Tu as dit que tu avais piégé quelque chose ?

— Pas piégé, *pigé*... Compris, si tu préfères.

— Oh ! My god ! J'ai encore des progrès à faire, on dirait...

Marion se laissa aller dans le siège en regardant dehors. Ils quittaient l'avenue de la Grande-Armée et s'engageaient porte Maillot. La circulation se dispersait soudain. Une seconde avant, c'était l'enfer. Dans cinq minutes, ils seraient arrivés.

— Je crois qu'Azonov ne cherche pas des aventures sexuelles avec ces jeunes femmes.

— Ah ? Et quoi d'autre ?

— Du moins pas seulement...

— Tu n'es pas un peu fleur bleue, toi ? Ou bien tu tentes de te rassurer ?

— Ni l'un ni l'autre. Mais s'il ne voulait que les baiser, pourquoi les épouser ? Pourquoi leur faire un enfant ? Car elles n'ont qu'un enfant, chacune, c'est bien exact ?

— Pour autant que je sache, mais il pouvait en faire d'autres encore, elles sont jeunes...

— Mais pas lui.

— Tu sais, les hommes peuvent procréer très longtemps ! Beaucoup plus longtemps que vous !

— Oh oui, ça je le sais, et c'est une grave erreur de la nature, grinça Marion. L'horloge biologique des femmes est plus rationnelle et les deux sexes devraient être à égalité dans ce domaine aussi. C'est un peu facile, tu ne trouves pas, de faire des mômes dont on sait qu'on ne pourra pas les élever, que ce sera forcément la mère et elle seule qui en portera le poids…

— Ça dépend, on vit de plus en plus longtemps. Et il paraît que dans quelques décennies, on pourra atteindre 140 ans, ou plus…

— Tu parles d'un gain pour l'humanité ! Des troupeaux de vieillards baveux et impotents…

— Sauf si, d'ici là, on trouve la manière de vieillir… sans vieillir.

Cette conversation anodine qu'aurait pu échanger n'importe quel couple sur la vie résonna de manière insolite dans l'esprit de Marion. Elle se tut abruptement tandis qu'Alstair continuait à disserter nonchalamment de certaines informations qu'il avait lues ou entendues sur le sujet. La vision d'Alida et de Queue de Rat occultèrent les images de l'entrée dans Nanterre, de la façade du ministère et du ballet des voitures grises. Une fois dans le parking, Marion secoua le début d'oppression qu'avait soulevé leur discussion.

Vieillir sans vieillir. Qui n'en aurait rêvé ?

44

Saint-Denis

La faim la tenaillait. Et la soif car, pour clore la liste, l'eau des robinets et de la douche s'était tarie. Un filet de liquide rougeâtre avait coulé pour la dernière fois pendant qu'elle changeait la couche de Tom, quelques heures plus tôt. Depuis, plus une goutte d'eau n'avait filtré en dépit de ses efforts. Il lui restait encore une bouteille au frigo, mais elle l'avait quasiment terminée dans la nuit. Tom hurlait à chaque instant quand il ne régurgitait pas le lait maternel. Elle avait essayé de le faire téter, il tournait la tête avec rage. Elle se doutait bien que ce qu'elle lui offrait était vicié mais lui et son instinct de bébé le savaient avec certitude.

Elle n'avait rien d'autre à lui proposer pour l'apaiser. Il lui semblait qu'il avait de la fièvre aussi, elle avait cherché un thermomètre et n'en avait pas trouvé. Quelle importance, d'ailleurs, qu'il ait de la fièvre ou pas puisqu'elle n'avait rien pour le soulager ?

Le bonheur intense d'avoir retrouvé Tom était la pire punition que ses tortionnaires pouvaient lui infliger. À présent, ils étaient là, tous les deux, mourant de faim et de soif, sans chauffage, dans le noir ou presque. Sans aucune ressource. Elle avait raclé le fond des placards pour y débusquer la plus petite miette de pain, le coin d'un biscuit oublié, une croûte de fromage dans la poubelle d'où elle avait extrait des déchets qu'elle avait consommés comme une nourriture exquise. Là, il lui restait de quoi tenir un jour ou deux. Ensuite... Elle en venait à lorgner sans dégoût ses vomissures qui spoliaient encore l'évier. Quelques bestioles y avaient élu domicile et entamaient un festin qui lui revenait de droit.

Une pauvre réserve d'eau lui restait dans le bac à glaçons qui avaient fondu une fois le courant coupé. Elle devait absolument garder cette avance et, pour apaiser le feu qui lui brûlait la gorge, elle suçait le gant de toilette qui avait servi à laver Zita et conservait encore quelque humidité.

Elle avait, au bord de l'anéantissement, renouvelé ses tentatives pour se libérer. Elle n'avait réussi qu'à se faire mal. Sortir de cette tombe était devenu une obsession. C'était plus crucial encore maintenant que Tom lui avait été rendu et qu'elle ne songeait plus à en finir avec la vie.

L'enfant ne cessait de pleurer depuis un long moment. Elle avait mis du coton dans ses oreilles car même ses paroles apaisantes, les berceuses qui, il n'y avait pas si longtemps encore, le ravissaient et l'endormaient, s'avéraient impuissantes à l'apaiser.

Elle avait beau se torturer pour trouver ce qu'elle pourrait faire, ce qu'elle aurait pu faire, elle en revenait toujours au même point : sa désobéissance à Sasha et la sanction. Était-il le facteur de cette dégringolade en enfer ? Sinon, comment imaginer qu'il ne soit pas intervenu ?

« Il est sûrement mort, lui aussi », souffla Jennifer à court d'imagination.

Elle s'était allongée, son petit collé contre elle.

Elle sentait la chaleur de son enfant, la façon dont il la regardait était insupportable. L'incompréhension et la colère coulaient de ses yeux, comme si elle était responsable de son calvaire. Elle le serra un peu plus en repoussant avec violence la pensée qui lui venait. Il y avait des cas dans l'histoire où deux prisonniers, seuls au monde, s'étaient entredévorés... Non, pas ça. C'était inconcevable.

Soudain, un impact plus énergique contre sa poitrine l'obligea à un constat. La douleur avait reculé ! Elle tâta ses seins, le gauche restait sensible mais à droite, elle arrivait à se toucher sans se cabrer de douleur.

Et si Tom pouvait reprendre ses tétées ? Peut-être qu'elle avait été victime d'une infection et que maintenant les choses allaient rentrer dans l'ordre !

Malgré le ventre vide et les entrailles brûlantes, elle se leva en laissant Tom sur le lit. Dans la cuisine, elle mit de l'eau du bac à glace dans un verre, broya quelques miettes de peau et de pulpe d'ananas encore comestible mélangées à quelques grammes de croûte de cette pizza qu'elle avait trouvée tellement délicieuse et porta le tout dans la chambre. Tom se jeta sur la nourriture, insuffisante forcément puisqu'il continua à hurler un petit moment après l'avoir ingurgitée.

Mais, deux gorgées d'eau plus tard, il s'apaisa et s'endormit.

Jennifer, allongée dans la pénombre, s'efforça de faire le vide dans sa tête. Dormir.

Oublier. Cela ne la ferait pas sortir de ce tombeau mais dormir lui permettrait de gagner quelques heures.

Chaque chose en son temps.

45

Nanterre, OCRVP

Le lieutenant Verdier guettait l'arrivée de Marion, annoncée un peu plus tôt. Elle le fit patienter un moment, le temps d'aller voir Louis Zénard qui la réclamait. Concernant Jennifer Loume, la réponse de la Sécu, bien que partielle, allait dans le même sens que les informations obtenues précédemment : la jeune femme avait disparu des circuits depuis plus de deux ans, elle n'était plus à jour de cotisations et n'avait pas communiqué de nouvelle adresse. Et, quoi qu'il en soit, elle n'avait pas déclaré de maternité. Sasha Azonov ne faisait pas davantage partie des cotisants. Inconnu à la bataille, aurait dit l'Anglais.

Louis Zénard fit ensuite savoir à Marion que plusieurs appels étaient arrivés à l'Office au sujet de Nina qui avait été vue dans divers lieux, tous fantaisistes – ainsi que la tradition le voulait dès qu'une disparition était signalée – sauf un. Un témoin avait prétendu avoir croisé la jeune fille dans un Eurostar. La date correspondait avec celle du voyage de Nina. L'homme, un guitariste qui revenait de donner quelques concerts en Angleterre, était convoqué pour l'après-midi. Marion demanda à Zénard de le recevoir en personne et de faire preuve de discrétion.

Enfin, son adjoint lui apprit que les obsèques de Renan Métayer auraient lieu le surlendemain, à Ivry-sur-Seine. Pas de funérailles solennelles, le ministre de l'Intérieur les avait refusées à cause de l'alcoolémie positive et des imprudences relevées au moment du crash. Il avait exigé un rappel à l'ordre dans tous les services et la grogne n'en finissait pas d'agiter les coursives.

— La police est foutue, déplora Zénard en guise d'oraison funèbre, on est dirigés par des costards-cravates qui n'ont aucune expérience du terrain, on voudrait faire disparaître la PJ qu'on ne s'y prendrait pas autrement.

Marion apaisa son émoi, il fallait bien évoluer avec l'époque et reconnaître que tout n'était pas parfait dans les anciennes méthodes. Elle promit de parler aux troupes avant l'enterrement du major. La perspective de la cérémonie lui serra l'estomac. Elle avait vécu deux fois une situation analogue dans le passé et elle savait, quoi qu'il arrive, qu'elle servirait de bouc émissaire. La colère ambiante se retournerait contre elle. L'injustice fait partie des privilèges du commandement, regretta-t-elle en prenant connaissance des mises à jour des différentes affaires en cours.

Sur un signe rassurant de son solide Zénard, elle s'en fut rejoindre Paul Verdier qui l'attendait dans son bureau.

Le lieutenant gratifia Mac Queen d'un coup d'œil curieux et Marion se contenta de lui dire qu'il pouvait parler en sa présence. Elle ne refit pas le coup de la salle de réunion ni celui des portables éteints, ce qu'il avait à dire n'avait aucun caractère confidentiel. Enfin presque.

— Concernant la famille Azonov, attaqua le jeune flic, il y a plusieurs choses qui me paraissent intéressantes...

Et d'attaquer par le père, Dimitri. Né en 1920, à Novossibirsk, en Sibérie russe.

— On n'a pas beaucoup d'informations sur sa famille mais il semble qu'il était fils de paysans. Rien sur ses études, mais il en a fait, c'est sûr. C'est un scientifique de la biologie animale qui s'est passionné pour l'amélioration de certaines espèces. Il s'était installé dans une réserve en pleine zone forestière et a travaillé à la domestication d'animaux sauvages, en particulier des renards.

Il releva la tête, désigna une liasse de papiers :

— J'ai fait une synthèse que j'ai imprimée pour vous, mais en gros ses travaux consistaient à intervenir sur le système hormonal et neurologique des renards pour les domestiquer. En réduisant artificiellement la production d'adrénaline, les sujets deviennent plus dociles. Mais, ce faisant, il a découvert qu'en supprimant une partie de leur agressivité il améliorait les conditions de vie de ces animaux. Leurs peaux devenaient plus belles, le poil plus dense. Il pouvait même sélectionner les couleurs et en obtenir de nouvelles, un peu à la demande en somme.

— J'ai lu ça, il me semble, à propos du fameux renard bleu... intervint Marion cependant que Mac Queen ne bronchait pas.

— Exact, approuva le lieutenant Verdier, mais le plus important et ça, c'est beaucoup moins connu, c'est le constat que cet embellissement et ces progrès qualitatifs étaient dus au ralentissement du processus de vieillissement. En bref, il avait constaté que ces renards, et même les loups mais là on en sait un peu moins, conservaient une juvénilité plus longue par la combinaison de plusieurs facteurs.

Marion sentit quelques vagues encore profondes gronder dans son corps.

— À ce sujet, je dois dire qu'il n'y a aucune publication ni même un article plus précis sur la toile. Ce que l'on trouve, en revanche, c'est que Dimitri Azonov a abandonné son laboratoire en pleine nature pour rejoindre Akademgorodok, la cité des sciences russe édifiée en 1957 sous l'ère soviétique par Khrouchtchev. Il y a poursuivi ses travaux mais on ne sait pas trop dans quel sens. Les informations sur le sujet sont évasives, officiellement, il travaillait toujours sur ses chers renards. Il n'a jamais rien publié, cela dit. C'est logique, les Soviétiques gardaient leurs découvertes pour eux. Ils voulaient toujours avoir une longueur d'avance, notamment sur le diable occidental. Ensuite, il s'est sans doute passé quelque chose de pas très régulier entre lui et le régime soviétique car il a été destitué de sa chaire à l'université, dépouillé de ses biens et jeté dans un goulag. J'ignore de quoi il a été accusé.

— Intéressant... Et les rejetons ?

— Dimitri Azonov a eu deux fils, pour ce qu'on sait en tout cas. Il s'était marié tardivement avec une de ses laborantines et les garçons sont nés, coup sur coup, juste avant qu'il ne soit déporté. Ils ont un an de différence, Vania est l'aîné. La photo sur laquelle on les voit avec leur père date de la libération d'Azonov du camp de Vorkouta et c'est la seule que j'aie trouvée.

— Il a été libéré pour bonne conduite ou bien ???

— Non, soupira le lieutenant Verdier, ça n'était pas un critère à cette époque, surtout là-bas… Il était malade et la communauté scientifique internationale s'était mobilisée pour le faire sortir. Il est mort moins d'un an après, d'ailleurs. Sa femme est décédée assez vite à sa suite, j'ai trouvé une photo de la tombe, ils ont été enterrés ensemble.

— Les fils, donc ?

— Je ne sais pas comment ils ont vécu, sûrement pris en charge par l'assistance publique, dans un orphelinat. On a peu d'informations sur Vania, ses études et son mode de vie. Il s'est enrichi dans les affaires, notamment en rapport avec le pétrole et l'industrie pharmaceutique. Il vit en Russie, mais on ne sait pas où exactement, il est l'homme invisible. Il a épousé une Biélorusse, Anastasia Minsk, en 2005, une riche héritière d'éleveurs-producteurs-exportateurs de lait, vaches et chèvres. Cette activité est très importante dans l'économie biélorusse. Ils ont eu deux filles, semble-t-il, mais je n'ai rien trouvé non plus les concernant. Voilà pour les aspects privés. Il y a pas mal d'infos sur les activités du groupe mais rien de concret sur Juvas, la dernière filiale en date. Quant à Sasha Azonov, la documentation est évidemment plus abondante.

Il a fait ses études à la faculté des sciences de Moscou et apparaît en Angleterre il y a moins de dix ans. Je n'ai pas encore tout compris à ce sujet.

— C'est-à-dire ?

— Comment et pourquoi il quitte la Russie. Le régime a changé certes depuis les déboires de son père mais pour autant… Bref, je serais enclin à penser qu'il joue sur les deux tableaux, l'Occident qui lui offre des conditions de travail et une renommée extraordinaire et son pays natal qui en tire profit… Mais ce n'est qu'une impression.

Un ange passa, les ailes lourdement chargées de sous-entendus inappréciables.

— Bien… soupira Marion. C'est tout ?

— Non, j'ai exploré les réseaux sociaux, vous savez que…

Marion lança dans l'air un geste crispé. Comment ignorer aujourd'hui l'influence de ces fameux réseaux ? Maintenant, la première chose que faisaient les flics était de découvrir le profil Facebook de leurs « clients » et, à partir de là, d'évaluer leur relationnel, leur emploi du temps, leurs vies privée et « professionnelle ». Une manne que les intéressés ne soupçonnaient même pas de livrer gratuitement à la police.

— Ça donne quoi ? le recadra Marion.

— Sasha Azonov a une page Facebook professionnelle et apparaît sur d'autres réseaux essentiellement pour communiquer ses programmes de conférences, ses publications et quelques informations sans grande portée. Anastasia Minsk-Azonov, pareil. Rien de personnel, c'est une femme d'affaires, elle semble occuper une place de première importance dans le groupe Pharmcop, et en gros, Juvas, c'est elle. Vania Azonov, lui, est absent de *tous* les réseaux.

— Et les autres femmes ? demanda Marion répondant ainsi à une sollicitation muette de Mac Queen.

— Pour celles dont nous avons parlé... aucun profil, aucune page nulle part. Jennifer Loume, Angèle Joual et même Nina, votre fille. C'est étrange, non, car à son âge...

— Oui, bon, s'agaça de nouveau Marion, elle n'a encore que 15 ans !

Le demi-sourire du lieutenant la fit bouillir, d'autant plus intensément qu'elle surprit le même sur la face rubiconde de l'Anglais. Il s'était mis à noter des trucs sur un bout de papier. Sûrement qu'il allait tout balancer à Bush et vérifier que la maîtresse de Cambridge et celle de New York étaient dans le même cas : sans existence sociale. Marion se leva, considérant que, a priori, tout était dit. Mais le lieutenant Verdier ne broncha pas, l'obligeant à se rasseoir. Il croisa les mains au-dessus de son précieux micro-ordinateur :

— J'ai ratissé les fichiers de police en commençant par le TAJ[1], évidemment. J'ai interrogé le FPR[2]. Néant. Mais comme il s'agit d'un Russe et que, d'après ce que j'ai cru comprendre, il y aurait peut-être des embrouilles, je l'ai passé au fichier de l'Oclo et j'ai appelé la Sdat, à tout hasard.

1. Fichier du traitement des antécédents judiciaires. (N.d.A)
2. Fichier des personnes recherchées. (N.d.A)

Marion redressa la tête et Alstair Mac Queen, assis en retrait pour rester discret, manifesta son intérêt en tendant légèrement le cou.

— Tu n'aurais pas la version en gaélique par hasard ? lança-t-il pince sans rire.

Sourire contrit de Marion :

— Le TAJ : traitement des antécédents judiciaires, FPR : fichier des personnes recherchées... L'Oclo est l'office qui lutte contre la criminalité organisée, ils ont énormément de dossiers sur les mafias, russes entre autres. La Sdat est la sous-direction antiterroriste, traduisit Marion à l'intention de son ami.

— C'est négatif pour les deux, déplora le lieutenant. Mais la Sdat a une entrée directe à la DGSI vu qu'ils logent au même endroit... Mon correspondant en charge de la documentation m'a rappelé à midi, il était très intéressé subitement par Azonov, il m'a posé un tas de questions...

Il esquissa une moue non équivoque. Pour lui, c'était clair, le gars de la Sdat avait interrogé la DGSI et déniché quelque chose.

— La Direction générale de la sécurité intérieure, commenta Marion pour Alstair, le Renseignement intérieur français... Les Russes ont été le fonds de commerce de la DST, la Direction de la surveillance du territoire, le contre-espionnage si tu préfères, pendant toute la guerre froide et même jusqu'à la chute du mur de Berlin. Vous avez sûrement raison, ajouta-t-elle pour le lieutenant, c'est une bonne déduction...

Elle dévisagea le jeune flic :

— Évidemment, on ne peut pas consulter leurs fichiers ?

— Le fichier « Cristina » de la DGSI est classé Secret Défense, admit Paul Verdier à regret, et personne ici n'est habilité Secret Défense.

En effet, Marion ne l'était pas plus que les autres, ses fonctions à l'Office ne justifiaient pas une telle procédure, lourde et sans intérêt opérationnel. Et elle savait par expérience que les services de renseignement ne lâchaient pas facilement leurs informations, sauf s'ils y trouvaient un intérêt. Le culte du secret constituait un fonds de commerce qui ne se partageait en aucun cas.

Elle subodorait que même elle et son réseau au grand complet ne suffiraient pas à lever les barrières. Il faudrait passer par le sous-directeur, Pascal Marconi.

46

L'Usine, Saint-Denis

Un vent glacé faillit dissuader Marion et Alstair de pénétrer plus avant dans le terrain à l'abandon. Les éléments maussades ajoutaient au côté désolé, limite effrayant du site. L'idée de venir examiner ces lieux dont l'évocation récurrente ne cessait de les interpeller, leur était venue simultanément après le départ du lieutenant Verdier. Ils avaient comparé leurs impressions, rapproché leurs conclusions et décidé d'en avoir le cœur net. Comme Marion, Mac Queen avait l'habitude de se fier à ses propres observations. Pour éviter une de ces escapades secrètes qui dans le passé lui avaient souvent joué des tours, elle avait prévenu Zénard. Elle l'avait branché sur la piste de la DGSI, le chargeant de soumettre sa requête à Marconi, parce que, lui, moins elle le voyait, mieux elle se portait.

Ils avaient laissé la voiture assez loin afin de ne pas se faire repérer. Bras dessus, bras dessous, ils ressemblaient à un couple en balade. Marion s'était même munie d'un appareil photo pour donner le change.

Ils franchirent la zone de la fusillade, repérable à la bande de rubalise laissée sur place, au foulage de la partie entourant les quelques mètres carrés où avaient brûlé deux voitures en seulement quelques minutes. Là le sol était noirci, jonché de bouts de plastique fondu, de caoutchouc des pneus absorbés par les cailloux de cette allée défoncée. Ils marchèrent jusqu'à l'entrée de la première bâtisse dont la toiture agrémentée d'une verrière tutoyait les masses noires des nuages bousculés par la bise. Plus que jamais, Marion devinait que s'il y avait un endroit où elle trouverait des réponses, c'était ici. Ils empruntèrent la rampe décrite par Valentine et, une fois au fond, constatèrent que la zone était vide à l'exception d'une douzaine d'antiques wagonnets couverts de gravats. La Renault verte avait disparu, enlevée par les services de la fourrière pour un examen approfondi. Marion tourna longtemps autour de l'espace bien visible que le véhicule avait occupé. Alstair était déjà parti explorer la sphère voisine quand, en levant la tête vers le plafond, elle s'exclama : un objet était posé sur une murette de briques, à moins de deux mètres du sol. Marion n'avait jamais eu d'enfant en bas âge – Nina avait 6 ans quand elle l'avait adoptée – et ne connaissait pas la girafe Sophie.

— Regarde ! dit-elle à l'Anglais une fois qu'elle l'eut rejoint. Il y a un mioche, ici !

— Oui, ou quelqu'un a apporté ce jouet, peut-être avec la voiture !

Mac Queen et son pragmatisme se montraient récalcitrants et il y avait de quoi rechigner à envisager la présence d'un nouveau-né dans cet environnement. Il examina le jouet sans le toucher, revint au monte-charge devant lequel il s'était arrêté précédemment. La manette était levée, il l'abaissa, la releva, l'abaissa encore. En tendant l'oreille, il percevait un déclic mais l'engin ne bougeait pas. Il se pencha pour y regarder de plus près.

Marion, girafe Sophie entre les mains, continuait à fureter à la recherche d'une révélation, improbable, surtout après le passage des flics des Hauts-de-Seine. À l'aplomb d'un mur qui ne ressemblait pas au reste des bâtis, elle marqua un temps et effleura du bout des doigts les parpaings de ciment. Forcément, ce mur n'était pas fait de briques, on l'avait érigé bien plus tard, pour condamner un accès dangereux. Elle entendit Alstair marmonner quelques mots puis se figea. Un cri sortant de nulle part avait, pendant un infime laps de temps, dominé le charabia de l'Anglais.

— Tu as entendu ? chuchota-t-elle.

Mac Queen se redressa, fit non de la tête. Immobiles, muets, ils guettèrent la suite. Le vent mugissait dans les travées des sous-sols et contre les murs extérieurs où il venait s'abattre, des masses métalliques grinçaient avec des sons de contrebasses détraquées. Des rafales assaillaient l'Usine. Des cognements sourds mirent Marion en alerte. Elle se raidit pour finalement comprendre que ce n'étaient que les battements précipités de son cœur. Elle relâcha la tension, souffla.

— C'était quoi ? demanda Alstair.

Elle marmonna « le vent » et le rejoignit devant le monte-charge. Au-dessus de la manette de commande, un boîtier de plastique gris semblait hypnotiser l'Anglais. Il le désigna à Marion :

— Je trouve ça bizarre... Ce boîtier électrique, je ne vois pas...

— Enfin, Al, l'usine est très ancienne mais elle a vécu l'époque de l'électricité quand même...

Ce qu'il admit. Songeur, il sortit un carnet de sa poche et, chaussant ses lunettes de presbyte, entreprit de noter les références de l'appareil.

— L'usine a fermé quand ?

— Il y a plus de quinze ans, il me semble.

— Ce boîtier me paraît bien récent.

Marion se haussa sur la pointe des pieds. Prog 21 et en dessous NF 21/313, déchiffra-t-elle.

— On vérifiera...

Ils tournèrent encore un moment, entrevirent l'entrée d'une coursive qui se perdait dans l'obscurité. Des rails rongés de rouille y conduisaient. Les deux flics hésitèrent. Ils n'étaient pas équipés pour s'y aventurer. Malgré tout, Marion s'avança, à l'aveuglette. Après quelques mètres et un virage, elle alluma son portable pour s'éclairer. Alstair protesta tout en la suivant à distance. Le sol était mouillé, l'eau s'y infiltrait et quelques trottinements indiquèrent à Marion qu'elle n'était pas seule dans la travée. Elle aperçut une cloison à dix mètres.

— C'est muré aussi, s'exclama-t-elle en revenant sur ses pas.

— Bon, on n'a plus qu'à s'en aller alors...

Elle détecta une pointe de dépit dans le timbre de son ami. Elle remonta la rampe derrière lui, tenaillée par l'envie de faire demi-tour, d'aller démolir ces murs pour aller vérifier ce qu'il y avait derrière.

Dehors le vent jouait à plier les ronces, formait des vagues enragées sur les herbes folles, gémissait dans les galeries ouvertes et, dans les entrailles de l'Usine, pleurait comme un enfant.

47

Saint-Denis

Jennifer ne supportait plus les cris de Tom. Ils vrillaient ses tympans, abrasaient ce qui lui restait de raison et de maîtrise. Elle avait tenté de le remettre au sein, il se détournait et hurlait encore plus fort.

Jennifer crevait de soif. Chaque fois qu'elle s'assoupissait, elle rêvait d'une source murmurante, divinement claire et fraîche. Elle buvait, buvait mais rien ne semblait pouvoir étancher son besoin obsédant. Et quand un sursaut la ramenait dans ce monde, la sensation était chaque fois plus forte, plus odieuse. Sa gorge la brûlait, des papillons ne cessaient de voleter devant ses yeux, elle était saisie de vertiges.

Le cauchemar tournait à la barbarie.

Elle délirait à moitié et Tom hurlait toujours. Parfois il s'arrêtait, assommé. Puis reprenait de plus belle.

Alors, à bout d'endurance elle prit sa tête entre ses mains, enfourna son mamelon de force dans sa bouche et l'y pressa de toutes ses forces. Ses cris s'interrompirent aussitôt. Il gigota, se débattit pour échapper à la pression de cette main contre son crâne. Puis, progressivement, il cessa de lutter.

Les joues marbrées de rouge, il suffoqua longuement, chercha son souffle, toussa, les paupières serrées comme pour ne pas voir la femme qui le torturait. Jennifer, les larmes aux yeux, considéra son petit avec un sentiment de détresse profonde. Mais au moins Tom avait arrêté de crier.

48

L'Usine, Saint-Denis

La route qui sinuait au milieu de l'Usine était creusée de trous dans lesquels la pluie avait formé des flaques de la couleur rougeâtre des terres alentour. Logiquement, ce chemin aurait dû être envahi de la végétation dense qui squattait les environs.

— Tu penses la même chose que moi ? demanda Alstair qui avançait lentement, humant l'air humide dans le jour déclinant.

— Oui, ce chemin est utilisé régulièrement. D'ailleurs, regarde !

Un mur de briques borgne, pignon d'un des ateliers, avait été bâti le long du passage. Escaladé par un gros roncier, il portait des traces de projections d'eau rouillée. Certes, il pleuvait depuis plusieurs jours et les véhicules de police avaient tracé par ici. Mais bien que leur intervention faussât le jeu, elle n'expliquait pas à elle seule l'état de la voie.

Ils repérèrent, en retrait d'une vingtaine de mètres, une bâtisse à un seul niveau avec des fenêtres munies de grilles. Derrière, les vitres étaient noires de crasse mais intactes. Une étrangeté, encore. Car toutes les usines ou ateliers désertés perdaient en premier leurs carreaux à cause des gamins qui venaient y jeter des pierres, des oiseaux qui s'y cognaient, ou à cause du gel, ou du vent. À l'avant de ce bâtiment, une construction de forme hexagonale, toit de tuiles, murs de bois et vitres également en bon état. Le fameux bureau de vente décrit par Valentine et qui jurait avec le reste. Les abords étaient nets, privés de cette débauche de grimpants parasites que l'on voyait partout.

Ils allèrent jusqu'à la porte fermée à clef et occultée par des stores intérieurs ainsi que le reste des vitres. Marion examina longuement le détail souligné par Valentine : la double cloison vitrée. Entre les deux montants un espace d'une dizaine de centimètres dont on ne déterminait pas bien la fonction. Alstair suggéra une explication – les économies d'énergie – qui arracha un haussement d'épaules à Marion.

Ils ne détectèrent aucun signe de vie ou de visite récente. Ils firent le tour de cet ensemble qui jurait avec le reste de l'Usine et dont l'arrière était fermé par un mur haut de deux mètres. Il y avait un accès, cependant, à cette aire non construite couvrant une centaine de mètres carrés. Un portail plein qui paraissait plus récent que le reste, à l'égal de la clôture, et barrait l'entrée de cette emprise, au nord. Dans l'air pollué par la forte circulation automobile qui grondait tout près, Marion frissonna. On ne voyait pas où conduisait ce portail ni pourquoi il avait été installé là. Il aurait fallu escalader et aller regarder par-dessus le mur mais ils n'étaient pas outillés pour cela. Marion ne se souvenait pas que Valentine lui eût mentionné ce mur et ce portail. Intuitivement, ce lieu la dérangeait, il en émanait comme un appel à l'infraction, à l'effraction.

Elle constata la même perplexité chez Alstair. Elle sortit de sa poche le croquis qu'avait bien voulu esquisser Black Snake et le déplia. En l'orientant comme il le lui avait expliqué, elle repéra l'endroit où il avait surpris Sasha Azonov honorant dans une voiture de luxe une femme qui, après vérification, ne pouvait être qu'Anastasia. Le dealer l'avait identifiée en visionnant une vidéo publiée sur Internet, sans aucun doute possible. Marion étudia les lieux. À quelques mètres de l'aire de stationnement supposé de la Mercedes, elle repéra un foulage dans les herbes et, sous l'œil intéressé de l'Anglais, se pencha pour ramasser quelque chose.

Elle revint vers lui avec deux mégots de cigarettes que Mac Queen examina après avoir rechaussé ses lunettes.

— Dunhill... dit-il, il y a aussi des caractères cyrilliques, au-dessus du filtre... Dunhill russe, je dirais...

— Deux clopes, soupira Marion, le temps qu'il a fallu à Sasha Azonov pour baiser sa belle-sœur à l'arrière d'une voiture !

— Un chaud lièvre, dis donc !

— Lapin, Al, on dit un chaud lapin...

Ils demeurèrent un moment immobiles à scruter les environs, à la recherche d'un élément, d'une autre voie d'accès. Mais il n'y en avait pas. Si des véhicules venaient ici – et pour quoi faire ? – ils passaient par cette piste qu'ils avaient empruntée. Marion restait plantée au milieu, démangée par l'envie furieuse de continuer à chercher. Mais aussi envahie d'une appréhension primaire qui lui indiquait le danger, abstrait et proche, indétectable et évident.

Le crépuscule était maintenant installé, l'ambiance devenait glauque, menaçante. Il fallait rebrousser chemin.

Une fois dans le véhicule, Mac Queen, frigorifié, frotta longuement ses grandes mains l'une contre l'autre en maugréant contre cette fichue flotte.

— Tu es habitué pourtant à la pluie, grinça Marion, déçue et mécontente.

Elle s'était attendue à autre chose, une découverte plus percutante à côté de laquelle seraient passées les équipes de Valentine qui avaient dû céder le terrain plus vite qu'elles n'auraient voulu après l'intervention des représentants de Pharmcop. L'empressement des propriétaires à se manifester pour mettre des bâtons dans les roues des flics était un signe qu'ils étaient dérangés. Mais à moins d'amener un bataillon de bulldozers et de tout éventrer... Jamais personne ne la laisserait faire une chose pareille, avec les avocats de Pharmcop sur le dos et des incidents diplomatiques en vue. Les Russes plaisantaient rarement avec le respect de leur territoire. Marion, ses intuitions et son Anglais mouillé comme un chat de gouttière, ne faisaient pas le poids.

— Il faut trouver un autre moyen, marmonna-t-elle en démarrant.

L'arrivée d'un message sur le téléphone de Mac Queen l'interrompit. Il prit le temps de le lire tandis que Marion effectuait un demi-tour sur la voie rapide salué par une salve d'avertisseurs. Elle jura à haute voix, pour se défouler, mais évita d'utiliser le gyrophare. En zone hostile, le risque était trop grand.

— Kathy Bush, dit sobrement Alstair pas autrement ému par les manœuvres intrépides de Marion, elle a trouvé des informations intéressantes dans l'ordinateur d'Azonov. Elle les a transférées sur ma boîte mail.

— On va à Nanterre, abrégea Marion, tu les liras sur ton ordi…

Une fois engagée dans la bonne direction, elle scruta ses rétroviseurs et n'y remarqua rien d'inquiétant. Alstair avait composé un numéro, il baragouinait en anglais. Marion n'essaya pas de comprendre mais elle savait qu'il échangeait avec la superintendante Bush.

À trois voitures derrière, pourtant, ses suiveurs n'avaient pas lâché prise. Ils avaient seulement remplacé les 4 × 4 noirs très voyants par des limousines plus banales quoique tout aussi luxueuses. On ne change pas facilement ses habitudes.

49

OCRVP, Nanterre

Valentine était déjà là quand ils entrèrent dans le bureau de Marion. Les pieds sur la table, elle était occupée à consulter des plans. Ils se rendirent dans le bureau de la permanence momentanément déserté, à l'abri des oreilles indiscrètes. Marion fit éteindre les portables. Cara leva les yeux au ciel, Mac Queen soupira discrètement mais Marion s'obstina, question de cohérence.

Mac Queen avait connecté son ordinateur et ouvert les fichiers envoyés par sa collègue de Londres. Tout en anglais, constata Marion, irritée de devoir attendre qu'il ait lu et traduit le texte.

— Ce sont des propos scientifiques, précisa-t-il, je ne suis pas sûr de tout comprendre. Vous m'accordez quelques minutes, le temps que je survole ?

Marion entraîna Valentine vers le fond de la pièce, face à l'écran de la télévision branchée sur iTélé, son coupé.

— C'est quoi, ça ?

— Les plans de la friche de Saint-Denis. J'avais demandé à mon service de se les procurer. Ce sont des éditions anciennes déposées aux archives départementales. Ils datent de la construction des ateliers, en 1890.

— Super !

Valentine Cara dévisagea Marion pour débusquer une moquerie mais elle en fut pour ses frais. Elle fronça les sourcils :

— Ça me travaille, ce lieu merdique...

— Et moi donc...

La divisionnaire narra en quelques mots son expédition avec Mac Queen.

— Vous auriez dû me le dire, dit Valentine, je vous aurais accompagnés... Avec les plans.

Marion se rendit aux arguments développés. Mais elles devaient se partager le boulot, c'était bien de cela qu'elles étaient convenues. Elle lui relata ses découvertes sur place et ses impressions. Cara ne fit aucun commentaire mais le sérieux de son visage montrait son intérêt. Elle acquiesça à l'idée que, lors de la fusillade, elle avait raté le coche. Il y avait probablement des éléments cachés qui, maintenant, avaient disparu. Ou pas, tout dépendait de l'ampleur des secrets. Une grosse organisation pouvait se sentir suffisamment solide pour balayer le risque policier par la seule agitation d'un chiffon rouge diplomatique.

— Si tu demandais une commission rogatoire au juge d'instruction en charge de la fusillade pour démolir ce bordel ? suggéra Marion.

Cara la scruta. Hocha la tête. Jamais le juge Dorgel n'accepterait une chose pareille. Celui-là, c'était un « pas de vagues », du genre qui peaufine sa carrière à l'abri des tourmentes, derrière son bureau.

— Et il faudrait d'abord que j'arrive à convaincre mon patron…

— Ça vaut le coup d'essayer, murmura Marion qui avait encore dans les oreilles les pleurs du vent dans la friche.

Valentine acquiesça, l'idée lui plaisait. Demain, à la première heure, elle attaquerait ce qui ressemblait à une montagne infranchissable.

— Montre-moi tes plans ! lui enjoignit la divisionnaire.

Cara remua le tas de paperasses composé de photocopies qu'une petite main avait réuni deux par deux avec du scotch. Elle en étala une partie sur la grande planche adossée au mur et qui supportait la machine à café, des écrans plats, une imprimante et quelques rames de papier.

— Là, dit-elle en posant le doigt sur un groupe de feuillets, la version originale de 1890, là une transposition de 1920. Pendant la Grande Guerre et grâce à l'emploi des femmes dans le secteur industriel, la partie centrale des bâtiments a été modifiée…

Marion se pencha pour suivre la démonstration. La zone en question montrait un bâtiment désigné « social » dans la deuxième mouture.

— Les femmes se sont battues pour qu'on leur construise une cantine, parce qu'on ne leur laissait pas le temps de rentrer manger chez elles. Sur l'emprise des Grands Ateliers de Saint-Denis, elles ont obtenu également un lieu pour faire garder les enfants en bas âge, une crèche quoi. Compte tenu de la taille du site, cette partie est plutôt vaste et… regardez !

Le bâtiment, rénové en 1920, avait été érigé sur un sous-sol. Un plan spécifique de cette vaste cave faisait état d'une aire utilisée pour l'installation de la cuisine et le stockage des denrées alimentaires, une réserve à vin – on picolait encore sur les lieux de travail –, l'autre correspondait à une infirmerie et un local pompeusement baptisé « centre social ».

— Ils étaient avant-gardistes, ces industriels ! ironisa Marion.

— Ouais, surtout, ça leur permettait de garder les ouvriers sous la main, la mode était au paternalisme... Le « centre social » abritait la crèche et un ou deux locaux syndicaux. En tout cas, une chose est sûre, l'espèce de verrue où est installé le bureau de vente, juste devant cet ensemble, ne figure pas sur ces plans.

— Quand a-t-il été bâti ?

— J'aimerais bien le savoir... Les ateliers ont cessé de fonctionner en tant que tels dans les années 1970. D'après ce qu'on a trouvé aux archives, il y a eu une tentative de reprise par une imprimerie industrielle, pendant quelques décennies, avant l'abandon définitif du site. Mais nulle part, on n'a mis la main sur une demande de modification, d'ajout de ce local, de permis de construire ou autre. Plutôt étrange...

Marion se releva en se massant le bas du dos. Des nuits au sommeil agité, l'inquiétude du sort de Nina, l'espèce de brouillard dans lequel elle ramait avec cette affaire aux multiples ramifications, lui donnaient l'impression d'avoir pris dix ans en quelques jours.

Alstair, toujours absorbé dans sa lecture, ne manifestait aucune émotion ni humeur.

Quand la porte s'ouvrit sur le permanent, une brigadière d'une cinquantaine d'années trop parfumée, Marion fit signe à Valentine de sortir et la précéda hors de la pièce.

— On va fumer une clope, cria-t-elle à l'adresse de Mac Queen.

Après quelques pas dans un couloir peint du beige jaunâtre de l'administration française et balisé d'armoires métalliques, elle prit le coude de Valentine qui s'étonnait de ce que, subitement, elle eût décidé de se remettre à fumer.

— Parle moi de Nina, murmura Marion entre ses dents.

Elles avaient évité le bureau de Marion et celui de Louis Zénard qui la cherchait depuis un bon moment, dixit la brigadière aux senteurs d'Opium. Elles étaient descendues au rez-de-chaussée, s'étaient mêlées aux fumeurs. Bousculé par le vent, un conteneur à ordures roulait sur le trottoir d'en face, couvercle grand ouvert.

— Alors ? s'impatienta Marion.

— Vous inquiétez pas, tout roule.

— Tu as eu des nouvelles quand ?

— Fin de matinée. Nina va bien, elle se repose et elle récupère.

— Mais encore ? dut insister la divisionnaire qui captait dans la sobriété de Valentine un discours subliminal qu'elle n'aimait pas.

— Ça va, je vous dis ! s'énerva la capitaine.

— Arrête de me ménager, Valentine, dis-moi ce qui se passe !

Valentine n'était pas du genre à tergiverser longtemps.

— Je ne sais pas combien de temps ils vont pouvoir tenir, souffla-t-elle enfin en fixant Marion droit dans les yeux. Ils se relaient pour la surveiller mais…

— Mais quoi ?

Marion l'avait bien senti : il y avait un problème dans la planque.

— Stéphane Ducros est certain maintenant qu'elle les embrouille et vous avec.

— Explique !

— Il l'a surprise, à des moments où elle pense ne pas être observée, pas du tout prostrée. Elle retrouve même toute sa vivacité. Elle se regarde dans la glace, elle se coiffe, elle s'est même pressé un bouton sur le nez… Ça vous fait marrer ?

Un léger sourire avait en effet échappé à Marion qui ne trouvait pourtant rien de drôle à ce que disait Valentine. C'était juste l'image de Nina s'explosant un bouton d'acné… Une obsession chez elle depuis qu'elle avait commencé à constater les effets du bouillonnement de ses hormones.

— Ce matin, appuya Cara, il l'a même grillée, torse nu, à s'examiner la poitrine dans la salle de bains, dans tous les sens. À ce sujet, son 90 C a dégonflé…

— Qu'est-ce qu'elle en dit, la toubib ?

À l'évocation de la belle Rose, Valentine se décontenança brièvement. La légiste lui manquait, ça crevait les yeux.

— Ça la conforte dans l'idée qu'on lui a fait prendre des hormones. Elle s'est inquiétée des résultats des analyses, on les aura peut-être ce soir...

— Pourquoi tu as dit qu'il faudrait que ça se termine vite ?

— Parce que Stéphane est persuadé que Nina va essayer de leur fausser compagnie.

Marion triturait son briquet en se demandant combien de temps elles auraient à subir ce stress. Valentine attrapa l'objet :

— Confisqué ! dit-elle, vous n'allez tout de même pas vous y mettre aussi !

Alstair n'avait pas encore terminé quand elles remontèrent. Marion claquait des dents, autant à cause du crépuscule glacial que des propos inquiétants de Valentine. La brigadière de permanence lui annonça d'emblée que le sous-directeur Marconi n'arrivait pas à la joindre sur son portable et il avait dit que « ça commençait à lui casser les burnes ».

Elle constata que Louis Zénard avait rejoint l'Anglais et lisait par-dessus son épaule.

— Va voir Marconi, dit-il avec une mimique explicite.

— J'ai compris... Qu'est-ce qu'il veut ?

— Qu'est-ce que j'en sais ! Il te le dira lui-même !

Zénard esquivait comme souvent en fin de journée quand il avait ses douze heures de boulot dans les pattes. Plus sûrement, il ne savait pas quel était le niveau de partage des secrets avec le Britannique qui faisait semblant de ne pas écouter. Marion soupira qu'elle irait chez

Marconi avant de partir et s'assit en face d'Alstair après avoir demandé à la brigadière de les laisser entre eux.

Avant de s'exécuter, la femme tendit à Marion un papier sur lequel figuraient les références du boîtier électrique installé à côté du monte-charge de la friche de Saint-Denis. Le modèle Prog 21 était fabriqué depuis 2010 par Schneider Electric, la norme NF 12-313 datait, elle, de 2012. La divisionnaire accusa le coup. À l'interrogation muette de Valentine, elle se contenta de lui faire glisser le post-it. Le regard qu'elles échangèrent était explicite : il se passait là-bas des choses anormales.

Le nuage d'Opium stagnait dans la pièce. Marion hypersensible aux odeurs depuis son accident, voulut ouvrir la fenêtre.

— Putain, ça pue, râla-t-elle une fois qu'elle eut réussi à entrebâiller de trois centimètres l'huis bloqué parce qu'on était au sixième étage et que se prendre pour un oiseau tentait parfois les gardés à vue.

Louis Zénard lui souffla à l'oreille qu'il avait reçu le témoin de l'Eurostar et qu'il lui en parlerait après. Il lut l'inquiétude sur son visage et la rassura d'une grimace. Pas de scoop à prévoir, conclut-elle de cet échange muet.

Alstair releva le nez de son ordinateur et étira sa carcasse empâtée. Puis, d'un geste, il indiqua à Marion qu'il était prêt.

— Le fichier, dit Alstair Mac Queen en faisant aller son regard de son écran en anglais à ses notes en français, est une étude très approfondie sur le lait maternel. Certainement une conférence qu'Azonov a donnée ou qu'il allait donner le jour de sa disparition. Je ne peux pas traduire l'ensemble car il y a trop de termes médicaux et scientifiques. Mais je crois comprendre que, hormis les éléments déjà connus sur les bienfaits du lait humain, il a découvert une molécule jusqu'alors passée inaperçue et qui concerne les défenses immunitaires, la résistance aux virus, à *un* virus en particulier qui n'est pas nommé. Cependant, il prévient que le travail n'est pas encore abouti complètement et qu'il poursuit ses expériences...

Marion sentit ses doigts fourmiller, la peau de son crâne s'échauffer.

— Il mènerait ses expériences lui-même ? Chez lui, je veux dire, avec ces jeunes femmes... ?

— Ce n'est pas écrit, Marion, la calma Mac Queen parce qu'il savait qu'elle pensait à Nina. Ce n'est pas impossible... Il déplore en préambule la raréfaction des réserves de lait maternel. Les femmes allaitent moins leurs bébés, c'est une généralité mondiale, et quand elles le font, c'est de moins en moins longtemps alors qu'il préconise un allaitement pendant deux ans...

— Deux ans !

— Oui, ou plus... Il incrimine la modernité, les femmes qui travaillent. Il invoque les bienfaits du processus mais regrette la disparition accélérée des lactariums malgré l'incitation de certains chercheurs... À la fin, il dit que sa découverte n'aura de sens que s'il se trouve des femmes en nombre pour produire ce lait précieux. Il faut stimuler la lactation, obliger les femmes à faire du lait, en somme, car, en dépit de l'acharnement des chercheurs, personne n'a trouvé la façon de fabriquer ce lait unique.

— Ça alors, j'ai du mal à le croire ! On arrive à répliquer artificiellement de la peau, des organes et pas le lait maternel... ?

Alstair salua la réflexion de Valentine d'une moue entendue :

— Les Russes ont, semble-t-il, conduit des expériences sur des souris et des chèvres transgéniques auxquelles ils ont injecté des hormones humaines pour leur faire produire un lait « maternel humain » plus vrai que vrai mais le résultat est encore incertain. Il y a eu des « accidents » qu'il ne développe pas. En tout cas, le lait de ces chèvres ne pourrait pas être consommé tel quel, il faudrait le transformer en médicaments. Les réticences quant à ce produit sont énormes, dit-il, beaucoup de chèvres sont mortes et il considère que les réserves de la communauté scientifique sont fondées et qu'on doit, pour l'instant, en rester à la production de lait humain par les femmes.

— Bon, je comprends, souffla Marion, ça explique pas mal de choses. Ces jeunes femmes, les enfants qu'il a avec elles... ce vieux pervers se sert de la science et de ses recherches pour se créer une réserve de jeunes femmes et...

— Il y a sûrement un peu de ça, admit Zénard qui n'avait encore rien dit, mais la question à se poser, c'est ce qu'il sous-entend à travers l'exploitation de ce lait maternel.

— Tu as raison, dit Mac Queen, selon Kathy Bush, l'explication est ailleurs...

Les trois auditeurs le fixèrent, suspendus à ses lèvres.

— Mais on ne l'a pas… Bush a interrogé le personnel du laboratoire d'Azonov. Personne n'a jamais eu vent de travaux, ni de recherches, ni d'expériences sur ce sujet. La seule personne, en dehors de lui, qui pourrait nous éclairer est son assistante mais on a perdu toute trace d'elle. Le collaborateur qui a ouvert le bureau du professeur le jour de sa disparition a dit que le texte de la conférence qu'il comptait donner a disparu aussi. Il ignore sur quel support il était, peut-être sur une clef USB… Pour mes collègues de Londres, tous ces éléments sont liés…

Marion cachait mal sa déception.

Zénard s'était penché sur l'ordinateur de Mac Queen.

— Et ça, qu'est-ce que c'est ? demanda-t-il en pointant du doigt une icône.

— Ça ? un fichier vide… J'ai interrogé Bush, elle l'a trouvé tel quel. Il n'y a que le titre…

— Juvenil Azonov System, prononça Zénard après que l'Anglais eut cliqué sur le lien.

— Juvas… murmura Marion.

Sans préavis, les images de corps autopsiés la percutèrent. Alida et Queue de Rat entamèrent une sarabande qui lui donna le tournis. JUV comme « juvénile »…

— Louis, dit-elle en se tournant vers son adjoint, appelle le Pr Bailly, je veux qu'il lise ce document dès que possible.

50

La Mouzaïa

Deux surprises attendaient Marion quand elle refit surface à la Mouzaïa aux environs de 21 heures. D'abord la porte d'entrée avait été réparée. L'installateur l'avait renforcée par des cornières métalliques et lui avait ajouté une serrure de sécurité. La lumière qui illuminait le salon annonçait qu'il y avait du monde à la maison et ce n'était pas Valentine puisqu'elle avait annoncé qu'elle rentrerait tard. Une mystérieuse affaire la retenait dehors et Marion soupçonnait un rendez-vous déraisonnable. La capitaine avait chipoté mais l'intuition de la divisionnaire n'en démordait pas. Fais gaffe, l'avait-elle avertie, si tu déconnes et que tu mets Nina en danger…

L'autre surprise, c'était Jean-Charles Annoux, encore pâle et les traits tirés, assis dans un fauteuil devant la cheminée, un plaid de laine sur les jambes. Luc Abadie avait allumé un feu de bois, il s'activait dans la cuisine où flottait une bonne odeur de pistou. Un festin de pâtes s'annonçait. Encore un. Le jeune lieutenant reçut les effusions de sa patronne avec son habituel air heureux. Abadie avait la mine plus réservée, une ride soucieuse renfrognait son visage. Il salua Marion de loin et vint ajouter son couvert aux deux autres déjà dressés sur la table.

— Cache ta joie ! grommela Marion une fois qu'elle eut compris qu'il était de méchante humeur. Ça va, Abadie ?

— Ça irait mieux si vous me teniez au jus ! contra le commandant sans frémir. Je ne vous ai pas vue depuis deux jours, vous ne m'appelez pas, en gros, ici, je suis la cinquième roue du char !

— Et nous ne sommes que quatre !

— Pardon ?

L'humour n'était pas de mise ce soir. Abadie ne quittait pas son air des mauvaises soirées qui suivent les mauvais jours.

— Rien, éluda Marion, je voulais vous détendre...

Il haussa les épaules, encore plus crispé. Jean-Charles qui suivait la scène avec anxiété sembla frappé d'une illumination :

— Si on avançait la table devant la cheminée ! s'exclama-t-il.

Une tendresse indulgente passa dans le regard sombre d'Abadie. Ses défenses cédèrent d'autant plus vite que Marion avait sauté sur l'occasion, attrapé une extrémité de la table et enjoint au commandant de saisir l'autre. En dix secondes, l'affaire fut dans le sac et Abadie retrouva un peu de sérénité en apportant le plat et une bouteille de vin. Jean-Charles déclina. Il allait bien mais l'alcool ne ferait pas bon ménage avec les quelques médocs qu'on lui administrait encore.

— Alors ? ne put s'empêcher de relancer Abadie une fois un premier verre avalé.

Marion lui fit part de ce qu'elle avait mis en œuvre pour retrouver Nina.

— Vous avez une hypothèse ? s'inquiéta Jean-Charles qui avait attaqué son assiette de pâtes plus pour faire plaisir au cuisinier que par réel appétit.

— Non, rien de solide, dit Marion en s'efforçant de se mettre au diapason. Je pense qu'elle peut être avec le mari de sa sœur, mais rien ne le prouve.

— Quoi ?

Jean-Charles était carrément outré. Abadie, lui, ne moufta pas. Il avait l'avantage sur son compagnon de bien connaître Marion. Il avait vu passer les avis de recherche, il ne pouvait imaginer la patronne aussi peu impliquée dans une histoire qui mettait en cause la sécurité et l'intégrité de sa fille.

— Si on allait fumer une clope dehors ? lui lança-t-elle en se levant.

— Vous fumez maintenant ? s'insurgea le jeune lieutenant.

— Je suis stressée, c'est tout ce que j'ai trouvé pour me calmer...

Elle agita un paquet de Marlboro sous le nez de Jean-Charles ébahi et d'un signe de tête invita Abadie à la suivre. La porte-fenêtre livra un courant d'air glacé. Jean-Charles frissonna en remontant la couverture qui avait glissé sur ses pieds quand ils disparurent dans la nuit opaque.

— Je le crois pas ! siffla Abadie, donc Nina, c'est du flan !

— Moins fort !

Elle scrutait l'obscurité comme un naufragé dans une nature hostile. Abadie, vrai fumeur, lui, tira une longue bouffée de sa brune sans filtre. Il souffla un nuage épais qui forma autour de leurs têtes une auréole vite dispersée par la bise qui ne désarmait pas. Une mimique ironique mit Marion en alerte.

— Je sais ce que vous pensez, je m'en fous, on parle bas ou je ne vous dis rien d'autre !

Elle était bien obligée de lui avouer son stratagème pour éviter tout impair. Elle le mit en garde : pas question d'affranchir Jean-Charles. Il se rebiffa. Elle le provoqua avec une allusion aux confidences sur l'oreiller. Il préféra ne pas relever.

— Donc, vous ne savez toujours pas qui sont ces types ?

Il émergeait de sa question incrédule un vague relent de suffisance. Forcément, quand on a intégré la cour des grands, on ne voit plus la vie policière de la même façon.

— Bien sûr que je le sais, prétendit-elle sans conviction, mais ils ne sont pas faciles à cerner, encore moins à coincer.

Abadie allait lui renvoyer un coup bas quand la voix de Jean-Charles les fit se retourner. Debout dans l'entrebâillement de la porte-fenêtre, il hélait Marion.

— Votre téléphone, patron ! Il n'arrête pas de sonner !

Marion saisit l'appareil, lut « Numéro masqué ». D'habitude elle rejetait ces appels derrière lesquels se réfugiaient souvent des gens qui se prenaient pour ce qu'ils n'étaient pas. Là, elle sentit qu'elle devait répondre. Elle guida d'une main vaguement tremblante le téléphone jusqu'à son oreille.

— Allô ? émit à l'autre bout une petite voix terrorisée. Marion ?

— Oui !

— C'est moi, Angèle.

51

Paris

Ils étaient partis sur les chapeaux de roue. Elle avait eu beau faire, Abadie n'avait pas lâché prise, il n'était pas question qu'elle traverse Paris toute seule pour un rendez-vous avec une femme qui, à l'évidence, mourait de peur et se trouvait en danger.

Marion était restée aphasique une fraction de seconde qui lui avait semblé une éternité. Elle avait demandé à Angèle de lui donner la preuve qu'elle était bien celle qu'elle disait, parce que sa voix était méconnaissable. Angèle avait observé un silence avant de lui rappeler le premier Noël qui avait suivi l'adoption de Nina quand elle avait 6 ans. Avec Lisette, la grand-mère des trois orphelins – Angèle, Lucas et Nina – à Lyon. À minuit, la permanence avait appelé Marion pour une affaire et, afin de ne pas les laisser en plan, elle avait embarqué tout le monde à l'hôtel de police où ils avaient fini la soirée parmi les flics.

— C'est bon, avait dit Marion sans attendre la fin de l'histoire. Où es tu ?

Angèle avait hésité, terrifiée. Puis elle avait lâché l'adresse d'un hôtel dans le 15e arrondissement.

— Qu'est-ce qu'elle fout là-bas ? ronchonna Abadie qui avait pris le volant.

Marion le gratifia d'un coup d'œil irrité.

— Elle a dû se planquer là après être revenue de Londres… le rabroua-t-elle.

— Pourquoi elle vous a pas appelée plus tôt ? On aurait gagné du temps, surtout qu'elle doit en avoir des trucs à raconter !

— J'imagine… Grouillez-vous, Abadie !

La voiture était celle de la Crim avec laquelle il était rentré ce soir après avoir sorti Jean-Charles de l'hôpital. Marion avait laissé la sienne à son chauffeur à cause de l'heure tardive et parce qu'il habitait au fin fond de la banlieue. Abadie râla mais appuya sur le champignon en s'engageant sur le boulevard périphérique. Fluide, par chance.

— Angèle était bien dans l'Eurostar avec Nina, en tout cas, reprit Marion qui s'efforçait de respirer calmement. On a un témoin.

Elles étaient assises en face de lui, côte à côte. Ne se disputaient pas. Angèle tenait la main de Nina. Il les avait repérées, car très jolies toutes les deux. Il s'était absenté pour aller téléphoner, assez longtemps. Quand il était revenu à sa place, la jeune fille n'était plus là. L'autre pleurait. Il lui avait demandé : « Ça ne va pas, madame ? » Elle lui avait semblé sur le point de vouloir lui parler mais elle s'était brusquement levée et dirigée vers les toilettes. Il ne l'avait plus revue jusqu'à l'arrivée à Paris. La plus jeune non plus.

Ils filaient sur le périph et Marion devenait nerveuse. Angèle, en pleine panique, avait l'impression qu'on l'avait repérée. Elle était sortie de l'hôtel où elle se terrait et, en revenant de sa brève promenade, elle avait surpris en face de l'entrée deux types qui la regardaient bizarrement. Marion avait interrompu la communication. Pas besoin de se répandre sur les ondes.

— Vous lui avez demandé pourquoi elle se planque ? lança Abadie.

— Non, pas eu le temps !

Un nouveau coup d'œil au commandant fit grimper son niveau d'adrénaline. Il avait le regard collé aux rétroviseurs, central et extérieur, alternativement.

— Qu'est-ce qu'il y a ? fit-elle en fixant le rétro droit par réflexe.

Le GPS indiquait qu'il fallait sortir porte de Sèvres pour rejoindre la rue Vasco-de-Gama. Abadie, sans prévenir, s'engouffra dans la bretelle qui conduisait porte d'Orléans. Marion se cabra.

— On est filochés, expliqua-t-il en contournant à vive allure la place du 25-Août-1944.

À l'entrée de l'avenue Jean-Moulin, il bifurqua dans une petite rue calme et s'arrêta quelques mètres plus loin devant un café fermé.

— Vous êtes sûr ? s'enquit Marion plus essoufflée qu'après un cent mètres.

— Certain. Mercedes.

Rien ne se passa pendant une bonne minute et Abadie alla un peu plus loin faire demi-tour, lentement. Il rejoignit le boulevard Brune et s'y lança, délaissant le périphérique. Pas de Mercedes en vue ni un quelconque véhicule suspect. Le commandant se livra à quelques exercices de rupture mais si filature il y avait eu, il avait réussi à décrocher ses poursuivants.

Cinq minutes plus tard, ils abordaient la rue Vasco-de-Gama où Angèle les attendait. En sens unique et étroite, elle semblait déserte. Marion repéra très vite l'enseigne de l'hôtel à l'angle de la rue Lecourbe, immeuble surplombé par le ballon captif du parc André-Citroën. Une silhouette menue attendait sur le trottoir.

— Je la vois, s'écria Marion, là, à 50…

Un choc violent explosa le véhicule de la Crim à l'arrière. Marion plongea en avant, cogna contre le pare-brise. Abadie, encore attaché, résista mieux mais perdit quelques précieuses secondes à reprendre ses esprits. Sonnée, Marion releva la tête, pas encore pleinement consciente de ce qui se passait. Sa vision brouillée lui montra un 4 × 4 qui venait de tourner l'angle de la rue Lecourbe et s'arrêtait devant l'hôtel. Ses feux arrière teintèrent la rue d'une lumière inquiétante et les portières s'ouvrirent. Marion cria : « Les enfoirés, ils vont l'embarquer ! » Abadie, qui avait réussi à se libérer de la ceinture, cherchait son arme de service quand un deuxième choc lui écrasa le nez dans le volant. Il entendit ses dents craquer. Marion gueula et la culasse de son Sig Sauer claqua. À moitié assommé, Abadie la vit se mettre en mouvement pour ouvrir la portière. Il voulut lui crier de ne pas bouger, d'appeler des renforts mais il avait du sang plein la bouche et une douleur aiguë lui brûlait la langue.

Dehors, des gens s'agitaient. Une moto s'arrêta à hauteur de la voiture de police, son conducteur en scruta l'intérieur et dégaina un téléphone pour appeler les secours. Marion était sur le trottoir à présent, elle titubait, comme ivre. Elle eut le temps d'apercevoir le 4 × 4 qui redémarrait devant l'hôtel et entendit avec un temps de retard le hurlement d'Abadie :

— Couchez vous !

Une première détonation souleva le motard de son engin. Il demeura sur sa monture tandis que son téléphone volait dans les airs. Marion fit volte-face et aperçut le canon pointé sur la Peugeot de la Crim ou sur elle, tout allait tellement vite, en même temps que la Mercedes entamait une marche arrière. Elle se jeta à plat ventre. Deux coups de feu, le grincement sauvage de la boîte de vitesses et le chant funèbre de la marche arrière.

Le silence.

Des gens qui courent, se penchent. Abadie qui hurle.

Pourquoi gueule-t-il ainsi ? fut la dernière pensée de Marion.

Elle reprit contact avec la terre à l'arrière d'une ambulance. Pas loin d'elle, Abadie tenait devant sa bouche une compresse ensanglantée. Plusieurs uniformes sillonnaient l'espace dans son champ de vision. Elle voulut se lever mais une main ferme l'en empêcha. D'ailleurs elle avait un tuyau dans le bras.

— Qu'est-ce qui s'est passé ? J'ai pris une balle ?

— Non, vous vous êtes assommée en tombant…

Le souvenir revint d'un coup. Sa chute sur le trottoir pour échapper aux coups de feu, justement. Elle fit une grimace :

— C'est pas glorieux…

— C'est mieux comme ça ! grinça tout près la voix d'Abadie. Question bastos, vous avez eu votre compte, non ?…

— Ça va, vous ? s'inquiéta Marion.

— J'ai une dent cassée, une qui bouge salement et je me suis coupé la langue. C'est comme si j'avais pris un hippopotame dans la gueule. À part ça… ça va.

— Mon pauvre… C'est ma faute.

— C'est la faute de ces bâtards ! Mais ils vont pas l'emporter au paradis ! Cette fois la police parisienne est en feu.

Ouais, songea Marion avec aigreur, avec la PJ de Paris, le 36 en tête, on va tout résoudre en deux temps, trois mouvements. Abadie, qui la devinait au quart de tour, confirma. Le plan immédiat d'intervention avait été lancé sur décision du cabinet du préfet de police. Ces truands qui prenaient Paris pour un terrain de jeu, ça commençait à bien faire. Un motard était ce soir dans un état critique à cause d'eux. Deux policiers dont un de la Crim – et l'autre qui s'y trouvait encore il n'y avait pas si longtemps – étaient blessés après une attaque en pleine rue. Une voiture à moitié défoncée, bonne pour la casse ou presque, les autorités disaient stop. Déjà on savait que la Mercedes tamponneuse venait d'être retrouvée à deux rues du point d'impact. Des passants avaient vu un couple en descendre. L'homme arborait une longue natte et, détail qui devait avoir son importance car un jeune homme avait insisté là-dessus, il semblait que c'était la femme qui donnait les ordres. Ils avaient couru dans la rue et avaient été ramassés un peu plus haut par un 4 × 4 noir BMW. Un automobiliste qui se garait à proximité s'était manifesté pour apporter un supplément d'information : le 4 × 4 était immatriculé en Suisse. Plusieurs personnes à bord, quatre ou cinq. Il était parti en direction du périphérique. Il y avait une bonne heure de cela maintenant. On avait perdu sa trace en dépit du maillage serré des patrouilles, de la surveillance des accès au périphérique et du suivi renforcé des images renvoyées par les caméras de vidéosurveillance urbaine. Un engin proche de la description fournie par les témoins avait été aperçu à l'angle de l'hôpital Georges-Pompidou et du parc Citroën avant de disparaître des écrans. D'autres étaient apparus depuis, forcément, la nuit faisait sortir les gros insectes noirs de leur trou. Leur contrôle systématique n'avait encore débouché sur rien. Abadie suggéra qu'on fouille le parc et les parkings proches ainsi que tout lieu pouvant avoir servi de zone de repli ou d'échange de véhicule.

Marion réfléchissait. Comment ces types avaient-ils repéré Angèle ? Son téléphone ? Kathy Bush n'en avait trouvé aucun et, selon elle, Angèle n'en avait pas. Sauf si elle en avait acheté un en France ?

— Abadie !

Le commandant tourna la tête vers elle. Elle agita son téléphone :

— Envoyez une requête en urgence chez Orange pour mon portable ! Je veux savoir de quel appareil Angèle m'a appelée, c'était un numéro masqué. Et vous, dit-elle au médecin qui surveillait sa tension, enlevez-moi ce machin, j'ai du boulot !

52

Paris 15^{e}

L'*Hôtel de l'Étoile*, à l'angle des rues Lecourbe et Vasco-de-Gama, était un établissement modeste mais bien tenu. Un énorme cactus artificiel à trois branches trônait dans le hall, à l'avant d'un espace occupé par quatre fauteuils fatigués et une table basse. Le réceptionniste, derrière le comptoir, semblait catastrophé. Marion comprit tout de suite qu'il avait assisté à l'enlèvement d'Angèle, ce qu'il confirma avec des trémolos dans la voix. Elle l'avait intrigué, cette jeune femme qui ne sortait jamais de sa chambre. Chambre qu'elle payait au jour le jour, comme si elle s'attendait à devoir partir à chaque instant. Elle avait de l'argent, elle en avait déposé dans le coffre de l'hôtel. Il voulait le rendre. Marion l'apaisa de quelques mots, on verrait plus tard. L'homme avala sa salive, retrouva un semblant de calme pour répondre à la question suivante.

Ce soir, Angèle – enregistrée à l'hôtel sous le nom d'Angèle Lenoir – lui avait demandé de lui prêter son portable au prétexte qu'elle avait perdu le sien. Elle semblait nerveuse et, pendant qu'elle téléphonait, ne cessait de regarder la rue. Il n'avait pas entendu ce qu'elle disait mais après lui avoir rendu son Samsung, elle était allée aux toilettes, juste derrière la réception. Il avait perçu de drôles de bruits à travers la cloison, il supposait qu'elle avait vomi. Puis elle était réapparue dans le hall, très agitée. Elle lui avait réclamé un verre d'eau. Quand il était revenu, elle n'était plus là. Il avait pensé qu'elle était remontée dans sa chambre. Quelques instants après, il avait entendu le tumulte dehors. Le temps qu'il réagisse, le 4 × 4 noir démarrait. Il avait entrevu Angèle à l'arrière avec une femme.

— Annulez la requête chez Orange ! soupira Marion à l'adresse d'Abadie qui venait de la rejoindre. On va économiser les deniers de l'État…

— Vous savez ce que ça veut dire ? bafouilla le commandant parce que sa bouche lui faisait un mal de chien et qu'il avait refusé un antalgique.

— Ces types me suivaient, ils se doutaient qu'elle prendrait contact à un moment ou un autre avec moi…

Ils se mirent à fouiller la chambre d'Angèle mais durent se rendre à l'évidence : il n'y avait rien dans l'espace occupé par un lit, une armoire, une table et une chaise. Une brosse à dents dans la salle de bains, une serviette sur le rebord de la baignoire encrassée de calcaire. Abadie, un mouchoir en papier devant la bouche, examinait les lieux en évitant de poser ses pattes partout. Marion, assise sur le couvre-lit qui portait encore la forme du corps d'Angèle, le regardait faire en se demandant ce que la jeune femme représentait de si important pour la bande qui les persécutait depuis presque une semaine. Était-elle un instrument de chantage en lien avec la disparition d'Azonov ? Ou bien détenait-elle quelque chose de capital ? Une information ou une de ces supposées puces comme Nina en avait porté à l'oreille ? Mais dans ce cas, les poursuivants l'auraient repérée sans recourir à toutes ces exactions. Alors quoi ?

— Je vous préviens, dit Marion au responsable de l'hôtel qui se tenait dans l'embrasure de la porte, on va démolir cette chambre… L'homme, une bonne soixantaine usée, hocha la tête avec fatalisme. Il se doutait bien que cette jeune femme poserait problème.

Il l'avait senti, dès son apparition, un soir, sans bagages.

Abadie se replia, demanda par téléphone qu'on lui envoie une équipe technique et quelques gardiens pour sécuriser l'*Hôtel de l'Étoile*. Marion n'excluait pas un retour sur les lieux des kidnappeurs s'ils ne trouvaient pas sur Angèle ce qu'ils espéraient. Il la gratifia d'un coup d'œil suspicieux. Elle haussa les épaules.

— Une simple hypothèse, dit-elle en redescendant au rez-de-chaussée. Je préfère envisager le pire…

Ils explorèrent les toilettes derrière la réception, de fond en comble. Deux W-C où Angèle aurait pu abandonner son secret si elle se pensait en danger. Mais à moins d'imaginer un objet minuscule et invisible, il n'y avait rien.

En sortant de là, Marion se heurta à Louis Zénard qui lui désigna du pouce quelqu'un derrière lui. Elle se décala, aperçut Marconi, soupira.

La nuit s'annonçait longue.

Le 4 × 4 BMW fut découvert moins d'une heure plus tard dans le fond d'un parking jouxtant l'Aquaboulevard, de l'autre côté du périphérique. Le véhicule, pourtant planqué derrière un utilitaire à rallonge, n'avait pas été long à débusquer. Les bandes vidéo montrèrent son arrivée à 22 heures. Sur l'image, on ne distinguait pas l'intérieur ni les passagers, à l'exception des mains gantées de noir du conducteur sur le volant. Masqué par un Opel Movano gris de grande capacité, le 4 × 4 avait largué ses occupants en toute quiétude. Plusieurs véhicules étaient filmés à la suite sortant du parking. Tous n'avaient qu'un passager à bord, sauf un dans lequel on distinguait un homme et une femme à l'avant. Les éventuels occupants des places arrière n'étaient pas visibles. Une Mercedes classe S, de couleur foncée. L'immatriculation n'était pas distincte. Les bornes électroniques indiquaient qu'elle était entrée dans le parking à 21 h 45.

Une opération bien orchestrée, songea Marion avec un frisson.

Une réunion se tint après minuit à la préfecture de Police. Pascal Marconi représentait la DCPJ, encadré par Zénard et Marion qu'il fusillait du regard à tout bout de champ. Un, elle n'était pas allée le voir comme elle s'y était engagée avant de quitter l'Office. Deux, elle se retrouvait encore au milieu d'un « bordel » noir, avec un commandant de la Crim blessé et même pas en charge de quoi que ce soit dans cette histoire. Il n'était pas content et personne autour de la table ne pouvait l'ignorer. En face de lui, le sous-directeur de la PJ parisienne et quelques chefs de brigade du 36 ne mouftaient pas, raides et compassés. La capitale était leur chasse gardée, qu'un autre service pût y conduire des enquêtes ou des opérations était déjà inconcevable, que ces actions tournent à la guérilla était intolérable.

Résumer la situation pour l'ensemble des participants fut une épreuve qui échut à Marion. La synthèse n'avait jamais été son fort, a fortiori quand il n'était pas question de tout dire. Pour finir, elle dut aborder la problématique de Nina en prétendant que si elle s'était précipitée à la rencontre d'Angèle sans prendre plus de précautions, c'était dans l'espoir que sa fille avait fugué pour rejoindre sa sœur. Elle fit l'aveu de sa médiocre appréciation de la situation et de son échec, la gorge nouée. Marconi la fixait avec une sorte de rancune soupçonneuse et elle dut mobiliser toutes ses réserves de pathos pour avoir l'air de croire à ce qu'elle disait.

Un long silence suivit son exposé. À la fin, le patron du 36 objecta que Marion, trop concernée à titre personnel par les événements, n'était peut-être pas la mieux placée pour conduire sereinement cette enquête complexe. Il ajouta que le substitut du procureur, venu constater le branle-bas de la rue Vasco-de-Gama, avait exigé un compte-rendu de toutes les affaires mettant en cause ces individus très agressifs. Il avait émis l'idée de réunir l'ensemble du dossier et de le confier au 36. Cette menace mit aussitôt Marconi dans une rage *himalayesque*. Marion, soulagée que la rogne de son supérieur ait changé de cible, reconnut qu'au moins son sale caractère avait une vertu. Quand il s'agissait de lâcher prise et, à plus forte raison une affaire, Marconi se comportait pire qu'un chien enragé. Il avertit, en des termes virulents et imagés, qu'il ne laisserait personne lui piquer ses dossiers. Il appellerait le substitut lui-même et il n'y avait rien à discuter. Son homologue du 36 n'insista pas mais tout le monde savait qu'il reviendrait à la charge.

Marconi se leva en raclant bruyamment son siège sur le sol et entraîna Marion à l'extérieur.

— T'as intérêt à la sortir fissa, cette affaire, gronda-t-il dans ses oreilles en lui serrant le bras de toutes ses forces, sinon...

— Sinon ?

— Tu m'as très bien compris. Ah, au fait !

Il l'écarta du groupe qui commençait à se disperser. Une fois dans la cour, il baissa d'un ton :

— J'ai un contact pour toi à la DGSI. Un pote à moi, à la documentation...

— À la docu...

— À 7 h 30, à Levallois. Eh oui, le gars est matinal, mais c'est à prendre ou à laisser.

Marion acquiesça sans un mot et fit demi-tour en direction du boulevard du Palais.

— Tu veux que je te ramène chez toi ? lança Marconi dans son dos.

Elle fit signe que non, sans se retourner. Elle prendrait un taxi, elle en avait assez pour cette nuit, de Marconi.

— Ne me remercie pas, surtout ! gueula encore le sous-directeur.

Elle renvoya un autre geste de la main, ambigu. Vérifia l'écran de son téléphone. 2 h 30. La nuit s'annonçait courte.

53

Saint-Denis

Jennifer entendit gronder son ventre et une violente colique la plia en deux. Ses intestins se rebellaient, elle gémit en se précipitant aux toilettes.

Une fois soulagée, elle se redressa avec la sensation d'avoir été essorée dans une machine à laver. Le loft se mit à tanguer autour d'elle et elle dut se cramponner aux murs pour ne pas tomber. En longeant les cloisons et se tenant aux meubles, elle revint lentement vers sa couche.

Tom ne pleurait plus mais ne bougeait pas davantage. Il respirait à petits coups comme si son état lui interdisait de chercher son souffle plus loin. Sa peau était devenue diaphane, on distinguait en dessous le réseau serré des veines bleutées. Il maigrissait à vue d'œil. Quand elle le souleva, ses doigts croisèrent une humidité suspecte. Accablée, elle reposa le bébé. Tom était comme elle, en pleine crise de dysenterie. Sûrement à cause des saloperies qu'ils avaient dû manger, histoire d'avaler quelque chose. À cette évocation, son estomac se tordit. La faim avait d'étranges effets, parfois l'abattement, parfois une euphorie inattendue. Chaque fois comme des vagues qui se fracassaient sur le silence du loft. Et les vertiges, toujours.

Sa langue pesait des tonnes, elle avait vu dans la glace du lavabo qu'elle était épaisse et couverte d'une pellicule jaunâtre. Ses seins avaient retrouvé un état presque normal et cela aurait pu être une bonne nouvelle s'il n'y avait eu une contrepartie tragique : elle n'avait plus de lait. Quant à Tom, il somnolait, gémissait, retombait dans sa somnolence.

Dans sa détresse, elle tentait par moments de réfléchir à cette atrocité. Inévitablement, le visage de Sasha s'interposait. Elle avait acquis maintenant et paradoxalement une lucidité crue sur l'enchaînement des événements et leurs origines. Sasha l'avait placée dans un état de dépendance absolue et sûrement pas par hasard. Qu'avait-il en tête, que cherchait-il ?

Elle venait de comprendre, un peu tard, le rôle des pilules. Les unes pour le lait, les autres pour abraser sa volonté. Roses, bleues ? Peu importe l'ordre dans lequel elles intervenaient. Dans le rôle de la femme soumise et à la merci de ce mari qui n'était au fond qu'un homme comme les autres, elle ne se reconnaissait pas, à présent qu'elle était libérée de leur effet. Elle n'avait plus de lait à donner au bébé mais le retour de sa révolte était bien réel. Elle aurait pu en être satisfaite si celle-ci n'avait été stérile, uniquement là pour souligner son impuissance.

Pourquoi combattre encore ?

Elle décida de laisser Tom dans ses couches sales, elle n'avait plus rien de propre à lui mettre, plus la force de chercher une solution.

Elle alla jusqu'à la cuisine, fixa les cafards qui avaient envahi l'évier et eut un sursaut. Pas question de manger ces bestioles.

Plutôt mourir.

54

DGSI, Levallois

Marion entendit la porte s'ouvrir dans son dos et perçut en même temps un parfum qui n'avait rien de masculin. Elle se leva de sa chaise pour accueillir une à peine quadragénaire plutôt gironde. Cheveux bruns réunis en catogan, visage lisse aux pommettes hautes, yeux clairs légèrement étirés vers les tempes, grande et mince, tel était le « gars matinal » annoncé par Marconi.

— Sara, dit la belle sobrement en lui tendant une main fine mais ferme.

Marion lui renvoya une moue distante. Sara – sûrement un pseudo, les agents du renseignement adorent ça – s'assit en face d'elle. Elle n'avait pas un dossier, pas un feuillet, pas un téléphone. À l'entrée dans l'immeuble, celui de Marion lui avait été retiré avec son arme de service. Elle était passée sous un portique magnétique et on avait fouillé son sac, minutieusement.

— Qu'avez-vous à me dire ? lança l'officier de la DGSI après un moment d'observation mutuelle.

— Je vous demande pardon ?

Sara prit appui sur le bord de la table, croisa ses doigts fins aux ongles manucurés.

— Pascal m'a dit que vous aviez des éléments à me communiquer au sujet de Sasha Azonov...

L'empaffé ! songea Marion. Il avait un sacré culot, Marconi. Elle l'appelait Pascal, en plus ! Est-ce qu'ils couchaient ensemble ? Sûrement. Tout à fait son genre, cette fille.

— Je le connais, oui, biaisa l'agent qui semblait lire dans les pensées de la divisionnaire. C'est un type bien et un bon professionnel.

Marion écarta les mains pour signifier qu'elle n'en avait jamais douté. À une époque, Marconi avait été en charge de la lutte antiterroriste, c'était sûrement là qu'ils s'étaient connus. Un simple agent en charge de la documentation envoyé au contact de Marion... Un rien surprenant si on considérait que Marconi avait forcément d'autres connaissances plus importantes dans la boutique.

— Je n'ai rien concernant Sasha Azonov que vous ne sachiez sans doute déjà, dit Marion sur le même mode vaguement sirupeux que son interlocutrice. Je suppose que vous êtes mieux placés que personne, ici, pour...

L'autre l'interrompit d'un geste bref :

— Je vais vous parler de ce que nous avons, mais avant, je veux que vous me confirmiez l'engagement de M. Marconi de me donner tout, absolument tout ce que vous avez sur Azonov.

— Mais, je n'ai rien sur Azonov ! Ce sont les Anglais qui...

— Votre fille.

Marion retint un sursaut. Elle affronta le visage lisse de l'agent :

— Ma fille... Vous savez bien que j'ignore où elle est !

Regard acéré, sourire furtif. L'attitude de l'officier de renseignement était explicite.

— On aura besoin de la débriefer, c'est à prendre ou à laisser.

Une grosse boule monta dans la gorge de Marion et s'y installa. Marconi savait ce qu'il faisait en l'envoyant ici. Il aurait pu accéder au dossier de la DGSI à l'aide de cette femme qu'il semblait si bien connaître et lui en communiquer les éléments. Il l'avait piégée. Et, en prime, personne ne croyait à la disparition de Nina.

— On la trouvera, Nina, souffla Sara, avec ou sans votre aide, mais nous n'avons pas beaucoup de temps. L'organisation d'en face, elle, ne fera pas tant de manières.

— Qu'est-ce que vous sous-entendez ? Quelle organisation ?

La femme ne répondit ni ne réagit d'un quelconque battement de cils.

Marion la jaugea. Elle connaissait l'extrême habileté des services de renseignement à prêcher le faux pour savoir le vrai, utiliser le besoin d'en connaître comme un bouclier, alors qu'ils n'avaient rien, pas l'ombre du début de quoi que ce soit. Mais on ne pouvait jamais savoir avec eux, c'était là leur force absolue.

— D'accord, lâcha-t-elle, vous aurez Nina dès que je la retrouverai.

— Demain, dernier délai.

Sara dardait sur la divisionnaire un regard dénué d'empathie. Cela se passait de commentaire, aussi n'en firent-elles aucun, ni l'une ni l'autre.

— Dimitri Azonov, le père de Sasha, attaqua l'officier sans nom en relâchant la tension de ses doigts emmêlés, a fait des découvertes majeures dans les dernières années de guerre, la deuxième. Biologie et biogénétique, son domaine. Le régime communiste lui a fait un pont d'or à la fin du conflit mais lui détestait le Parti et ses affidés. Les Américains lui ont fait la cour, lui ont proposé tout ce qu'on pouvait espérer à cette époque de guerre froide mais il a choisi de trahir les Soviétiques au profit...

— De la France ?

Sara acquiesça d'un signe de tête. Marion demanda pourquoi, la France ?

— L'amour.

— De la France ?

— Non, d'une femme. Une Ukrainienne, une scientifique qui travaillait à ses côtés à Akademgorodok... Elle avait une grand-mère française, elle parlait notre langue, nos services ont su exploiter cette ascendance... Hanna avait séduit son patron, l'avait épousé et lui avait donné deux garçons.

— Entre deux biberons, suggéra Marion, elle renseignait la France sur les travaux de son mari. L'agent de la DGSI confirma cette version d'un geste sec.

— Ce n'est pas aussi simple mais c'est à peu près ça... Nous – mes prédécesseurs, ça va de soi – avions récupéré quelques informations. Très peu, Azonov voulait, je pense, livrer un gros scoop d'un seul coup. Il avançait dans ses travaux mais il n'était jamais satisfait, semble-t-il...

La DST de l'époque avait un autre point de vue qui était d'exfiltrer Azonov et de l'amener ici.

— Ça n'a pas marché.

— En effet, il y a eu une fuite, les Soviétiques étaient parano à l'extrême mais pour le coup, à juste titre. On a perdu Dimitri. Il a été enfermé et on a également perdu tout contact avec lui.

— Et Hanna ?

Sara baissa les yeux. C'était là le point d'achoppement. Avait-elle trahi, finalement, son mari et la France ? Ou bien avait-elle fait marche arrière ?

Marion comprit qu'elle n'en saurait pas plus. Ce qui l'intéressait maintenant portait sur les travaux de Dimitri Azonov. Sara obliqua encore une fois.

— Les deux fils Azonov ont potentiellement eu accès aux découvertes de leur père. Après sa sortie du goulag, il a été placé sous surveillance étroite, il ne voyait même pas Hanna qui était tombée malade, bizarrement, juste à ce moment-là. Elle est d'ailleurs décédée peu après. Les garçons lui avaient été enlevés et placés en internat. Une fois libéré, Dimitri a demandé à les voir, il y a été autorisé à plusieurs reprises et cela se passait toujours dans l'établissement. Sauf une fois où il a obtenu de les emmener à l'endroit où il avait commencé ses expériences, l'élevage de Samrokodi à cent kilomètres de Novossibirsk en Sibérie. Il est possible que la transmission se soit passée là mais on n'en a pas la preuve.

La photo floue dégotée par le lieutenant Verdier s'afficha entre le visage de Sara et Marion. C'était là-bas qu'elle avait été prise, au milieu des renards et des loups.

— Mais ils étaient tout petits !

— Oui, mais aux âmes bien nées… Vania et Sasha sont des gens brillantissimes, chacun dans son genre. Bien que sous haute surveillance, leur père a pu leur faire passer un message, un signe.

— Je ne comprends pas… Vous n'avez pas eu la possibilité pendant toutes ces années d'approcher l'un ou l'autre ?

— Vania ne quitte pas la Russie depuis des décennies. Il est malade, d'après ce que nous savons, une maladie de Charcot ou assimilée… Et de plus, russe patriote. D'ailleurs, il a été bien payé en retour, il a enrichi son pays autant qu'il s'est enrichi lui-même. Quant à Sasha…

Sara marqua une pause. Marion aurait bien pris un café, après sa nuit mouvementée, même là, dans ce minuscule bureau vide qui ressemblait au parloir d'une prison, truffé de micros et de caméras. Elle dévisagea l'officier de la DGSI qui la fixait de manière énigmatique.

— Sasha ?

— Eh bien, il est un peu… particulier. Nous l'avons approché à plusieurs reprises. Il est en cheville avec les Anglais et les Américains mais je pense qu'il manipule tout le monde et jusqu'ici personne n'a pu lui faire changer de position quant aux travaux de son père qu'il aurait pu reprendre. Il prétend ne pas avoir la moindre idée de leur contenu.

— Que voulez-vous dire par particulier ? reprit Marion qui pressentait un non-dit qu'elle n'allait pas aimer.

— Il est obsédé par les femmes, jeunes, et à grosse poitrine.

— Il travaille sur le lait maternel, objecta Marion volant, à son corps défendant, au secours du vieux maniaque.

— C'est peut-être un leurre. Un prétexte. En tout cas, c'est sans rapport avec ce que son père aurait pu lui transmettre...

Elle était agaçante, cette Sara. Marion, entraînée par les psychocriminologues de l'OCRVP depuis plusieurs mois, décryptait sa gestuelle. Regard à gauche, à droite, jamais de face quand elle mentait ou dissimulait. Crispation des doigts, une légère sudation au-dessus de la lèvre. Bien sûr qu'elle en savait plus qu'elle ne voulait bien le dire.

Marion redouta de repartir frustrée de ce qu'elle avait espéré découvrir. Elle se colla au dossier de sa chaise, croisa les bras, une posture significative de défense ou de provocation, selon l'interprétation qu'on pouvait en faire. Dimitri Azonov avait domestiqué des animaux sauvages, accru leur longévité, presque par hasard. C'était éblouissant, soudain.

— Il a appliqué ses découvertes aux humains ! souffla Marion.

L'autre hocha la tête, mi-figue, mi-raisin.

— Il a conduit des expériences, oui... mais on n'en a pas la preuve formelle.

Marion se mordit la langue pour ne pas rétorquer que, peut-être, ces preuves n'étaient pas loin. Queue de Rat et Alida. Deux cas. Deux pousses issues d'une même branche et diamétralement opposées. Elles avaient un point commun. Mais lequel ?

En résumé, songeait Marion en sortant du bâtiment tout en vitres de la rue de Villiers à Levallois-Perret, elle n'en savait pas beaucoup plus qu'en arrivant hormis que Dimitri Azonov avait bien trompé son monde. Le renseignement français dans les années 1950, les Russes. Qui d'autre ? Elle avait surtout passé un marché de dupe, se promettant d'aller dire deux mots à Marconi pour les engagements qu'il avait pris à sa place. Il n'avait pas cru à la disparition de Nina, Marion était, cela se confirmait, une bien piètre comédienne. Elle avait promis d'amener Nina à la DGSI alors qu'elle ne savait pas vraiment où elle était.

Et si elle arrivait à faire céder Valentine pour qu'elle révèle l'endroit où se trouvait Nina, que se passerait-il ? Comment anticiper la réaction de ces adversaires dont elle ne savait rien. Des suppôts d'Azonov, forcément mais encore fallait-il déterminer de quel Azonov. Les deux frères pouvaient être aussi bien complices que concurrents. Et cette mystérieuse Anastasia qu'ils partageaient… Marion avait été tentée de s'en inquiéter auprès de Sara parce que, la veille, l'exposé d'Alstair avait fait état d'un élevage de chèvres transgéniques et que la famille d'Anastasia était de la partie, justement. Son cas n'avait pas été évoqué par la documentaliste. En bon agent, celle-ci n'avait livré que le minimum ou peut-être en savait-elle moins qu'elle ne le laissait sous-entendre. Par réflexe et avec un petit relent de vengeance, Marion n'avait pas tout dit non plus. Un jeu dangereux quand on avançait les yeux bandés.

Elle avait besoin d'un expresso, de toute urgence. À deux encablures des espions, le *Café Rouge* lui tendait sa terrasse aux chaises empilées à cause de la pluie qui tombait ce matin avec langueur après avoir passé la tempête de la nuit.

Accoudée au comptoir, elle songea à Valentine qu'elle n'avait pas vue le matin. À 6 h 30, la capitaine devait dormir encore, après des émotions charnelles que Marion évitait d'imaginer. Abadie était invisible aussi mais lui, c'est à l'hôpital qu'il avait passé deux heures, à soigner ses blessures. Sa bouche avait morflé mais il avait sauvé une dent.

8 h 45, elle pouvait sonner la capitaine.

— Rappelle-moi rapido, Valentine, dit-elle à la messagerie. Et n'oublie pas d'appeler le mou du genou… je veux dire, le juge Dorgel…

Cet appel sans réponse la contraria, sans raison. Pourvu que les deux nouvelles amantes n'aient pas été victimes d'une panne de réveil. Et que Rose n'ait pas laissé Nina seule trop longtemps avec Stéphane Ducros. Elle le connaissait, il pouvait ne pas dormir pendant quarante-huit heures. Sur une prise d'otages où il était négociateur – le Raid l'avait employé quelques années – il était resté en état de vigilance trois jours et trois nuits. Mais elle avait aussi une idée de ce dont Nina était capable. Le fait qu'elle n'ait pas la maîtrise de la situation la dérangeait, chaque heure qui passait un peu plus.

Elle liquida le fond de sa tasse, commanda une deuxième tournée avec un croissant et appela Louis Zénard. Il avait passé une nuit sommaire mais le déséquilibre étant son mode de fonctionnement, il avait la voix claire et l'esprit vif.

— J'allais t'appeler !

Et d'enchaîner sur une information majeure : le Pr Bailly se rendait à l'Institut Pasteur pour un rendez-vous avec un chercheur et proposait à Marion de l'y rejoindre, dans une heure. Zénard aurait bien voulu assister à l'entretien mais Marion avait une mission à lui confier. Il écouta les instructions avec le recueillement qui convenait et acquiesça. Songeuse, elle touillait son café quand l'écran de son téléphone inscrivit « Alstair ». Elle lui narra sa soirée en quelques mots. Il observa un temps, entre désapprobation – ces Français, tout de même, quelle imprévoyance – et compassion : Marion, un jour ce flirt avec la mort se terminera mal.

— Dommage pour Angèle, commenta-t-il sobrement. Kathy Bush ne va pas être contente…

Pour se faire pardonner ce ratage, Marion lui suggéra de l'accompagner à Pasteur, en observateur. Rendez-vous fut pris dans une demi-heure.

— Moi aussi, j'ai du nouveau, fit-il.

Marion l'interrompit. Il lui dirait de vive voix de quoi il retournait. L'Anglais ne protesta pas. Il ne songeait plus à sous-estimer leurs adversaires.

Il était à peine plus de 9 heures quand elle quitta le *Café Rouge*, après une autre tentative pour joindre Valentine. La messagerie, cette fois, l'inquiéta. Elle essaya le SDPJ des Hauts-de-Seine mais personne n'y avait encore croisé Cara. Il y avait une réunion à 10 heures, on lui dirait de rappeler Marion, toutes affaires cessantes. Son chauffeur, qu'elle avait tiré du lit à l'aube pour qu'il vienne la récupérer chez elle, arrêta la voiture devant le trottoir. D'un geste du pouce, il désigna ses arrières.

— Une BMW bleu nuit, dit-il une fois Marion installée à côté de lui. Je les sème ?

Son œil frisait. Gardien de la paix détaché dans les fonctions de technicien polyvalent, expression pompeuse qui voulait dire chauffeur, laveur de voitures – dont il assurait aussi l'entretien –, l'action lui manquait et il résistait rarement à une poussée d'adrénaline.

— Surtout pas ! le doucha Marion. Au contraire, on roule pépère.

55

Institut Pasteur, Paris 15e

Rue du Docteur-Roux, un sas vitré donnait accès à un ensemble de bâtiments modernes en verre et bois. Marion montra patte blanche à l'accueil avant de se retrouver dans une sorte de rue à ciel ouvert, au milieu d'une fourmilière en civil ou en blouse blanche. Malgré la pluie qui s'obstinait, des gens déambulaient sous des parapluies ou sans rien, avec une nonchalance qu'on n'observait qu'ici.

Entrée C, ascenseur, 3e étage. De part et d'autre d'une rotonde, des travées balisées de portes battantes, vitrées ou pleines, des coudes au bout de ces couloirs… Qui conduisaient où ?

La voix d'Étienne Bailly, surgi tel un faune de la gueule du Léviathan. Jean, baskets, pull noir à col en V ouvert sur une poitrine bronzée, conforme à son image.

— Un collègue, dit Marion en lui présentant Mac Queen à qui il écrasa la main comme à un vieil ami, sans poser de question superflue.

— Venez, dit-il en les entraînant dans une salle de réunion impersonnelle.

Deux personnes étaient assises. Un homme minuscule, un Asiatique à qui on aurait donné une quinzaine d'années sans les grosses lunettes à monture noire, quelques signes de vieillissement et la peau blafarde des rats de laboratoire. La femme à côté de lui présentait des caractéristiques analogues mais sur sa peau caramel foncé, les stigmates du confinement étaient moins spectaculaires.

— Professeur Liang, annonça Bailly qui ne put s'empêcher d'ajouter « cela signifie brillant, lumineux en chinois », et docteur Fardel, commissaire Marion et… ?

— Mac Queen, compléta Marion qui trouva le professeur un peu malpoli d'avoir commencé par l'homme dans ses présentations.

Liang leva à peine les yeux, les salua vaguement de la tête, Fardel fut à peine plus démonstrative et Marion comprit immédiatement que la hiérarchie dans les présentations n'avait rien à voir avec le sexe mais avec la place occupée par les scientifiques dans la pyramide des grades et de la notoriété.

Fu (qui désignait, Marion l'apprit plus tard, celui qui vit dans deux mondes) Liang ne se perdit pas en préambules. Chacun savait pourquoi il était là, et lui était pressé. Un mandarin, jaugea Marion en refusant le café, épais et noir comme l'encre, que proposait Fardel. Suivit un exposé jargonnesque que les deux flics écoutèrent sans broncher. Bailly, installé à l'angle de la table de réunion comme un visiteur qui n'a pas prévu de s'attarder, prenait des notes à toute vitesse sur un mini-MacBook Air.

À bout de souffle, le Pr Liang stoppa net son propos et invita Bailly à le traduire.

— Fu Liang est spécialiste de biogénétique. Une première analyse des prélèvements effectuée en anapath montre une correspondance entre les deux sujets.

Après sa visite à la salle où Queue de Rat avait été autopsié, Bailly avait souhaité réunir les deux séries de prélèvements pour les soumettre au laboratoire d'anatomopathologie qui transférait, dès lors, une partie de leurs résultats à l'Institut Pasteur. Il avait fallu l'accord du juge de Lille et de celui de Nanterre, le fameux Dorgel, car les explorations de ce type, en dehors des examens habituellement pratiqués dans le cadre d'une enquête, pouvaient se révéler coûteux. Il faudrait en justifier la dépense.

— Mais, reprit-il, une correspondance inversée. Ne notez pas, dit-il à l'intention de Mac Queen qui s'était jeté sur son carnet, vous aurez les conclusions détaillées dans un rapport. Chez Alida on observe un taux élevé de cortisol dans le foie, l'indication d'un stress important. Chez l'homme, l'élément qui domine est un taux d'adrénaline anormalement bas. Ça, c'est le premier point... Ensuite... Avez-vous entendu parler des télomères ?

Marion répondit « non », Mac Queen « vaguement ».

— Les télomères sont la structure qui prolonge l'extrémité du double brin d'ADN des chromosomes. Ils ont un rôle de protection des extrémités de ces mêmes chromosomes. Je vous passe les détails, sachez simplement qu'ils raccourcissent progressivement avec le temps, à chaque division cellulaire, et quand leur taille rétrécit pour devenir critique, ils ne peuvent plus jouer leur rôle et les cellules du corps entrent alors en sénescence. Chaque individu est victime de cette horloge biologique définie par une expression, la limite de Hayflick. C'est une théorie élaborée par un Russe dans les années 1970, Olovnikov, qui a relié le vieillissement humain au rétrécissement progressif des télomères. Dans le cas de la petite fille, Alida, n'est-ce pas ? on observe que les télomères sont très amochés, alors que dans l'autre échantillon d'ADN, c'est l'inverse. Ce devrait être normalement le contraire si, comme nous l'avons vu dans les documents transmis par le Dr Martin et notamment les radios, cette personne n'était encore qu'une enfant et l'autre, un adulte déjà âgé.

Il poursuivit l'exposé sous l'œil placide de Fardel et celui plus énervé de Fu Liang qui s'agitait en regardant le plafond. En gros, résuma Bailly, les télomères d'Alida correspondent à ceux d'un octogénaire arrivé au terme de sa vie, les télomères de Queue de Rat à ceux d'un adolescent alors qu'il a, d'après la morphologie de certains organes et notamment le cœur, entre 60 et 70 ans.

— Je sais, cela semble aberrant, dit-il alors qu'aucun des deux flics ne se serait permis un tel jugement vu leur faible niveau de connaissance dans ce domaine, et pour y voir clair, il faudra pratiquer d'autres examens. On sait depuis la fin des années 1980 qu'une enzyme permet d'inverser le processus de rétrécissement des télomères. La télomérase a été identifiée par des chercheurs qui ont même décroché un prix Nobel pour la peine.

— Vous en avez trouvé dans les échantillons !

— Non, car la plupart des cellules humaines ne peuvent la fabriquer mais elle peut être activée par des éléments exogènes, en introduisant un gène bien précis dans les cellules par exemple.

— Une manipulation génétique ?

Bailly écarta ses larges mains hâlées en signe d'ignorance.

— Il faut continuer à chercher notamment du côté de l'hormone de croissance, l'hGH...

— Je ne sais pas si les magistrats suivront, objecta Marion. La note risque d'être salée !

Suivit un conciliabule entre le légiste et le biologiste. Fu Liang indiqua qu'il n'était pas entièrement maître des budgets de l'Institut mais qu'il était intéressé par les cas proposés et que, s'il le fallait...

Marion hésita. Savoir à quoi aboutiraient des promesses hasardeuses... Elle voulait en parler avec le procureur de Lille et le juge de Nanterre avant de lancer les chercheurs sur des pistes à entrées multiples et imprévisibles. Les hommes de science n'avaient pas idée de la somme de démarches, paperasses et autres autorisations et réquisitions nécessaires à la manifestation de la vérité dans une enquête.

— Et madame ? demanda-t-elle en fixant la femme au teint mat qui n'avait pas ouvert la bouche.

Bailly se tourna du côté de Fardel. Fu Liang, considérant que sa tâche était terminée, se leva et sortit sur un bref signe de tête.

— Lio a examiné à ma demande les documents, compte-rendu d'autopsie et les premiers retours des anapath... Elle est virologue, elle va vous expliquer.

Bailly les invita à prendre une boisson à la cafétéria. Les deux savants s'étaient repliés dans leurs « pièces » respectives. Marion afficha sa déception. Elle aurait bien voulu y entrer, dans ces « pièces », ou pénétrer dans ces lieux encombrés de machines, d'éprouvettes, de caisses de verre ressemblant à des couveuses et où les employés de laboratoire, muets et concentrés, manœuvraient des plaquettes à travers des ouïes, gantés jusqu'aux aisselles, masqués et bardés de protections. Ils n'avaient fait que les entrevoir à travers des vitres, à l'étage où sévissait Lio Fardel. Elle les avait emmenés dans son domaine – celui des virus et, pour son cas, des plus retors – pour leur donner un aperçu. Elle soupçonnait par la découverte d'un acide nucléique – monocaténaire – dans un prélèvement, qu'un virus avait sévi dans l'organisme d'Alida. Cette catégorie, plus susceptible de mutation que d'autres, pouvait avoir déclenché les problèmes d'Alida et inversé le processus de régénération des télomères. Mais elle ne pouvait pas aller plus loin car le virus auquel il aurait pu être associé n'était pas répertorié parmi les espèces connues et identifiées. Marion avait un peu de mal à suivre la démonstration et une fois encore Bailly avait traduit en langage clair : un virus n'est pas un être vivant, il ne vit qu'en utilisant le matériel d'une cellule vivante. Si la cellule meurt, le virus meurt. Certains peuvent survivre à une température corporelle de 30 °C mais ensuite, basta. Aucune chance de trouver un virus sur un cadavre. L'idéal avait-il conclu, serait de trouver une autre Alida vivante. Ou un Queue de Rat, au pire, qui offrirait une image inversée.

Pour une réplique vivante d'Alida, la requête était mal barrée. Pour celle de Queue de Rat, Marion avait une petite idée.

Avant de partir elle avait lancé un nom comme on jette en l'air une poignée de confettis pour voir où ils vont retomber. Juvas. Lio Fardel n'avait pas bronché.

Ils refirent le chemin à l'envers. La pluie avait cessé, enfin. Entre les bâtiments, les blouses blanches proliféraient dans l'air frisquet, la plupart fumaient en papotant.

— À propos de Bush, dit Marion en pressant le pas vers la sortie où ils allaient récupérer leurs papiers, qu'est-ce que tu avais à me dire ?

— Elle a des nouvelles d'Azonov.

— Lequel ?

Alstair leva les yeux au ciel :

— Sasha, évidemment ! Il aurait été repéré en Russie. Elle a eu l'info par Interpol.

— Merde, alors ! Il est vivant !

— Vivant, oui, je pense... Mais je ne sais pas ce qu'il y fait, elle non plus.

Il se préparait quelque chose, pensait Kathy Bush. Quel était la place d'Azonov dans les événements qui agitaient Paris, l'Angleterre et bien au-delà ? Victime ou complice ?

Marion entraîna Alstair au bar *Pasteur*, à l'angle de la rue Falguière. Louis Zénard s'y trouvait déjà et l'Anglais manifesta sa surprise en haussant un sourcil.

— C'est bon ? demanda Marion en se laissant glisser sur une banquette près de la porte.

Zénard leva le pouce droit, agita sa main gauche serrée sur un appareil de transmission radio.

— On est prêts.

— Qu'est-ce qui se passe ? s'inquiéta Mac Queen.

Marion lui dédia un sourire crispé :

— Tu vas voir... Toi, tu restes ici avec moi !

Louis Zénard se tourna vers la rue, demanda dans son émetteur si tout le monde était OK. Plusieurs réponses lui parvinrent. Un rapide coup d'œil en arrière pour s'assurer que Marion était prête aussi.

— N'oublie pas, Louis, se contenta-t-elle de dire, la femme d'abord !

Le commissaire acquiesça. Le regard d'Alstair, largué, allait de l'un à l'autre.

— Top interpellation ! lança Zénard en fonçant vers la porte.

Une cavalcade, des cris dans la rue. Marion sortit sur le seuil du bar, Mac Queen sur ses talons.

À trente mètres, quinze flics de la BRI, harnachés de noir, casqués et protégés par des boucliers, s'agitaient autour d'une BMW bleu nuit. En quelques secondes, les occupants se retrouvèrent couchés au sol, l'un sur la chaussée, l'autre sur le trottoir. La femme, extraite la première de la voiture, fut la plus combative. Marion, montée au contact dès le couple neutralisé, ordonna qu'on la fasse taire. Ses cris, qui ressemblaient à des imprécations, dans une langue étrangère, faisaient réagir l'homme, face contre le bitume et menotté dans le dos. À chaque stimulation de sa complice, il montait en pression, tentait de se libérer des menottes, s'entamant la peau avec une violence inédite. Des véhicules se présentèrent pour ramasser les deux individus. La femme, bâillonnée et entravée, roulait des yeux fous, proférait des sons gutturaux avec une force convaincante. L'homme, un gaillard de près de deux mètres, costume gris et longue natte à l'extrémité diamantée dans le dos, se laissa enfourner dans le fourgon aux vitres grillagées. Aussitôt à l'intérieur, hors de portée des exhortations de la furie, il se tassa sur lui-même comme un ballon qui se dégonfle. Avant que la porte ne se referme, Marion constata sans grande surprise la rapidité avec laquelle son regard, privé de ses lunettes noires, ternit. Ses poings se desserrèrent, les traits de son visage se lissèrent.

Elle choisit de faire le trajet jusqu'à Nanterre avec la femme. Elle s'assit à côté d'elle, observa sa tenue, tailleur-pantalon gris et mi-bottes marron à semelles antidérapantes. Chignon strict, pas de bijou, même pas une petite bague. L'impression qui se dégageait d'elle faisait décupler un sentiment de danger immédiat et puissant. Marion lui fit enlever le bâillon mais la femme ne manifesta rien. Le regard bleu délavé, fixé sur le vide, les mâchoires serrées, elle envoya à Marion un message clair : elle n'allait pas être facile à accoucher.

56

OCRVP, Nanterre

Une fois les deux interpellés au frais, Marion s'était repliée dans son bureau. Il était midi et elle n'avait toujours pas été rappelée par Valentine. Personne n'avait vu la capitaine, ni Abadie, ni le SDPJ des Hauts-de-Seine qui l'avait relancée pour s'en plaindre parce qu'elle avait raté la réunion de 10 heures et que le commissaire Précy était furax. Prise d'une impulsion, Marion demanda à sa secrétaire de lui dénicher le juge Dorgel. Elle l'eut en ligne presque aussitôt, expliqua en quelques mots l'objet de son appel.

— Écoutez, commissaire… Marion ? C'est bien cela ? J'ai déjà donné mon point de vue à la capitaine Cara au sujet de ce lieu que vous voudriez démolir pour je ne sais quelle raison que je n'ai pas bien cernée…

Marion accusa le coup.

— Ah ? Et je peux savoir quand vous avez parlé avec Valentine Cara ?

— La capitaine m'a quasiment tiré du lit, ce matin, il n'était pas 8 heures, mais comme je le lui ai dit, nous n'avons pas de motif pour intervenir aussi... militairement. Le propriétaire est un personnage en vue, ses avocats ont été clairs et, de plus, ils sont couverts par la diplomatie russe...

— Je comprends, monsieur le juge... Mais pour la capitaine, je peux savoir comment elle a réagi ?

Au tour de Dorgel de prendre une vaste inspiration comme pour s'assurer qu'il ne rêvait pas.

— Quelle importance ? C'est pour me demander ça que...

— Investir cette friche me paraît primordial, je propose de vous en apporter la justification si vous le souhaitez...

Elle évoqua brièvement les éléments essentiels. La voiture de Jennifer Loume, le boîtier électrique récent, les propos de Black Snake...

— Quoi ? contra le magistrat exaspéré une fois qu'elle lui eut fourni un profil de l'individu, un vague indicateur, même pas enregistré au fichier des sources ? Vous n'êtes pas sérieuse, madame la divisionnaire ! J'ai beaucoup de travail et...

— La capitaine Cara est introuvable depuis ce matin.

Le juge Dorgel propulsa dans le téléphone un agacement qu'il n'avait pas besoin d'exprimer autrement. Il émit quelques onomatopées, conclut en disant qu'il n'était pas chargé de suivre chacun des OPJ qui travaillaient pour lui. Il ne voyait aucun motif d'inquiétude dans « l'absence momentanée de Cara » qu'il savait parfois un peu...

— Un peu quoi ?

— Oh, elle passe pour avoir un fichu caractère !

N'en déplaise à Dorgel, c'était inconcevable. Valentine Cara avait un côté cash, brut de décoffrage, qu'il n'avait pas repéré. Elle était capable de débouler dans son cabinet, de le défier pour obtenir gain de cause mais sûrement pas d'aller se cacher dans un coin pour ruminer une rebuffade.

Alors, quoi ? L'éventualité sournoise que Valentine et Rose avaient été repérées alors qu'elles se retrouvaient pour un moment intime se faisait de plus en plus prégnante. Marion était suivie depuis plusieurs jours, Valentine pouvait l'avoir été tout autant sans s'en rendre compte. Elle aurait alors mené leurs adversaires tout droit à Rose et de là…

Marion eut la vision de Nina, embarquée, enfermée, de Valentine en mauvaise posture, physiquement éliminée…

En pleine confusion, elle demanda à l'officier de permanence de faire le tour des états-majors parisiens pour savoir si un incident survenu dans un hôtel ou ailleurs aurait été signalé. En attendant la réponse et pendant qu'on préparait le couple interpellé devant l'Institut Pasteur, elle tua le temps en feuilletant son courrier d'une main distraite. Une enveloppe avait été déposée à part, bien en vue, la mention « Personnel et confidentiel » et la griffe de Zénard apposées sur le rabat. Marion l'ouvrit sans précaution. Un feuillet simple portait l'en-tête du laboratoire de recherches biologiques et génétiques. Elle fila directement à la conclusion : premier échantillon négatif. Deuxième échantillon, résultat positif.

« C'est quoi, ça ? » marmonna-t-elle en revenant en arrière.

La lecture des quelques lignes d'une rigueur scientifique au scalpel l'édifia : le futé Louis Zénard avait demandé une nouvelle comparaison du sang trouvé sur le pull de Nina avec l'ADN d'Azonov. Il y avait adjoint quelques prélèvements effectués à l'aide d'écouvillons par Rose Vergne sur Nina (cou, visage, intimité) au moment où elle l'avait examinée. Résultat négatif. Azonov n'était pas passé par là, en tout cas pas ce jour-là ou si c'était le cas, il n'avait pas laissé de trace. En revanche, la seconde comparaison avait matché. Une partie du sang ramené de Cambridge par Nina appartenait à la petite noyée de Berck, Alida.

Marion demeura longtemps à triturer le papier. C'était ahurissant. Comment se représenter un scénario réaliste ?

Elle ferma les yeux pour visualiser la scène, ce qu'elle réussissait habituellement assez bien. Azonov est avec Nina dans son « studio ». Elle évite d'imaginer ce qu'ils font. Dans la « pièce », laboratoire privé du savant, Alida. Que fait là cette enfant-vieillard ? Nina et Alida étaient pourvues d'un ornement d'oreille identique. Est-ce que Azonov procédait à des expériences sur elles ? Les propos de Fu Liang sur les télomères s'imprimèrent au ras de sa conscience. Nina allait se transformer ! Devenir comme Alida, un être hybride, à bout de vie. Les analyses annoncées par Rose Vergne n'étaient pas encore revenues et elle n'avait aucun moyen de savoir où se trouvait la légiste étant donné que Valentine…

En pleine déroute, Marion n'avait pas entendu frapper à sa porte. Elle tressaillit quand la calvitie de Louis Zénard s'encadra dans la porte.

— Pardon ! dit-il confus en marquant un temps d'arrêt, j'ai cru que…

Qu'est-ce qu'il avait cru ? Qu'elle dormait, peut-être ? Elle se leva, le rapport du labo de biologie toujours entre les mains, fixa sur son adjoint un regard pointu qui questionnait : pourquoi tu as eu cette idée et pas moi ?

— Merci, Louis, dit-elle en agitant le papier. Ça ne m'arrange pas mais, merci d'y avoir pensé…

Il évacua le sujet d'un mouvement modeste. Aucune interférence affective ne le gênait, lui, il possédait sa pleine capacité à se montrer professionnel, à garder ses distances avec ce dossier aussi bien qu'avec n'importe quel autre.

— Je venais te dire que nous avons préparé les deux interpellés pour les auditions. Les interprètes sont en route.

— Ils réclament un avocat ?

— Pas que je sache.

— Ils ont demandé à passer un coup de fil ?

— La femme, oui. Au consulat de Russie. On ne va pas avoir beaucoup de temps devant nous.

— L'homme ?

— Il ne prononce pas un mot. On dirait qu'il ne comprend pas ce qu'on lui dit ou qu'il fait comme si… Le lieutenant Verdier a essayé de lui parler mais son niveau en russe est faible, donc…

— Vous les avez séparés ?

— Oui, chacun à un étage différent. Dès qu'ils se trouvent à proximité l'un de l'autre, elle lui hurle dessus, une vraie furie. On dirait des ordres, des exhortations…

Et lui, il se ratatine, il obéit. Complètement sous influence. Marion avait bien eu raison de cibler l'intervention sur la femme. Comme dans les années 1970-1980 quand les activités des mouvements contestataires extrémistes battaient leur plein en France, en Allemagne, en Italie. Action directe, Bande à Baader, Brigades rouges. Les femmes engagées dans ces groupes n'étaient pas nombreuses mais redoutables. Les flics – Marion l'avait souvent entendu raconter – avaient pour instruction lors des interventions de neutraliser les femmes d'abord. Sinon, elles défouraillaient sans hésiter, avec une rage et une détermination extrêmes.

Paul Verdier avait cru comprendre un mot parmi les aboiements de la brune : « mourir ».

Zénard enchaîna avec les fouilles à corps qui n'avaient rien donné. Pas de papiers, un téléphone portable sur la femme, un jetable récent qu'il avait remis aux techniciens de la section informatique et téléphonie, quelques billets de banque et pièces de monnaie en euros. Le véhicule BMW était soumis à des investigations approfondies. Mais, d'emblée, il n'y avait rien d'incriminant à bord. Pas d'arme à feu, pas de kalach, pas même un couteau suisse. Pas bon du tout, exprima la discrète grimace du commissaire.

— Fais intervenir Chris ou Anne-Laure, suggéra Marion, il faut absolument débloquer la situation.

Chris Bochard et Anne-Laure Lavigne, les deux autres extrémités du triangle des psychocriminologues de l'Office avec Stéphane Ducros. Des pointures dans leur spécialité, indispensables dans les dossiers traités par l'Office. Zénard acquiesça, les traits tirés, pour une fois en perte de confiance.

Marion fit un geste en direction de la porte :

— Vas-y, Louis, je vous rejoins ! J'ai des coups de fil à passer !

Cette fois, la messagerie saturée refoula son appel au portable de Valentine. 12 h 30. Marion se donna jusqu'à 14 heures. Après, elle lancerait une opération de repérage du téléphone et de vraies investigations. Ce silence était insupportable.

Pascal Marconi était descendu pour voir de près le couple que, faute de preuve d'identité, on avait surnommé, ici aussi, Cruella et Queue de Rat. Pas très original ni sexy mais pratique quand ces gens refusaient de se nommer. Connaissant l'aversion du sous-directeur pour les « rosbifs », Marion avait demandé à Mac Queen de rester à l'écart et l'avait installé dans son bureau. Zénard ne dissimulait pas que l'affaire s'emmanchait mal. La femme était mutique, l'interprète transmettait des questions qu'elle ignorait. L'homme, lui, oscillait entre apathie et phases d'agitation dont on ne pouvait encore tirer aucune déduction. Chris Bochard – bien que débordé par un de ces dossiers démesurés que les juges soumettaient de plus en plus souvent aux psy – s'était installé en observation déportée – dans une pièce voisine – et observait la scène sur écran. Il passait de Cruella à Queue de Rat, écoutait, notait et se taisait.

Marconi faisait la gueule. Il ne voyait pas comment on allait se « démerder de cette affaire merdique ». Pas de motif d'interpellation, pas d'armes, aucun manquement à la loi, même pas une rébellion. Une infraction à la législation sur le séjour des étrangers ? Ce serait tomber bien bas pour les as d'un Office emblématique de la PJ.

Marion lui apprit qu'on avait rassemblé et visionné les quelques vidéos publiques et privées réalisées la veille au soir dans les alentours de la rue Vasco-de-Gama. Mais il fallait reconnaître qu'elles étaient peu convaincantes, floues, et la nuit n'en avait pas amélioré la qualité. Il n'y avait que dans les séries télé américaines et leurs médiocres imitations françaises où l'on obtenait, grâce à des caméras toujours judicieusement positionnées, des gros plans sur les visages, un suivi détaillé du parcours des délinquants, la preuve irréfutable de leurs mauvaises actions. Là, c'était raté, aucune exploitation ne pourrait intervenir en procédure.

— On aurait pu les filocher, râlait Marconi qui, à aucun moment, n'avait proposé de donner les moyens nécessaires à une mission de ce genre.

— C'est une façon de secouer le cocotier, prétendit Marion, ça va bien finir par tomber...

Peu avant 14 heures, un appel parvint au standard. Il émanait du consulat de Russie à Paris. Il voulait savoir où en était la police avec deux de ses ressortissants. Louis Zénard alla répondre et tenta de gagner du temps. Ces gens n'avaient aucun papier sur eux. Comment déterminait-on leur nationalité avec certitude ? Au terme de cinq minutes d'un dialogue de sourds, il revint vers Marion, poings serrés.

— Le consulat de Russie fait apporter des laissez-passer. Ce couple serait une femme et son fils, en villégiature à Paris. Ils s'appellent

Olga et Olov Olaiev. Ils ont soi-disant perdu leurs passeports avec les visas…

— Et moi, je suis la reine d'Angleterre… souffla Marion.

— Bon, alors c'est barré, asséna Marconi, ils vont nous faire chier. Vous avez des éléments pour les garder ? Sur quoi vous avez basé la garde à vue ?

— Association de malfaiteurs, crimes en bande organisée. Enlèvement, séquestration…

— T'es complètement secouée, ma pauvre ! Le premier baveux qui passe la tronche ici te démonte la tienne, de tronche !

Louis Zénard secoua la sienne en plaçant, par une sorte de réflexe, une cigarette entre les lèvres. Le téléphone de Cruella ne contenait aucun répertoire, aucun numéro pré-enregistré. Aucune trace d'appel ni de numéro entrant. Une tactique pour faire barrage aux investigations immédiates. L'historique serait reconstitué mais cela prendrait un peu de temps, de même que le bornage des dernières communications. Les empreintes du couple avaient été prises dès leur placement en garde à vue. Aucune correspondance n'était pour l'instant établie avec les traces relevées dans le 4 × 4 qui avait servi à enlever Angèle Azonov-Joual. Marconi se tourna vers Marion, se pencha parce qu'il était très grand, et elle pas trop. Il lui souffla en plein visage une haleine peu appétissante :

— Alors ?

— Ces gens me filochent depuis que ma fille a disparu. Enfin, ces deux-là ou d'autres qui font partie de la même bande. Qu'est-ce que tu crois ?

Que je vais les laisser me pourrir la vie ad vitam aeternam ?

Marconi n'était pas homme à s'attarder à des considérations oiseuses. Blanc ou noir. Clair ou pas clair. Possible ou pas possible. Dans ce cas, le verdict était éclatant.

— On attend le consulat, siffla-t-il, mais si tu veux mon avis on va perdre du temps et la face. On va les relâcher, tous les deux.

— C'est une blague ?

— Non. Et là, c'est moi qui drive. OK ?

Elle n'eut pas le temps de répliquer. Sur l'écran de son téléphone elle lut « Rose » et comprit que le grand cirque continuait.

— Je n'arrive pas à joindre Valentine, depuis 10 heures ce matin, dit la légiste, heure à laquelle nous avions rendez-vous au téléphone. Je commence à m'inquiéter.

— Qu'est-ce que vous avez foutu ? s'exclama Marion qui s'était repliée dans le bureau de la permanence momentanément libre.

— Comment ça, qu'est-ce qu'on a foutu ?

— Cette nuit, ce matin, j'en sais rien... Vous vous êtes vues ?

Léger temps mort à l'autre bout. Rose expulsa lentement un souffle difficile.

— Non.

— Comment ça ?

— Non, on ne s'est pas vues !

— Tu lui as parlé quand pour la dernière fois ?

— Hier soir, à 22 heures.

— Elle était où ?

— Mais je ne sais pas ! Chez vous, je crois !

— Non, murmura Marion, à 22 heures hier soir elle n'était pas là. Abadie et moi sommes ressortis mais Jean-Charles, lui, est resté à la maison toute la nuit. Il l'a vue rentrer à 22 h 30 et depuis on n'a aucune nouvelle…

— Elle est à son service, tu as vérifié ?…

Le stress grimpait dans la gorge de Rose au rythme de la tension qui étouffait Marion. Lui révéler la vérité pourrait gravement nuire à la santé de la légiste. À celle de Nina, conséquemment. Marion ne pouvait pas croire encore que Valentine n'allait pas réapparaître.

— Oui, peut-être, je vais appeler là-bas, dit-elle en consentant un effort énorme pour dissimuler la modification de sa voix.

— Tu ne me caches rien, Marion ?

— Mais non… Comment ça se passe avec Nina ?

— On a été obligés de prendre des dispositions pour qu'elle se tienne tranquille, dit Rose pudiquement. Ça va s'arrêter quand, tout ça ?

J'en sais rien, voulut avouer Marion mais elle n'en eut pas la force.

— Bientôt, dit-elle en affermissant le ton, on avance. Si tu me disais où vous êtes ?

Un claquement sec. Le bip comme celui du signal d'un moniteur cardiaque en bout de course.

57

Saint-Denis

Valentine Cara reprit connaissance et sa première tentative pour faire bouger son corps lui expédia quelques fulgurances dans les reins et les jambes. Son cri de douleur lui revint en boomerang et la sensation d'être enfermée lui intima d'ouvrir les yeux. Elle flotta un moment dans une demi-pénombre mais il lui sembla reconnaître des objets déjà vus auparavant. Remettre sa mémoire en ordre de bataille pour les identifier, retrouver l'espace-temps dans lequel ils se situaient lui prit plusieurs minutes. Un vieux téléphone, une table, une chaise. Des vitres et du bois. C'était où ? C'était quand ? Avec effort, elle s'accrocha à la cloison pour se mettre debout. Un éclair de souffrance, comme un coup de couteau dans la nuque, un étourdissement. Tout se mit à tanguer autour d'elle et elle se retrouva en position assise, brutalement, sans l'avoir décidé.

À cet instant, une odeur vint frapper ses narines. Puissante, violente même. Animale. Elle l'associa inconsciemment à un zoo ou un élevage de fauves semblable à celui où elle avait enquêté un jour, à ses débuts. Un mouroir en fait, jonché de bêtes – singes, félins, chiens – en piteux état. Certaines atteintes de blessures, de maladies, d'autres mortes ou moribondes qui dégageaient une odeur infernale qu'elle avait tenté de chasser pendant des semaines, avec trois douches par jour et une débauche de parfums bien inutiles puisque cette fétidité reste indélébilement scotchée aux muqueuses olfactives.

La puanteur reflua, les haut-le-cœur aussi. Valentine s'employa à déglutir en respirant à petits coups. Elle palpa sa nuque, trouva sous ses doigts une bosse à l'arrière du crâne.

Elle se cramponna à la cloison après une série d'essais infructueux, et progressa lentement dans la pénombre. Elle distinguait maintenant mieux les contours de ce lieu qu'elle ne pouvait toujours pas matérialiser dans ses souvenirs. À l'opposé de l'endroit où elle avait échu, elle entrevit, à travers les vitres, un espace qui semblait plonger dans un néant ténébreux. Petit à petit, sa vue s'habituait à l'obscurité, des formes sortaient de l'ombre. Ce qu'elle avait pris pour la nuit n'était qu'un crépuscule qui doucement reprenait vie et couleurs. Et sons. Car des profondeurs de ce lieu occulte jaillissaient des bruits, des cris, lointains, indéfinis.

À présent plus solide sur ses jambes, elle fit demi-tour, examina la pièce où elle se trouvait. Ses yeux se posèrent sur le téléphone et s'y accrochèrent intensément. C'était lui, cet objet bien banal, qui déverrouillerait sa mémoire.

Elle avait déjà vu ce téléphone !

Mais son esprit flottait dans le vide. Ses pensées tournaient sur elles-mêmes, errant comme des âmes perdues dans les limbes. Elle ferma les yeux, épuisée. Des images percutèrent ses rétines, des visages qui venaient se camper devant elle pour se dissoudre aussitôt. Elle entendit un nom dans le dédale de sons informes.

Rose.

Rose... Deux bras chauds, des lèvres plus douces qu'un alizé chargé de parfums sauvages et tendres à la fois...

La percussion fut sévère. Comme dans un film rembobiné à toute vitesse, Valentine remit tous les morceaux de sa vie dans les bonnes cases. Elle rouvrit les yeux, identifia l'endroit, cette fois, sans douter.

« Je m'appelle Cara, dit-elle d'une voix mouillée de peur, je suis capitaine de police. »

Elle tâta ses poches. Vides. Toucha le holster resté en place sous son aisselle. Pas de Glock. Pas de téléphone. Uniquement, coincé entre le cuir de son blouson et la doublure déchirée, un objet qu'elle mania longuement sans comprendre. Un briquet ! Alors qu'elle ne fumait pas, ni n'avait jamais fumé.

Il lui fut impossible de répondre à la question pourtant majeure : que faisait-elle ici ? Au fond de cette cave, emmurée dans un bocal vitré ?

Un choc, pas loin, dans son dos. Elle fit volte-face. Cette fois, elle y voyait bien mieux. Presque comme en plein jour. L'alignement de box vitrés, une bonne dizaine, des machines et des ordinateurs, et des boîtes comme des couveuses posées sur des tables immenses. Le choc encore, quelqu'un essaierait-il d'attirer son attention ? Elle détourna le regard, tenta d'apercevoir un signe de vie. Sursauta. À trois mètres de sa propre cage, une forme humaine accroupie dans un autre box en verre. Les battements de son cœur l'assourdirent. Elle se hissa sur la pointe des pieds, dévorant des yeux la femme pour s'assurer qu'elle ne se trompait pas. Mais il n'y avait pas d'erreur. La terreur lui fit tourner la tête.

« Je m'appelle Valentine Cara, cria-t-elle cette fois, je suis capitaine de police. »

58

OCRVP, Nanterre

Chris Bochard avait tiré de l'analyse des comportements des deux Russes une première série d'impressions. Il se pouvait tout à fait que l'on soit en présence d'une mère et de son fils. Une mère autoritaire qui tenait son fils sous sa coupe. Un fils peu combatif, cependant, qui obéissait à tout le monde. Le psy avait demandé à Zénard de le tester, c'était éblouissant. Aucune capacité à résister, à émettre une position personnelle. Perdu dès qu'on lui demandait des choses pourtant simples. Tu as faim ? Oui. Que veux-tu manger ? Là, son attitude devenait floue, il quémandait du secours autour de lui. Il cherchait la femme, la nourrice. Marion pensait à ce que disait le Pr Bailly quant au déficit de l'hormone de l'agressivité chez le premier Queue de Rat. Pas ou peu de sécrétion d'adrénaline. La femme, elle, était tendue. Sa stature, son comportement, sa gestuelle montraient un être sous contrôle permanent. Investie d'une mission. Elle avait un contrat à remplir et elle souffrait de se trouver là. En même temps, elle s'abandonnait par instant à une sorte de résignation. Comme si ce revers aujourd'hui faisait partie d'un programme vécu comme une éventualité prévue. Elle n'improvisait pas. Ce qui arrivait était calculé, ses réactions l'étaient tout autant.

Marion, libérée momentanément de Marconi parti déjeuner, bouillait. Un peu plus tôt, le consulat avait apporté les papiers.

Olga et Olov Olaiev ! Tu parles !

On n'avait pas laissé le représentant s'entretenir avec les deux gardés à vue, les avocats seraient déjà bien suffisants pour se mettre en travers de leur chemin. Le substitut du procureur avait failli s'étrangler à l'annonce de la garde à vue. À quoi voulait-on lier cette interpellation, au juste ? Aux faits survenus à Saint-Denis ? À ceux de Lille ? À ceux d'avant-hier soir, en plein Paris ? Encore une fois, la synthèse était compliquée, et les liens très lâches entre les affaires. Pour celle en cours, le magistrat ordonna qu'à l'issue des investigations, si on n'avait rien de mieux, il conviendrait de ne pas insister. Pour Marion, ce n'était pas tolérable.

Et Chris Bochard qui n'avançait pas. Il regrettait d'avoir à le dire mais il lui fallait du temps. Dans son domaine, on ne pouvait pas improviser, le diagnostic qui permettrait d'orienter l'enquête reposait sur des observations. Ce n'était pas en levant le doigt pour tâter d'où venait le vent que... Du temps ! C'était justement ce qui manquait le plus.

Depuis un moment, une idée taraudait Marion.

— Je voudrais essayer quelque chose... dit-elle dans l'oreille du psy.

Chris Bochard conserva sa placidité. Mais quand elle lui toucha le bras, elle le sentit se contracter. Lui aussi, à l'égal des autres et bien qu'il s'en défendît, redoutait ses sorties imprévisibles, parfois son absence de limites.

— On les laisse ensemble un moment, je voudrais voir ce que ça peut donner. Qu'est-ce que tu en dis ?

— Que ce n'est pas une bonne idée, je n'ai pas encore assez d'éléments, c'est un gros risque...

— Oui, mais il faut qu'on avance ! Ils sont notre seule piste concrète dans tout ce merdier ! On ne va rien en tirer et d'ici deux heures tout au plus on va devoir les faire sortir !

— Tu les mets sous surveillance...

— Arrête de rêver ! Ils vont se réfugier au consulat ou à l'ambassade ou ils vont s'exfiltrer tout seuls et on sera marron !

Chris écarta les bras. L'opérationnel n'était pas de son ressort, il n'approuvait pas son idée mais il fallait admettre que Marion avait probablement raison.

— Bon, souffla-t-il, essaie si tu veux mais il faut faire attention. Ils ne sont pas ordinaires, pas faciles à cerner...

Marion était déjà partie à la recherche de Louis Zénard. Chris se gratta la tête en grimaçant, il ne sentait pas du tout l'évolution de cette affaire.

Marion donna les ordres en conséquence et organisa l'opération avec un Louis Zénard silencieux et sous l'œil inquiet de Chris Bochard.

Le délai qu'elle s'était accordé pour se mettre *vraiment* en quête de Valentine était dépassé. Elle avait appelé Abadie mais il était en pleine audition du meurtrier qu'il traquait depuis trois semaines et qu'il venait enfin d'interpeller. Il avait tempéré : Valentine avait sûrement un problème de téléphone et ne s'en rendait pas compte. C'était une grande fille et, surtout, un flic chevronné. Ces propos pleins de bon sens n'avaient pas apaisé Marion.

Louis Zénard fit monter la femme de l'étage en dessous. Pour que l'exercice soit efficace, Chris Bochard avait demandé que les deux Russes soient filmés, et la pièce sonorisée. Les suspects n'en sauraient bien. Il observerait leurs comportements et réactions en direct mais il devait se tenir à l'écart, comme tous les autres, si l'on voulait aller au bout de la démarche et lui donner du sens. Le visionnage des vidéos, ensuite, lui permettrait d'appréhender ce qui lui échapperait forcément en situation.

La tension d'Olga se renforçait au fur et à mesure qu'elle se rapprochait d'Olov. Chris constata que ses poings se serraient et se desserraient, que son maintien se raidissait. Olov, dans la pièce d'audition, dépouillée au maximum, se dressa progressivement dès qu'il perçut l'avancée de sa prétendue mère. Un peu de sueur fit briller son front et ses mains se mirent à remuer fébrilement.

Les interprètes avaient été installés dans une pièce voisine d'où ils captaient les sons de la salle d'audition. Des casques sur les oreilles, ils devaient traduire ce qu'ils entendaient à l'intention de Marion et de Zénard tandis que Chris Bochard étudiait gestes et postures.

Quand elle entra dans la pièce, Olga était seule et non menottée. Elle marqua une pause et, avant toute chose, inspecta l'espace d'un regard aigu. Impossible de savoir si son examen la rassura ou non. Deux pas en direction d'Olov, attaché par le poignet à une chaîne reliée à l'anneau fixé au sol. Il baissa les yeux, ses mains se joignirent, faisant cliqueter les anneaux de métal.

— Ils ont une relation intime, chuchota Chris. Ils forment un couple.

Un couple ? Une mère et son fils peuvent-ils être considérés comme tels ? D'après les papiers fournis par le consulat de Russie, Olga avait 50 ans et Olov, 28. À les voir, c'était parfaitement crédible. Un flash envoya Marion devant le corps calciné de Queue de Rat et de sa complice. Eux aussi présentaient les mêmes caractéristiques d'âge.

— Mari et femme ? demanda-t-elle sur le même ton.

— Amant et maîtresse, mais ça peut être aussi un frère et une sœur. Leur relation semble très forte et très profonde. Dépendante. Dominant-dominé.

Olga s'était avancée sans prononcer une parole. Olov se leva et, sans préavis, ploya les jambes, baissa la tête. Sous l'œil médusé de leur invisible public, il se laissa tomber à genoux, mains jointes devant sa poitrine.

— Qu'est-ce que c'est que ce cirque ? émit le psy.

— Quoi ? lança Marion, la voix plus altérée tout à coup.

— Ça ressemble à une posture sectaire, un gourou et son adepte, la prêtresse et son postulant, je n'aime pas ça…

Louis Zénard se dressa, prêt à intervenir, mais Marion le retint.

— Laisse faire ! intima-t-elle.

Raide, Olga ne bronchait pas, le regard toujours fixé sur le mur d'en face, juste au-dessous de l'œil indiscret de la caméra.

— Elle sait qu'on la filme, affirma Chris, il faut faire attention, elle dispose d'un contrôle incroyable.

Les lèvres d'Olga entamèrent un mouvement, à peine visible. Les deux interprètes penchèrent le buste en avant comme si cela pouvait les aider. Ils se lancèrent un regard dépité : Olga était inaudible. Les auditeurs frustrés virent les épaules de l'homme blond s'affaisser, ses mains se relever et entourer les jambes de la femme, avec encore et toujours le cliquetis de la chaîne.

— Elle est en train de le convaincre de faire quelque chose, souffla Chris, elle lui demande de la croire… Elle lui donne des instructions…

— De quoi elle parle ? gronda Marion. Faites un zoom sur la caméra face, bordel ! Quelqu'un sait lire sur les lèvres ?

— Moi, un peu, répondit dans son dos un timbre qu'elle attribua au lieutenant Paul Verdier.

M'aurait étonnée qu'il ne sache pas faire ça aussi ! Dès que l'image apparut en gros plan, le jeune flic se pencha.

— Mourir, dit-il, elle dit mourir… ensuite je ne saisis pas…

— Partir dans le grand désert blanc, enchaîna un des interprètes qui captait un peu de son maintenant qu'il avait la bouche de la femme en gros plan, là-bas où la vie est douce, les hommes absents…

— C'est quoi, ce merdier ? s'alarma Zénard, il faudrait peut-être arrêter, non ?

— Elle est en train de nous entuber ! confirma Chris Bochard abandonnant pour une fois ses bonnes manières.

Olov avait enfoui son visage entre les jambes d'Olga. Elle éleva ses deux mains au-dessus de sa tête comme si elle voulait le bénir, laissa glisser ses doigts sur la tresse, les ramena d'un mouvement souple en coupe autour de son cou et s'y arrêta. Tous perçurent le gémissement d'Olov, une espèce de cri charnel qui résonnait comme un assouvissement, une délivrance. Olga replia les phalanges et commença à resserrer sa prise. L'homme ploya la nuque, sa bouche s'entrouvrit, ses yeux mi-clos devinrent blancs. Olga ressembla alors à une boule d'énergie pure, un concentré d'une puissance hors de portée du public tétanisé, incapable de réagir.

— Nom de Dieu ! gueula Marion en apercevant sous l'index d'Olga une ombre suspecte. Elle est en train de le tuer !

— Adieu, mon enfant, traduisit Paul Verdier, le visage littéralement collé à l'écran du moniteur.

Louis Zénard n'attendit pas la suite. Il bouscula une table, renversa deux chaises pour se précipiter dans la pièce et ils durent se mettre à trois costauds pour libérer Olov des griffes d'Olga. Et c'était à peine une image. Olov s'abattit sur le sol, le visage blême, les yeux révulsés, inconscient. Marion se précipita pour appeler une ambulance, Paul Verdier fonça sur le blessé dans l'idée de le secourir. Un autre officier entama un massage cardiaque.

Dans le couloir, littéralement traînée sur le carrelage du couloir, Olga s'éloignait, non sans avoir, à grands gestes sauvages, tenté d'éborgner ses gardes du corps.

59

OCRVP, Nanterre 18 heures

Marion étendit ses jambes lourdes, posa sur le bord du bureau ses pieds trop serrés dans les boots qu'elle n'avait pas quittées depuis le matin. Louis Zénard avait apporté des bières et Alstair Mac Queen, muet comme une carpe, avait liquidé la sienne d'un trait. Marion reposa sa canette à peine entamée. Rien ne passait. Le drame survenu aux environs de 15 heures avait rendu l'ambiance apocalyptique. Pascal Marconi, revenu dare-dare de son déjeuner en ville, avait piqué une crise qui l'avait conduit au bord de l'apoplexie. Après un moment de grand n'importe quoi, Marion avait enfin compris ce qui le mettait dans cet état. La belle Sara, qui avait partagé son repas – en toute bienséance – aurait dû être la cheville ouvrière de ce qu'il fallait bien appeler un projet d'escamotage. Le couple Olaiev, forcément, intéressait la DGSI et Marconi, en poussant les feux pour les libérer, avait une idée derrière la tête. Il bossait pour qui, au juste ?

— Désolée, déplora Marion pas mécontente de ce retournement de situation, mais ce sera pour une autre fois.

Il avait tourné les talons, lui promettant, à elle et à son équipe de « foutraques », de bons moments en perspective. Il n'avait pas évoqué les foudres directoriales et ministérielles, ce qui prouvait qu'il ne se sentait pas d'attaque, donc un tantinet mal à l'aise.

« Toujours ça de gagné », maugréait Marion en s'attelant à ce qu'elle détestait le plus : rendre compte. Cette fois, aucun de ses interlocuteurs, de la police ou de la justice, ne songea à sous-estimer la gravité de la situation. Olga Olaiev avait tenté de tuer son complice, on savait maintenant comment. Des deux majeurs elle avait appuyé sur les sinus carotidiens avec une force inouïe. Une technique de neutralisation de l'adversaire issue des pratiques de kiusho-jitsu qu'il fallait exercer longtemps pour les maîtriser. Une méthode rarement utilisée pour tuer. Si on savait comment, on ignorait pourquoi. Tandis qu'on emmenait Olov à l'hôpital européen Georges-Pompidou et Olga aux urgences médico-judiciaires ligotée serré comme un rôti, Chris Bochard regardait avec minutie l'ensemble des vidéos, écoutant et analysant, sous la férule des interprètes, chaque mot prononcé par le couple. Il était revenu partiellement sur son interprétation initiale : ce tandem était régi par une relation dominant-dominé mais il n'y avait aucune intimité entre eux ni lien de sang. Des connexions puissantes existaient cependant car les bribes de phrases lâchées par Olga renvoyaient à la défense d'une cause ou d'un groupe ou d'une communauté, peut-être d'un plan. Les mots employés n'avaient rien d'idéologique, non plus que de connotation sectaire. Mais ils étaient répétitifs, sur le mode obsessionnel. Obéissance, vie et mort, devoir en étaient les mots clefs.

Aussitôt Olov entre les mains des médecins urgentistes, Marion avait sonné le Pr Étienne Bailly. Il était en pleine conférence mais, alléché par la perspective d'un sujet encore vivant à disséquer – une fois n'est pas coutume –, il avait tout lâché pour se rendre à l'hôpital Georges-Pompidou. Marion ne pouvait pas établir de réquisitions, il devait le savoir.

« Je vais m'arranger » était une bonne réponse : rien ne l'empêcherait de procéder aux prélèvements sanguins et de les mettre en lieu sûr dans les couveuses des savants de Pasteur.

Si le consulat était revenu à la charge pour s'enquérir du sort de ses ressortissants, il faisait profil bas depuis que Marion l'avait informé, en personne, des derniers développements.

Couvée par une demi-douzaine de flics harnachés comme pour monter à l'assaut, Olga Olaiev avait été passée au scanner. Pas de curare dans une dent creuse, ni outil mortel dans le porte-jarretelles. Elle se laissait faire mais ce n'était qu'une façade. Chris Bochard avait prévenu l'escorte : elle tenterait quelque chose dès qu'elle sentirait une ouverture. Évasion, suicide. Tout ce qui lui permettrait de se soustraire à sa situation intenable. Son acte criminel n'avait eu d'autre but que de supprimer le maillon faible de l'équipe. Celui qui, privé de son influence, placerait les enquêteurs sur la piste de leurs commanditaires.

Alstair Mac Queen dépucela une autre canette. Le regard rivé à son ordinateur, il communiquait à intervalles réguliers avec Kathy Bush qui suivait de loin les événements. Elle n'avait toujours pas localisé Azonov de façon précise mais savait maintenant comment il avait quitté l'Angleterre. Par Stansted, un aérodrome situé au nord-est de Londres, à trente minutes en voiture de Cambridge. Un plan de vol déposé par une compagnie aérienne privée, identifiée comme appartenant à un groupe industriel russe, Vazovchim. Quatre passagers en dehors des membres d'équipage avaient été embarqués. Un tandem de Russes, un homme, une femme qui répondaient à des identités passe-partout. Plus un couple enregistré comme étant Sasha et Mary Azonov. Bush avait elle-même interrogé le personnel présent à Stansted. Personne n'avait rien remarqué de particulier sinon que Mary, la femme d'Azonov, était enceinte. Mary, l'assistante du professeur, disparue en même temps que lui de Hinxton.

Loin de clarifier les choses, cette nouvelle avait fait s'enfoncer un peu plus Marion dans la perplexité. Aucun signe d'affolement, de contrainte n'avaient été détectés de la part d'Azonov mais Alstair reconnaissait que les contrôles pour ce type de vols privés ne faisaient pas l'objet d'un zèle particulier. Enfin, les investigations de la PJ de Londres ne révélaient aucune trace d'Alida, ni à Hinxton ni ailleurs. Alida qui, pourtant, avait laissé du sang sur le pull de Nina.

Marion reprit sa bière, en sirota une gorgée. L'attente se faisait pesante. Elle rabâchait avec une irritation grandissante les mots qu'elle devrait prononcer demain aux obsèques de Renan Métayer. On attendait d'elle qu'elle fasse un discours, ce n'était pas son fort. Féliciter, encourager, remettre une médaille passe encore, mais une oraison funèbre au milieu de l'hostilité des collègues et de la famille du mort…

Pourvu qu'il pleuve, espéra-t-elle. Qu'au moins le temps pourri abrège le supplice.

On frappa à la porte et le responsable du pôle technique entra. Le portable de Valentine Cara n'émettait aucun signal. Impossible à localiser. Le dernier appel qu'elle avait passé était celui destiné au juge Dorgel, à 7 h 50, il bornait à une balise du 19e arrondissement de Paris. Selon toute vraisemblance, Valentine avait appelé le juge depuis la Mouzaïa pour ensuite quitter la maison. Pas pour son service, dans les Hauts-de-Seine, en tout cas, personne ne l'y avait vue de la journée. Elle n'avait pas non plus emprunté un téléphone de la flotte collective et ne s'était pas servie d'un véhicule administratif, il n'en manquait aucun à l'appel.

Marion réfléchissait, la bière avait un goût plus amer que d'habitude. Alstair se disposait à faire une suggestion quand le téléphone de Louis Zénard hurla dans un silence à couper au couteau.

— Olov Olaiev a fait un AVC, dit le commissaire lugubrement, décollement d'une plaque d'athérome carotidien… Il est mort.

Marion descendit fumer une cigarette. Il fallait se rendre à l'évidence, elle avait replongé. Elle tâta ses poches, n'y trouva pas son briquet. Les briquets, les parapluies, les téléphones et leurs numéros, un grand classique au chapitre des objets perdus, particulièrement chez la divisionnaire tête en l'air. L'image de la cigarette partagée avec Valentine à cet endroit même lui bondit à la conscience. La capitaine avait empoché son briquet, une manière de lui manifester sa désapprobation. Ce souvenir lui serra les tempes.

Elle allait se tourner vers un des fumeurs anonymes et accros du ministère pour quémander du feu quand une main délicate s'empara de la cigarette qu'elle avait gardée à la bouche. Elle tourna la tête et une onde de chaleur la sécha sur place. L'homme la contemplait de son air doux et moqueur. Elle saisit la main prédatrice, la porta à sa joue, vivement, à la manière d'un chaton captant un bout de ficelle pour jouer. Libérée, elle sourit à Olivier Martin.

60

La Mouzaïa

Ils rejoignirent la Mouzaïa dans la voiture d'Olivier Martin, une vieille Ford Mustang des années 1960, rouge avec une bande blanche sur les portières et un V sur le capot. Passé le premier moment d'étourdissement, Marion avait recouvré ses esprits. Pas lui laisser l'impression qu'elle n'attendait que lui, tout de même ! Que son corps le réclamait depuis des jours sans qu'elle en soit consciente.

— Attends-moi là, je reviens, avait-elle dit après s'être assurée qu'elle était bien le seul et unique objet de la visite du beau docteur.

Avec lui, il convenait de rester encore un peu sur la réserve. Il y avait de l'imprévisibilité chez cet homme-là. Des failles aussi, à la profondeur invisible.

Il avait haussé les épaules, fataliste. Bien sûr qu'il allait l'attendre, il n'allait pas repartir sans avoir donné à ce corps impatient les attentions qu'il méritait.

Elle était remontée à toute allure, oubliant entre les doigts d'Olivier la cigarette qu'elle n'avait pas pu allumer. Au sixième, elle avait dit à Alstair de rejoindre son hôtel en taxi et comme il insistait pour qu'elle dîne avec lui, l'avait invité à aller se faire pendre.

— Pourquoi tu ne rentres pas à Londres, d'ailleurs ? demandait-elle en rassemblant ses affaires, c'est vrai, tu ne peux pas passer ta vie ici ! On pourra continuer à échanger par mails ou SMS !

Lui qu'un tremblement de terre ne faisait pas broncher avait rougi jusqu'à la racine de son plumeau.

— Je ne veux pas rater la fin de l'histoire, et je suis en vacances ! l'avait-elle entendu s'exclamer tandis qu'elle filait dans le couloir à la recherche de Louis Zénard.

Elle n'avait pas eu besoin de le lui demander. Le commissaire était déjà prêt à filer à Georges-Pompidou, sa sacoche à constatations sous le bras. Une équipe de l'Identité judiciaire était partie en éclaireur, Chris Bochard proposait de l'accompagner, et c'était dans la logique de sa mission. Zénard surprit chez sa patronne un regain de forme et une espèce d'excitation qu'il ne savait pas à quoi attribuer mais qui lui parut de bon augure. Elle allait avoir besoin de toutes ses forces et d'un moral gonflé à bloc pour souffler sur les gros nuages qui menaçaient de lui crever sur la tronche, dixit Marconi, remonté comme une pendule dans son bureau du septième étage.

— Vas-y, dit-il, rentre chez toi, je m'occupe de tout.

Au moment où il finissait sa phrase et avant que Marion n'ait eu le loisir de commenter, le téléphone de Zénard signala un message. Il le lut et colla l'appareil sous le nez de la divisionnaire :

— Tiens, vise un peu ça ! C'est l'IJ qui me l'envoie.

— Qu'est-ce que c'est ? demanda-t-elle incrédule après avoir déchiffré une inscription sur l'écran.

4 lettres et 4 chiffres.

— Un tatouage, dit Zénard, sur le cou d'Olov, à gauche, juste au-dessus de la blessure.

JUVA/ 51.12

Ce ne fut pas aussi simple qu'elle l'avait imaginé. Expliquer la Mouzaïa, la cohabitation avec trois collègues, néanmoins amis. La maison fort heureusement déserte facilita l'entrée en matière. Un peu de lumière filtrait du cabanon des garçons, ils viendraient sans doute plus tard pour dîner. Ne pas penser à Valentine, à sa chambre vide, au silence. Un remords l'assaillit.

Olivier Martin voulait parler, de lui, de ses années de mutisme. Elle posa la main sur sa bouche et l'entraîna à l'étage.

Le lit défait, la lampe rouge en forme de cœur.

Ils se prirent en urgence, c'était une question de vie ou de mort.

61

Saint-Denis

Valentine avait eu beau résister, elle s'était surprise à somnoler, lancinée par les bruits qui peuplaient les abysses autour d'elle et après avoir vainement cherché une idée pour sortir de là. Elle émergea, nauséeuse. L'odeur qui flottait dans l'air confiné de sa « cage » ressemblait à celle des émanations animales mais elle n'était pas la seule. Par vagues, un autre remugle supplantait les autres, écœurant.

Depuis quand était-elle tombée dans ce trou ? Comment savoir ? Elle n'avait pas vu âme qui vive, pas le moindre signe qu'il y avait quelqu'un dans ce souterrain effrayant, en dehors de la femme, là…

Elle se dressa avec difficulté et pivota vers la cave. Debout contre la cloison de la cage de verre, à quelques mètres d'elle, les mains posées à plat de part et d'autre de son visage, cette femme la fixait.

— Angèle, cria Valentine, vous m'entendez ?

Angèle ne broncha pas. Ses yeux semblaient sur le point de quitter ses orbites tant elle paraissait vouloir attirer son attention. Elle exécuta en direction de Valentine quelques gestes incompréhensibles.

— Vous me reconnaissez ? Je suis Valentine, j'ai amené Nina à Londres !

Malgré la force que la capitaine mettait à s'époumoner, Angèle ne paraissait pas comprendre. Est-ce qu'elle la reconnaissait seulement ?

Angèle avait cessé de remuer les mains et approché ses lèvres de la cloison de verre. Elle se mit à souffler lentement sur la vitre qui s'embua. Elle insista, répéta son geste, obtint un halo de buée sur lequel elle entreprit de tracer quelques lignes. Cara distingua une étoile. Ou crut distinguer une étoile.

Qu'est-ce que tu veux me dire ?

Ce n'était plus la peine de crier, Angèle ne l'entendait pas. Angèle qui, obstinée et laborieuse, s'était remise à souffler sur la vitre de sa cage. De l'index, elle dessina une autre forme, plus étrange encore que la première. Une sorte de main à trois doigts. Un trident avec des pointes arrondies. Absurde. C'était absurde.

L'odeur pestilentielle revint comme une vague inopportune. Valentine vit Angèle ployer les genoux, chavirer. Tomber. Elle-même sentit monter la nausée et son œsophage entama un triple salto. Une hallucination lui montra Angèle en pleine convulsion, du sang projeté autour de sa bouche. Elle vibra comme un vieux rafiot et s'abattit.

62

La Mouzaïa

Leur étreinte avait été brève et furieuse. Olivier, sonné, aurait voulu prolonger l'instant, toucher, caresser, profiter de ce corps qu'il découvrait tel qu'il l'avait imaginé, beau et torturé à la fois. Suivre les méandres des blessures refermées, si mal encore. Il avait regardé autour de lui, le décor un peu froid avec ses meubles gris et noirs. Il s'était attardé sur la lampe rouge en forme de cœur et Marion avait dû livrer quelques clefs pour qu'il comprenne. La chambre de Pierre Mohica, laissée telle quelle après sa mort… Mais cette lampe, insistait le regard d'Olivier, elle va si peu avec le reste…

— C'est un cadeau de ma fille, avait soufflé Marion.

Puis elle avait sauté du lit et enfilé ses vêtements. Elle avait perçu du bruit au rez-de-chaussée et l'emballement charnel n'avait pas apaisé son inquiétude. Laissant là son amant, elle sortit sur le palier, se pencha par-dessus la rambarde :

— Valentine ? lança-t-elle folle d'espoir.

— Non, c'est moi, répondit la voix de Jean-Charles qu'elle ne voyait pas.

— Merde !

Le jeune lieutenant apparut, appuyé sur une canne anglaise, un pied levé tel un héron en chasse. Il leva la tête vers elle :

— Sympa !

— Excuse-moi ! se reprit-elle, je suis sans nouvelles de Valentine depuis hier soir, j'espérais qu'elle était rentrée...

— Non ! Y a que moi, je suis navré... Luc m'a dit qu'il rentrait vers 21 heures, je suis venu pour faire à manger. Vous en êtes ?

— Je ne sais pas... Oui... Non... Je n'ai pas très faim... Je suis inquiète.

— Oui, je sais... Luc et moi aussi... Mais on peut quand même manger quelque chose...

De la chambre parvinrent quelques menus frôlements, des pas mesurés, la porte coulissante de la salle de bains, la douche. Manifestement, Jean-Charles avait entendu et compris :

— Je mets un couvert de plus ?

Les présentations furent simples. Jean-Charles éprouva d'emblée une forte empathie pour Olivier Martin, ce qu'il manifesta à sa manière. Sourire éblouissant mais tout en retenue, gestes avenants, empressement à proposer un siège, un verre, allumer un feu dans la cheminée. Marion aurait amené un gros naze ou un clodo ramassé dans la rue qu'il aurait réagi de la même façon. Elle, dénuée de ces vertus de maîtresse de maison, trop contente de le laisser faire, s'en fut dans la chambre de Valentine. Jean-Charles n'avait rien à en dire sinon répéter que, quand elle était rentrée vers 22 h 30 la veille au soir, Valentine avait prétendu avoir dîné. Elle avait l'air préoccupé et avait sorti de son sac des papiers qu'elle avait examinés avant de regagner sa chambre.

— Quels papiers ? demanda Marion.

— Des plans, je crois, mais elle ne m'en a rien dit. J'avoue, je n'ai pas insisté, j'étais crevé et je suis rentré au cabanon...

Les plans !

Sur le seuil du domaine réservé de Valentine – personne sauf elle n'y mettait les pieds, c'était sa condition formelle à la cohabitation –, Marion se figea. « Capharnaüm », le mot était approprié à ce qu'elle découvrait. Le caractère de Cara, son exigence de rigueur en toutes choses, jusqu'à ses tenues vestimentaires quasi militaires, ne laissaient pas supposer qu'elle pût se complaire dans un tel désordre. Marion en explora rapidement le principal, le lit avec la couette en vrac, la commode aux tiroirs béants, l'espace où coexistaient pêle-mêle du linge sale, des vêtements propres, une dizaine de bouteilles d'eau vides et une quantité infinie de bouts de papiers froissés, collés sur les murs ou échoués au sol. Nulle part, elle ne repéra la sacoche que Valentine utilisait en lieu et place de sac à main, non plus que ses outils de travail habituels. Pas davantage de plans. Les fichus plans de cette fichue friche.

Assise sur le bord du matelas, Marion s'abîma un instant en pensée dans le cloaque de Saint-Denis. Et si Valentine était allée là-bas ? De toutes ses forces, Marion repoussait cette éventualité.

Dans la poche arrière de son jean, son portable fit vibrer sa fesse gauche.

Rose. Sa voix, altérée.

— Allume la télé, vite ! TF1.

Abasourdie, Marion contempla une seconde l'écran de l'iPhone redevenu noir. Rose ! C'était bien sa voix. Mais que signifiait…

Allume la télé, vite ! TF1.

Dans le salon, Jean-Charles devisait avec Olivier qui ne perdait pas une miette de ses gestes culinaires. Une odeur de viande grillée enveloppait les deux hommes. Le médecin, penché vers la cheminée où les bûches crépitaient, tenait un verre à la main. Une bouteille posée sur le plan de travail complétait le tableau. Une scène familiale paisible, évadée d'une huile de Frédéric Bazille ou de Caillebotte.

Marion entendit son nouvel amant dire qu'il avait choisi la médecine légale après une révélation.

— Intéressant, marmonna-t-elle en le bousculant pour accéder à la table basse.

Télécommande. Touche n° 1. Dans son dos, les deux hommes se turent.

— Il s'agit d'une découverte magnifique, extraordinaire, un élan nouveau pour l'homme, pour l'humanité…

Marion, aphasique et pétrifiée, fixa l'écran plat. À une heure de grande écoute, plein cadre, Sasha Azonov, plus sémillant que jamais. Cheveux gris lustrés, regard d'acier bleui à haute température, pull noir ras du cou, veste sombre. Debout derrière un pupitre qui dissimulait le bas de son corps, ses yeux allaient d'un papier posé devant lui à la caméra. Sérieux comme un pape, il poursuivait son exposé.

— Ce concentré que vous administrerez à vos enfants sous forme de vaccin devra être accompagné, pour être efficace, d'un traitement de quelques mois et leur garantira une vie d'exception...

Olivier Martin, sans être à même de mesurer ce qui se passait, comprit à l'hébétude de Marion et à sa pâleur que le moment était grave. Il se rapprocha d'elle, se colla à son dos et l'entoura de ses bras. Elle se contracta comme pour lui faire lâcher prise mais finalement le laissa faire. Rivée à la lucarne dans laquelle la belle Anastasia venait de rejoindre Sasha.

— Juvas est une révolution dans le processus d'évolution de l'espèce humaine, dit la femme qui, elle, arborait un rictus découvrant des dents de carnassier en chasse. Tous les tests et expériences conduits sous l'égide de Pharmcop et avec l'implication permanente et déterminante du Pr Sasha Azonov le prouvent, Juvas est mieux qu'un élixir de jouvence, il est la garantie pour tous de vivre plus longtemps mais, surtout, en conservant une jeunesse exceptionnelle.

Tournée vers Sasha Azonov, elle lui dédia un sourire ravageur avant de mimer des applaudissements et d'annoncer que les ventes de Juvas se feraient en ligne dans un premier temps pour ne pas faire attendre les consommateurs qui, en doutait-elle, ne pouvaient plus différer... On trouverait facilement l'adresse du site où passer commande. Sur une dernière image d'Azonov, la parole revint au journaliste, correspondant de la chaîne moscovite d'où était partie l'affaire.

— Tu as compris ? souffla Marion contre la bouche d'Olivier Martin qui s'était rapprochée de la sienne.

— Non, mais tu vas éclairer ma lanterne...

Alerté par Marion, le lieutenant Paul Verdier s'était mis en action sur ses sites favoris, Bourse on line, journaux boursiers, chaînes scientifiques et autres réseaux sociaux. Il rappela la divisionnaire une heure après l'annonce fracassante de l'arrivée au monde de ce que la presse dans son ensemble considérait comme un miracle de la science. Qui ne faisait que nourrir le rêve éternel de l'homme de repousser toujours plus loin ses limites. Ne pas accepter sa mort. Croire à l'immortalité et tendre vers elle, par tous les moyens. Entre ceux qui recouraient à la cryogénie, à la mise en sommeil de leurs cellules dans l'espoir qu'un jour quelqu'un dans leur descendance pourrait les cloner pour les faire revivre, la liste des amateurs et des clients était insondable. Aussitôt annoncée la mise sur le marché de Juvas, les compteurs avaient commencé à tourner. Le prix pour le programme complet n'était pas négligeable mais cela ne semblait représenter un obstacle pour personne. L'information circulait en boucle, constata le lieutenant Verdier, des reportages venaient maintenant agrémenter le propos. Les effets de Juvas étaient illustrés par les images spectaculaires d'hommes paraissant 25 ans et qui en avaient 60. Les quelques voix qui s'élèveraient inévitablement au petit matin et dans les jours prochains pour crier à l'imposture ou au scandale étaient balayées par le raz de marée des internautes affamés.

Marion, après une phase de sidération, avait réagi. Appelé Alstair Mac Queen qui était passé à côté de l'information pour cause de gueuleton au *Terminus Nord*, sa désormais cantine, mais pas la vigilante Bush dont le service de veille médiatique avait repéré, bien avant sa diffusion sur la BBC, les préparatifs de l'intervention. « Ce salaud d'Azonov ! » vociférait-elle. Pourquoi tout ce cinéma pour en arriver là ? Car, même en cherchant bien, la relation de cette annonce à grand fracas avec les événements de Cambridge et la vie privée d'Azonov, polygame pervers à ses yeux, restait hermétique.

Marion qui, un temps avait été tentée de chercher des excuses au professeur – au moins une justification plus glorieuse de ses étranges manières conjugales –, avait l'impression d'avoir reçu un coup sur la tête. Tout était lié au fric. Toute cette histoire n'avait pour but que l'enrichissement d'un cercle restreint. Tout ce qu'ils avaient fait, lui et sa complice, Anastasia, ne l'avait été que dans cet objectif et grâce à leur notoriété qui pouvait tout légitimer.

63

Paris 14ᵉ

Les images de Sasha Azonov laissèrent place à un sujet sans rapport et Rose Vergne entreprit de zapper à la recherche d'une autre démonstration de ce qui était présenté comme la découverte du siècle. Elle ne tarda pas à tomber sur une chaîne d'information en continue qui évoquait le même sujet, commentaires et reportages à l'appui.

Muet et perplexe, Stéphane Ducros remuait dans son fauteuil pour se dégourdir les jambes, ankylosées à force de ne servir qu'à monter et descendre les marches conduisant à l'étage inférieur, quand il sentit une présence derrière lui.

Il identifia le parfum de Nina, celui du savon de Rose en fait, un léger agrégat de violette et de notes poivrées. Rose, concentrée sur le sujet du jour qu'elle ponctuait de brèves onomatopées – « la vache ! » « oh, l'enfoiré ! » – parmi les plus délicates, ne s'était aperçue de rien.

Le psy n'eut pas le temps de se lever ni de dire ouf qu'une tornade s'abattait sur lui. Des objets volèrent à travers la pièce, un buste de femme nue en terre cuite rata de peu son crâne avant de se fracasser au sol, aux pieds de Rose. Il se baissa d'instinct pour éviter d'autres projectiles que Nina, en pleine crise, leur envoyait. Elle hurlait aussi. Salaud. Ou les salauds. Bande de bâtards, qu'est-ce que vous lui avez fait ? Bouffons de sa race. Et bien d'autres politesses moins évidentes à saisir dans le chahut des objets brisés. Puis elle fila, renversant les meubles sur son passage, jusqu'à la porte d'entrée qu'elle secoua à s'arracher les bras. Même tentative avec les fenêtres à barreaux qui la retinrent, décuplant sa rage.

Ils mirent un temps fou, à deux, pour venir à bout de l'adolescente en pleine crise qui récolta, pour la peine, une petite injection administrée par Rose tandis que Stéphane la ceinturait entre ses bras de colosse. Après quoi, calmée et ramollie, la petite s'abandonna aux larmes. Stéphane la descendit dans la partie « nuit » de ce loft atypique que les bobos proliférant dans ce quartier baptisaient « souplex ». Quand il remonta, il trouva Rose en train de refaire son catogan démoli par la charge volcanique de Nina.

— Ouuuuuuhhhhh, souffla-t-elle, j'ai bien cru qu'elle allait nous buter, la sauvageonne.

— C'est bon signe, émit le psy en se laissant choir dans le fauteuil qu'il avait adopté une fois pour toutes.

— Ah, tu trouves ?

— Oui, au moins, elle a fait et exprimé quelque chose.

— Ah ça, pour exprimer, elle a exprimé…

Rose désigna d'un geste les dégâts. Heureusement, ce n'était que de la décoration éphémère qu'elle changeait, périodiquement, de A à Z. L'appartement lui venait de son père, un rêveur bohême qui avait gaspillé son intelligence et ses talents de médecin en faisant n'importe quoi. Il était mort à 30 ans en tombant du pont de Brooklyn à New York et personne n'avait su pourquoi là-bas.

— C'est sans importance, affirma-t-elle, on aurait peut-être dû la laisser faire, elle aurait exprimé encore davantage...

— Ça va venir, ne t'en fais pas.

— C'est parce qu'elle a vu Azonov à la télé ?

Stéphane Ducros tâta sa poche, en sortit sa pipe, la bourra lentement et la coinça entre ses dents.

— Bien sûr que c'est l'apparition d'Azonov, fit-il en sifflant sur les consonnes, mais sa colère est sans doute en relation avec la surprise.

— Ça revient au même, non ? ronchonna Rose qui trouvait inutilement circonvolutives les considérations du psy.

— Je m'exprime mal, alors ! Je pense qu'elle ne s'attendait pas à le voir dans ces conditions, à la télé, avec cette femme...

— Jalouse ? Ça voudrait dire...

Ducros extirpa une boîte d'allumettes de sa poche de pantalon, interrogea du regard Rose dont le visage accusait la fatigue et une immense tension. Elle l'autorisa d'un geste à enflammer le tabac. C'était ce qu'il aimait, entre autres, chez elle, sa mansuétude, sa générosité.

— Non, pas jalouse, plutôt contrariée, violemment contrariée. Furieuse. J'espère que cela lui aura fait sauter un verrou. Et qu'elle va parler, maintenant que le secret qu'elle devait garder vient d'être levé ce soir.

Rose observa Stéphane avec attention. Elle n'aurait pas pu être psy, jamais. Cette approche de la psyché humaine lui était impossible. Elle ne voyait que la matière, le concret tandis que lui sondait ce qui ne se voyait pas.

— Bien, dit-il quand il en eut assez d'être épinglé sous le regard intense de la légiste, nous avons du boulot.

— C'est-à-dire ?

— Ce qui a mis Nina en rage est dans la vidéo.

— C'était la fin, qu'est-ce qu'elle a pu voir ou entendre qui la mette dans cet état ?

— Ce n'est pas ce qu'elle a vu ou entendu, c'est *qui* elle a vu et le contexte dans lequel elle l'a vu... Trouve-moi des images d'Azonov...

— Tu veux dire...

— Des vidéos dans lesquelles il est apparu, avant ce soir. D'après Marion, il y en a des quantités sur YouTube, Internet, les réseaux...

Rose commença à s'affairer. Au moins, faire quelque chose l'empêchait de penser. Elle lança son ordinateur et la souris se mit à cliqueter dans le brouillard du tabac sucré de Stéphane. Elle constata que sa main tremblait.

Valentine, Valentine, où es tu ?

64

La Mouzaïa

Le milieu de la nuit les trouva serrés l'un contre l'autre sur l'inconfortable sofa du salon.

Un morceau de musique tournait en boucle sur un iPad depuis le moment où Marion avait décidé de s'installer là, pleinement consciente que se remettre au lit avec Olivier Martin n'était pas une bonne idée. Christophe et sa voix de tête, inimitable, ressassait *Les Paradis perdus* et *Les Mots bleus*, des standards usés dont Marion ne se lassait pas.

À chaque instant, elle appelait ou était appelée. Zénard, plusieurs fois, pour lui parler d'Olga qui refusait tout, en bloc. Parler, manger, être assistée d'un avocat ou du consulat. Raidie dans une posture immobile et immuable, elle avait plus du zombie que de l'humain. On n'en tirerait rien, déplorait le commissaire crâne d'œuf, sauf miracle.

Marconi, invité à regarder la télé, ne voyait pas en quoi Azonov, un brillant chercheur qui venait de faire au monde un cadeau inespéré, pouvait être mêlé en quoi que ce soit aux exactions d'une bande de tordus sûrement membres d'une secte qui, c'était son point de vue, en avait après Azonov pour diverses raisons. Qui voulaient peut-être s'approprier sa découverte. Tous les événements survenus depuis la découverte d'Alida sur la plage de Berck prenaient leur place dans ce grand chambardement. Il ne doutait pas qu'Azonov serait à même d'en fournir l'explication maintenant qu'on l'avait retrouvé. Quand il adoptait ce ton ironique, Marion capitulait. Il ne voulait même pas entendre qu'elle était inquiète pour Valentine.

— Valentine ! s'écria Marion en se dressant, la main gauche coincée sous le corps abandonné d'Olivier.

Le médecin sursauta, resserra ses bras autour de Marion. Entre deux coups de fil, il avait tenu à lui dire des choses. Il avait entamé un récit, redouté par Marion mais indispensable pour qu'ils puissent continuer. Il était reparti en Afrique, oui, il en convenait, pour la fuir. Il n'était pas prêt, il était lâche. Il se flagellait en admettant qu'il avait payé cher cette reculade. En Angola, en Côte d'Ivoire, au Mozambique, frappés par des épidémies ou des catastrophes, la famine et des combats fratricides et incessants, il avait choisi de bifurquer vers la médecine légale. Il était rentré en Europe pour se qualifier. Il avait songé à reprendre contact avec Marion mais ne l'avait pas fait. Pourquoi ? Un long silence avait été l'unique et explicite commentaire d'un évitement aux relents de fuite.

Allemagne, Angleterre, France. L'institut médico-légal de Lille était son premier poste. Il devait pratiquer, se faire la main. Pour repartir ? avait demandé Marion un peu trop sèchement mais il fallait bien qu'elle se protège. Pas forcément, ça dépendra.

Ah ? Et de quoi ? Elle n'avait pas formulé cette question, à quoi bon ?

D'un mouvement brusque, elle se libéra de Martin. La boule lumineuse sur la table était restée éclairée et elle n'eut qu'à enfiler ses boots.

— Où tu vas ? demanda-t-il à moitié dans les vapes.

Sans répondre, elle fila jusqu'à la porte-fenêtre et sortit dans le jardin. Martin la vit disparaître en songeant qu'elle allait fumer. Une bien mauvaise manie qu'elle avait reprise, ces jours-ci. Mais il avisa le paquet de clopes sur le comptoir et aussitôt, Marion refit son apparition. Elle frissonna longuement sur le seuil une fois la porte refermée. Bras ballants, elle laissa fuser son regard qui traversa Olivier pour se poser nulle part.

— Sa moto, dit-elle d'une voix désunie, elle n'est plus là !

Deux heures moins le quart. Petite fleur et le portable qui tressaute sur le verre de la table. Marion venait juste de le reposer après avoir appelé Zénard à qui elle avait confié son inquiétude mortifiée une fois constaté que la moto, une Honda 125 rouge que Valentine avait rangée dans la cabane de jardin et n'avait plus enfourchée depuis deux ans avait disparu. Il fallait la signaler, la chercher.

Le pouls un peu trop rapide, Marion s'attendait à voir affiché le nom de son adjoint. Elle lut « Rose » sur l'écran et trembla subitement de tous ses membres. Alerté, Olivier Martin se réveilla d'un coup. Il la vit appuyer sur la touche avec peine.

— Oui, Rose ? éructa-t-elle, à peine audible.

Ce n'était pas Rose mais Stéphane Ducros et cette fois, l'air manqua pour de bon à Marion.

— Salut, patronne, dit-il sur un ton habituel, serein, presque confident. Je vous réveille ?

— Non, pourquoi ? réagit-elle sur le même mode.

Petit soupir du psy qu'elle imagina sourire là où il était. Elle banda ses muscles, boucla mentalement sa ceinture.

Allez, Stéphane ! Balance-la ta mauvaise nouvelle !

— Nina ?

— Elle va bien, enfin aussi bien que possible.

— Qu'est-ce qu'il y a, alors ?

— Azonov...

— Bon, Stéphane, il vous faut les forceps ?

— Oui, désolé, je regardais Rose... Oui, OK, dit-il loin du téléphone... Alors voilà, revint-il... Vous avez vu Azonov ce soir ?

— Évidemment que je l'ai vu ! On ne parle que de ça !

— Nina l'a vu aussi, ce n'était pas prévu mais c'est ainsi. Elle a mal réagi.

— Comment ça ?

— Ne vous en faites pas, ça s'est arrangé... Mais du coup, j'ai voulu revoir la prestation du professeur... Et j'ai visionné plusieurs vidéos antérieures.

— Où voulez-vous en venir, Stéphane, par pitié ?

— Ce soir, hier soir, il était très mal à l'aise. Il est habituellement posé et dans la maîtrise décontractée lors de ses interventions parce qu'il domine son sujet. Il utilise parfois un support électronique mais il n'en a pas besoin, il précède toujours la lecture qui n'est qu'une sorte de béquille rassurante. Or là, il lit son texte et il n'en croit pas un mot. Sa prononciation est mécanique, il bute souvent sur les mots, il hésite. Sa gestuelle est raide alors que sur toutes les autres vidéos, il est souple et mobile. Il bouge, met les mains dans ses poches, les retire, lève les bras ou les tend en avant pour se montrer convaincant. Là, il est planté comme un piquet, les mains accrochées au pupitre comme à une bouée, j'ai bien regardé, il se cramponne. Ensuite, hier soir, il transpirait beaucoup. Front, lèvre supérieure. Plusieurs fois, il a passé la main sur son visage pour s'essuyer. Enfin, sa voix. Habituellement elle est claire, sans défaillance. Quand il s'emballe, il gagne un ou deux tons, voire plus. Là, il est monocorde, la tessiture est différente, assourdie, il ne restitue pas l'enthousiasme des propos. Un dernier petit détail : il n'est jamais habillé comme il l'était ce soir. On aurait dit un curé. Sur les enregistrements précédents, il est toujours vêtu d'une chemise blanche, col ouvert. Là, ce noir… c'est étrange.

— On l'a contraint !

— Je suppose, oui. Ce n'est pas lui qui a conçu le texte, pas lui qui a choisi la tenue vestimentaire, pas lui qui a décidé de faire ça… Cette annonce, je veux dire.

— Il n'avait pas un flingue dans le dos, il m'a pas semblé en tout cas…

— Je ne vous ferai pas l'injure de vous rappeler que la contrainte n'est pas que physique…

— Je blaguais. Alors, votre conclusion ?

— Cet homme n'est pas libre de ses mouvements. On l'a montré comme une bête de foire pour entraîner l'opinion sur sa notoriété et son charisme mais il ne croit pas un mot de ce qu'il dit. Il n'est pas d'accord et ça se voit.

65

Cimetière parisien, Ivry-sur-Seine

À l'inverse de ce que Marion avait espéré, il ne pleuvait pas mais le couvercle noir qui plombait l'horizon n'avait rien de poétique et n'engageait pas à la décontraction. La veuve de Métayer, enserrée dans un manteau gris, était encadrée par ses jumeaux. Pas de larmes, une attitude quasi désinvolte chez ces deux garçons qui n'avaient pas dû beaucoup aimer leur géniteur. Plus sûrement l'avaient-ils mal connu. Leur mère, tassée par le poids de sa vie insignifiante, avait néanmoins repris un peu d'entrain quand Marion lui avait annoncé, le matin, la décision de l'administration de lui accorder une pension de réversion.

Tous les collègues de Métayer, venus en nombre au cimetière et parfaitement renseignés à ce sujet, n'en montraient pas moins des figures renfrognées quand elles n'étaient pas hostiles. Une posture qui se généralisait entre les niveaux hiérarchiques quand ne subsistait quasiment plus les liens qui avaient cimenté les groupes et les équipes, contre vents et marées. Zénard, muet mais vigilant aux côtés de Marion, avait raison.

La police perdait son âme, les policiers devenaient des fonctionnaires. Lui, non, pas encore, bien qu'il lui arrivât de montrer quelques signes de faiblesse. À 2 heures, cette nuit, il était encore sur le pont. Il avait fait le nécessaire pour diffuser la moto de Valentine, demandé le passage de patrouilles aux abords de la friche de Saint-Denis et, ce matin, au lever du jour, il avait convaincu le SDPJ des Hauts-de-Seine d'envoyer du monde sur le site lui-même. Une dizaine de flics en civil en étaient revenus bredouilles. Aucun signe de vie dans ce désert de ferraille, juste un vieux scooter volé et en panne, en lisière du lieu et une quantité de déchets de toute sorte. Rien qui puisse avoir un rapport avec la capitaine Cara. Marion ne savait pas si elle devait s'en réjouir ou s'en inquiéter.

L'ordonnateur des pompes funèbres lui adressa un signe : le moment était venu de prononcer ces quelques phrases que l'on attendait d'elle.

Il n'y avait pas eu de cérémonie religieuse, à son grand soulagement. Elle était pressée d'en finir, pressée de retourner se faire engueuler par Marconi qu'elle avait réveillé tôt pour lui faire part des observations de Stéphane Ducros. Il ne croyait pas aux « psychotrucs » et les supportait uniquement parce que c'était la volonté de l'actuel directeur central et, surtout, celle de la femme qui l'avait précédé. Une femme que Marion n'avait pas connue, hélas. Et puis, quand bien même il aurait adhéré à ces théories fumeuses qui ne tenaient pas compte des faits, rien que des faits, comment utiliser ces élucubrations de psy qui feraient rigoler les magistrats et les politiques ?

Il s'égosillait, pour un peu. Que savait-on au juste de Juvas ? Qui pouvait aujourd'hui se permettre de contrer cette extraordinaire avancée qui promettait que l'on resterait jeune toute sa vie ? Que l'on s'acheminerait vers le sixième âge en pleine forme, vaillant et vert, plein de jus comme à 20 ans, sans arthrose ni trous de mémoire ni fuites urinaires. Marconi le clamait haut et fort, il était pour. Il avait bien compris qu'il était trop tard pour lui, la condition pour que Juvas soit efficace étant qu'il soit administré à l'âge prépubère. Mais il aurait bien voulu en bénéficier, cinquante ans en arrière. Cela lui aurait évité d'avoir cette gueule zébrée, ces jambes qui maigrissaient en devenant torves, ce cul flétri, ces couilles – qu'il vénérait et évoquait à tout propos – pendantes, n'en déplaise à cette idiote qui lui trouvait une ressemblance avec un acteur américain aussi décati que lui mais qui se massacrait à coups de chirurgie plastique. Juvas éviterait ces carnages qui dévastaient les individus tout en les ruinant. Et ça, c'était super, parce que, côté fric, il était loin du nirvana, Marconi. Deux femmes et quatre mômes, quelques maîtresses voraces, des pensions alimentaires…

— Notre collègue Renan Métayer nous a quittés…

Lui, au moins, n'aurait pas ce problème de longévité ni de quête forcenée de la jeunesse éternelle. Ses rouquins de mômes pourraient encore, avec un peu de chance, bénéficier de Juvas. Ils resteraient des Peter Pan jusqu'à leur mort. Anesthésiés par les commodités dont on les biberonnait depuis leur naissance.

— Les circonstances de sa mort resteront plantées dans nos cœurs à jamais… Mais j'en fais ici le serment…

L'humanité ne pouvait être stupide à ce point. Les gens allaient se réveiller. Pourtant, la veille informatique installée par Paul Verdier montrait qu'il se passait exactement le contraire. Les ventes en ligne de programmes Juvas – proposés sous forme de kits – avaient explosé pendant la nuit et, ce matin, les principales places boursières avaient ouvert avec une cote de l'action Pharmcop au zénith. C'était à n'y rien comprendre.

Marion promit que tout était mis en œuvre pour arrêter les auteurs de ce qu'il fallait bien considérer comme un homicide et qu'elle les arrêterait.

— Avec votre aide à tous, ajouta-t-elle histoire d'impliquer l'assistance qui tirait la gueule.

Elle n'en pensait pas un mot. Son discours était pitoyable. Jean-Charles Annoux, sous la garde attentive d'Abadie, baissa les yeux. Lui aussi avait honte d'elle.

Pourtant quand elle reprit sa place au milieu d'eux, le lieutenant lui saisit la main et la serra, fort. Abadie posa une main sur son épaule et, à la place des huées auxquelles elle s'attendait, c'est une grande chaleur qu'elle ressentit, une vague qui la noya, d'un coup. Les larmes lui montèrent aux yeux. Elle les essuya vivement, évitant le regard surpris de Monique Métayer qui, elle, ne pleurait pas.

Quand le cercueil disparut de sa vue, descendu dans le trou par un quarteron de croque-morts impavides, elle n'eut plus qu'une idée en tête : s'éloigner de là.

66

Saint-Denis

Alertée par un coup de fil anonyme, une patrouille du commissariat central de Saint-Denis intervint en fin d'après-midi dans la cité des Cosmonautes où une poignée de jeunes se livraient à un rodéo en pleine rue. Un vieil homme qui avait eu la mauvaise idée de protester avait été molesté. Le correspondant courageux prétendait qu'il gisait à terre et que, personne n'étant intervenu, les gamins avaient repris leur course contre l'ennui. Deux véhicules de police convergèrent rapidement « sur site ». Les quatre motocyclettes montées chacune par deux énergumènes sans casque étaient occupées à en découdre et l'équipage de tête se heurta à la première escouade de flics tandis que l'autre surgissait par-derrière pour les prendre en tenaille. Le conducteur braqua son engin, en levant la roue avant, baroud d'honneur qui laissa aux flics le temps de descendre de voiture et de le neutraliser. Dans la confusion, les autres concurrents réussirent à s'éclipser, abandonnant sur la chaussée leurs montures inutiles.

Les flics se contentèrent d'embarquer les deux jeunes avant que les ombres déjà massées non loin ne leur tombent dessus. La moto fut chargée à l'arrière du break Peugeot. Le fichier indiquait en effet que cette Honda 125, de couleur rouge, appartenait à une capitaine de police de la PJ des Hauts-de-Seine et qu'elle était recherchée.

Marion arriva une heure plus tard au commissariat central de Saint-Denis, rue Jean-Mermoz, en compagnie de Louis Zénard et de deux officiers de l'office. Sans perdre de temps, l'équipe de la BAC les escorta à l'endroit où les jeunes Malik et Steve disaient avoir abandonné le scooter volé qui n'avait plus d'essence pour le remplacer par cette belle petite moto providentiellement apparue dans leur vie, la veille au matin, vers 9 heures. Ils n'allaient pas au boulot ni à l'école, précisèrent-ils, ils rentraient se coucher après une nuit comme les autres, au pied des barres de béton, à vaquer à leurs nombreuses occupations. Marion se moquait pas mal de ce qu'ils fabriquaient de leurs nuits, elle le leur dit, promettant avec la bénédiction des flics dionysiens qu'ils seraient remis en liberté dès qu'ils auraient indiqué l'endroit où avait eu lieu l'échange de bécanes.

Marion avait provisoirement renoncé à essayer de convaincre le juge Dorgel et celui de Lille qu'il y avait un intérêt majeur pour leurs dossiers respectifs à décortiquer les anciens ateliers métallurgiques de Saint-Denis. Ce qu'elle avait à mettre dans la balance ne suffisait pas. Quand les deux jeunes de la cité des Cosmonautes désignèrent le site, elle respira un peu plus vite mais beaucoup mieux. Une moto, un vieux scooter abandonné, ce n'était pas grand-chose mais cela prouvait au moins que Valentine Cara, capitaine de police, était venue ici et que, n'étant pas réapparue, y était peut-être encore. Serait-ce suffisant pour convaincre l'un des deux magistrats ?

Avec l'aide des hommes de Saint-Denis, Marion reprit par le commencement l'exploration de la friche. D'abord elle ne vit rien d'autre que ce qu'elle avait repéré en compagnie d'Alstair Mac Queen.

« Pas question que tu viennes, avait-elle imposé fermement. Je te donnerai les nouvelles mais tu restes en dehors de ça. »

Kathy Bush le harcelait, s'était-il excusé pour justifier son insistance. Ses démarches pour se faire livrer Azonov à Londres se heurtaient à l'inertie des Russes qui répugnaient à extrader leurs nationaux. Il est anglais aussi, pourtant, objectait Alstair, mais l'argument ne pesait rien dans ce pays qui ne se reconnaissait pas dans l'Europe et n'en faisait qu'à la tête de son président.

Rien n'avait bougé dans la partie où on avait découvert la Renault de Jennifer Loume et les équipes ne s'y attardèrent pas. C'est devant le bâtiment central, la cantine-crèche-centre social que Marion bloqua. Rivée au pseudo-bureau de vente, elle chercha un moment ce qui la tracassait. Et, subitement, l'anomalie lui sauta aux yeux.

67

Saint-Denis

Valentine ne cessait de revenir à elle et de sombrer dans une léthargie profonde, avec des phases d'absence qui lui semblaient de plus en plus longues. Elle n'entendait aucun bruit maintenant dans la cave et elle avait l'impression que l'odeur ambiante avait changé. Doucereuse, elle prenait moins à la gorge. Valentine se redressa. L'impression de froid se renforça une fois qu'elle fut debout. Elle tendit la main au-dessus d'elle et repéra sur ses doigts le léger courant d'air qui filtrait entre la vitre et le bois où il manquait peut-être un peu de mastic, où plus simplement sans doute, le bois avait joué. Elle leva la tête et aspira avidement le souffle frais en vacillant de bonheur. Jamais de toute sa vie plaisir ne lui avait paru aussi ineffable. Elle s'en reput longuement et, tout de suite, se sentit mieux. Ce bien-être momentané fut cependant vite assombri par l'oppression de se savoir prisonnière sans la moindre idée de la façon dont elle pourrait sortir d'ici. L'air pur lui avait rendu sa conscience pleine et entière, faisant fléchir son moral du même coup.

Réfléchis ! Bon sang, réfléchis !

Elle pouvait, en effet, se forcer à définir, lucidement, l'endroit où elle se trouvait. Le nommer. La friche, les ateliers, le bureau de vente. Elle y avait pénétré en fracturant la serrure. Et puis… Le néant. Là, sa mémoire renâclait.

Tu as sûrement fait quelque chose, pauvre conne ! Pour te retrouver dans ce piège !

Elle reprit un peu d'air, le savoura. Un léger vertige la fit trembler, l'impression suave que le monde reprenait des couleurs.

Rappelle-toi, bon Dieu ! Qu'est-ce que tu as fait ?

Elle avait ouvert une porte métallique, et derrière…

Le compteur électrique ! Elle avait actionné le compteur ! Il y avait eu ce ronronnement, une machine qui se lance, péniblement, puis plus fort.

Ensuite, plus rien, le trou noir.

La porte métallique était toujours là. Impossible de l'ouvrir. C'était comme s'il n'y avait plus rien derrière. Sauf ce trou noir dans lequel elle chutait après le ronflement du moteur.

Elle avisa la table, le téléphone, débranché et vain. La chaise. De l'autre côté de la cloison, le noir intégral régnait à présent. Elle colla son front à la vitre, posa ses mains en conque autour de ses yeux. Rien à faire. Rien à voir. Ni Angèle ni ces êtres, humains ou animaux, dont elle ne percevait plus la présence. Étaient-ils morts ? Les avait-on tués ? Embarqués ? Et qu'est-ce qu'on avait fait d'Angèle ?

Cette cave sans fond était le seul endroit par où elle pouvait espérer s'échapper. Elle devait tenter d'y accéder, même si son instinct lui criait

« danger » mais si elle l'écoutait, elle resterait là à attendre que la mort vienne la prendre par la main.

Rose ouvrira mon corps quand on l'aura retrouvé, desséché, les ongles ravagés des enterrés vivants, les mâchoires béantes sur des cris de terreur.

Il n'en était pas question.

Revigorée par l'air pur, elle entendit gronder ses entrailles. La machine biologique se remettait en route, obstinée. Maintenant qu'elle savait comment respirer, le pire n'était-il pas à craindre ? Mourir ici, de faim, de soif.

Elle n'avait prévenu personne de son initiative. Sur une impulsion, parce que le juge Dorgel refusait de l'écouter, elle avait foncé. Ses collègues du SDPJ ne pouvaient pas deviner, ils ne la connaissaient pas assez. Mais Marion ! L'idée d'appeler le juge venait d'elle. Alors, pourquoi n'était-elle pas encore venue dynamiter ce merdier ?

Saisie d'un brusque accès de rage contre elle-même, Marion et la terre entière dans la foulée, Valentine attrapa la chaise par un pied et la balança de toutes ses forces contre les carreaux en direction de la cave. Un choc sourd fit écho à son geste et la chaise, projetée en arrière par le rebond, faillit l'assommer. La paroi n'avait même pas été ébranlée. Verre feuilleté en plusieurs épaisseurs, avec du gaz argon au milieu, incassable, anti-effraction : Valentine connaissait le schéma sur le bout des doigts.

Le souffle court de nouveau entamé par les émanations du sous-sol, elle se rua vers la brèche et aspira furieusement le filet d'air salubre. Quelques secondes d'exercices respiratoires et la nausée passa. En se retournant vers le noir du fond, elle constata que la vitre attaquée présentait une légère déformation. Persévérer. Cogner cette saloperie de vitre. À force…

Deux envois de chaise plus tard, une longue fissure zébra la dalle translucide. Au troisième, le pied du siège en bois lui resta dans la main. Le cœur des impacts, là où elle frappait comme un boxeur au combat, était enfoncé. Une brèche s'ouvrait. Elle approcha la table, grimpa dessus et, à grands coups de pied, finit d'entamer la cloison. Un grand pan s'envola dans le vide tandis que le souffle fétide propulsé par le trou la renversait. Sa tête entama une valse distordue, à la manière d'un disque passé à la mauvaise vitesse. Un hoquet lui fit monter la bile au bord des lèvres.

Elle eut le réflexe de sauter de son perchoir, de se précipiter vers la source d'air pur. En aspira le plus qu'elle put tout en fouillant dans l'effilochage de sa doublure. Le souvenir la frappa alors à la manière d'une gifle. Le briquet, elle l'avait « taxé » à Marion, un soir, devant le ministère, quand elles étaient descendues pour se parler à l'abri des oreilles indiscrètes.

Ses mains tremblaient quand elle porta l'objet à hauteur de ses yeux. Pourvu qu'il fonctionne, songea Valentine qui ne se voyait pas se lancer dans les ténèbres de la cave sans au moins une minuscule flamme pour se guider.

Encore une inspiration et elle s'avança au ras du trou, souffle bloqué. Puis, résolue, elle actionna le briquet.

68

Saint-Denis, au petit matin

Les troupes s'étaient déployées autour du bâtiment central de la friche. Ils étaient cinquante, dont une bonne moitié du SDPJ des Hauts-de-Seine, et d'autres allaient arriver avec des moyens techniques adaptés. Il était 8 h 30. On n'avait pas pu faire plus vite, la nuit était déjà bien avancée quand Malik et Steve avaient daigné raconter leur histoire. Sans parler des lourdeurs administratives et judiciaires qui avaient émaillé la soirée.

Avant de donner le feu vert à l'intervention, le juge Dorgel avait cherché à contacter les propriétaires, via leurs avocats. Il n'avait pas obtenu de réponse, comme si, brusquement, l'Usine n'intéressait plus personne. Du coup, il avait exprimé ses doutes quant aux craintes de Marion. Qu'est-ce qu'on espérait trouver là-dedans ? Hormis de vieilles machines, des installations antédiluviennes, des…

— Un officier de police ! s'obstinait-elle en se remémorant les supplications de Rose, cette nuit encore.

Trouve-la, Marion, je t'en supplie !

Rien que pour en avoir le cœur net, il fallait sonder cette construction.

Et d'expliquer à Dorgel, une fois de plus, que l'hexagone de bois et de vitres servant de bureau de vente ne se présentait plus comme lors de sa visite en compagnie d'Alstair Mac Queen. Il en avait témoigné, l'Anglais, sans entrer dans le détail de sa présence en France au milieu de cette affaire. Ils avaient bien vu que le local disposait d'une double cloison. Et là, c'était flagrant, il n'y en avait plus qu'une. La partie interne avait disparu. Pire, les misérables meubles aussi. Seuls subsistaient un plancher nu et une porte d'accès non verrouillée.

Mac Queen, cette fois, avait obtenu le droit de venir avec ses collègues français et stationnait à l'écart, en compagnie de Chris Bochard. La présence des psychocriminologues sur les scènes de crime était désormais entrée dans les mœurs de l'Office auquel ils faisaient gagner un temps précieux par leur analyse des lieux, la photographie de l'ambiance. Leur regard permettait de voir d'emblée si la scène était organisée ou non, si l'auteur s'était montré professionnel ou amateur, dans quel état il était. Calme, précis, agissant de sang-froid ou à l'inverse furieux, hors de lui.

Et même s'il n'y avait rien à trouver sous ces ruines déprimantes, au moins Chris Bochard apporterait aux intervenants un soutien psychologique essentiel.

Un petit engin de chantier avait été amené en urgence et attendait le feu vert pour commencer à attaquer. Plusieurs fourgons, positionnés à l'écart, serviraient à l'évacuation de ce qu'on trouverait là-dedans, éventuellement. Les pompiers avaient envoyé deux équipages avec un médecin qui téléphonait à l'écart en faisant les cent pas pour combattre le petit vent insidieux dont décidément le printemps n'arrivait pas à se défaire.

Un officier de police se présenta à Marion comme le lieutenant Ferger, membre du groupe de Valentine Cara. Il lui fit part d'un appel de l'Office au sujet d'une affaire de téléphone.

— Excusez-moi ? demanda Marion larguée.

— Il s'agirait d'une installation réalisée il y a deux ans, dans ce… cet endroit.

— Mais oui, bien sûr, réagit la divisionnaire en se frappant le front. C'était ici ?

Elle désigna le bureau de vente d'un geste. Le lieutenant fit non de la tête, voulut ajouter quelque chose mais n'en eut pas le loisir. Le sol sembla se soulever littéralement sous les pieds des flics cependant que, avec un infime retard, le son d'une explosion les assourdissait. Marion partit à la renverse, levant par réflexe les bras au-dessus de sa tête pour se protéger des tonnes de gravats qui volaient dans l'air saturé de gaz. Des cris, des chocs, des monceaux de débris s'abattirent sur les troupes pétrifiées. Loup Ferger, comme beaucoup d'autres, s'était jeté au sol. Après une éternité de hurlements et d'appels au secours, le vacarme retomba, le silence, approximatif, revint.

Marion, assourdie, avait cessé de penser. Quelqu'un toussait près d'elle, à perdre haleine. Asphyxiée, elle se rendit compte que c'était elle et il lui fallut de longues minutes pour récupérer le souffle au fond de ses bronches encalminées de résidus. Puis la débâcle pulmonaire s'apaisa et elle put regarder autour d'elle, le visage inondé de larmes de douleur. Loup Ferger, debout, tournait sur lui-même tel un chat cherchant sa litière.

Deux hommes en uniforme, blancs de la tête aux pieds, se cramponnaient l'un à l'autre. Les pompiers, stationnés plus loin, avaient moins morflé et s'activaient déjà autour des blessés. Une poigne vigoureuse rattrapa Marion au moment où elle glissait au sol à genoux.

— Oh my God ! gronda la voix d'Alstair. Tu n'as rien ?

Elle voulut lui dire « non » ou « je ne sais pas » mais sa gorge était obstruée. Elle aperçut Chris Bochard qui courait vers elle et, derrière, Louis Zénard, titubant, du sang coulant de son crâne. L'envie la prit de tout lâcher, de se coucher sur cette terre malsaine. Mais Alstair la tenait fermement et la secouait.

— Regarde, Marion ! Là !

Ses paupières à moitié collées par des immondices s'ouvrirent complètement. Elle n'était qu'à quelques mètres du bureau de vente dont les structures s'étaient tordues sous l'onde de choc. La façade béait sur des gravats et des morceaux de verre. Des poussières volaient encore et de minuscules chapelets gazeux fusaient des parois. Au milieu de ce chaos, une forme humaine gisait. Marion reconnut le blouson de cuir et une botte de moto. Une main ouverte à côté d'un briquet jaune et bleu. Les doigts recourbés, noircis. Elle hurla « Valentine » et cette fois le son s'associa au mouvement.

69

Saint-Denis, des heures plus tard…

Huit blessés légers, un plus sérieusement, pronostic vital non engagé. Les flics s'en tiraient bien, compte tenu de l'extrême violence de l'explosion. Par chance, les bâtiments surmontant ces sous-sols minés avaient été construits solidement en un temps où on ne lésinait pas sur la qualité des matériaux, où on bâtissait pour durer. Une maison devait couvrir la vie de ses propriétaires, une usine celle de plusieurs générations. La robustesse de l'ensemble avait absorbé une partie de l'onde de choc. Par effet mécanique, la déflagration s'était propagée latéralement, soulevant la cage dans laquelle Valentine était enfermée. Pas une cage à proprement parler, d'ailleurs, mais un authentique monte-charge installé on ne savait pas exactement quand ni pour quelles raisons. Bien avant l'acquisition par les Russes, en tout cas, si on en jugeait par le mécanisme à présent à ciel ouvert, tel un bestiau juste sorti de l'équarrissage. Les nouveaux patrons du site, Pharmcop, l'avaient-ils repéré ? Utilisé ? La question était ouverte. Ce qui était certain, en revanche, c'est qu'il était alimenté électriquement. En reconstituant le parcours de Valentine, il était permis de supposer qu'elle était entrée dans ce local, puis elle – ou quelqu'un d'autre – avait actionné l'engin qui s'était enfoncé dans le sol. L'explosion l'avait fait remonter comme le bouchon d'une bouteille de champagne trop fortement secouée.

Grâce aux pompiers et à leur médecin, Valentine avait été prise en charge immédiatement et emmenée au centre hospitalier de Saint-Denis. Elle n'avait toujours pas, des heures après l'explosion, repris connaissance.

Marion avait encore mal aux oreilles, Alstair avait avalé des scories en s'approchant trop vite et trop près de l'épicentre de l'explosion et toussait à tout moment en rugissant à l'anglaise, avec distinction. Louis Zénard avait fait recoudre une coupure de trois centimètres infligée au beau milieu de sa calvitie. Le crâne étant une partie du corps qui saigne beaucoup, le plastron de sa chemise avait viré du bleu pâle au rouge foncé, ce qui ne l'empêchait nullement de diriger les opérations des équipes de l'Identité judiciaire et du laboratoire de la préfecture de Police, sections explosifs et incendies. Il faudrait des semaines pour déblayer le site et trier les gravats. Mais le plus urgent avait été fait : des équipes cynophiles avaient été mobilisées pour détecter la présence de personnes vivantes, blessées peut-être, sous les décombres. Les premiers agents qui avaient pu pénétrer sous la surface n'avaient encore rien découvert d'inquiétant : pas de corps, aucun être vivant ou mort.

Les autorités défilaient à flux continu. Préfet du département, magistrats, chefs de police, la friche était pour un temps le salon où il fallait se montrer pour causer. Une meute de journalistes restait contenue à l'écart, la plupart des chaînes de télévision étaient arrivées et tentaient de contourner, par tous les moyens, le cordon de sécurité qu'il avait fallu renforcer. Le préfet et le procureur de la République étaient allés leur parler car, faute de déclarations officielles, les rumeurs les plus farfelues commençaient à courir. Attentats, al-Qaida. Tout le monde se souvenait de la confusion à la suite de l'explosion du site AZF à Toulouse en 2001 et de la folie informative qui avait suivi. Trois jours avaient été nécessaires pour calmer le jeu et la panique. Cette fois, les dégâts n'avaient rien de comparable, aussi les officiels s'efforçaient-ils de dire ce qu'il fallait tout en ne disant rien puisque personne ne savait encore quoi dire.

Le lieutenant Ferger se rapprocha de Marion. Un homme l'accompagnait, un grand gaillard au sourire éblouissant qui arborait une parka grise avec le sigle Orange sur la poitrine.

— Patron, dit le flic un peu moins mal dans ses baskets depuis qu'on avait retrouvé Valentine Cara, c'est le technicien télécom dont je vous ai parlé avant le... enfin, avant l'explosion...

— Ah oui, c'est vrai, dit-elle en grimaçant parce que les voix qui se chevauchaient autour d'elle lui déchiraient les tympans, c'est vous qui avez installé le téléphone dans ce... cet endroit ?

Le technicien ne cessait de secouer la tête en couvant Marion d'un regard empli de commisération.

Je ne dois pas être belle à voir, estima-t-elle en considérant que le lieutenant la détaillait lui aussi avec pitié.

— Non, madame, dit l'employé d'Orange, moi, je n'ai jamais mis les pieds dans ce local.

— Mais alors...

Il effectua un quart de tour, leva la main et désigna du doigt un point au loin.

— Là-bas ! dit-il.

70

Saint-Denis

Jennifer cheminait dans un sous-bois obscur, peuplé d'ombres qui s'évanouissaient dès son approche. La pente était abrupte, elle éprouvait les pires difficultés à grimper et quand elle cherchait à s'agripper, les branches, les tiges, les arbustes cédaient comme envahis de pourriture. Elle avait croisé son père, au début du chemin, mais il ne l'avait pas reconnue. Il était tel qu'elle l'avait vu la dernière fois, livide et les joues avalées par sa bouche qu'on n'avait pas réussi à refermer complètement une fois redescendu du piton où il avait dévissé. La vieille Berthe, sa grand-mère, lui avait montré ses orbites vides, ses membres torturés d'arthrose. Jennifer glissait sur le sol raviné, une silhouette se découpa sur le fond sans couleurs, limbique. C'était Léna, sa mère. Elle portait une plaie profonde qui lui taillait le visage en deux. Dans ses bras décharnés et exsangues, un enfant, si petit qu'on l'aurait cru à peine sorti du ventre de sa mère. Qui était ce bébé qui avait ses traits, sa bouche ?

Maman…

Mais Léna fonçait sur elle, sans la voir. Elle la percuta au moment où un arbre énorme s'abattait sur le chemin dans un bruit d'apocalypse.

Jennifer fut quasiment soulevée de son lit. Déstabilisée, elle perdit l'équilibre et tomba au sol. À quatre pattes sur le béton, elle s'efforça de rassembler ses esprits. Pourquoi ses paupières résistaient-elle ? Ce simple mouvement lui prit un temps fou et quand elle ouvrit les yeux, ébaudie, elle ne reconnut rien de ce qui l'entourait. Il lui sembla que la charpente d'acier bougeait au-dessus de sa tête, se tordait, actionnée par la main d'un géant. Elle reçut sur le visage et le corps des morceaux de verre, de pierre, et un nuage de poussière acheva d'obscurcir son espace.

Elle se mit à tousser si fort qu'elle n'eut plus aucun doute : elle avait quitté le chemin des morts. La vie l'avait rattrapée par le col de ce chemisier dont elle sentait à présent l'odeur abjecte.

Au loin, mais pas si loin, surgirent des bruits qu'elle connaissait. Des sirènes... Des coups de sifflet. Des cris, aussi, il lui sembla du moins.

Elle voulut bouger et à peine avait-elle réussi à progresser de quelques centimètres qu'un grincement puissant la tétanisa. Juste au-dessus d'elle. Elle leva le menton à temps pour apercevoir la vitre détachée de la verrière tournoyer dans les airs. Jennifer se jeta en arrière. La plaque de verre s'abattit tout près d'elle dans un fracas épouvantable, sur le lit. Quelques esquilles coupantes comme des lames vinrent se ficher un peu partout autour d'elle. Du sang sur son bras lui montra un triangle translucide enfoncé dans ses chairs. Elle le retira en gémissant. Puis se releva, lentement, précautionneusement, la pièce tournait comme un manège. Son regard tomba sur le lit. Sous les quelques kilos de verre brisé, un enfant dormait, les yeux clos, le visage gris. Ses bras de part et d'autre de son corps menu étaient parcourus de légers frémissements. Des ondes identiques striaient ses jambes et ses pieds, son corps, son visage. Elle reconnut le bébé qu'elle avait vu dans les bras de sa mère, juste avant le choc qui l'avait ramenée de chez les errants. Mais elle eut beau fouiller sa mémoire, elle ne parvint pas à lui donner un nom.

Délicatement, elle entreprit de soulever les bouts de verre pour mieux le contempler.

C'est alors que des coups sourds ébranlèrent de nouveau la maison. Jennifer ne leur accorda aucune attention.

71

Saint-Denis

Rétablir le courant électrique aurait pris trop de temps. Tout avait été court-circuité dans l'explosion et les techniciens en auraient pour des heures, voire des jours à tout remettre en branle. Des groupes électrogènes avaient été réclamés par les équipes pour conduire les fouilles dans de bonnes conditions. Marion considéra qu'on n'avait pas le temps d'attendre.

— Au troisième niveau, avait affirmé le technicien de chez Orange.

C'était assez insolite pour qu'il s'en souvînt mais en prime – pour une fois Marion reconnaissait que c'était une bonne chose – il avait conservé la trace informatique de l'intervention avec le plan des lieux. À l'époque, il avait utilisé le monte-charge pour entrer dans cet appartement qui n'en était pas un, selon lui, plutôt un loft industriel. L'abonnée, Jennifer Loume, l'avait reçu en personne. Bien sûr qu'elle vivait là, il était venu un matin, elle était en robe de chambre.

— Il faut démolir le mur, avait décidé Marion confortée par l'assentiment du substitut du procureur, il y a sûrement un escalier derrière.

Une équipe de terrassiers, celle qui pilotait aussi l'engin de chantier, avait attaqué les parpaings à coups de masse. En quelques minutes, le trou livra son verdict. Il y avait bien des marches, en mauvais état, avec des manques.

— Faites venir un groupe électrogène quand même, ordonna la divisionnaire, s'il y a des gens à sortir, on ne pourra pas le faire par là…

— Des gens à sortir ? s'exclama dans son dos une voix d'homme perplexe.

Elle ne prit pas la peine d'expliquer. D'ailleurs, elle priait – étrange prière d'impie – pour que cet incrédule ait raison. Qu'Azonov ait emmené sa femme de Paris et leur enfant dans un paradis ensoleillé où ils couleraient des jours heureux.

Au troisième, ils butèrent sur la porte métallique, verrouillée et rétive. Les masses des démolisseurs ne pourraient en venir à bout, il fallait un serrurier. Louis Zénard y avait pensé. Les flics ne font pas que défoncer les portes au bélier hydraulique, ils savent aussi faire preuve de délicatesse. Cette porte-là se montra pourtant résistante, d'autant plus qu'elle n'avait pas de poignée et que d'imposantes cornières la protégeaient de l'effraction.

Quand enfin elle céda, Marion voulut être la première à entrer, Louis Zénard à ses côtés. L'odeur qu'ils reniflèrent sur le seuil était explicite et ils échangèrent un regard dégoûté à la vue des bestioles qui couraient dans la cuisine, s'enfuyant face aux intrus. Zénard fit avancer deux agents de l'Identité judiciaire déjà vêtus de leurs tenues blanches. Il enfila des surbottes, des gants de latex et un masque. Il tendit un kit à Marion pour qu'elle s'équipe et, côte à côte, ils pénétrèrent dans la place.

Au cours de leur progression dans ce lieu incroyable, ils eurent le sentiment que des choses terribles s'y étaient déroulées. Ils en furent totalement convaincus quand ils aperçurent la forme tassée contre un grand lit ravagé, couvert de débris. La femme rousse qui dardait sur eux des yeux écarquillés leur fit penser à la madone douloureuse de Boticelli sauf que celle-ci semblait être passée de l'autre côté du miroir. Elle n'eut aucune réaction quand ils s'approchèrent d'elle, sinon de serrer plus fort contre elle son bébé mort sur lequel couraient des cafards par dizaines.

72

OCRVP, Nanterre

Dans la soirée, un point global de la situation fut effectué au ministère de l'Intérieur à Nanterre, dans la salle de réunion de Pascal Marconi. Il apparut d'emblée que le quadrillage opéré dès le matin dans Paris et ses environs pour interpeller et neutraliser « la bande des 4 × 4 » avait porté ses fruits en ce sens qu'aucun véhicule répondant au signalement, non plus que d'autres pouvant s'y apparenter, ne fut repéré. Les coups successifs qui lui avaient été infligés avaient, à l'évidence, calmé les ardeurs du gang. Une enquête éclair conduite en Belgique où siégeait la pseudo-entreprise BGS avait confirmé que ce n'était qu'un fantôme masquant une organisation puissante et plus lointaine, pour l'heure opaque. Si le nom de Pharmcop n'était pas ouvertement prononcé, il apparaissait en filigrane et ne pouvait être dissocié de la « bombe » Juvas qui n'en finissait pas de faire flamber les Bourses et de ravager les réseaux de vente en ligne.

À propos de bombe, on savait à présent à quoi attribuer l'explosion de Saint-Denis : le gaz.

Une conduite d'alimentation avait été détériorée – sabotée ? – et la cave s'était remplie doucement jusqu'au moment où Valentine avait actionné son briquet. Après douze heures d'investigations, une première série de conclusions s'imposait. Un, il n'y avait aucun être vivant ou mort dans les sous-sols de l'ancienne cantine. Deux, il y en avait eu. Les restes de cages démantibulées par le souffle témoignaient que des animaux y avaient séjourné, y laissant des excréments, des poils, des parasites en quantité, quelques cadavres de rats et de souris. Un expert et la vétérinaire responsable de l'animalerie du Jardin des plantes s'étaient attelés à l'identification des pensionnaires à deux ou quatre pattes. Autre constat : la présence de nombreux débris de verre et des machines mystérieuses, carcasses d'ordinateurs et de frigos, boîtes en forme de couveuses. Ces sous-sols avaient servi, c'était incontestable, peut-être encore récemment. L'avenir dirait de quelle manière et dans quel but mais tout se passait comme si les occupants avaient été en plein déménagement et dérangés, pressés de partir. De là à imaginer leur volonté de pulvériser les ultimes traces de leur passage...

Marion dut recommencer l'exposé du soir de l'enlèvement d'Angèle. Quand elle aborda le sujet de l'apparition de Juvas, plusieurs commentaires étonnés fusèrent. Évidemment, tout le monde trouvait ça très bien sauf les sceptiques chroniques. Mais quel rapport avec ce cataclysme ?

C'était encore un peu flou dans l'esprit de la divisionnaire qui commençait à ressentir la fatigue et voyait son énergie se déliter au fil des heures. En réalité, elle n'aspirait qu'à retrouver

Olivier qui l'attendait quelque part en compagnie d'Alstair Mac Queen, tous deux aussi obstinés l'un que l'autre à ne pas vouloir regagner leurs pénates.

Son portable sonna au moment où elle envisageait de s'esquiver. Rose. En hâte, elle quitta la salle et fonça dans le couloir, toute lassitude envolée.

Valentine Cara venait de sortir du coma.

73

Hôpital de Saint-Denis

— J'ai vu Angèle, s'épuisait à répéter Valentine encore sous l'effet des sédatifs qui lui donnaient cette voix nasillarde avec des accents rauques dus au gaz qui avait perturbé son appareil respiratoire et esquinté ses cordes vocales.

— Chut… intimait Rose, cesse de t'agiter…

— Dis à Marion… Elle est dans la cage… Elle dessine… Marion pénétra dans la chambre où l'on venait d'installer Valentine après sa sortie des soins intensifs. Elle était encore perfusée et reliée à un moniteur qui évaluait en continu son état cardiaque. Vivement, Rose rejoignit Marion à la porte.

— Elle délire complètement, déplora-t-elle, je ne sais pas si c'est une bonne idée de lui parler maintenant.

Valentine avait fermé les yeux mais elle les rouvrit et ébaucha un sourire quand la divisionnaire saisit sa main libre.

— La roue tourne, murmura-t-elle, chacune son tour, on dirait…

— Oui, mais ça va, tu t'en tires bien…

— C'est ça ! Et demain, je vais au boulot !

Elle grimaça parce qu'une douleur venait de lui secouer l'abdomen. Elle toussa, se tordit et s'empressa d'actionner la pompe à morphine qu'on lui avait laissée à disposition.

— Ma copine, dit-elle une fois remise en montrant la commande en forme de poire nichée dans sa main, c'est bien pratique…

— Faut pas en abuser, quand même, ronchonna Rose.

— Tu nous as foutu la trouille, tu sais…

Marion s'était assise tout près de Valentine qui manifesta d'un signe de la main son refus de commenter plus avant sa mésaventure. Elle n'était pas très fière de ce qu'elle avait fait, partir toute seule, avec ses plans, parce qu'elle était tracassée par un détail, ce fichu bureau de vente.

Ce qu'elle voulait, c'était parler d'Angèle.

— Elle était là, s'obstina-t-elle, dans le sous-sol. Il y avait plusieurs cages en verre, alignées, elle était dans l'une d'entre elles…

— Tu étais un peu dans les vapes, non ?

— Elle portait un pantalon clair, un pull blanc, à col roulé… Les cheveux courts…

C'était bien la description d'Angèle qu'avait faite le gérant de l'*Hôtel de l'Étoile*. Marion fit les gros yeux à Rose qui s'apprêtait à intervenir.

— D'accord, Valentine, je te crois, dit-elle doucement. Mais on a cherché, on ne l'a pas retrouvée dans les décombres…

Valentine tourna vers la patronne son regard vert intense :

— Elle était là, martela-t-elle, dans une cage de verre. J'ai essayé de lui parler mais elle ne m'entendait pas. Elle m'a reconnue, j'en suis certaine…

Une cage de verre ? Du verre, il y en avait des quantités qui jonchaient la partie située à l'opposé des clapiers à bestiaux. Tout avait été éparpillé par la déflagration.

Elle a dessiné sur la vitre…

De nouveau Rose voulut s'en mêler. Marion l'ignora :

— Dis-moi quoi… Qu'est-ce qu'elle a dessiné ?

— Une étoile et une main.

— Excuse-moi ?

— Une étoile, je suis formelle… L'autre dessin, je crois que c'était une main.

La toux, de nouveau. L'arrivée d'une infirmière parce que le moniteur s'emballait. Marion s'était repliée du côté de la porte. Elle dit à Rose qu'elle reviendrait plus tard. La légiste affirma qu'elle ne bougerait pas de là, Stéphane veillait sur Nina et…

— Je vais la récupérer demain, dit Marion, maintenant, elle va devoir parler, contente ou pas.

Rose hocha la tête, pas convaincue que la reddition de Nina se passerait simplement. Elle repartit vers sa compagne qu'à peine connue elle avait failli perdre. Avant de franchir la porte, Marion l'entendit murmurer :

— Ne me fais jamais plus un coup pareil !

Pendant qu'elle y était, Marion fit un détour par l'unité des soins intensifs où l'on avait admis Jennifer Loume. Dénutrie, déshydratée, affaiblie au point que son pronostic vital était engagé. En partie notamment à cause de cette infection des glandes mammaires – une mastite provoquée par un excès d'œstrogènes – qui n'était pas entièrement sous contrôle. Par précaution, Zénard avait mis en place une protection policière. Les premières constatations dans le « loft » prouvaient que des faits terribles s'y étaient déroulés. Le lit de l'enfant était pollué de matières organiques qui ne semblaient appartenir ni à Jennifer ni à son bébé. Des coulures suspectes avaient été mises en évidence sous le lit et dans la salle de bains, sur un peignoir de couleur lie-de-vin. Des vêtements découverts dans une poubelle laissaient supposer qu'une autre personne avait vécu là, hormis Sasha Azonov dont les preuves de passage foisonnaient. Même Louis Zénard, pourtant habitué au pire, avait du mal à relier ces lieux infects à un chercheur de réputation internationale.

Les équipes techniques et scientifiques avaient dû être renforcées car, là aussi, le chantier s'annonçait gigantesque.

Le bébé de Jennifer n'avait pas encore été nommé. Aucun papier, aucun indice ne permettait de le situer. Comme s'il n'avait pas d'existence légale. Son autopsie était prévue pour le lendemain. Cette perspective arracha un frisson à Marion. La première fois qu'elle avait vu ouvrir un enfant mort, il s'agissait d'une fillette de 4 ans. C'était au tout début de sa carrière, elle n'avait alors pas d'enfant, ce qui ne l'avait pas empêchée de se demander si elle pourrait supporter longtemps ce genre d'épreuves. Les années suivantes l'avaient aguerrie, jamais habituée.

L'image de ce corps minuscule trituré par des mains plus grandes que lui s'interposa entre ses yeux et la cloison opaque derrière laquelle Jennifer Loume luttait pour reprendre le cours de sa vie.

Marion avait besoin des bras d'Olivier, de toute urgence. Elle s'enfuit en courant.

74

Quelque part en Russie...

À 12 heures pile, le petit avion se posa avec des grincements de métal martyrisé et cahota sur la piste jusqu'au hangar fait de tôles rouillées et de planches disjointes. Une manche à air ballottait dans l'air glacé et des congères encore hautes montraient que le printemps lambinait à s'installer. D'ailleurs, d'année en année, il se faisait plus tardif, l'été ne serait bientôt plus que quelques jours en août, avec un peu de chance. Le pilote jeta un coup d'œil dehors, pas concerné par les rudesses climatiques auxquelles il était habitué puisque né sur cette terre peu hospitalière. Néanmoins soucieux, en raison de la tempête de neige annoncée pour l'après-midi et qu'il voulait à tout prix éviter. Quelques flocons voltigèrent devant son pare-brise, confirmant les prévisions de la météo.

Il repéra la voiture en attente sur le semblant de tarmac livré aux corbeaux que les avions ne dérangeaient plus depuis belle lurette et entama son virage pour se positionner à distance raisonnable. Un peu plus loin, entre la limousine et le hangar, un couple attendait, il se demanda s'il s'agissait de ces gens qu'il devait emmener à Moscou. D'un haussement d'épaules, il évacua la question. Il était grassement payé pour piloter les avions de la firme Vazovchim et son contrat stipulait qu'il devait se soumettre aux ordres et rien d'autre. Il lâcha donc le couple des yeux et se pencha sur son plan de vol.

Anastasia évitait le regard de Sasha qui mourait d'envie de la serrer dans ses bras. Elle était pleinement consciente de son pouvoir sur lui qui ne faiblirait sans doute jamais et elle en abusait sans vergogne. Lui savait que ce serait la dernière fois. Il avait sacrifié beaucoup pour elle, il s'était compromis au-delà du raisonnable, elle avait exigé, il avait exécuté. Mais c'était fini, maintenant. Et la raison de cette irrémédiable fin était éblouissante : elle ne l'aimait pas et ne l'aimerait jamais. Elle n'aimait personne et n'aimerait jamais personne. Qu'elle-même et encore. L'argent, les cours de la Bourse, l'amas de fortune. Une folie, une dépendance qui la tuerait alors qu'elle s'imaginait que cela la rendait forte et puissante. Il tendit cependant les bras. Il sentit son corps mince et souple sous la pelisse. Elle s'écarta de lui, irritée. Il scruta ses yeux, beaux à se damner.

— Tu vas retourner à ta vie, Sasha, je te rends à la civilisation, à tes femmes. Nous ne nous reverrons plus.

Il soupçonna l'ironie mais sa voix avait cette tessiture métallique qui faisait froid dans le dos. Et ces mots, découpés au scalpel. Il protesta :

— Pourquoi ? Je vais continuer à chercher, Tasia…

— Oh ! Sasha, par pitié ! Nous avons trouvé, tu le sais. Le monde entier le sait.

— C'est un mensonge, une chimère ! Je ne peux pas… Père n'aurait pas été d'accord… Et j'aurais voulu en parler avec Vania…

— Vania va mourir, c'est une question de jours. Il ne sait même plus qui il est.

— Et tes filles ? Tu penses à ces pauvres petites ? gémit-il à bout d'arguments dans le petit vent qui, à présent, faisait lever des tourbillons au bout de la piste.

La beauté brune baissa les cils, il valait mieux que Sasha ne voie pas le vide en dessous.

— Allez, vas-y, souffla-t-elle, Mary t'attend dans la voiture…

Elle montra l'avion de son doigt ganté. Il n'arrivait pas y croire. Qu'elle le laisse partir ainsi en sachant que, dès demain, il livrerait Juvas en pâture à l'opinion, dénoncerait l'approximation du protocole. Mettrait en garde les consommateurs contre les effets secondaires. Évoquerait ses propres travaux et ses théories. Pourquoi le laissait-elle partir ? À cause de la fascination qu'elle pensait exercer sur lui ? Lâche, oui, il l'était plus que quiconque, mais pas naïf. Que signifiait ce renoncement, ce qu'il fallait bien considérer comme une faiblesse de la part de cette femme qui n'en avait aucune ?

Il tenta une ultime manœuvre pour la reprendre contre lui. Elle le repoussa en se dirigeant vers la voiture dont elle ouvrit la portière sèchement.

— Descendez, Mary ! ordonna-t-elle, l'avion doit repartir, il faut vous dépêcher, la neige est annoncée.

Bras ballants, Sasha observa Mary et son allure pataude de femme enceinte s'extraire du véhicule tandis que le conducteur – un grand type costaud coiffé d'une longue tresse au bout de laquelle brillait une pierre – allait ouvrir le coffre. Il en sortit deux sacs qu'il posa aux pieds de Mary. Celle-ci se tourna vers Sasha, le supplia d'un regard de faire ce qu'on lui demandait.

Comme un robot, le professeur attrapa les sacs et partit d'un pas raide vers l'avion. Mary grimpa à bord la première et Sasha dut l'aider. Il mourait d'envie de se retourner dans l'espoir qu'Anastasia ait changé d'avis et se soit mise à courir, comme dans un film à l'eau de rose, pour se jeter à son cou, au ralenti. Il avala cependant d'un bond les marches de la passerelle sans plus de manières.

— Allons-y ! cria-t-il pour couvrir les feulements du blizzard né de la plaine et lourd de menace.

— Avis de tempête, émit le pilote en actionnant quelques commandes et en coiffant son casque. Neige…

La fin de sa phrase se perdit dans le sifflement des moteurs. L'appareil roula sur le tarmac, s'installa en bout de piste et annonça au contrôle aérien qu'il était prêt à décoller. Il reçut la clearance et lança ses moteurs à fond.

Sasha ne put se défendre d'un ultime coup d'œil en direction du hangar. Il ne vit que la manche à air à présent à l'horizontale, malmenée par les rafales. La voiture, elle, avait déjà disparu. Anastasia, son amour à jamais, n'avait même pas attendu le décollage pour prendre le large.

C'est le cri du pilote qui le fit revenir à la réalité. Une masse sombre venait de surgir de la brume, quasiment au bout de la piste. Mary hurla. Le pilote tira de toutes ses forces sur le manche mais l'avion n'allait pas encore assez vite et n'était pas encore assez haut pour éviter la collision.

Sasha Azonov ferma les yeux et pria.

75

Le Café Rouge, *Levallois*

L'agent de la DGSI semblait coulée dans un moule immuable. Même apparence stricte, coiffure identique, impeccable. La seule différence était qu'aujourd'hui Sara avait un papier entre les mains et que la rencontre avait lieu au *Café Rouge*. Moins de protocole ne signifiait pas relâchement, ce qu'elle s'empressa de signifier à Marion en lui rappelant sa promesse non tenue : Nina n'avait pas été livrée aux maïeutistes et autres catharsistes du renseignement intérieur.

— Je vous ai dit que je ne sais pas où elle est…

À cette heure, c'était encore vrai. Sara leva un sourcil, à peine, émit un soupir discret. Marion demanda ce qui lui valait cette invitation à partager un club sandwich, à 13 heures, dans un bar bondé de flics de la DGSI.

— Ceci…

Sara fit glisser la feuille pliée en deux devant Marion. Un titre en gras.

JUVA/5112

Un moment d'aphasie, distorsion des sons ambiants, bouche sèche. Sara devint floue. La fatigue, songea Marion. Forcément, une nuit avec Olivier Martin, leurs ébats effervescents dans une Mouzaïa vide, sans oreilles qui traînent. Puis le trou noir dans un sommeil peuplé d'adversaires invisibles et dangereux. Un serial violeur qui sévissait les soirs de match de foot profitant de ce que les hommes délaissaient leurs femmes ces jours-là et qui avait terrifié Marion une partie de la nuit. Encore heureux qu'il y ait eu les bras d'Olivier pour la retenir chaque fois que ce foutu cauchemar la poussait hors du lit. Sauts, soubresauts, le matin l'avait trouvée exténuée et les caresses du légiste – elle évitait de penser à quelles basses besognes ces mains se livraient le reste du temps – ne l'avaient pas complètement remise d'aplomb.

— Lisez ! commanda Sara sur le ton onctueux qui la caractérisait.

JUVA/5112.

Olov Olaiev, né en 1950 (date exacte inconnue)
Matricule 51 12 de l'internat BAKLOVA, Sibérie orientale.

— Qu'est-ce que ça veut dire ? demanda Marion.

— C'est assez clair, non ? Le type que vous avez arrêté l'autre soir...

— Oui, ça j'ai compris...

— C'était une « créature » de Dimitri Azonov. 51, l'année de l'inoculation de Juvas ; 12, le numéro d'ordre dans la liste des « sujets » traités.

— Vous êtes en train de me dire que ce jeune homme avait 64 ans ? fit semblant de s'étonner Marion.

— Il semble bien, oui…

— Mais comment vous avez trouvé ça ?

Moue de Sara : t'en as d'autres, des questions de ce genre ?

— C'est dingue !

Un professeur du fin fond de la Sibérie avait bel et bien découvert un truc pour freiner le vieillissement génétiquement programmé chez tout être vivant en cherchant à domestiquer des renards et des loups et il avait procédé à des expériences sur des cobayes humains. Combien ? Sara éluda. Donc, beaucoup, en fin de compte.

— On sait ce qu'ils sont devenus ?

— Jusqu'à ces jours-ci, l'expérience relevait de la pure spéculation. Avec l'apparition de Olov Olaiev et de quelques-uns de ses semblables, les choses prennent une autre tournure. Vous pensez bien qu'on va tout faire pour le savoir.

— Pourquoi Dimitri faisait-il tatouer ces cobayes en caractères romains et pas en cyrillique ?

— C'est une bonne question… Pour montrer dans quel camp il se rangeait, je suppose.

— Pas très malin… C'est ce qui l'a fait soupçonner peut-être ?

— Possible. Mais il y a autre chose dont je veux vous parler…

Les plats arrivèrent avec l'eau minérale. L'agent de renseignement attendit que la serveuse se soit éloignée.

— Cette fillette sur la plage… reprit-elle une fois avalée la première bouchée de son casse-croûte.

— Alida…

— Oui. Qu'en pensez-vous ?

— Mais rien... Je n'ai pas la moindre idée de ce qu'elle vient faire dans cette histoire... À moins que...

— Vous pensez à quoi ? insista Sara en se penchant en avant, le parler tout à coup moins contrôlé.

— C'est vous qui avez une idée derrière la tête ! Une autre expérience qui, elle, aurait mal tourné ?

— Quelle expérience ?

— Mais je l'ignore ! C'est vous, le service de renseignement !

— Nous n'avons pas d'information à ce sujet.

Nous ? Marion commençait à entrevoir de gros moutonnements derrière ce front lisse. Sara conduisait une mission, une vraie. Marion relança :

— Vous pensez que les patrons de Pharmcop auraient eu l'idée d'utiliser quelques-uns de ces... spécimens à l'appui de leur protocole ? Pour en démontrer la validité ?

Sara secoua la tête. Il était impossible de définir si elle disait oui ou non.

— Mais comment peuvent-ils apporter une preuve quelconque ? s'exclama Marion.

— Vous avez rencontré le Pr Lu Fiang, non ? Ce n'est pas bien difficile... Quelques photos, voire des individus en chair et en os, des données scientifiques confirmées par quelques pointures et les gens croient tout ce qu'on veut bien leur faire croire. Rappelez-vous le succès de la DHEA, de l'hormone de croissance...

Exact, admit Marion, et quand, des années plus tard, on se rend compte des effets secondaires, des cancers et autres maladies opportunistes liées à ces soi-disant produits miracle, le mal est fait, on en oublie les origines. Entre-temps, les sommes engrangées par les lobbies pharmaceutiques ont permis de lancer d'autres attrape-couillons qui, à leur tour généreront des fortunes...

N'empêche, s'insurgea Marion silencieusement en dardant sur Sara ses yeux revolver, ce que venait de lâcher l'agent de la DGSI montrait qu'elle avait eu raison de se méfier des téléphones, et Valentine de cacher Nina. Tout le monde espionnait tout le monde, c'était renversant.

— Nous supposons qu'un incident est venu perturber le projet, enchaîna Sara.

— C'est-à-dire ?

Elle avait une petite idée de ce couac. Mais, dorénavant, elle laisserait venir l'agent de la DGSI. Cette femme la mettait mal à l'aise.

— La fillette de Berck, votre Alida, lâcha Sara.

— Elle représentait un enjeu, la preuve d'un dérapage ? Cela expliquerait qu'ils aient tout fait pour récupérer les éléments compromettants, jusqu'au corps ? La première connerie est de l'avoir déposée sur cette plage !

— Je doute qu'ils l'aient fait exprès.

— En effet, les types qui se chargent des basses besognes brillent rarement par leur intelligence. Ceux à qui on a affaire ici n'ont qu'une capacité réduite à prendre des initiatives. Ils ne fonctionnent qu'en tandem... Entièrement dépendants...

Une idée la frappa tout à coup : les Queue de Rat étaient ces fameux cobayes de Dimitri Azonov !

Elle s'aperçut que Sara ne disait mot, buvait ses paroles.

Elle se pencha en avant :

— Une troupe gardée en réserve par les gérants de Pharmcop et subitement larguée dans la nature pour faire le ménage parce qu'on a trouvé une enfant-vieillard sur une plage ?

— Votre analyse est abrupte et sans nuance mais c'est une idée intéressante, oui.

Un couple s'installa à la table voisine. La confidentialité devenait périlleuse.

— Qu'est-ce que vous attendez de moi ? demanda brusquement Marion.

Sara prit le temps d'avaler une nouvelle bouchée, d'ingurgiter, petit doigt levé, une longue gorgée de San Pellegrino, de reposer verre et fourchette, de se tamponner la bouche avec la serviette en papier qui abandonna une particule blanche à la commissure de ses lèvres.

— Azonov est en Russie, ses collaborateurs ne savent rien. Ses femmes sont aux abonnés absents. Reste Angèle et...

— Vous savez où elle est ?

— Non mais avant d'être enlevée, elle vous a contactée, *vous*.

— Et alors ? Vous savez ce qui s'est passé puisque Marconi vous raconte tout ! Et que vous espionnez chacun de mes faits et gestes !

Sara glissa sur leurs voisins un regard soucieux. Le type était à présent couleur framboise et il devait se passer des choses sous la table à voir comment la fille se trémoussait. Une excellente couverture, imagina Marion qui avait plusieurs fois dans sa carrière trompé son monde au cours de planques où elle avait tenu des rôles à contre-emploi. L'agent de la DGSI se pencha, abaissa encore les décibels :

— Angèle a potentiellement un élément crucial en sa possession. Et Nina est un témoin aussi crucial dans cette affaire. Maintenant que vous les avez bien bousculés, ils ont fait marche arrière le temps de se remettre et de reconsidérer leur stratégie mais ils vont revenir à la charge…

— Je ne sais pas où est Angèle…

— Il va pourtant falloir la trouver ou au moins ce qu'elle pouvait détenir et qui les intéresse. Et nous amener Nina.

— Et ensuite ?

— Ensuite nous aviserons. Nous la mettrons à l'abri le temps de déterminer ce qu'il convient de faire.

— Vous plaisantez ? Vous imaginez le temps que ça va prendre ?

— Ces gens sont dangereux, et les enjeux énormes. Vous avez lu la presse ? Vous avez vu les places boursières ? On ne parle que de Juvas partout. Le temps que la communauté scientifique, les politiques et l'OMS réagissent… Il sera trop tard pour des millions de gens.

Des millions de gogos, oui, tellement anxieux de se reproduire sans limites, pire, de se prolonger indéfiniment. Le mythe archaïque de l'immortalité, cette imbécile quête pour repousser la mort, y échapper à n'importe quel prix. Pourquoi ne pas l'interdire tant qu'on y était ! Bien fait pour eux, fut tentée de rétorquer Marion mais le ronronnement feutré d'un portable l'en dissuada. Sara tira un iPad de sa poche. Elle s'excusa d'un geste et activa l'écran tactile. En une seconde, elle se transforma. Marion pressentit une terrible nouvelle.

— Tenez ! dit Sara en tournant l'écran vers elle, regardez ça !

Sara lança la vidéo. Un petit avion en train de décoller, un obstacle non identifié en bout de piste, l'aile droite qui le heurte... L'avion retourné comme une crêpe s'écrase cent mètres plus loin. S'enflamme, explose. Fin. Commentaire : en Russie, crash de l'avion transportant le Pr Sasha Azonov et son épouse, Mary, aujourd'hui à 12 h 05 TU. Aucun survivant.

Marion, sonnée par la nouvelle, fixa Sara.

Mais l'officier de la DGSI contemplait toujours son iPad. Elle proféra enfin d'une voix glaciale :

— Plus vite vous nous amènerez votre fille, mieux ce sera.

Elle se leva, épousseta quelques miettes sur sa jupe irréprochable, se pencha vers Marion :

— C'est payé, murmura-t-elle. Soyez prudente.

Marion fonçait en direction de l'hôpital de Saint-Denis. En cours de route, elle appela Louis Zénard pour lui demander de la rejoindre là-bas.

— J'y suis déjà, dit-il, j'ai quelques bricoles à faire, figure-toi que...

— Tu m'expliqueras ça sur place...

Maintenant, c'était une certitude, les téléphones étaient écoutés. Par la clique des Russes ou celle des services de renseignement, français ou autre, on ne pouvait pas savoir. En prime, le sous-chef Marconi roulait pour eux, du moins très près, d'eux.

— Azonov est mort, annonça-t-elle à son adjoint dès qu'il l'eut rejointe dans le hall d'accueil du centre hospitalier de Saint-Denis, une sorte de monstre de béton d'apparence stalinienne.

— Ah merde !

Elle lui relata en quelques mots comment était arrivé l'accident.

— Un accident ? Tu y crois, toi ?

— J'en sais rien...

Un court condensé de son entretien avec Sara suivit, que Zénard écouta religieusement. Les implications sous-entendues le laissaient perplexe et sortaient de son domaine familier. Il ne posa pas de question mais eut besoin de vite reprendre pied dans le concret.

— À propos, dit-il en baissant le ton mécaniquement, j'ai les premiers résultats des prélèvements effectués dans le loft.

Il entraîna Marion vers une rangée de sièges en plastique vert, solidaires les uns des autres comme on en voit dans le métro, sans qu'elle songe à résister. Ils s'y laissèrent tomber.

— Parmi les traces ADN, outre les empreintes génétiques d'Azonov, de Jennifer Loume et du bébé, on a trouvé celles de...

Il s'interrompit et elle le scruta intensément. Son front avait été recousu, trois points de suture et quelques abrasions autour qui le faisaient ressembler à un baroudeur de retour de campagne. Ses doigts jaunis de nicotine et son haleine lourde disaient mieux qu'un long discours qu'il avait passé la nuit sur le pont, à dormir une heure ou deux dans la voiture, à avaler café sur café, à tirer clope sur clope.

— ... Celles d'Alida ! acheva-t-il avec l'air de celui qui a du mal à y croire. On en a trouvé dans le liquide prélevé sous le lit du bébé.

— Tu es sûr de ça ?

— J'ai demandé une comparaison avec tous les ADN de cette affaire, il n'y a aucun doute.

Marion recula vivement dans le siège qui craqua de manière inquiétante. Elle leva les mains au-dessus de sa tête, frotta vigoureusement ses joues.

— C'est de là qu'elle venait, alors, avant qu'on la trouve à Berck ? émit-elle, incrédule. Attends, attends !

Les yeux clos, elle tendit la main vers lui pour qu'il se taise le temps qu'elle réfléchisse. Une hypothèse se fit jour, lentement, comme une esquisse devient portrait…

— Alida était un cobaye d'Azonov ou des autres ruskofs, l'expérience a dérapé, elle est morte dans le loft et ils se sont débarrassés de son corps à Berck !

— Tu oublies que son ADN se trouvait aussi sur Nina et que, à ma connaissance, Nina n'est pas allée à Berck, la reprit Zénard.

Mais qu'est-ce qu'on en savait au juste, tant que Nina ne parlait pas ?

— Les constatations ne collent pas avec la chronologie, ajouta le commissaire. Alida était morte depuis quarante-huit heures environ quand on l'a retrouvée sur la plage. Or, dans le loft, la flaque sous le lit de l'enfant révèle qu'il s'agit d'écoulements cadavériques postérieurs au moment estimé de la mort d'Alida. La faune bactérienne, les insectes… en fait il n'y avait que des larves de *Calliphoridae vomitoria,* la première escouade de mouches nécrophages… Ça ne peut *pas* être Alida.

— Ce ne sont pas les restes d'Alida mais son patrimoine génétique...

— On peut supposer qu'il y avait deux fillettes...

— Des jumelles !

Rose était en train d'enrouler une écharpe de soie blanche autour de son cou quand Marion poussa la porte de la chambre de Valentine. La capitaine reposait, le visage encore pâle, mais elle n'était plus sous monitoring.

— Elle dort, chuchota Rose, j'en profite pour aller voir Nina et Stéphane. Et me changer...

— Je t'accompagne.

— Tu es sûre ?

Rose lorgna du côté de son amie endormie.

— Ce n'est pas Valentine qui décide, dit Marion qui avait surpris le coup d'œil. Il y a du nouveau, c'est grave et urgent.

— OK, comme tu voudras...

76

Paris, 14e

Une rue paisible. Une petite cour pavée, une porte enfouie derrière des plantes vivaces à l'aspect sauvage qui dénonçaient une forme d'abandon. D'autres courettes semblables exhibaient dans les environs leurs buis bien taillés et des glycines sur le point de fleurir. Marion et Zénard étaient allés en voiture jusqu'à la gare Montparnasse. Ils s'étaient garés dans un des tentaculaires parkings avant de prendre le métro. Ils avaient coupé leurs portables et enlevé les batteries pour plus de sûreté. Puis s'étaient enfoncés dans les souterrains, chacun à bonne distance de l'autre. Plusieurs ruptures de filoche plus tard, ils se présentèrent, à dix minutes d'intervalle, à la porte de Rose. Du père de Rose, plutôt, puisque, en dépit des deux décennies écoulées depuis sa mort, elle avait encore du mal à s'y considérer chez elle. Afin de ne prendre aucun risque, la légiste s'était rendue au hammam *Sultan* à Saint-Denis où elle pourrait se faire bichonner et se reposer un moment, histoire de désarçonner d'éventuels guetteurs. Du téléphone public de l'hôpital elle avait prévenu Stéphane de l'arrivée de Marion.

Le psy les accueillit sans bouger de *son* fauteuil et sans lâcher sa pipe. Marion fronça le nez. Il faudrait sûrement des mois pour dissiper l'odeur de tabac que le psy répandait avec volupté et sans l'ombre d'un remords. À l'interrogation muette de Marion, il désigna l'étage au-dessous et, la joue inclinée contre ses deux mains jointes, lui fit comprendre que Nina dormait encore bien que l'après-midi fût déjà fort avancé.

Marion en conclut qu'elle ne savait pas, pour Azonov.

— C'est Rose qui me l'a appris, confirma Stéphane, je n'ai pas encore eu l'occasion de lui annoncer la nouvelle. Et puisque vous êtes là...

— Comment tu vois ça ? demanda Zénard.

— Elle va mal le prendre. Azonov était important pour elle. Elle a tout cassé quand elle l'a vu à la télé faire son numéro forcé. Et ça, elle l'a perçu clairement comme une trahison.

— Elle s'est exprimée là-dessus ?

— Non, Rose est intervenue... elle aurait pu se blesser... Ensuite, elle est retombée dans son état d'insensibilité. Je vais faire du café, ensuite j'irai la réveiller.

— C'est à moi de le faire, dit Marion.

Le barbu déplia son mètre quatre-vingt-dix et considéra la chef de l'OCRVP longuement :

— Non, moi, j'irai, s'il vous plaît... fit-il avant de se diriger vers la cuisine.

Nina avait les yeux gonflés de trop de larmes versées. Avec un serrement de cœur Marion songea que sa fille n'en avait décidément pas fini avec le chagrin. Nina faisait partie de ces humains pour qui la vie ressemble à un long sanglot. La mort simultanée de ses parents avait été le point de départ d'une série de drames qui semblaient se renouveler dans un cycle sans fin. Elle avait même failli perdre sa mère adoptive et, à présent, c'était au tour de Sasha. Sans parler d'Angèle pour qui on pouvait craindre le pire. Nina s'était effondrée tout à l'heure à l'annonce de la mort du professeur. Là, elle n'était capable de rien, ni de crier, ni de se plaindre. Le silence était tombé sur la pièce empuantie par les fumeurs, Zénard s'étant joint bien évidemment à l'allégresse tabagique de Stéphane Ducros.

Nina tâta son oreille, celle dont le lobe pendouillait, déformé. Puis elle entama une lente prospection de sa poitrine, avec une expression hésitant entre regret et soulagement. Marion se pencha en avant, prête à lancer l'assaut. Nina l'arrêta d'un regard froid, distant. Déjà quand elle était remontée de sa chambre avec Stéphane, elle avait marqué un léger recul à la vue de sa mère. S'était laissé embrasser sans enthousiasme, avait ignoré Louis Zénard pour s'effondrer dans un fauteuil.

— Je sais ce que tu vas me dire, dit Marion avec précaution, mais je ne t'ai pas laissée tomber, Nina...

— Ne te fatigue pas, Marion...

Une grosse enclume chuta sur la tête de la divisionnaire. Nina l'appelait « Marion » ! Au début de leur vie commune, il était arrivé à la petite de le faire, par provocation. Là, c'était autre chose. Marion avait en face d'elle une adulte, une femme qui la défiait.

— Tout ça est arrivé par ta faute, relança l'adolescente sur un ton plein de rancune...

Marion, incapable de réagir à cette attaque, préféra se taire. Nina se laissa aller contre le dossier de son siège :

— De toute façon, je ne dirai rien à personne tant que je n'ai pas vu Angèle.

Stéphane Ducros intervint à sa manière nonchalante et tellement rassurante. Il expliqua à Nina les circonstances exactes de la mort d'Azonov, lui dit qu'elle pouvait voir le film qu'un inconnu, au fin fond de la Sibérie, avait réalisé. Un amateur mais éclairé puisqu'il avait tout de suite transmis les images aux chaînes d'info et sûrement que sa présence sur les lieux du crash ne devait rien au hasard.

— Tu sais pourquoi, Nina ? Pour que tout le monde sache que c'est arrivé et comment c'est arrivé. Ceux qui ont diffusé ces images veulent mettre un terme à quelque chose qui les dérange, ils éliminent un obstacle. Reste à savoir lequel et pourquoi, mais là, c'est à toi de jouer. Personne d'autre que toi ne sait répondre à ce « pourquoi » aujourd'hui.

Lui donner de l'importance, la positionner comme acteur et plus comme victime. L'associer à Azonov par un autre biais que celui de l'intimité qu'il avait privilégiée jusqu'ici.

Nina écouta la suite sans ciller. Elle ne manifesta aucune émotion ni ne répondit aux sollicitations du psy. Quand elle ouvrit la bouche, après avoir longuement ruminé, la tension fut d'un seul coup palpable.

— Je veux voir Angèle, proféra-t-elle sur un ton uni.

Marion observait Nina qui mangeait du bout des dents.

Elle songeait, la mort dans l'âme, que la petite n'était plus la petite. Et que, d'une certaine manière, elle avait raison, c'était sa faute à elle. Quand on a charge d'âme – comme aurait dit sa mère – on doit changer de comportement, faire attention à soi pour protéger les siens. Marion avait continué à flirter avec le danger et la mort. À promouvoir sa liberté coûte que coûte en sacrifiant ce qu'elle avait de plus précieux. Le résultat était là sous ses yeux. Nina avait été embarquée dans un monde dangereux, sous la férule d'un type certes charismatique mais probablement pervers. Il n'y avait qu'à voir ce qu'il avait fait subir à ces femmes qui avaient croisé sa route. Jennifer Loume, Angèle, Nina et combien d'autres. Nina s'était éloignée de Marion, irrémédiablement. Quand elle disait « chez moi » elle ne parlait pas de la Mouzaïa qui n'avait encore jamais été chez elle, mais d'Exhibition Road où elle venait de passer presque deux ans. Une paire d'années qui comptaient double à l'adolescence, ce moment trouble où l'on n'est déjà plus un enfant et pas encore un adulte, où les sens éclosent et les amours jaillissent comme la lave d'un volcan. Nina n'avait pas de père depuis trop longtemps, aucune image masculine à laquelle se confronter, à l'exception de quelques brèves rencontres au rythme de celles de Marion et de sa vie privée chaotique. Azonov était arrivé à point nommé dans sa vie. Quoi qu'il se soit passé, c'était important pour Nina, fondateur pour sa vie future. Alors oui, Marion en porterait le poids, aussi injuste qu'elle trouvât la réaction de sa fille.

Après avoir glissé sur la première attaque de Nina, elle lui avait expliqué ce qui s'était passé pour Angèle. Son appel au secours, l'échec devant l'*Hôtel de l'Étoile*. Marion minimisait : peut-être qu'Angèle avait changé d'avis, préféré partir avec quelqu'un d'autre. Nina secouait la tête, paniquée à l'idée qu'Angèle pût se trouver entre les mains des Russes.

— Pourquoi, les Russes ? Qu'est-ce qu'il y a avec les Russes ?

La question venait de Zénard qui n'avait pas pu s'empêcher de s'en mêler. Nina avait répliqué par une moue. « Je veux voir Angèle ! »

— Tu sais, Nina, si tu ne dis rien, on n'est pas près de la trouver, ta sœur... Puisqu'on ne sait pas où chercher...

La résistance de Nina avait commencé à se fendiller. Doucement. Marion avait soupiré, la nuit ne suffirait pas à lui faire lâcher prise.

— Tu savais qu'Azonov avait plusieurs femmes ? avait alors lancé Stéphane Ducros, sidérant l'assemblée.

Une chose que Marion n'aurait jamais osé faire. Nina avait levé des yeux noyés. Considéré le psy avec une expression mitigée, douloureuse et revancharde.

— Oui.

Dans la pièce tout était devenu sombre et silencieux.

La violence des mots de Stéphane avait terrassé Nina. Elle pleura beaucoup avant d'accepter que Marion la prenne dans ses bras.

77

IML de Paris, deux jours plus tard

Dans la nuit, quelques heures avant qu'on autopsie son bébé, Jennifer Loume avait repris connaissance assez longtemps pour réclamer « Tom ». Le policier de faction avait aussitôt appelé le permanent de l'OCRVP, ainsi qu'il en avait reçu la consigne. La jeune femme rousse, bien qu'encore très mal en point, résistait plutôt bien, grâce à une constitution robuste. Elle restait cependant très confuse et le lieutenant Verdier éprouva quelques difficultés à la comprendre. Le rapport qu'il établit à l'intention de Marion disait ceci :

> « Jennifer Loume prétend que son enfant, Tom, est le fils du scientifique Sasha Azonov. L'enfant, âgé de 4 mois, lui a été enlevé par des inconnus, à Paris, devant le Jardin des plantes, à une date qu'elle ne peut situer. Sous la contrainte (?) elle serait rentrée chez elle en compagnie d'une fillette très étrange qu'on (?) l'a obligée à allaiter. Puis on (?) l'aurait enfermée chez elle, privée de nourriture, de téléphone,

d'électricité et d'eau. Elle n'a jamais vu ses geôliers qui l'auraient surveillée à distance (caméras et micros). Elle correspondait avec eux au moyen d'un téléphone portable.

La fille (qu'elle appelle Zita) serait morte d'une fracture du crâne (?). Zita aurait ensuite été emmenée ailleurs (?) et on (?) lui aurait rendu Tom. Elle n'a pas encore conscience qu'il est décédé. »

Paul Verdier avait passé le reste de la nuit à étudier la procédure pour croiser les constatations avec les déclarations de Jennifer Loume. Il en concluait au petit matin que, probablement, elle délirait. En effet, tout laissait à penser que cette femme ne quittait jamais le loft de Saint-Denis. Même son accouchement s'y était déroulé, plusieurs éléments en attestaient (notes prises par l'intéressée, indications relatives aux préparatifs de la naissance). S'il y avait bien eu un rendez-vous pris avec un pédiatre, elle ne s'y était pas rendue et aucun témoin de « l'enlèvement de Tom » à une heure de fort trafic, en plein Paris n'avait été détecté dans la période indiquée. Par ailleurs, Jennifer Loume se prétendait enfermée chez elle. Or, au cours de la perquisition, un trousseau de clefs correspondant au loft avait été découvert, non dissimulé et parfaitement accessible. Les prétendus micros et caméras n'avaient pas été retrouvés, non plus que le téléphone portable qu'elle avait mentionné.

De là à imaginer qu'elle avait tout inventé... Inventé, pas forcément, nuançait le lieutenant Verdier, mais elle avait aménagé la réalité. Selon Chris Bochard qu'il avait consulté, il était probable que cette femme avait été rendue à moitié folle par une situation insurmontable, liée à son infection et au fait qu'elle avait vu son enfant souffrir sans pouvoir rien faire. En concevant une vérité moins inacceptable, elle s'exonérait de sa responsabilité de la mort de son bébé.

Quant aux différentes « pannes » qu'elle évoquait, elles étaient bien réelles, mais dues à l'explosion qui avait tout fait disjoncter. Il était en revanche impossible de définir si elles lui étaient antérieures ou concomitantes.

L'autopsie de Tom allait commencer. Louis Zénard n'avait pas d'enfant mais il savait qu'un silence consterné entourerait les opérations tandis que, dans une salle voisine, se déroulerait l'examen d'Olov Olaiev, couvert par un autre OPJ de l'Office. Les autorités consulaires russes n'avaient pas exprimé d'objection à l'autopsie et, cette fois, aucun dispositif particulier de protection n'avait été prévu sinon quelques gros bras aux abords de l'IML. À toutes fins utiles.

L'hypothèse d'un repli généralisé des 4 × 4 était confirmée par l'intervention officielle des propriétaires de l'Usine de Saint-Denis, moins de vingt-quatre heures après la destruction partielle du site. Ils avaient annoncé, à grand fracas, qu'ils abandonnaient tout projet de rénovation et d'installation en France, ce pays ne pouvant leur garantir la sécurité pour mener à bien leur entreprise. Fusillades, explosions, des individus non identifiés en faisaient un terrain de jeu, c'était insupportable. Ils ne déféreraient pas aux convocations de la justice française et envisageaient de démolir purement et simplement toutes les constructions et de les vendre en pièces détachées à des pays en voie de développement. Ils déclinaient ainsi toute responsabilité quant aux découvertes, empilées au jour le jour dans les fourgons ou examinées sur place et qui faisaient froid dans le dos. L'ancienne cantine des ateliers avait abrité des animaux, singes, chiens, renards, souris et quelques autres. Des humains aussi mais il était difficile d'en déterminer le nombre, l'âge et ce qu'ils avaient fait là ou ce qu'ils avaient subi. Les cuves de gaz, les groupes électrogènes et plusieurs chambres froides indiquaient une activité intense qui avait pris fin à toute vitesse, les éléments les plus compromettants déménagés dans l'urgence et les ultimes preuves vitrifiées par la destruction du site. Ne resterait que le témoignage de Valentine mais quel crédit apporter à quelqu'un qui avait été gravement affectée par les émanations de gaz ? Sur ses indications, les traces d'Angèle avaient été recherchées mais on était encore au point mort. Par moment, Valentine elle-même doutait.

Dans un bureau, loin des salles d'examen, Marion sirotait un café avec le Pr Bailly. Aujourd'hui, il était en jogging Adidas noir et blanc, très classe. Ses chaussures de sport renforçaient l'idée qu'il était venu quai de la Rapée au pas de course, comme à son habitude. Il avait examiné le document relatif au lait maternel qu'Azonov trimballait dans son ordinateur, dans le détail.

— Vous avez l'air fatigué, commissaire, attaqua Bailly, vous dormez bien ?

Elle lui répondit par une mimique éloquente.

— Vous faites du sport au moins ?

— Non, pas le temps...

— Prétexte ! Vous devriez, je vous assure, c'est souverain...

Elle faillit le rabrouer. Déjà qu'elle n'arrivait pas à trouver le temps pour un vrai repas, qu'elle avait dû supplier son nouvel amant de repartir chez lui, momentanément, le temps que tout s'apaise... Sans parler des heures qu'elle consacrait à Nina... Bailly n'insista pas, il ouvrit son micro et éclaira l'écran.

— Azonov et le lait maternel... Ce sujet semble véritablement obsessionnel chez lui...

Elle confirma d'un signe de tête.

— Il met en évidence les bienfaits, déplore la raréfaction et propose de remettre en route des lactariums et autres fabriques de lait maternel, mais ça, je crois que vous l'avez compris. En revanche, il aborde un sujet plus intéressant qui pourrait avoir un rapport avec Juvas.

— C'est-à-dire ?

— Le lait maternel est un cocktail qui contient divers composés, notamment des chaînes d'acides gras et également une molécule de protéine, nommée alpha-lactalbumine. L'association de ces deux composés est désignée sous le vocable Hamlet, un nom poétique qui camoufle le langage abscons des scientifiques. « Human alpha-lactalbumin made lethal to tumor cell », nous voilà bien avancés, me direz-vous. Hamlet est une découverte sur laquelle travaillent de nombreux chercheurs, entre autres des épidémiologistes qui ont observé que, sur des populations infantiles, les sujets nourris au lait maternel développaient moins de tumeurs cancéreuses, beaucoup moins en fait, que les autres. L'effet tumoricide ajouté à celui d'autres éléments nutritifs qui favorisent la neurogenèse, la fabrication de neurones, et la pousse dendritique, les cellules nerveuses, est évoqué par Azonov et il a probablement découvert une autre connexion qui permettrait d'inhiber les effets indésirables d'un traitement.

— Juvas ?

— Oui. Mais nous ne savons pas encore de quoi il s'agit très précisément. La fabrication de Juvas est protégée par un brevet, nous arriverons à savoir ce qu'il contient mais pour l'instant...

— Et les examens du sang d'Olov ?

— En cours. Il faut un certain temps pour les réaliser, vous vous en doutez. Lio Fardel a procédé à des mises en culture, je pense qu'on devrait avoir un diagnostic dans les jours qui viennent. Mais dites-moi...

Le professeur posa une fesse sur l'angle d'une paillasse et Marion remarqua qu'il était très grand et d'une souplesse de lynx. Elle leva les yeux.

— Vous avez une raison plus... personnelle de vous intéresser à Azonov, non ?

Comment cette pensée lui était-elle venue ?

— Oui, reconnut-elle, ma fille...

— Que s'est-il passé ?

Marion le jaugea. Elle ne savait plus à qui faire confiance. Entre les Anglais, via Kathy Bush et Alstair Mac Queen, qui la tannaient, les Russes qui, tout masqués qu'ils avançaient, l'épiaient sûrement dans l'ombre, Marconi et son attitude erratique, Sara de la DGSI qui n'en finissait pas de lui faire se poser des questions – pourquoi c'était elle et pas un plus haut responsable de sa direction qui la « traitait » comme on disait dans les services de renseignement ? –, elle se sentait cernée.

Nina avait fini par lâcher du lest et si ses aveux n'impliquaient encore Azonov que de loin, c'était essentiellement parce qu'elle-même voulait minimiser son rôle, l'exonérer de toute violence à son égard. Non, il n'avait pas eu de geste déplacé, à aucun moment. Consternée, Marion avait entendu que Nina le regrettait. Il la traitait comme une femme, rien de commun avec ce copain de bahut pour qui, un jour, elle avait eu une faiblesse sexuelle et n'avait jamais renouvelé l'expérience. Azonov avouait une attraction indéniable pour ses seins mais il lui avait expliqué pourquoi. C'était scientifique.

— Ma fille a été soumise à un traitement hormonal par Azonov, céda-t-elle enfin parce qu'elle n'imaginait pas Bailly malhonnête ou fourbe.

L'incompréhension sur les traits d'Étienne Bailly la contraignit à un petit détour par sa propre histoire, celle de Nina et d'Angèle.

— Il a commencé à s'intéresser à elle il y a quelques mois. Il l'a embringuée dans son histoire de lait maternel en lui faisant miroiter qu'elle ferait partie d'un grand projet pour l'humanité.

— À cet âge, c'est une ficelle qui fonctionne...

— Oui, surtout chez Nina qui a encore une vision du monde très... idéale, utopique. Depuis toujours, elle se sent investie d'une mission... Sauver le monde ! Si on ajoute un côté Zorro, pourfendeur des mauvais et protecteur des faibles... Il lui a fait valoir que la mortalité infantile croissait à cause de l'abandon de l'allaitement maternel par certaines sociétés trop civilisées ou pas assez...

— Je vois... Et il consistait en quoi, ce projet ?

— Elle ne sait pas trop mais c'était en relation avec le lait maternel, forcément. Elle a accepté. Il lui a infligé des injections pendant un mois à raison d'une par jour. Puis il l'a emmenée dans son labo et a intensifié les prises.

— Un médicament lactogène, une hormone, de la dompéridone pour stimuler la lactation. Ses seins ont grossi, elle n'a plus eu ses règles ?

Marion acquiesça bien que, pour les règles, elle avouait n'y avoir pas pensé.

— Comment est-ce possible ? demanda-t-elle.

— Tout est possible ! Une jeune fille, une jeune femme, même non enceinte, voire qui n'aurait ni ovaires ni utérus, peut produire du lait. Tout passe alors par l'hypophyse... Il suffit de la traiter comme il faut...

Azonov menait des expériences, il avait choisi Nina, parmi d'autres, l'avait « tracée » sans doute avec une puce.

— Vous avez une idée, professeur, de ce qu'Azonov voulait démontrer ?

Bailly écarta ses larges mains.

— Pas la moindre.

Marion attendait Louis Zénard. Le cas de l'enfant Tom semblait plus compliqué que celui d'Olov qui avait déjà rendu ses conclusions. Très simples. Cause de la mort : accident vasculaire cérébral après atteinte des carotides à la paroi antérieure du cylindre artériel. Plus un stress violent qui avait provoqué un arrêt cardiaque, deux heures après l'accident. Un cœur en état moyen, plus abîmé que les autres organes. On notait un apparentement très net, en somme, avec le cramé de la friche. Les examens anatomopathologiques viendraient le confirmer mais Marion comptait surtout sur le sang subrepticement détourné par Bailly.

Elle attendait et il n'était pas question qu'elle aille voir ce qui se passait dans la salle. Ce bébé, c'était au-dessus de ses forces. Une porte battit au loin, des voix se firent entendre. Au moment où Louis Zénard, pâle comme elle ne l'avait jamais vu, faisait son apparition, son téléphone sonna.

Kathy Bush. En personne.

— J'ai trois nouvelles pour vous, dit-elle sans préambule inutile.

— Je vous écoute.

Marion consentit un effort dédoublé pour interrompre le tremblement de ses mains – il faudrait qu'elle s'en occupe un jour ou l'autre de ces spasmes qui l'agitaient à tout moment –, et cet essoufflement que les gaz de l'explosion n'avaient pas arrangé. La voix de Kathy Bush.

— Nos perquisitions dans tous les lieux où Azonov sévissait nous apprennent ceci : premièrement, un testament. En l'absence d'héritiers connus ou à connaître, les biens d'Azonov reviennent à Nina. Deuxièmement, Angèle n'avait pas d'enfant parce qu'elle souffrait d'une malformation de l'utérus. Ce qui n'empêchait pas son *mari* de l'avoir intégrée dans son programme de recherches sur le lait maternel. Vous savez pourquoi ?

« Oui, je sais », voulut-elle répondre, Bailly vient de me l'expliquer, pas besoin d'être enceinte pour produire du lait, cela ouvrait des perspectives. Mais l'autre ne lui laissa pas le temps de retrouver un peu de salive.

— Troisièmement, Azonov venait d'acquérir un établissement pour installer un centre de recherches sur le lait maternel. Un vrai, officiel, pas comme ce lieu insalubre de Saint-Denis dont Mac Queen m'a parlé. Vous ne devinerez jamais où ?

— Comment je...

— À Berck-sur-Mer.

Louis Zénard évacua la tension de l'autopsie de Tom – on ne savait quel nom patronymique lui donner du fait qu'il n'avait été reconnu par personne ni même déclaré – en s'en prenant à « cette enclume de Rebillard ». Le commissaire lillois était aussi lent qu'enrobé, gueula-t-il par trois fois en attendant de l'avoir en ligne.

Marion capta les mots contrits que l'autre devait proférer depuis son bureau.

— Rebillard est en contact avec l'agence, expliqua Zénard à Marion en protégeant le micro de sa main, il a trouvé la trace de la vente. Quoi ? Un compromis... D'accord. Signé depuis deux mois... Eh ben, il était temps que tu te réveilles, mon pote, les Anglais ont déjà l'information !

Marion tempéra sa rogne en l'entraînant vers le premier bar qu'elle apercevait de l'autre côté de la chaussée.

— Laisse, Louis, tu vas finir par craquer... Et c'est pas le moment.

Elle le laissa souffler sur son café, touiller les deux sachets de sucre, avaler une gorgée en grimaçant, remettre une dose de sucre.

— Le môme, dit-il, les yeux au loin. Y a rien. Il est mort à cause de l'infection que sa mère lui a transmis puis d'une déshydratation massive qui l'a vidé, complètement. Collapsus, convulsions, choc hypovolémique. Pauvre gosse... C'est moche, hein ?

Marion entendit sa voix qui se fissurait, distingua dans ses yeux de bon papa qu'il aurait pu être une humidité suspecte. Elle songea à ce petit Tom mort à 4 mois. Quel père aurait été Azonov ? Et la pauvre fille qui l'avait suivi dans ce délire...

Elle laissa l'amertume au fond de sa gorge, posa la main sur l'épaule robuste et si fragile de son adjoint, souffla :

— Oui, c'est moche.

78

Hôpital de Saint-Denis

Valentine Cara ne cessait de rouspéter, signe qu'elle allait nettement mieux. Son état, du reste, clamait la raison de son énervement : elle ne voyait pas pourquoi elle restait là, dans cet hosto pourri, alors que...

— Tu as un pneumothorax, martela Rose qui venait d'arriver et tentait de la faire se recoucher.

Sur les épaules de la capitaine, la main de Rose s'attarda à une caresse aimable à travers la vilaine blouse bleu et blanc. Valentine se calma d'un coup. En redemanda.

— Promets-moi de rester tranquille !

La main de Rose reprit son frôlement, effleura un sein, toucha délicatement, juste en dessous, le pansement qui cachait le drain thoracique d'où s'écoulait la surabondance de liquide secrété par l'affection de la plèvre.

C'est ce moment que choisit Marion pour entrer dans la chambre, auréolée d'un nuage de fraîcheur. Le temps avait changé, la pluie avait cédé la place à une vague de froid venue d'Europe de l'Est. Avec du soleil. La divisionnaire s'arrêta net en soufflant sur ses doigts :

— Je tombe mal !

— Oh, ça va ! rétorqua Rose, j'essaie seulement d'apaiser cette jeune personne qui voudrait déjà s'en aller d'ici.

Marion s'avança dans la chambre qui sentait l'éther et le confinement si particulier aux zones de soins, se débarrassa de sa parka en pestant contre la chaleur infernale qui régnait là. Elle s'assit sans façon sur le bord du lit et fixa Valentine.

— Vous allez me demander quelque chose, je le sens, souffla la capitaine qui ne cachait pas son dépit de la voir débarquer au moment où...

— Comment t'as deviné ?

Rose annonça qu'elle allait chercher des boissons. Chaudes ou froides ? Peu importait. Puis, une fois la légiste sortie, elle alla fouiller les poches de sa parka, en sortit quelques feuilles de papier et un crayon. Du creux de son oreiller, Valentine ne perdait pas un poil de ses faits et gestes.

La table à roulettes pivota pour se mettre en place devant elle et Marion plaqua dessus le papier et le crayon.

— Tu as dit qu'Angèle avait dessiné sur la vitre de sa cage...

— Vous ne me croyez pas, vous non plus...

— Excuse-moi, ma chère, mais tu sais comment ça marche ! On a besoin de concret pour avancer. Cela dit, tu te trompes, moi, je te crois. Sauf que j'ai un mal fou à interpréter ce que tu dis. Alors, à toi de jouer !

— Quoi ?

— Dessine ! Ce que tu as vu sur la buée de la cage, dessine-le !

Valentine se fit prier : elle était nulle en dessin, elle ne se souvenait pas bien, elle était fatiguée. Marion ne céda pas. La capitaine rendit les armes, ferma les yeux pour se concentrer.

Quand Rose revint avec son plateau, la commissaire examinait une feuille de papier sur laquelle on aurait dit qu'un enfant s'était exprimé. Une étoile, ça, c'était facile à voir. Marion aussi avait décrypté. Quant à l'autre tracé, il pouvait représenter n'importe quoi. Une main biscornue, la fourche déformée d'un diable qui aurait oublié son instrument dans les flammes de l'enfer.

Rose déposa son plateau sur la table mobile et vint se poster derrière Marion.

— C'est quoi ?

— À ton avis ?

— On dirait un cactus.

79

La Mouzaïa

Jean-Charles et Abadie étaient attablés devant un tajine qu'avait concocté Jean-Charles, son repos forcé l'incitant à se surpasser en cuisine, son domaine de prédilection. Marion huma les parfums dès la porte : poulet, citron confit, olives, pruneaux. En pénétrant dans la pièce, elle aperçut un troisième larron que lui avait dissimulé la cloison.

— Salut Alstair ! Je vois qu'on ne s'ennuie pas !

— On vous attendait ! jura Jean-Charles, je viens juste de poser le plat sur la table !

Un verre de vin, un solide picrate d'outre-Méditerranée, pour commencer. Elle siffla le premier, enchaîna avec un deuxième.

— Tu as l'air en forme, lança l'Anglais pince-sans-rire.

— Ouais, pas mal...

Les trois hommes attendirent qu'elle leur livre quelques clefs pour justifier l'espèce d'euphorie qu'elle véhiculait. Mais elle voulut manger d'abord. Jean-Charles au service, Abadie entreprit de couper menu le contenu de son assiette.

— Mes dents, expliqua-t-il sous le regard interloqué d'Alstair, et ma langue. Ça me fait toujours mal, le chaud, le froid.

Ils dégustèrent en silence, religieux et attentifs.

— Une tuerie ! estima Marion en se levant sitôt la dernière bouchée avalée.

— C'est pas fini ! s'outragea Jean-Charles, j'ai fait un dessert aussi !

Elle revenait déjà, se rassit. Déplia la feuille de papier qu'elle fit circuler sous les yeux des convives. Ils l'étudièrent à tour de rôle.

— Vous vous occupez d'enfants handicapés maintenant ? risqua Abadie soucieux de prolonger la sérénité de cette soirée que Marion allait encore ruiner.

— En quelque sorte... C'est Valentine qui a dessiné ça. Qu'est-ce que vous voyez ?

— Une étoile, dit Jean-Charles avec sa bonne volonté coutumière, mais l'autre, franchement...

Mac Queen fronça son long nez un peu trop rouge, prit un air inspiré :

— Un cactus ?

Abadie se renfrogna : il n'avait rien pigé au dessin de Valentine et pourtant c'était sur lui que Marion plantait ce regard enflammé qu'il ne lui avait pas vu depuis longtemps. Ils grelottaient dans le jardin où elle l'avait entraîné pour en griller une.

— Si vous me disiez de quoi il s'agit ? s'énerva-t-il.

— C'est ce que Valentine prétend avoir reçu comme message d'Angèle.

Le Méditerranéen sembla plonger en lui-même, à la recherche d'un point d'ancrage. Une réminiscence. Angèle, étoile, cactus.

— L'hôtel ! s'exclama-t-il.

— Elle a planqué quelque chose dans le pot du cactus… Vous vous souvenez ?

— Évidemment, pour le rater, faudrait être miro…

— Il faut aller là-bas !

— Demain matin, 6 heures, trancha Abadie, c'est la loi.

— La loi, la loi… Merci, je connais. Mais c'est trop chaud… J'ignore ce qu'on va trouver ni même s'il y a encore quelque chose à trouver, mais je ne veux pas que ça me file sous le nez. Je veux comprendre cette histoire.

Et de lui faire part, en quelques mots, de ses soupçons quant à son chef Marconi, au rôle de Sara, l'agent de la DGSI, les Russes…

— C'est tout ? grinça le commandant, vous oubliez les Anglais, les Ricains… Mais bon, vous avez du nez, en général, alors, admettons, qu'est-ce que vous voulez faire ?

— Aller à l'hôtel, prendre une chambre, profiter de la nuit quand il n'y a personne à la réception…

S'il avait pu, Abadie aurait sifflé mais son incisive disparue ne le lui permit pas.

— Et vous voyez qui pour faire ça ? Vous et moi sommes connus là-bas, Jean-Charles n'est pas en état…

Alstair Mac Queen ne fut pas frappé d'indignation, au contraire, il trouva l'idée amusante. Il y avait bien longtemps qu'il n'avait pas joué au Cluedo, dit-il sérieusement en serrant les pans de son infâme manteau vert. Il faisait vraiment froid dehors, ce soir.

— Si tu te fais surprendre à farfouiller dans le pot de fleurs, tu feras le mec bourré, ça devrait pas te poser de problème !

— Je te remercie, tu es une *vraie* amie…

— Oui, et en tant qu'amie, je te mets en garde, tu ne me la fais pas à l'envers !

Il affecta de ne pas comprendre. D'un clin d'œil, elle l'invita à ne pas exagérer sa piètre maîtrise du français.

— J'ai piégé… enfin, non pigé ! se rendit Mac Queen. J'accepte la mission mais tu devines qu'il y a une contrepartie…

— Évidemment. Juré, croix de bois, croix de fer, *ta* Kathy Bush ne sera pas déçue…

Elle l'emmena dans sa voiture jusqu'à l'hôtel *Terminus Nord*. Il regagna sa chambre et elle rentra chez elle. Après un délai raisonnable, il ressortit, un chapeau sur le plumeau et une écharpe lui dissimulant le visage. Pour le coup, il avait aussi abandonné sa pelisse douillette, songeant que, si Kathy Bush l'avait surpris à faire ce qu'il faisait, elle aurait bien ri. Il ne cessa de surveiller ses arrières, remettant en pratique les bases de ce métier qu'il pratiquait depuis vingt-cinq ans mais dont sa position de chef l'avait éloigné des plaisirs élémentaires. Il s'engouffra dans un taxi à l'entrée de la cour des départs de la gare du Nord.

La pendule au-dessus du portail de pierre indiquait 22 heures.

Marion et Abadie attendaient dans la voiture à cent mètres de l'*Hôtel de l'Étoile* dont ils apercevaient l'enseigne surmontée du ballon captif. Cette fois, ils en étaient sûrs, personne ne les chassait. Curieusement, l'exercice, ce soir, les avait réjouis.

Il était moins de minuit quand ils aperçurent la silhouette droite et chapeautée quittant l'hôtel et se dirigeant vers eux. Alstair grimpa à l'arrière. Ils se retournèrent comme un seul homme. L'Anglais fit un signe de victoire, sans prononcer un mot.

80

Paris, porte Dauphine

14 h 45

Marion était arrivée un quart d'heure en avance. Elle opéra un passage devant la station de métro Porte-Dauphine, admira l'édicule qui en protégeait la bouche, conçu par Hector Guimard, architecte de l'Art nouveau qui avait bien d'autres merveilles à son actif. Elle s'en alla un peu plus loin et se mit à couvert. Les alentours semblaient « propres », rien d'insolite n'indiquait une présence inopportune. Mais cela ne signifiait rien et il convenait, quoi qu'il arrive, de faire comme si des ennemis dangereux se trouvaient là, à l'affût.

Le souvenir de la clef USB récupérée par Mac Queen laissait envisager que l'ennemi ne céderait pas aussi facilement. Ils avaient passé une partie de la nuit, Abadie, Mac Queen et elle, dans son bureau de Nanterre, à en examiner le contenu. Ils n'avaient pas tout compris à cause du jargon scientifique, en anglais une fois de plus, mais suffisamment pour être édifiés. Marion avait fait exécuter deux copies du texte qu'elle avait placées dans son coffre. Puis planqué l'original à un endroit connu d'elle seule. Elle leur avait fait jurer de ne rien révéler à personne avant qu'elle-même ne l'ait décidé. Alstair avait objecté. Elle l'avait rassuré : Kathy Bush saurait tout ce qu'elle devait savoir, un engagement est un engagement.

Le matin, après quelques heures incertaines dans le lit momentanément déserté par Olivier Martin, elle s'était rendue dans la petite maison du 14e arrondissement. Stéphane fumait en regardant une émission sur Andy Warhol, encore un génie mal dans sa peau. Il sembla à Marion que le psy portait les mêmes vêtements depuis le début de l'histoire mais sans en paraître nullement gêné. Elle admira cette faculté de rompre avec tout, le temps d'une mission, sans se plaindre. Puisque cela faisait partie du rituel, elle lui avait demandé d'aller réveiller Nina.

14 h 50

De son poste d'observation, elle disposait d'une vue parfaite sur la partie de la place qui englobait l'entrée de la station de métro. Un mouvement attira son regard, pile en face. Une voiture longue, sombre, venait de marquer un bref arrêt avant de repartir.

« *Attention tous, ça bouge*, dit-elle dans le micro de son kit radio. *Une bagnole noire, en face du métro.*

« *Bien reçu,* annonça une voix anonyme, *c'est une Bentley, immatriculée en Suisse. Elle repart.*

« *Attente.* »

Nina avait tout de suite compris, à la tête de Marion, qu'elle avait du nouveau.

— On ne peut pas revenir en arrière, avait-elle dit, je sais maintenant que Sasha, même si ça reste un sale type...

— Non, pas un sale type ! Un homme, passionné, convaincu, tu ne peux pas comprendre !

— Bien sûr que si ! Mais ce que je comprends surtout, c'est son incohérence. Ses expériences, passe encore. Il avait des intentions...

— ... Pures. Il n'a jamais été intéressé par le fric, lui. Il voulait faire avancer l'humanité, créer un monde meilleur.

— Sans doute...

14 h 55

« La Bentley revient, elle se range le long du trottoir...

« Je la vois, contrôle immat et flashez tant que vous pouvez. »

C'est à ce moment-là qu'elle aperçut la jeune femme qui arrivait, à pied, du côté du bois de Boulogne. Elle marchait lentement, tendue, le regard mobile. Le rythme cardiaque de Marion grimpa d'un coup.

— Il faut que tu me racontes tout, Nina, maintenant. Sinon je ne pourrai plus rien, ni pour toi ni pour Angèle.

— Je sais qu'il est trop tard pour Angèle, Stéphane m'a expliqué. Ne t'en fais pas, j'ai compris... Qu'est-ce qui va se passer après ? Quand je t'aurai raconté ?

15 heures

« Impossible de voir ce qui se trame dans la Bentley. Vitres fumées, juste une silhouette à l'avant.

« J'en ai une autre en visuel à l'arrière, une femme. »

La jeune femme du Bois était maintenant arrivée devant la bouche de métro. Marion ne l'apercevait plus que par intermittence à cause de la marquise de Guimard qui surplombait les escaliers de la station.

« Le contact est arrivé, on dirait. Une femme, 1,70 m, corpulence mince, manteau de cuir marron, bonnet de laine noire et bottes. Elle consulte un téléphone.

« Attente. »

Après, Marion avait réfléchi à ce qu'il convenait de faire. Avec la confession de Nina et celle qu'Azonov s'était préparé à livrer, publiquement, comme une libération, une plaie purulente qu'il voulait ouvrir et vider, elle tenait un papier enflammé entre les doigts. Elle pouvait lancer sa bombe, via les médias. Un pavé dans la mare de Juvas dont les compteurs tournaient, jour et nuit, en un manège vertigineux. Mais elle resterait sur sa faim et ce qu'elle voulait, c'était savoir qui, en France, avait protégé Azonov, son espèce de laboratoire clandestin, ses turpitudes pseudo-conjugales. Qui l'avait aidé à sacrifier quelques innocents au nom de la science. Elle avait sa petite idée mais pour la vérifier, il n'y avait qu'un moyen. Elle avait composé le numéro de la DGSI, à Levallois. Sara avait répondu aussitôt.

— Nina est prête, avait lancé Marion comme on se jette du haut d'un pont, je peux vous l'amener quand ?

L'agent de la DGSI avait pris le temps d'assimiler la nouvelle.

— Je vous rappelle.

Ce qu'elle avait fait, une heure plus tard. Elle proposait un rendez-vous en dehors de l'immeuble de Levallois.

— Pourquoi ? avait demandé Marion avec le sentiment que ses craintes se confirmaient.

— Il vaut mieux ne pas effaroucher Nina avec un scénario trop solennel.

— D'accord. Dites-moi où.

— Porte Dauphine, devant la station de métro, vous savez, cette jolie station... Demain à 15 heures.

— Il y aura qui ?

— Ne vous inquiétez pas de cela ! Nous irons dans un endroit tranquille, j'expliquerai à Nina ce qui se passera ensuite. Faites-moi confiance, j'ai l'habitude.

Un simple officier de la documentation...

15 h 05

« *Le contact commence à s'agiter, elle reprend son téléphone.*

« *La vitre arrière de la Bentley s'est abaissée de quelques centimètres.*

« *Passager visible ?*

« *Mouais, je flashe.* »

Porte Dauphine. Pourquoi là ? Ce n'était pas très loin de Levallois, tout compte fait. Mais il y avait tant d'autres lieux dans Paris pour organiser une rencontre… moins solennelle. Marion avait fait apparaître un plan de Paris sur l'ordinateur de Rose et agrandi le secteur. À cent mètres du lieu de rendez-vous, un énorme complexe occupait tout un pâté de maisons, entre le boulevard Brune et le boulevard Lannes, entre le 40 et le 50 de cette voie. Ambassade de Russie, avait lu Marion.

15 h 08

La sonnerie de son téléphone la fit tressaillir. Elle lut sur l'écran « Numéro masqué ». Bien entendu. Elle rejeta l'appel.

« Le contact est au téléphone.

« Elle parle ?

« Non… Ah ! Vitre plus ouverte à l'arrière de la Bentley… Je vois une main !

« Le contact s'avance au bord du trottoir… »

Marion l'avait à présent en ligne de mire. Ainsi que l'avant de la Bentley. Elle vit la femme s'engager sur la chaussée, courir pour éviter le flot de voitures.

« Attention, contact imminent ! Flashez ! Qu'est-ce qui se passe ?

« Elles discutent !

« Vous avez la sono ?

« Évidemment… Mais elles jactent en russe…

« Enregistre !

« C'est fait. Le contact repart à son poste. Elle téléphone. »

Marion décrocha, cette fois. La voix de Sara lui sembla quelque peu essoufflée, tendue.

— Qu'est-ce qui se passe ?

— Oh, Sara ! Vous avez couru, on dirait…

— Où êtes-vous ? Vous êtes en retard !

— Ah ça oui, je dirais même très en retard. Regardez autour de vous, Sara, vous ne voyez rien ?

« Le contact s'agite, regarde partout autour d'elle. Je crois qu'elle m'a repéré, je décroche. »

— Dites à vos amis russes qu'ils ne me font pas peur. J'ai toutes les preuves et maintenant des photos, des vidéos, du son. Vous connaissez ça, Sara. Vos amis ne pourront pas buter toute la flicaille française. Et, au fait, Nina ne viendra pas, elle a un empêchement.

« Le contact hésite. Elle fait signe à la femme de la Bentley, je filme… Elle se barre ! Qu'est-ce qu'on fait ?

« Rien, laissez filer !

« La bagnole démarre.

« Suivez-la. À mon avis, vous n'irez pas très loin. »

15 h 15

« La Bentley est entrée à l'ambassade de Russie. Qu'est-ce qu'on fait ?

« Vous entrez et vous arrêtez tout le monde ! »

Un blanc.

« Mais non, je déconne ! On décroche ! Retour à la base ! »

81

Gare du Nord, zone Eurostar, 14 heures

L'embarquement se déroulait lentement, calmement. Une fois les filtres de contrôles passés, Marion alla faire un tour sur la mezzanine qui surplombait la gare. La foule habituelle s'y agitait, des trains vomissaient des troupeaux pressés, des voyageurs stressés couraient sur les quais. Un agglomérat d'impatients stagnait sous les panneaux d'affichage, la tête levée, oublieux de tout ce qui n'était pas les quelques lettres et chiffres qui s'agitaient par vagues comme des ailes d'oiseaux. *Le syndrome du voyageur*, songea la divisionnaire avec nostalgie. Chaque fois qu'elle revenait là, c'était comme si elle entrait dans la matrice qui l'avait avalée un jour, nourrie et enrichie d'expérience et d'aventures plusieurs années durant.

L'annonce de l'embarquement immédiat l'arracha à sa contemplation. Elle rejoignit Nina, quelques mètres plus loin.

Nina qui ressemblait à une jeune fille sage avec ses cheveux qu'elle avait coupés. Court, très court, même. Marion y avait vu une démarche de deuil et Stéphane Ducros n'avait pas démenti. Les femmes, souvent, en passent par là quand elles perdent un amour. Elle avait choisi des vêtements ordinaires. Jean, blouson sobre et chaussures plates. Remis ses sous-vêtements d'adolescente. Elle avait tenu à préciser que le choix des dessous affriolants était son idée à elle. Reconnu implicitement que, sans en être consciente, elle séduisait Azonov. Pour qu'il la voie comme une vraie femme. C'était tellement puéril ! Le professeur savait bien qu'elle était une femme, avec des seins et, potentiellement, du lait.

Chaque fois qu'elle y pensait, Marion ressentait le même malaise.

Dans ses écrits, Sasha Azonov expliquait très clairement sa fascination. Dès son adolescence, il avait ressenti cette attraction sans en comprendre la raison. Puis c'était arrivé d'un coup quand il était, sur instigation de son frère, Vania, retourné aux sources des travaux de leur père. Vania avait plus de mémoire que lui à ce sujet, il savait où chercher. La forêt et les bâtiments à l'abandon, l'ancien élevage de renards et de loups. Juvas se cachait là depuis trente ans. Bien à l'abri et personne n'était venu le déranger. Sasha avait pris en pleine figure l'incroyable découverte de son père. Un virus qui donnerait à l'humanité une tout autre dimension.

« On peut considérer qu'il s'agit d'un virus », avait confirmé le Pr Lio Fardel en recevant Marion pour la deuxième fois en compagnie de l'indéboulonnable Étienne Bailly.

Chouchouté dans une des armoires de culture de l'Institut Pasteur, le sang d'Olov Olaiev avait dévoilé la présence d'une entité biologique de

0,01 micron qu'elle avait nommée « virus » faute de mieux. Cette entité semblait agir sur le développement des télomères mais elle nécessiterait une étude plus approfondie. Marion avait manifesté sa déception à la vue de cette bestiole qui faisait courir le monde. Une sorte d'asticot blanchâtre alors qu'elle s'attendait à une forme plus spectaculaire. Une bombe hérissée de piquants, des couleurs vives, ce qu'on voyait sur les photos dans des expositions au Muséum d'histoire naturelle. Le problème, disait Lio Fardel, c'est que ces entités ne restent jamais stables. Le porteur, Olov en l'occurrence, aurait dû développer une pathologie, une infection. À terme, un virus finit par se répliquer ou muter. Ou bien, il avait trouvé sur son chemin un autre composant qui bloquait le processus. Une molécule inhibitrice. C'est là qu'intervenait le rapport avec le lait maternel, selon Sasha Azonov du moins.

Elles avaient pris place dans la dernière voiture, remontant toute la longueur du quai. Marion avait bien regardé autour d'elles. Rien de suspect, à première vue.

Nina s'assit et se tourna aussitôt vers la vitre. L'entrelacs des voies, les installations, la technique dans toute sa splendeur possédaient ces quelques hectares en plein Paris. Sous la grande verrière classée monument historique, des oiseaux nichaient comme s'ils n'avaient pas d'autres endroits où aller, comme des champs ou des forêts. Marion n'avait pas réussi à reprendre contact avec sa fille et elle en concevait une violente tristesse. Nina remua sur son siège, tira sur son blouson. Une grimace indiqua à Marion que le gilet pare-balles la gênait. Elle, à force, ne sentait plus le sien.

— Ça va, chérie ? demanda-t-elle avec douceur.

Nina esquissa un sourire crispé :

— Oui, maman, ça va...

Le « maman » était revenu de lui-même. Mais n'avait pas effacé l'embarras entre elles. Ce qui se passait cet après-midi dans cet Eurostar n'était que le résultat d'un échange. Un contrat passé entre la mère et la fille. Nina dirait tout ce qu'elle savait, en contrepartie, elle exigeait que la réputation d'Azonov soit préservée. Pas question de le faire passer pour un pervers, un apprenti sorcier génial mais lubrique. Cette face cachée, Nina refusait de l'admettre. Elle et sa sœur avaient été des victimes consentantes. Et encore, victimes... Associées à son projet plutôt. Des autres *épouses*, elle ne voulait pas entendre parler. D'ailleurs, qui étaient-elles ? Mary, une potiche bêlante. Personne n'aurait pu dire de qui elle était enceinte, la moitié du centre de Hinxton lui était passée dessus. L'Américaine ? Ce fantôme que personne n'avait retrouvé ! Que nul ne regretterait puisqu'elle n'avait été réclamée par quiconque. Et celle de Paris, pour finir. Une cinglée qui squattait une sorte de loft au milieu de rien. Sasha Azonov payait l'électricité de ce loft ? Il acquittait certaines factures du site de Saint-Denis où il travaillait parfois, ce n'était pas la même chose. Et Berck-sur-Mer ? Oui, Nina avait entendu Azonov parler du centre qu'il allait installer là-bas. Pendant la semaine qu'elle avait passée avec lui dans son labo à subir les tests et lui, à en enregistrer les résultats. Il disait qu'il l'emmènerait à Berck avec d'autres femmes et jeunes filles comme elle. Elle contribuerait à ce vaste projet humanitaire qu'Azonov avait été persuadé de devoir mener, bien des années plus tôt, quand il avait mis la main sur l'héritage de son père. Et notamment les registres de l'internat-orphelinat de Baklova où Dimitri avait dissimulé, sous couvert de charité, son centre d'études sur cobayes humains. Les enfants, nourrissons ou à peine âgés de quelques mois, y étaient recueillis avec leurs mères. Puis il avait accepté des filles enceintes, rejetées par leurs familles ou livrées à la rue. Les bébés étaient « traités » (cela ne pouvait être appliqué qu'à des enfants prépubères, les plus jeunes possibles) et recevaient, en même temps que Juvas, un numéro d'ordre. Dimitri enfermé au goulag, l'internat avait été fermé et les « sujets » dispersés. Sasha Azonov était bouleversé quand il avait découvert tous ces noms. Après cette trouvaille, il s'était mis en tête de les retrouver, un à un. Mais Vania et son épouse Anastasia l'avaient devancé. Ils avaient déjà reconstitué cette armée d'êtres mutants, en pleine forme malgré leur âge et d'une docilité effrayante. En analysant de près ces individus, Sasha avait fait une autre trouvaille renversante. Dimitri associait à Juvas une composante qui inhibait la production d'adrénaline mais, surtout, il était clairement indiqué que tous les survivants de Baklova avaient été nourris au lait maternel jusqu'à leur deuxième année au moins. Tous ceux qui étaient morts, non. Soit leurs génitrices étaient décédées en couches, ou juste après leur naissance, soit elles n'avaient pas pu ou pas voulu les allaiter. Dans ses écrits, Sasha Azonov ne précisait pas comment ces cobayes privés de lait maternel étaient morts, à quel âge et dans quelles conditions. Mais c'était là qu'était apparue, véritablement, son obsession pour le lait maternel. Il le clamait, le proclamait, Juvas ne pourrait fonctionner qu'en association avec ses précieux, uniques et irremplaçables composants.

Nina s'était assoupie peu après le départ du train. Dehors le temps était au beau, les plaines traversées prenaient de belles couleurs, les blés déjà hauts mais encore verts se couchaient avec langueur sous le souffle du train. Marion ne pouvait laisser Nina seule, aussi fit-elle, via un portable mis en service pour la circonstance, un tour discret du dispositif. RAS, furent les réponses communes. Puis elle ouvrit le document envoyé par la police aux frontières de la gare du Nord. À l'embarquement, quelques personnes avaient été repérées qui pouvaient correspondre à ce qu'elle avait décrit. Elle envoya aussitôt la liste à Mac Queen, dans la voiture voisine.

Elle était plus tendue qu'elle n'aurait voulu, tentant de se convaincre à chaque instant qu'elle en faisait trop. Après le piège tendu à Sara, elle avait foncé chez Marconi. Photos, vidéos, son, à l'appui de sa démonstration. Comment avait-il pu passer à côté du fait que l'agent de la DGSI roulait pour les Russes ? Il avait dû reconnaître, piteux, que la belle l'avait manipulé. Avant même que Marion n'ait formulé l'idée de s'adresser à la DGSI, Sara l'avait contacté. Elle s'appelait en réalité Marie-Laure Ledal, il l'avait connue dans une vie antérieure. Elle avait dit que l'affaire Azonov intéressait son service. Qu'il devait s'arranger pour que Marion vienne la voir. Mais que, surtout, la divisionnaire devait garder l'impression qu'elle menait la danse. Sara avait invoqué la raison d'État et leur confiance mutuelle. Il ne pouvait pas deviner. Mais au moins, il aurait pu interroger plus haut, les patrons de Sara, par exemple, l'engueulait Marion.

— Quand tu arrêteras de penser avec tes couilles ! l'avait-elle achevé.

Il avait bien été forcé de reconnaître qu'elle avait raison.

Évidemment, Sara n'avait pas refait surface. Officiellement, elle était en congé pour un mois. Savoir où…

Pas d'arrêt à Lille, juste un petit signe furtif, en passant, à Olivier. Comment allait-elle gérer tout cela, une fois l'affaire terminée ? Si elle se terminait et quand. Car, en dépit de l'engagement de Marconi de « foutre le bordel » en diffusant les documents d'Azonov, la réaction réservée des autorités françaises laissait à penser qu'elles n'étaient pas chaudes pour s'attaquer au monument russe Pharmcop. Juvas faisait la une des journaux. Les gens se l'arrachaient en dépit des mises en garde de l'Agence européenne des médicaments qui voulait en savoir plus. Le ministère de la Santé russe avait donné son accord pour une mise sur le marché de Juvas. Ce n'était pas un chercheur et ses élucubrations autour d'une mutation inéluctable de Juvas si on n'allaitait pas les enfants vaccinés qui allaient faire flancher les ventes. La France disait, sans trop d'ardeur, qu'il fallait réfléchir, analyser. En somme, disserter pendant des semaines, des mois, voire des années, dans des colloques, symposiums, congrès, qui n'étaient que des machines à enterrer les problèmes.

Alors, Olivier, dans tout ce micmac… Et Nina ! Déjà, elle avait manifesté l'envie de rester à Londres. Elle voulait faire des études scientifiques, sur la trace de Sasha. Devenir chercheuse. Continuer les travaux sur le lait maternel… *Ben voyons*, songeait Marion au désespoir. Le mal avait creusé bien plus profond qu'elle ne l'avait imaginé. L'héritage n'avait rien arrangé, au contraire, il n'avait fait que conforter la jeune fille qui voyait une raison de plus de mettre ses pas dans ceux d'Azonov, un appel à la poursuite de la grande cause. Alstair avait proposé de veiller sur elle. Marion en avait gros sur le cœur.

Encore quelques minutes et le train entrerait dans le tunnel. Ce lien qui avait fait couler tellement d'encre, que les Anglais, Alstair Mac Queen en tête, avaient vécu comme un viol de leur insularité. Elle se souvenait de leurs discussions à ce sujet. Il avait fini par s'en remettre mais, pour nombre de ses concitoyens, le tunnel restait le diable qui larguait ses clandestins, trafiquants et autres fauteurs de troubles sur Albion, forteresse certes perfide mais jusque-là imprenable.

Si un événement fâcheux se produisait, ce ne serait pas là. L'enfermement sous quarante mètres d'eau n'est pas propice à la conduite d'une attaque, quelle qu'elle soit.

Le train dans son ensemble non plus. Ou alors il fallait bien choisir l'endroit. Une gare, sinon rien. Après le calme plat enregistré en gare du Nord, restait Saint Pancras.

Nina se réveilla dans le tunnel. Elle avait froid, soif, et faim. Marion aperçut au loin le service ambulant, dans la voiture la plus proche.

— Un peu de patience, dit-elle.

— Qu'est-ce qui va se passer à Londres, maman ?

— Je t'ai déjà expliqué, chérie. La police anglaise doit t'interroger sur les événements de Cambridge.

— Et puis ?

Comment répondre simplement à cette question ? Qu'en savait-elle, à cet instant ?

Qu'arriverait-il une fois que Nina aura raconté les incidents de Hinxton ?

C'était un matin. Elle venait de se réveiller et Sasha était déjà au travail dans sa pièce. Mary, l'assistante docile, était allée chercher des boissons chaudes et des pâtisseries, comme chaque jour, immuablement, quand le « patron » était là. La porte s'était ouverte et une femme tenant deux enfants par la main avait fait irruption. Les enfants, quelle horreur ! Des créatures étranges, on aurait dit des centenaires vacillants. La femme avait parlé en russe à Sasha qui était devenu livide. Il avait demandé « qui es-tu ? » et la femme avait dit en anglais à son tour « la nourrice, ces filles sont Assia et Noria, tes nièces, regarde ce qu'ils en ont fait ! ». Les filles étaient déjà presque au bout de leur chemin, selon Nina, elles tenaient à peine debout. « Il faut que tu les soignes ! » Sasha ne comprenait pas. « Avec lait. » Ensuite, il y avait eu un grand bruit, deux couples étaient entrés à leur tour. Des hommes jeunes et costauds et des femmes à l'air sévère. Ils avaient saisi les filles et la nourrice, embarqué Sasha et Mary. Mais avant cela, les protagonistes s'étaient bagarrés. Nina, réfugiée dans la chambre, avait entendu des échanges de coups, des chutes et des éclats de verre brisé. Une éternité plus tard, la porte s'était ouverte sur Angèle, en pleine panique. Elle avait sorti Nina de sa cachette, l'entraînant sans ménagement hors de la chambre. Nina avait glissé sur les morceaux de verre, s'était étalée à plat ventre dans le sang. Angèle lui avait ordonné de quitter le centre le plus naturellement qu'elle pouvait et de l'attendre à la gare de Cambridge. Dans le train, elle lui avait donné ses ordres : rejoindre Marion à Paris et ne rien dire à personne de ce qu'elle avait vu ou entendu tant qu'elle ne serait pas revenue. « Tu m'attends ! Tu as bien compris ? »

L'enjeu, c'était Sasha. Comment les Queue de Rat et leurs nounous avaient-ils quitté le centre sans être repérés, nul ne savait. Ce qui était sûr, c'est qu'après ils avaient fait n'importe quoi. Emmené les jumelles à Berck-sur-Mer dans un centre qui n'existait pas encore. Ils avaient égaré Assia déjà morte, à moins que ce ne fût Noria, sur la plage, et trouvé une nourrice, une laitière, pour sa jumelle, à Paris.

À la sortie du tunnel, Nina avait avalé un cookie et un chocolat chaud avant de se rendormir. Dans moins d'une heure, elles arriveraient à Londres.

À bord, c'était calme plat. Alstair faisait semblant de dormir sous son chapeau mais restait vigilant. Il rentrait chez lui, il avait fait son job.

Quelques hommes de Marion, disséminés dans le convoi, veillaient au grain.

Le terminal de Saint Pancras fut annoncé si vite que Marion craignit d'avoir somnolé.

Sur le quai, une femme un peu corpulente, enroulée dans des fringues mal commodes s'il lui fallait se mettre à courir, attendait, flanquée d'une bonne petite section d'hommes en civil. À la descente du train, Alstair menait la marche, Marion et Nina juste derrière lui. En un clin d'œil, le trio fut entouré et exfiltré par un souterrain dont les issues furent aussitôt bouclées. En dessous, comme dans toutes les gares de cette taille, un réseau de boyaux quadrillait l'espace sur lequel les voyageurs marchaient sans le soupçonner. Pas le temps de souffler ni de se perdre en bavardages. Une fois ressorties à l'air libre, Marion et Nina furent embarquées dans des voitures pour la cité de Westminster.

Une fois au treizième étage de l'immeuble de Scotland Yard, la femme un peu trop enveloppée tendit la main à Marion :

— Kathy Bush, ravie de vous rencontrer.

— Edwige Marion, à votre service !
— Je vous explique le programme ?

1. Lecture du contenu de la conférence qu'Azonov avait prévu de donner à Hinxton pour exposer son approche de Juvas et les risques d'une administration non contrôlée et hors protocole d'allaitement maternel. Plusieurs experts anglais se partageaient la dissection du moindre de ses mots. Une synthèse en sortira, compréhensible pour le commun des mortels.

2. Audition de Nina, très importante, puisqu'elle liait directement Vania et Anastasia Azonov à la série d'incidents entre Cambridge, Paris et la Russie. Les Anglais n'hésiteraient pas à lancer des mandats d'arrêt internationaux à l'encontre des responsables de Pharmcop et allaient très vite le faire savoir.

3. Conférence de presse. Les Anglais n'avaient aucune réticence à balancer ces informations au monde entier. Puisque « les Français n'avaient pas les couilles de le faire ». Voire qu'ils n'en avaient pas du tout, sauf Marconi, mais Kathy Bush ne le connaissant pas, elle maintiendrait sa position envers et contre tous.

À chaque instant, la superintendante s'enquérait du résultat des contrôles systématiques organisés à Saint Pancras à propos des voyageurs qui avaient partagé l'Eurostar de Marion. RAS, disait-elle après chaque coup de fil. Elle osa un sourire froid pour dire :

— Vous avez bien fait de venir ici, vous êtes entre de bonnes mains.

Ce que lui répéta Alstair le soir même, sur le chemin de sa maison, dans la banlieue est de Londres. Il ne serait pas dit que Marion et Nina aillent dormir à l'hôtel. Il alluma sa fausse cheminée au gaz, s'excusa pour son frigo vide de célibataire, divorcé de longue date en réalité, commanda du fast-food et brancha la télé. La conférence de presse allait commencer au rez-de-chaussée de Scotland Yard.

Dans la rue calme de ce quartier banal, le long de maisons toutes aussi communes et tristes, de nombreuses voitures stationnaient. Il se pouvait que, pour un observateur plus affûté que les autres, une ou deux d'entre elles ne répondent pas précisément aux critères requis par ici.

Mais à cette heure, tout le monde était devant la télé. Qui pouvait s'en soucier ?

Je suis Juvas, vous me connaissez, à présent. Je n'ai plus mon père mais j'ai été adopté et maintenant je vis chez des milliers, des centaines de milliers de gens. Souvenez-vous de cela : vous n'êtes pas prêts d'en avoir fini avec moi.

Remerciements

Cette histoire, entièrement fictive, est néanmoins basée sur des données scientifiques éprouvées et sur d'autres issues de l'imagination de l'auteur.

Pour leur aide irremplaçable, leur disponibilité et leurs connaissances scientifiques, je tiens à remercier Mme Yu Wey, de l'institut Pasteur de Paris, et Charlotte Labalette, associée de recherche à l'université de Cambridge.

Toute ma gratitude va aussi à la direction de l'institut médico-légal de Lille, à la direction interrégionale de la police judiciaire de Lille au grand complet sous la direction du commissaire divisionnaire Romuald Muller et du commissaire Magali Caillat.

Une mention spéciale et un immense merci à l'Office central pour la répression des violences aux personnes (OCRVP), qui sert de cadre à ce roman, à son chef, le commissaire divisionnaire Philippe Guichard, au commissaire Mathilde Cerf, à Christophe Baroche et Florent Gathérias, psychocriminologues, pour leur talent et leur compétence.

Pour l'écoute, la patience, merci à toute l'équipe Versilio… et à ma tortionnaire préférée qui se reconnaîtra…

11267

Composition
NORD COMPO

Achevé d'imprimer en Slovaquie
par NOVOPRINT SLK
le 22 avril 2016.

Dépôt légal avril 2016
EAN 9782290120330
L21EPNN000368A002

ÉDITIONS J'AI LU
87, quai Panhard-et-Levassor, 75013 Paris

Diffusion France et étranger : Flammarion